도나 플로르와 그녀의 두 남편

도나 플로르와 그녀의 두 남편 상

Dona Flor e seus dois maridos

조르지 아마두 장편소설 오숙은 옮김

**DONA FLOR E SEUS DOIS MARIDOS
BY JORGE AMADO (1966)**

Copyright (C) 2008, Grapiúna Produções Artísticas Ltda
1ª edição, Livraria Martins Editora, São Paulo, 1966
All rights reserved.
Korean Translation Copyright (C) 2008, The Open Books Co.

This Korean edition was published by arrangement with Grapiúna
Produções Artísticas Ltda through The Wylie Agency(UK)Ltd.

이 책은 실로 꿰매어 제본하는 정통적인 사철 방식으로 만들어졌습니다.
사철 방식으로 제본된 책은 오랫동안 보관해도 손상되지 않습니다.

포근하고 따스한 올 4월, 고양이가 있는 정원의 조용한 오후에, 젤리아에게. 그들의 첫 번째 책과 꿈이 함께하는 아침에, 주앙과 팔로마에게.

　이 책의 등장인물이 되어서, 그 존재로 이 밋밋한 책을 영광되고 생기 있게 해준 나의 코마드레 노르마 두스 기마랑이스 삼파이우에게. 바지뉴가 진심으로 찬사를 보냈던 베아트리스 코스타에게. 닥터 테오도루 마두레이라가 바순으로 연주한 국가를 듣는 특권을 누렸던 이네이다에게. 화가 조제지 도미의 그림 — 난초와 노란색에 둘러싸인 소녀 때 도나 플로르의 초상화 — 을 갖고 있는 지오바나 보니누에게. 작가가 좋아해서 여기 관련시킨 네 명의 친구에게.

　지아울라스 히에델과 루이스 몬테이루에게.

제1장 도나 플로르의 첫 남편
       바지뉴의 죽음과 경야, 매장   15

막간   51

제2장 그녀의 과부 생활 초기,
       시련과 깊은 애도의 시기   67

제3장 반상복 기간,
       칩거 중인 과부의 사생활 이야기   315

「신은 뚱뚱하다.」
돌아온 바지뉴의 폭로.

「지구는 푸르다.」
가가린이 최초의 우주 비행을 하면서 한 말.

〈모든 것을 위한 자리, 제자리에 있는 모든 것.〉
닥터 테오도루 마두레이라의 약국 벽에 걸린 표어.

「아아.」
도나 플로르의 한숨.

친애하는 조르지 아마두에게

　사실을 말씀드리면 제가 구운 옥수수 케이크의 레시피는 제 것이 아닙니다. 박물관에서 일하시는 헤나투 씨의 아내, 도나 아우다가 일러 준 것을, 머리를 쥐어짜 가며 연구한 끝에 겨우 터득하게 된 거지요. (사랑이 무엇인지는 사랑을 해 봐야 아는 거고, 삶이 무엇인지는 살아 봐야 아는 거잖아요?)
　머핀은 스무 개 또는 그 이상, 개수는 원하는 대로 조절하세요. 도나 젤리아가 만드실 거라면 우선 큰 케이크부터 시도해 보라고 권하고 싶어요. 케이크는 누구나 좋아해서 더 달라고 하니까요. (너무도 다른 그 두 사람도 이것만큼은 같았지요. 두 사람 모두 옥수수 케이크나 마니오크 케이크를 정말 좋아했답니다. 다른 것들도 그랬냐고요? 그만하세요, 조르지 씨. 그만 놀리시고 그 얘기는 꺼내지 마세요.) 설탕, 소금, 치즈 간 것, 버터, 코코넛 밀크, 이것은 걸쭉한 것과 묽은 것 둘 다 필요해요. (신문에 글을 쓰시는 분이라니 여쭙는 거지만, 사람에겐 왜 항상 두 가지 사랑이 필요한지, 왜 한 사람만으론 만족할 수 없는지 말씀해 주세요.) 비율은 기호에 따라 다릅니다. 사람마다 좋아하는 맛이 있지요. 어떤 사람은 단맛을, 어떤 사람은 짠맛을 좋아하죠. 그렇지 않나요? 반죽은 아주 묽게. 오븐에 단시간 구우세요.

    조르지 씨가 만족하실지 모르겠네요. 이건 사실 레시피라고 할 수도 없고, 그냥 대강의 개요일 뿐이거든요. 편지와 함께 보내 드리는 케이크를 드셔 보시고 맛이 괜찮은지 알려 주세요. 식구들은 두루 편안하신지요? 우리는 모두 잘 있습니다. 약국의 지분을 더 사들였고, 이타파리카에 여름 별장, 아주 근사한 별장을 구하는 중이랍니다. 그리고 나머지 한 사람, 아시다시피 그 비뚤어진 사람은 도무지 바로잡을 수가 없네요. 제가 오전을 어떻게 보내는지는 말씀드리지 않으렵니다. 결례가 될 테니까요. 그래도 진실을 말씀드린다면, 바다에서 하루의 해가 떠오를 때, 그 하루를 설레게 하는 사람이 당신의 충실한 종이랍니다.

    플로리페지스 파이바 마두레이라 — 도나 플로르 두스 기마랑이스

— 최근에 도나 플로르가 작가에게 보낸 편지

도나 플로르와 그녀의 두 남편
요리 학교의 명예 교수 도나 플로르와 그녀의 두 남편,
첫 남편 바지뉴와 약사인 둘째 남편 닥터 테오도루
마두레이라가 겪은 이상하고 감동적인 이야기.

또는

정신과 물질의 무시무시한 전쟁
해설 — 사우바도르 다 바이아 지 토두스 우스 산투스 시의
히우베르멜류 지역,
바다의 성모 예만자가 계신 라르구 지 산타나 근처에 사는
공증인 조르지 아마두.

제1장

도나 플로르의 첫 남편
바지뉴의 죽음과 경야, 매장

(세상 무엇과도 견줄 수 없는
카를리뉴스 마스카레냐스의 기타 반주를 곁들여.)

풍미와 예술 요리 학교

경야(經夜)에 언제 무엇을 낼 것인가

도나 플로르가 수강생들에게 한 답

아무리 눈앞이 캄캄하고, 슬퍼서 우느라 제정신이 아니라고 해도, 그걸 핑계로 마땅히 치러야 할 의례를 빠뜨리고 경야를 지낼 수는 없어요. 상가의 여주인이 울고 혼절하고 넋이 나갔다거나, 또는 죽어서 관 속에 누운 사람이 여주인일 때에는, 친척이나 친구들이 그 일을 떠맡아야 해요. 새벽이 되어 갈 때, 특히나 추운 겨울이면 그 시간에 자기 집에 돌아갈 사람은 없을 텐데, 그럴 경우 고인 곁에서 밤을 지새운 헌신적인 친구들이 아무것도 먹고 마시지 못할 수도 있으니까요.

경야의 분위기를 활기차게 만들기 위해서, 그리고 돌아가신 분이 황망해할 첫날 밤에 불을 밝혀 드리고 고인을 진정 영광되게 하기 위해서, 분위기와 식욕을 고려하면서 온 정성을 기울여 대접해 드려야 합니다.

다과는 언제 내는 게 좋으냐고요?

밤새도록, 처음부터 끝까지 내야 합니다. 커피는 없어선 안 되고 계속 내야 할 품목이에요. 아무것도 넣지 않은 커피로요. 제대로 된 아침 식사는 커피에 우유와 빵, 버터, 치즈, 크래커, 수란을 곁들인 쿠스쿠스를 준비해 아침에만, 밤새 상가에 계셨던 분들에게 내세요.

가장 좋은 방법은 내내 주전자를 불 위에 올려놓고 커피가 동나지 않게 하는 거죠. 문상객들이 계속해서 찾아오거든요. 커피에는 쿠키와 크래커를 함께 내세요. 때때로 얇게 저민 냉육과 치즈, 햄, 소시지, 간단한 속을 넣은 샌드위치 쟁반을 돌리고요. 고인에 대해 걱정하고 배려해 드려야 할 이유가 충분하거든요.

하지만 돈이 물처럼 풍족한 집안에서 조금 사치스러운 경야를 치를 경우엔, 자정에 초콜릿 한 컵을 내기도 해요. 진하고 뜨거운 초콜릿이나 맛있는 닭고기 수프를 내죠. 그리고 대구튀김 볼, 여러 가지 크로켓, 갖가지 사탕과 말린 과일을 냅니다.

부잣집에서는 커피 외에도 맥주나 포도주를 내기도 하죠. 수프나 크로켓에 곁들여서 딱 한 잔요. 샴페인은 절대 안 돼요. 그건 품격이 떨어진다고들 여기거든요.

하지만 돈이 많건 적건, 경야에서 절대 빠지면 안 되는 것이 좋은 럼주를 꾸준히 내는 것입니다. 다른 모든 것이, 심지어 커피까지 없어도 되지만 럼주는 절대 없으면 안 되지요. 럼주의 위안이 없다면 어떤 경야든 언급할 가치조차 없어요. 럼주가 없는 경야는 돌아가신 분에 대한 성의가 부족함을 뜻할뿐더러, 무심하고 불만스러운 태도를 나타내는 것이거든요.

1

바지뉴, 도나 플로르의 첫 남편은 카니발 기간이던 어느 일요일 오전, 바이아 여인으로 분장하고서 아주 열정적으로 삼바를 추다가, 집에서 멀지 않은 도이스 지 줄류 광장에서 죽었다. 그는 카니발 축제 그룹에 속해 있지는 않았다. 그와 네 명의 친구는 모두 바이아 여인처럼 꾸미고서 그때 막 카니발 대열에 합류했는데, 그 전까지는 카베사의 한 바에서, 손이 큰 카카오 대농장의 부자 주인, 모이제스 아우베스가 낸 턱으로 위스키를 물처럼 들이붓다가 방금 나온 터였다.

같이 행진하게 된 그룹은 충분히 연습이 잘된 기타와 플루트의 소규모 악단이었다. 4현 기타를 연주하는 카를리뉴스 마스카레냐스는 키 크고 깡마른 남자로, 사창가에서는 유명했다. 아, 그는 신이 내린 기타 연주자였다. 그 그룹의 남자들은 집시처럼 꾸미고 여자들은 헝가리나 루마니아 농부 처녀의 복장을 하고 있었다. 그러나 진짜 헝가리나 루마니아 여자들은, 아니 불가리아나 슬로바키아 여자들이라 할지라도 절대로, 젊음과 애교로 활짝 핀 갈색 피부의 그 여자들처럼 요란하게 엉덩이를 흔들지는 않을 것이다.

바지뉴, 패거리 중에서 가장 활기 넘치는 그는 모퉁이를 돌아 나오는 악단을 보고 해골 같은 마스카레냐스가 퉁기는 멋진 4현 기타 소리를 놓칠세라 그들 앞으로 달려갔고, 루주를 짙게 바른 루마니아 여자, 교회처럼 덩치 크고 화려한 — 금색 금속 조각으로 몸을 덮은 그녀는 진짜로 상프란시스쿠 교회[1] 같았다 — 여자를 파트너로 선택하고는 큰 소리로 말했다.

「내가 왔소, 토로로에서 온 나의 러시아 여인이여.」

마스카레냐스, 유리구슬과 스팽글로 집시처럼 치장한 그는 화려한 귀고리를 달랑거리면서 4현 기타를 더욱 화려하게 퉁겼고, 플루트와 스페인 기타는 신음했다. 바지뉴는 일을 제외한 모든 것에 쏟아붓는 그 유별난 열정으로 삼바를 추기 시작했다. 그는 빙빙 돌면서 무리 중앙으로 들어가 그 물라타[2] 앞에서 발을 굴렀고, 현란한 몸짓으로 다가가 배를 퉁기며 부딪쳤다. 그러고는 갑자기 끙 하는 신음 소리를 내더니, 비틀거리다가 한쪽으로 기울면서 바닥에 쓰러졌다. 누런 침이 흘러나온 입가에는 죽음의 찌푸림이 내려앉았지만, 언제나 골수 사기꾼이었던 그의 얼빠진 미소까지 완전히 지우지는 못했다.

친구들은 그가 여기저기 다니면서 들이부은 술의 효력이 이제야 나타났거니 했다. 그 농장주가 후하게 한턱낸 위스키를 말하는 게 아니다. 위스키 몇 잔쯤은 바지뉴 같은 등급의 술꾼에게는 거의 아무런 영향도 끼치지 못했다. 전날 저녁부터 그날 정오, 시청 광장의 트라이엄프 바에서 공식적으로 카니발이 시작될 때까지 연달아 마신 그 모든 럼주의 기운이

---

1 바이아의 명소로 꼽히는 상프란시스쿠 교회는 실제로 전면이 화려하게 금박으로 장식된 것으로 유명하다 — 옮긴이주.
2 *mulatta*. 라틴 아메리카의 백인과 흑인 혼혈 인종인 물라토의 여성형 — 옮긴이주.

한꺼번에 올라와 그를 쓰러뜨린 것 같았다. 그러나 거대한 몸집의 물라타는 속지 않았다. 간호사인 그녀는 보는 순간 그것이 죽음임을 알아보았다. 병원에서 익히 보았던 장면이었다. 그래도 그렇지, 그녀와 삼바를 추면서 배를 부딪치고 윙크를 하다가 죽은 사람은 없었다. 그녀는 몸을 굽혀 바지뉴의 목에 손을 대보고는 몸서리를 쳤다. 오싹한 기운이 배와 등줄기를 타고 내려갔다. 「맙소사, 죽었어.」

나머지 사람들 역시 몸을 만지고 맥박을 느껴 보고, 금발의 머리를 일으켜도 보고 심장에 귀도 대보았다. 소용없는 짓, 시간 낭비였다. 바지뉴는 바이아의 카니발과 영원히 이별했다.

2

춤추던 무희 그룹에서, 거리에서 소동이 일었다. 이웃들이 틈을 비집고 달려왔고, 흥청거리는 사람들 사이로 신을 부르는 중얼거림과 함께 전율이 퍼졌다. 누구보다도, 신경증이 있는 낭만적인 젊은 교사 아네치는 이 틈을 타서, 비명을 지르며 졸도하려고 했다. 그런 행동은 모두 카를리뉴스 마스카레냐스를 뿌듯하게 해주기 위한 것이었는데, 그가 기타를 퉁길 때면 그 여자는 감동해서, 결 반대 방향으로 털을 쓰다듬을 때의 고양이처럼 경련을 일으키고, 항상 금방 졸도할 것처럼 한숨을 쉬면서 자기는 지나치게 예민하다고 말하곤 했다. 그러나 이제 기타는 소리를 내지 않았다. 바지뉴가 저세상으로 가면서 마지막 음들까지 함께 가져가 버린 듯, 기타는 쓸모없이 연주자의 손에 매달려 있었다.

사방에서 사람들이 달려왔다. 사방으로 퍼진 소식이 금세 상페드루, 아베니다세치, 캄푸그란지까지 이르면서 호기심 많은 사람들을 끌어들인 것이다. 일단의 무리가 차례차례 달려오더니, 주검 주변에 모여들어 한 마디씩 쏟아 놓았다. 소드레 거리에 사는 한 의사가 불려 왔다. 교통경찰 하나가 호각을 꺼내 도시 전체에, 카니발 군중 전체에 바지뉴의 죽음을 알리듯 끊임없이 불어 댔다.

「아니, 바지뉴잖아. 무슨 변고람!」 가면을 쓴 한 사람이 말했다. 가면을 벗자 그 유쾌함도 함께 벗겨졌다. 모두가 죽은 그 남자를 알아보았다. 그는 반짝이는 쾌활함, 가느다란 콧수염, 탕자의 자존심으로 커다란 인기를 누리고 있었으며, 특히 그가 하루 일과처럼 술 마시고 도박하고 흥청거리던 곳에서는 누구나 그를 좋아했다. 더구나 쓰러진 장소가 집에서 가까웠으니, 그를 모르는 사람이 없었다.

가면 쓴 또 다른 남자, 이번에는 포대 자루를 입고 곰의 머리를 쓴 사람이 비좁게 늘어선 군중을 헤치고 안간힘을 쓰면서, 자세히 보기 위해 가까이 다가왔다. 가면을 벗고 침울한 얼굴과 늘어진 콧수염, 대머리를 드러낸 그 남자가 중얼거렸다. 「바지뉴, 내 형제여, 대체 누가 무슨 짓을 한 거야?」

「어떻게 된 일이죠? 어쩌다가 죽은 거예요?」 사람들이 서로에게 묻자, 누군가 대답했다. 「럼주 때문이지.」 그처럼 때아닌 죽음에 대한 설명치고는 너무도 간단했다. 허리가 굽은 노파가 한참 동안 물끄러미 그를 보다가 말했다. 「아직 너무 젊구먼. 왜 이렇게 일찍 데려갔을까?」

한차례 질문과 대답이 오가는 사이, 의사가 바지뉴의 가슴에 귀를 갖다 댔다. 결정적인 그의 보고가 모든 희망의 불씨를 꺼뜨렸다.

「삼바를 추면서 즐거운 시간을 보내다가 누구한테도, 한마디 말도 없이 쓰러져서 영영 세상을 떴군요.」네 친구 중 하나가 마술처럼 정신이 말짱해져서 깊이 감동한 말투로 설명했다. 거기 선 그 남자는 여장 의상과 루주로 붉게 칠한 뺨, 태운 코르크로 짙게 그늘을 칠한 눈 때문에 약간 바보 같아 보였다.

그 다섯 친구가 전형적인 바이아 여인의 차림을 하고 있었다고 해서, 그들의 남성성을 의심받을 염려는 없었다. 그들은 더 재미나게 즐기며 웃기 위해서 그런 차림을 한 것이지, 의혹을 살 만한 성적 성향이 있었기 때문은 아니었다. 신께 감사하건대, 그 무리 중에 동성애자는 한 명도 없었다. 심지어 바지뉴는 풀 먹인 흰색 페티코트 밑에 커다란 카사바 뿌리줄기를 묶어서는, 걸을 때마다 치마를 들어 올려 그 거대하고 외설스러운 기념물을 자랑했고, 그걸 본 여자들은 손으로 얼굴을 가리고 음탕하게 키득거리곤 했다. 그 뿌리줄기는 지금, 드러난 골반 위에 걸려 있었지만 아무런 웃음도 자아내지 못했다. 한 친구가 그것을 보고 바지뉴의 허리춤에서 그것을 풀었다. 그렇다고 죽은 남자가 점잖고 품위 있게 보이는 건 아니었다. 그는 카니발의 사상자에 지나지 않았다. 그래도 가슴에 총상을 입었거나 단검에 찔려 피라도 흘렸다면, 여장이 주는 우스꽝스러운 분위기는 조금 덜했을지도 몰랐다.

도나 플로르가 왔다. 당연히, 소리를 지르면서 길을 내는 도나 노르마를 앞세운 그녀는 경찰과 거의 같은 순간에 도착했다. 그녀가 친구들의 부축을 받으며 모퉁이에 나타나자 사람들은 한눈에 그 과부를 알아보았다. 그녀가 흐느낌을 억누를 생각도 않고 울며불며 눈물을 쏟아 내고 있었기 때문이다. 게다가 빨래할 때 입는 구겨진 실내복에 펠트 실내화를 신은 차림이었고, 아직 머리 빗질도 하지 않은 것 같았다. 그래도 그녀는 예뻤으며, 보기 좋았다. 작고 통통했지만 뚱뚱하지는 않았다. 갈색 피부, 너무 검어서 푸르게까지 보이는 곧은 머리카락, 육감적인 눈. 통통한 입술은 흰 치아 위로 살짝 벌어져 있었다. 맛난 것, 바지뉴는 폭발하는 애정으로 아내를 그렇게 부르곤 했었다. 그럴 때가 드물긴 했지만 그렇기 때문에 더욱 잊을 수 없었다. 바지뉴는 집에서 빈둥거릴 때면 아내를 〈내 귀여운 옥수수 프리터, 내 튀긴 콩 케이크, 내 통통한 암탉〉이라고 불렀는데, 그것은 아마도 그녀의 요리 활동 때문이었을 것이다. 그리고 이런 미식가적 은유는 도나 플로르의 조용하고 편안한 성품 밑에 감추어진, 가정주부의 어떤 감각적인 매력을 명쾌하게 집어내고 있었다. 바지뉴는 그녀의 약점을 잘 알고 있었고 그것을 공공연히 들춰냈다. 침대에서 고삐만 풀어 주면 수줍은 그녀가 묻어 두었던 은밀한 정욕이 드러나고, 자제력은 격렬함이 되어, 도저히 그 끝을 알 수 없었다. 바지뉴가 기분을 낼 때면, 그 어떤 남자보다 더 매력적이 되어 어떤 여자도 그에게 저항하지 못했다. 도나 플로르는 결코 그의 매력 앞에 버틸 수가 없었다. 남편 때문에 분노가 들끓고 얼마 전 모욕을 당해서, 절대로 넘어가지 않겠다고 결심했을 때에도 마찬가지였다. 심지어 그에게 증오를 느끼고, 자신의 운명이 그 날건달과 엮이게 된 날을 저주하게 되었을 때에도 결심은 번번이 무너지곤 했다.

그러나 그렇게 갑자기 쓰러진 바지뉴를 향해서, 강렬했던 애정의 짧은 순간들은 말할 것도 없이, 잔인한 고통과 외로움의 숱한 나날조차 떠올리지 못하는 텅 빈 머리로 멍하니 다가가는 사이, 그 모든 회한과 고뇌는 도나 플로르를 떠나 버렸다. 마치 죽음이 남편에게서 그 모든 단점을 앗아가 버린 것처럼, 〈눈물의 짧은 이승 나들이〉에서 그가 그런 죄를 지은 적이 없다는 것처럼.

 〈눈물의 짧은 이승 나들이〉는 존경받는 교수 이파미논다스 소자 핀투가 황당하고 당황스러워서, 아직 남편의 주검 앞에 도착하지도 않은 그 과부에게 애도를 표하려고 앞으로 나설 때 한 말이었다. 도나 지자, 역시 교사이면서 어느 정도 존경받는 그녀는 성급한 그 교수를 말리면서, 웃음이 나오는 걸 애서 참았다. 비록 바지뉴의 이승 여행이 짧았던 것이 사실이라고 해도 — 그의 나이 이제 막 서른하나였으므로 — 그에게 세상은 눈물의 이승이 아니라, 오히려 온갖 희롱과 흥청망청한 환락, 거짓말, 빤한 죄악을 위한 중요한 현장이었음을 도나 지자는 아주 잘 알고 있었다. 더러 그에게 엄격한 시험과 시련으로 다가왔을 고민스럽고 골치 아픈 일도 분명 있기는 했다. 갚아야 할 빚과 만기일이 다 된 약속 어음, 설득해야 할 어음 배서인, 떠안은 채권들, 미룰 수 없는 지불, 고소, 법정에 소환하겠다는 위협들, 은행, 고리대금업자, 찌푸린 얼굴들, 등 돌리는 친구들, 그리고 무엇보다 도나 플로르에게 안겨 준 물리적이고 도덕적인 상처들. 도나 지자가 알아듣기 힘든 포르투갈어 — 원래 미국 어디 출신인 그녀는 브라질 시민권을 얻어 스스로를 브라질인으로 여겼지만, 그 망할 브라질어만큼은 결코 완벽하게 구사할 수 없었다! — 로 생각하는 바로는, 바지뉴의 짧은 생애를 적셨던 많은 눈물은 모두 도나 플로르가 흘린 것이었으며, 그 눈물의 양은 두 사람 몫이 되고도 남았다.

그러나 갑작스러운 그의 죽음을 대하고 나자, 도나 지자는 바지뉴에 대해 슬프고 애석한 생각이 들었다. 모든 단점에도 불구하고 그는, 넉살 좋고 싹싹했으며 매력적인 면이 있었다. 그렇지만 그가 거기, 도이스 지 줄류 광장 대로 위에 바이아 여인처럼 꾸민 채 죽어 뻗어 있다고 해서, 진실을 왜곡하거나 바지뉴를 전혀 다른 사람으로 꾸며 낼 생각은 없었다. 그녀는 이웃이자 친한 친구인 도나 노르마에게 자신의 그런 생각을 말했지만 기대했던 동의를 얻지는 못했다. 사실 도나 노르마야말로 생전의 바지뉴에게 그에 대한 자신의 생각을 누누이 이야기했고, 그와 말다툼을 벌였으며, 목석조차 감동시킬 설교를 늘어놓았을 뿐 아니라, 참다못해 경찰을 들먹이며 그를 위협하기도 했던 사람이었다. 그러나 그녀는 그 슬픈 마지막 순간에 망자의 유별나고 불쾌한 단점들을 입에 올리고 싶지 않았다. 도나 노르마는 그의 장점들만을, 그래도 그가 원래 심성은 착했다고, 감추려 해도 항상 재빨리 드러나곤 하는 한결같은 동정심이 있었고, 친구들에게 의리 있었으며, 인심이 후했음(특히 다른 사람이 돈을 낼 때는)은 말할 것도 없고, 태평스러웠으며 무한한 삶의 기쁨을 누렸다고, 칭찬하고 싶었다. 그뿐만 아니라 그녀는 도나 플로르를 거들고 걱정하는 데 몰두해 있었으므로, 도나 지자가 말하는 가혹한 진실이 귀에 들어오지도 않았다. 도나 지자는 그런 사람이었다. 다른 무엇보다 진실이 우선이었고, 가끔은 그 때문에 박정하고 냉정해 보이기도 했다. 틀림없이 그건 사람을 잘 믿는 그녀 자신의 성격에 대한 방어 기제였을 것이다. 그녀는 믿을 수 없을 만큼 사람들을 잘 믿었고, 모두를 신뢰했다. 아니, 그녀는 바지뉴를 비난하거나 탓하려고 그의 악행을 들춰내려는 게 아니었다. 도나 지자는 그를 좋아했고 오랫동안 대화를 나눈 적도 많았다. 그녀는 바지뉴가 생활하는 암흑세계의 심리학을 알고 싶다는 이유로, 그가 장황한 이야기를 늘어놓으면서 자신의 드레스 앞섶, 풍만하고 주근깨가 난 가슴 곡선을 엿보아도 그냥 눈감아 주곤 했다. 어쩌면 도나 노르마보다는 도나 지자가 그를 더 잘 이해했을 것이다. 그러나 도나 노르마와는 반대로, 단지 그가 죽었다는 이유만으로 그의 단점을 하나라도 줄이거나 거짓말을 할 생각은 없었다. 도나 지자는 자기 자신한테도, 탈출구가 전혀 없을 때가 아니면 거짓말을 하지 않았다. 그리고 이 경우는 분명 그럴 상황도 아니었다.

도나 플로르는 도나 노르마의 뒤를 따라 군중을 헤쳐 나갔다. 도나 노르마는 평소에 쌓은 큰 인기와 팔꿈치를 무기로 도나 플로르를 위해 길을 내고 있었다. 「어서 한 발짝만 물러나요. 이 불쌍한 것이 지나가게 길을 터주세요······.」

모자이크 블록 위에 바지뉴가 누워 있었다. 미소 띤 입술, 금발에 흰 피부, 평온하고 천진난만한 모습. 도나 플로르는 잠시 그를 보며 가만히 서 있었다. 자기 남편을 알아보기 힘들다는 것처럼. 아니, 더 적절히 말해서, 이제 논란의 여지가 없는 그의 죽음을 받아들이기 힘든 것처럼. 그러나 그건 한순간이었다. 존재의 심연에서 나오는 비명 소리와 함께, 그녀는 바지뉴 위로 몸을 던졌고, 미동도 없는 주검을 붙들고 키스를 퍼부었다. 그의 머리카락에, 루주를 칠한 얼굴에, 채 못 감은 눈에, 날렵한 콧수염에, 그리고 죽어 버린, 영원히 죽어 버린 입에.

3

 그날이 카니발의 일요일, 그러니 참가할 자동차 퍼레이드며 꼭두새벽까지 즐길 축하 행사가 없는 사람이 어디 있었을까? 그렇지만 이 모든 것에도 불구하고 바지뉴의 경야는 성공적이었으며, 도나 노르마가 뿌듯한 발음으로 선언했듯이 〈탁월한 행사〉였다.

 시체 안치소 직원들은 주검을 침실 침대에 눕혔고, 나중에 이웃들이 주검을 다시 거실로 옮겼다. 안치소 직원들은 서두르고 있었다. 카니발 기간에는 일이 많기 때문이었다. 나머지 시민들이 즐기는 동안에도 그들은 사고와 싸움의 희생자, 사망자 때문에 몹시 바빴다. 그들은 주검을 쌌던 더러운 시트를 벗겨 내고 과부에게 부검 보고서를 건넸다.

 바지뉴는 세상에 나올 때처럼 알몸으로, 2인용 철제 침대에 누워 있었다. 머리 판과 발치에 주철 장식이 있는 그 침대는 6년 전 결혼할 때, 도나 플로르가 한 가구 경매상에게서 산 중고품이었다. 방에 홀로 남은 도나 플로르는 봉투를 열어 의사들의 소견서를 꼼꼼히 읽어 나갔다. 그녀는 믿기지 않는다는 듯 고개를 저었다. 누가 짐작이나 했겠는가? 그렇게 튼튼하고 건강해 보이던 사람이, 그렇게 젊은 사람이.

 바지뉴는 자기는 한 번도 아픈 적이 없다고, 여드레나 아흐레 정도는 잠을 안 자고 — 도박하고 술 마시고 여자들과 흥청거리며 — 지낼 수 있다고 자랑했었다. 실제로 때로는 일주일 동안 집에 들어오지도 않으면서 도나 플로르를 미치게, 돌아 버리게 만들지 않았던가? 그렇지만 의과 대학 박사님들의 보고서엔 이렇게 씌어 있었다. 살날이 얼마 남지 않은 남자, 간은 제 기능을 못 하고 신장은 닳고, 심장이 약해져 있었음. 그는 실제로도 갑작스레 죽었지만, 언제 어느 때든 예고 없이 죽을 수 있는 상태였던 것이다. 럼주, 카지노에서 지낸 밤들, 음주의 향연, 판돈을 구하기 위한 동분서주, 이 모든 것이 그 잘생기고 튼튼한 몸을 갉아먹고 겉껍데기만 남겨 놓았다. 그러니 겉모습만 보고서 누가 그 사실을, 그의 속이 완전히 다 타버렸다는 것을 가히 짐작이나 했겠는가?

도나 플로르는 수의를 입히는 까다로운 작업을 거들어 주려고 안달하며 기다리는 이웃들을 부르기 전에, 남편의 주검을 가만히 바라보았다. 알몸으로 침대에 눕기를 좋아했던 그가, 알몸으로 그곳에 누워 있었다. 금색 털로 덮인 팔과 다리, 수북하게 금색 털이 난 가슴, 왼쪽 어깨의 칼자국. 너무도 잘생기고 멋진 남자, 방중술의 예술가. 젊은 과부의 눈에 또다시 눈물이 고였다. 그녀는 지금 떠오르는 생각을 떨쳐 내려고 애썼다. 〈이건 경야를 앞둔 낮에 적절하지 않은 생각이야.〉

그러나 그처럼 실오라기 하나 걸치지 않은 알몸으로 침대에 길게 누운 그를 보노라니, 아무리 애써도 욕정에 사로잡혔을 때의 그가 생각나는 걸 어쩔 수 없었다. 그럴 때면 그는 두 사람의 몸을 가려 주는 체면상의 시트 한 장은커녕 실오라기 하나도 참지 못했다. 점잖음은 바지뉴의 덕목이 아니었다. 〈여보, 한판 붙어 보자고〉 하면서 아내를 침대로 부를 때, 그에게 사랑이란 무한한 기쁨과 자유를 위한 축하 행사였고, 거기에 자신의 유명한 열정과 함께, 다양한 조건과 지위의 뭇 여성 군단에게서 인정받은 능력을 쏟아부었다. 결혼 초기에 도나 플로르가 매우 당황해서 몸 둘 바를 모르곤 했던 것도, 그가 그녀를 완전히 알몸으로 만들고 싶어 했기 때문이었다.

「남녀가 몸을 섞는데 누가 잠옷을 입고 한다고 그래? 왜 몸을 가리려고 해? 남녀의 정사는 축복받은 일이야. 낙원의 신이 고안한 일이라고. 그걸 모른단 말이야?」

그는 그녀의 옷을 완전히 벗겼을 뿐 아니라, 만지는 것만으로는 성에 안 차는 듯 그녀의 몸을, 빛과 그림자가 신비하게 교차되는 깊은 각도와 기다란 곡선을 가지고 놀았다. 도나 플로르가 시트를 덮을라치면, 바지뉴는 웃으면서 시트를 벗겨 그녀의 단단한 가슴과 예쁜 등, 털이 거의 없는 배를 드러나게 하고는 다시 웃었다. 그는 그녀를 장난감처럼 대했다. 장난감, 아니 매일 밤 그가 활짝 피어나게 해야 할 꼭 다문 장미 봉오리처럼. 도나 플로르는 수줍음을 벗기 시작했고, 점점 그 음란한 결합에 자신을 내주며 반응해 나갔으며, 진심으로 생기 넘치는 연인이 되었다. 그러나 결코 정숙함이나 수줍음을 완전히 잃은 적은 없었다. 그녀는 매번 새롭게 정복해야 하는 상대였다. 대담함을 발휘하고 만족의 한숨을 내쉬고 난 후에 정신이 들면, 다시 곧바로 예의 수줍고 정숙한 아내로 돌아갔다.

바지뉴의 주검과 단둘이 있게 된 그 순간, 도나 플로르는 자신이 과부가 됐음을, 그리고 다시는 그를 가질 수 없음을, 그의 품에서 까무러치는 일은 다시없을 거란 사실을 뼈저리게, 완전한 맨 정신으로 받아들였다. 사실 그 비보가 입에서 입으로 퍼지기 시작한 순간부터 장의사 차량이 도착할 때까지, 그 요리 교사는 어떤 흥분도 느껴지지 않는 악몽 같은 상태를 경험하고 있었다. 그 충격적인 소식, 눈물을 쏟으며 도이스 지 줄류 광장까지 달려간 일, 그녀가 보았던 주검, 그녀를 에워싼 군중, 사람들의 걱정, 위로와 격려의 말들, 그리고 도나 노르마와 도나 지자, 이파미논다스 교수, 선술집 주인인 스페인인 멘데스에게 실려 오다시피 집으로 돌아온 일. 모든 것이 너무 순식간이었고 너무 혼란스러워서 바지뉴의 죽음을 차분히 생각하고 깨달을 겨를이 없었다.

주검이 광장에서 시체 안치소로 옮겨졌을 때에도, 조용히 생각할 시간은 없었다. 그녀는 갑자기 그 거리뿐 아니라 이웃한 모든 거리의 중심이 되어 버렸다. 게다가 마침 그날은 카니발의 일요일이었다. 안치소 직원들이 주검을 시트에 싸고, 그가 가장행렬을 할 때 입었던 바이아 여인 의상을 접어 밝은색의 작은 꾸러미로 만들어서 집에 가져올 때까지도, 도나 플로르는 애도를 표하며 우정과 연민을 보여 주는 이웃들과 지인들, 친구들의 조문을 받고 있었다. 도나 노르마와 도나 지자는, 안 그래도 카니발 때문에 이미 어느 정도 집안일에 소홀해서 점심 식사와 저녁 식사를 불쌍한 가정부한테 떠넘기고 있었는데, 지금은 집안일을 깡그리 잊어버리고 있었다. 두 사람 모두 도나 플로르 옆에 붙어서 누구보다 더 진심으로 위로해 주었다.

바깥에서는 카니발이 계속되면서 가장행렬과, 여러 카니발 그룹과 클럽이 준비한 화려하고 유쾌한 무대 차의 행렬이 이어지고 있었다. 수많은 악단의 연주와 노랫소리, 큰북 소리, 여러 그룹과 클럽이 울리는 탬버린과 케틀드럼 소리. 도나 노르마는 참지 못하고 몇 번 창가로 달려가 고개를 내밀고는, 자신이 알아본 가장행렬 참가자에게 농담을 건네거나 바지뉴의 부고를 알리고, 특이한 무대 차나 예쁘게 꾸민 그룹을 향해 박수를 보내곤 했다. 때때로 아주 유별나게 활기찬 클럽이 모퉁이에 나타나면 그녀는 도나 지자를 부르기도 했다. 오후의 끝 무렵에 접어들어서, 웅장한 의상과 규모로 꾸민 바다의 아들들이 삼바를 추는 대규모 군중을 동반해 그 길에 등장했을 때에는, 좀처럼 눈물을 거둘 수 없었던 도나 플로르까지도, 바이아 카니발의 탁월한 특징이라며 신문에서 그렇게 떠들어 댔던 그 클럽을 구경하려고 창가로 다가가 엿보았다. 아주 잠깐, 도나 지자의 넓은 어깨 뒤에 숨어 자기 모습을 드러내지 않은 채 살짝만. 도나 노르마는 죽은 남자나 그 상황에서 취해야 할 예절 따위는 까맣게 잊어버리고, 열광적으로 박수를 쳐댔다.

그 소식이 도착한 이후의 하루는 내내 그렇게 지나갔다. 심지어 도나 낭시까지 찾아왔다. 이웃에 새로 이사 왔지만 낯을 가리는 이 아르헨티나 여자는, 친해지기 어려운 도자기 공장 사장 베르나보의 아내였는데, 그동안의 무관심을 그 좋은 집에 두고 와서는 도나 플로르에게 애도를 표하고 도와주겠다고 말함으로써 실제로는 상냥하고 품행이 바른 사람임을 보여 주었고, 도나 지자와는 인생의 무상함과 불확실성에 관해 철학적인 말을 주고받았다.

그래서 알다시피, 도나 플로르는 자신의 새로운 처지와 자기 존재의 변화에 관해 생각할 겨를이 없었다. 시체 안치소 사람들이 바지뉴의 주검을 옮겨 와 두 사람이 수없이 사랑을 나누었던 침대에 알몸으로 눕히고 떠난 뒤에야, 비로소 남편의 죽음을 마주한 자신을 발견하고 과부임을 실감했다. 두 번 다시 그가 그녀를 저 철제 침대에 쓰러뜨리고 드레스와 속치마와 더욱 은밀한 옷을 벗기고, 시트를 화장대로 내던지고, 이어서 존재 전체를 덮쳐 기쁨의 발작을 일으킬 일은 없을 것이다.

아, 두 번 다시는. 도나 플로르는 목에 울컥하는 것이 올라오고 다리가 풀리는 것을 느끼면서 모든 것이 끝났음을 깨달았다. 그녀는 가만히 서 있었다. 아무런 말도 눈물도 없이,

죽음에 수반되는 그 모든 극적인 것도 없이 무감각하게 가만히 서 있었다. 오직 그녀와 벌거벗은 주검, 바지뉴의 확실한 부재와 그녀뿐이었다. 이제 아침이 올 때까지 그를 기다릴 일도, 학생들한테서 받은 수강료를 숨길 일도, 예쁜 수강생들을 희롱하는 그를 감시할 일도, 심하게 과음해서 기분이 나쁜 그에게 따귀를 맞을 일도, 이웃들의 거슬리는 말을 들을 일도 두 번 다시는 없을 것이다. 또는 그와 함께 침대에서 뒹굴 일도, 그의 욕망에 자신을 온전히 내줄 일도, 사랑의 제의를 위해서, 잊지 못할 그 제의들을 위해서 그녀 스스로 옷가지와 시트, 정숙함을 벗어던질 일도 이제는 없을 것이다. 목 안의 덩어리가 숨통을 조여 왔다. 단검에 맞은 듯 가슴이 아파 왔다.

「플로르, 이제 옷 입힐 때가 된 거 아냐?」 도나 노르마의 목소리가 거실에서 침실로 다급히 울려 퍼졌다. 「조금 있으면 조문객들이 올 거야……」

과부는 문을 열었다. 이제 차분해진 그녀는 흐느낌이나 신음도 없이 조용했으며, 냉담하고 엄숙했다. 세상에 혼자였다. 이웃들이 들어와서 거들었다. 〈꽃 피는 낙원〉 장의사의 비바우두 씨는 직접 값싼 관 — 그는 관이나 묘비 값으로 받은 돈을 도박으로 날리곤 했는데, 바지뉴와는 룰렛과 바카라 동지였으므로, 관 값을 꽤 많이 깎아 주었다 — 을 들고 와서는, 능숙한 기술을 발휘해 그 난봉꾼의 주검을 사람들에게 내보일 만하게 꾸며 주었다. 도나 플로르는 아무 말도, 눈물도 없이 모든 것을 지켜보았다. 그녀는 세상에 혼자였다.

4

 바지뉴의 주검은 관에 놓인 뒤, 도로 거실로 옮겨져 의자로 만든 관대에 놓였다. 비바우두 씨가 꽃을 가져왔다. 그 장의사의 선물이었다. 도나 지자는 보라색 꿩의비름 꽃을 바지뉴의 깍지 낀 손 사이에 놓았다. 비바우두 씨가 보기에 그것은 어리석은 짓이었다. 고인의 손가락 사이에 놓아야 할 것은 포커 칩이었다. 차라리 카니발의 음악과 웃음소리 대신 도박 테이블의 소음이 들렸다면, 크루피에[3]의 쉰 목소리, 따그르르 주사위 구르는 소리, 긴장한 도박꾼들의 함성이 들렸다면, 인생을 엉키게 한 복잡한 문제들을 떨쳐 버리던 예의 그 몸짓으로, 바지뉴가 그 어깨에서 죽음을 훌훌 떨쳐 버리고 관에서 일어나서, 자기가 좋아하는 숫자 17에 돈을 걸러 갈 가능성이 더 컸다. 보라색 꿩의비름 꽃 하나로 그가 무엇을 할 수 있단 말인가? 얼마 후면 시들어 퇴색할 텐데. 그런 걸 받아 주는 물주는 없다.

 비바우두 씨는 조금도 지체하지 않았다. 그는 카니발광이었지만 바지뉴 같은 친구의 뒤를 봐주기 위해서 그 일요일 휴일에 장의사 문을 열었다. 만약 다른 사람이 죽었다면 이처럼 최선을 다해 돌보지 않았을 것이다. 그 사람, 비바우두는 카니발의 즐거움을 희생할 사람이 아니었다.

 카니발 계획이 틀어진 사람은 많았다. 그 부랑자를 애도하는 조문객의 행렬은 밤까지 이어졌다. 일부는 바지뉴가 명문가인 기마랑이스 가문 출신 가난한 서자의 후손이어서 찾아온 사람들이었다. 바지뉴의 친척 중 한 사람은 주 상원 의

---

[3] *croupier*. 도박장에서 룰렛을 돌리거나 칩을 집배하는 사람. 딜러라고도 한다 — 옮긴이주.

원을 지낸 정계의 거물이었다. 심부라고 불리는 그의 삼촌은 몇 달 동안 경찰 부총경직에 있었다. 바지뉴를 합법적인 친척으로 인정하는 몇몇 기마랑이스 가문 사람 중 한 명이자, 시청의 일자리를 알아봐 준 것이 바로 이 삼촌이었다. 그 일자리가 공원 관리인, 시시한 그 일에서 나오는 급료는 타바리스에서의 하룻밤 비용으로도 모자랐다. 이 젊은 시청 직원이 지독한 근무 태만이었다는 건 말할 필요도 없는 사실이다. 그는 어느 공원도 관리한 적이 없었고, 매달 꼬박꼬박 나오는 푼돈을 받으러 갈 때에만 출근했다. 그렇지 않으면, 비록 늘 허사였지만, 상사한테 약속 어음에 이서를 부탁하려고, 또는 동료들에게서 20이나 50크루제이루[4]를 갈취하려고 나타났다. 공원은 그의 관심사가 아니었다. 그에겐 식물이나 꽃 따위에 낭비할 시간이 없었다. 그 도시의 모든 공원이 사라진다고 해도 전혀 아쉬울 게 없었다. 그는 올빼미족이었고, 그의 화단은 도박장이요 그의 꽃은, 과연 비바우두 씨의 생각대로, 칩과 카드였다.

기마랑이스 가문의 성원이어서 찾아온 사람은 열 손가락으로 꼽을 수 있을 정도였는데, 이 먼 친척들은 질색하며 오래 있으려고 하지 않았다. 나머지, 그 끝없는 조문 행렬은 모두가 바지뉴와 작별을 고하기 위해서, 마지막으로 다시 한번 그의 얼굴을 보고 유쾌한 기억을 떠올리며 미소를 지어 주고, 작별 인사를 하기 위해서 온 사람들이었다. 그들은 바지뉴를 좋아했기 때문에 그의 어리석은 짓들을 용서했고, 그의 장점을 되새겼다.

그날 밤 처음 찾아온 사람은 포르투갈 태생의 은행가이자

---

4 *cruzeiro*. 브라질의 화폐 단위로 1942년부터 미우헤이스를 대신해 쓰였다.

수입업자인 사령관 셀레스치누였다. 조문을 끝낸 후 중요한 클럽에서 열리는 무도회에 미모가 빼어난 세 딸을 데려가야 했기 때문에 정장을 입고 오긴 했지만, 내키지 않는 의무를 지키는 사람처럼 겨우 1분이나 채우려고 온 건 아니었다. 그는 도나 플로르를 껴안고 인사말을 한 뒤, 거실에 앉아 바지뉴와 관계된 사건들을 떠올렸다. 그가 이 시청 말단 직원, 이급 카바레 단골, 항상 빚을 지고 있던 이 도박꾼의 명복을 비는 이유가 무엇일까?

타고난 재담가 바지뉴, 그의 입심은 여간 대단한 게 아니었다! 한번은 이 부유한 포르투갈인을 구슬려 몇 콘투[5]짜리 약속 어음에 서명하게 만든 일도 있었다. 그러면서도 그는 돈을 갚아야 한다는 걸 잊지 않았고, 은행과 고리대금업자들에게 서명하고 사방에 뿌린 각종 어음의 만기일을 결코 잊어버리는 일이 없었다. 그렇다고 돈을 갚을 수 있었던 건 아니지만, 그건 다른 얘기였다. 대체로 그는 돈을 갚지 못했고, 갚지도 않았다. 그럼에도 차용 증서의 수는 날마다 늘어 갔고, 돈을 꿔주는 사람의 수도 많아졌다. 어떻게 그런 재주가 있었을까?

셀레스치누는 그 후 다시는 어음에 서명하지 않았다. 그는 똑같은 벌침에 두 번 쏘일 사람이 아니었다. 그럼에도 바지뉴가 땡전 한 푼 없이 절망적인 얼굴을 하고, 그러나 그날은 대박을 터뜨릴 거라는 확신을 갖고 나타나면 그는 1백, 2백, 심지어 5백 미우헤이스[6]짜리 수표를 끊어 주었다. 다른 사람들 중에는 두세 번씩, 마치 바지뉴가 가장 믿을 만한 채권자라도 되는 듯, 또는 그의 재정 등급이 최고라도 되는 듯, 두세

5 *conto*(=콘투 지 헤이스*conto de reis*). 1천 미우헤이스.
6 *mil-reis*. 예전의 브라질 화폐 단위로 1942년 크루제이루로 대체되었다.

번씩 어음에 서명해 주는 이들도 있었다. 모두가 그의 교활하고 연극적이며 그럴듯한 달변에 넘어간 사람들이었다.

심지어는 도나 노르마의 남편이자 시내 아래쪽에서 구두 가게를 하는 제 삼파이우, 말수 적고 뚱하고, 아내와는 정반대로 이웃들과 왕래를 트거나 좀처럼 관계를 갖지 않는 그조차도 몇 번이나 바지뉴에게 넘어갔는데, 그럼에도 결코 바지뉴에 대한 좋은 평가를 거두거나 외상값을 달라고 재촉한 적이 없었다.

더욱이, 믿기 힘들 만큼 비열한 바지뉴의 술책을 알았을 때에도 그의 마음은 변하지 않았다. 어느 날 오전 바지뉴는 그의 가게에서 값비싼 최고급 구두 몇 켤레를 외상으로 샀는데, 그 근처에 얼마 전 문을 연 경쟁 가게로 곧바로 가더니, 경악스러운 얼굴로 쳐다보는 삼파이우네 직원 바로 앞에서, 괘씸하기 짝이 없는 싼값에 그 구두를 팔아넘겼다. 그놈의 현금을 얻기 위해서였다. 바지뉴는 자기가 걸고 싶은 숫자에 대해 강한 예감이 있었던 것이다.

그런 농간에도 불구하고, 그 상인은 아니나 다를까, 그 못된 짓을 변명하는 사정 이야기를 듣고는 순순히 정상 참작을 해주었다.

그날 오후, 바지뉴가 유쾌하고 태평스럽게 나타나 삼파이우에게 해명한 바로는, 밤새도록 그의 꿈속에서 타조로 변한 도나 지자가 끝없는 평원 위에서 그를 쫓아다녔는데, 그것이 푸른 초원에서 같이 뒹굴자는 것인지 — 그건 암컷 타조였고, 그 눈에는 교태가 번뜩였다 — 아니면 그 커다란 부리를 벌리고 위협하듯 쫓아다닌 걸로 봐서 그를 갈가리 쪼아 대려는 것인지 도무지 알 수 없었다는 것이었다. 그는 식은땀을 흘리면서 깨어났고, 그 꿈을 떨쳐 버리려고 뭔가 기분 좋은 일을 생각하며 다시 잠을 청했는데, 꿈속에서 그 끈덕진 교사가 다시 음탕한 눈빛과 무시무시한 부리로 그를 쫓아다녔다. 꿈속 도나 지자의 모습이 평소와 같았다면 도망치진 않았을 것이다. 그녀의 말투나 심리학 지식 같은 건 무시하고 그녀에게 올라타서, 그 망할 그링가[7]를 덤불 사이에 눕혀 버렸을 것이다. 그러나 타조 깃털로 뒤덮인, 괴물 타조로 변한 그 모습에는, 창피하지만 달아날 수밖에 없었다. 그 악몽은 네 번, 다섯 번 다시 찾아왔고, 꿈속에서 하도 많이 뛰어서 지치고 땀에 전 몸으로 아침에 눈을 뜬 바지뉴는, 아주 확실한 예감은 있는데 수중에 한 푼도 없는 자신의 처지를 깨달았다. 집 안을 샅샅이 뒤져 봤지만 도나 플로르는 파산 상태였다. 전날 밤 그가 아내의 돈을 죄다 쓸어 갔던 것이다. 그는 몇몇 아는 사람한테서 돈을 뜯어낼 생각으로 집을 나섰지만 허탕만 쳤다. 제한된 신용으로 요사이 너무 많이 우려먹은 게 잘못이었다. 바로 그때, 물건이 빼곡한 제 삼파이우의 가게, 카사 스텔라 앞을 지나게 된 그는 마침 그 기발하면서도 재밌는 발상을 떠올리고 약간의 급전을 얻을 유일한 방법으로, 구두를 파는 정직한 일에 약간의 시간을 투자하게 되었다는 것이었다.

만약 그가 그 상업적 수완, 겉보기엔 치사하고 비열하지만 실제로는 영리하고 수지맞는 그 상술을 쓰지 않았다면, 결코 자신을 용서할 수 없었을 것이다. 꿈에 타조가 나타났던 그 횟수 덕분에 — 도나 지자는 꿈속에서도 거짓말을 하지 않았다 — 바지뉴는 대박을 터뜨렸기 때문이다. 그는 고마운 마음에 곧바로 당당하게 제 삼파이우의 가게로 들어가서, 놀

---

7 *gringa*. 라틴 아메리카에서 미국 여자를 일컬을 때 쓰는 이름. 남자는 그링고 *gringo*.

란 종업원들 앞에서 보란 듯, 그날 오전에 산 구두 외상값을 그 상인에게 치렀고, 자신의 기막힌 선견지명에 뿌듯해하며 희색이 만면해서 축하주나 한잔하자며 그를 초대했다. 제 삼파이우는 초대를 거절했지만 바지뉴에게 화를 내지 않았으며, 계속해서 그를 만났고 싼값에 또는 외상으로 그에게 구두를 팔았다. 정가의 10퍼센트를 깎아 주고, 외상은 한 번에 한 켤레에 한해서, 먼젓번 외상값을 갚은 후에만.

바지뉴의 신망을 보여 주는 더욱 놀라운 증거는 제 삼파이우가 경야에 나타났다는 것이었다. 겨우 몇 분, 정말로 몇 분 동안이었지만, 그런 일은 10년 만에 처음이었다. 제 삼파이우는 모든 사회적 의무에 일종의 공포증이 있었고, 장례식, 경야, 묘지, 묵주 기도에는 특히 심한 반응을 보였는데, 그래서 몇 주에 한 번씩 장례식에 가는 아내에게 같이 가지 않겠다고 거절할 때마다 도나 노르마한테 매몰찬 잔소리를 듣기도 했었다. 「두고 보세요, 삼파이우. 당신이 죽으면 운구해 주겠단 사람이 한 명도 없을걸요……. 정말 망신스러울 거라고요.」

제 삼파이우는 아무런 대답도 없이 그녀를 쏘아보며, 그 뒤에 이어질 아내의 소동을 감수한다는 습관적인 몸짓으로 오른손 엄지를 앞니 사이에 대곤 했다.

중요한 사람들, 셀레스치누와 제 삼파이우, 기마랑이스 집안 친척인 심부, 건축가 샤베스, 걸출한 술집 동지인 닥터 바헤이루스, 그리고 시인 고도프레두 2세 등이 모두 찾아왔다. 정부 관청에서 근무하는 바지뉴의 동료들, 모두가 그에게 약간씩은 돈을 꿔주었던 사람들도 무리 지어 나타났다. 선두에는 그 유명한 공원 및 정원 관리국장이 검은색 정장을 입고 비극적으로 엄숙하게 섰다. 이웃들도, 부자건 가난뱅이건 중간층이건 모두 찾아왔다. 그리고 바이아에 살면서 카지노,

카바레, 여러 은행과 홍등가를 들락거렸던 모든 사람, 미란당, 쿠르벨루, 페 지 제게, 바우도미루 링스, 그의 동생인 위우송, 아나크레옹, 카르도주 페레바, 아리고프, 그리고 아프로브라질 문화에 정통하고 옆얼굴이 새를 닮은 피에르 베르제가 왔다. 그들 중 박사 출신 기자인 닥터 지오바니 기마랑이스 같은 사람은 중요한 집단과 시시한 집단, 존경받는 집단과 무책임한 집단, 두 부류 모두에 속했다.

중요한 사람들은 웃으면서 바지뉴를 회상했고, 그의 피카레스크식 모험, 우스운 돌발 행동, 뻔뻔한 속임수, 난잡함과 혼란스러움, 선한 마음씨, 정중함, 익살스러운 짓들을 이야기했다. 이웃들도 비슷한 방식으로, 아무런 계획도 책임감도 없던 부랑자를 떠올렸다. 두 부류 모두 사실과 꾸며 낸 이야기들을 과장하면서 그를 여러 사건과 일화의 주인공으로 만들었고, 따라서 그가 세상을 뜬 후 거의 곧바로, 그 주검 옆에서 바지뉴의 전설이 형태를 갖추기 시작했다. 앞에서 소개했던 지오바니 기마랑이스는 진실을 토대로 거의 이야기 전체를 지어내면서, 심지어는 정확한 날짜와 장소를 들먹이며 거짓말을 만들기까지 했다.

「4년 전 3월의 어느 날인가, 〈3인의 대공 하우스〉에서 숫자 17에 걸고 있던 바지뉴를 만난 적이 있었죠. 그때 그는 고무 레인코트를 입고 있었는데, 그 안은 실오라기 하나 걸치지 않은 알몸이더군요. 전당포에 전부 다 맡겼던 겁니다. 자기가 걸쳤던 모든 것, 바지며 외투, 셔츠와 속바지까지 잡혀서 판돈을 빌려 온 거죠. 〈77 전당포〉의 인색한 스페인인 라미로는 바지와 외투만 담보로 잡겠다고 했어요. 사실 깃이 다 해진 셔츠와 낡은 속바지, 쓸데없는 넥타이를 가지고 뭘 하겠어요? 하지만 바지뉴는 신발만 남기고 양말짝까지 다

떠넘겼죠. 그리고 그 꿀 바른 혀로 라미로를, 여러분 모두가 아는 그 구두쇠를 설득해서 새것이나 다름없는 고무 레인코트까지 빌린 겁니다. 3인의 대공 하우스까지 알몸으로 갈 수는 없으니까요.」

「그래서 땄나요?」 제 삼파이우와 도나 노르마의 아들, 고등학생이며 바지뉴를 숭배했던 어린 아르투르가 입을 헤벌린 채 그 기자의 얘기에 귀를 기울이다가 못내 궁금한 듯 물었다.

닥터 지오바니는 그 소년을 보더니 잠시 뜸을 들이다가 씩 웃었다.

「따? 새벽녘에 17에 걸었다가 그 스페인인의 레인코트까지 잃고는 결국 신문지로 몸을 싸고 집에 돌아가야 했지.」 그의 미소가 호탕한 웃음으로 바뀌면서 사방으로 퍼져 갔다. 경야에 활기를 불어넣는 데에는 닥터 지오바니만 한 사람이 없었다.

그리고 그 순간 천하제일 호바투가 방으로 들어오자, 그 기자는 여전히 웃음이 묻은 자신의 말에 마지막 증거를 덧붙였다. 「저기 내 말을 증명할 사람이 들어오시네. 호바투, 자네 바지뉴가 알몸에 신문지를 두르고 집에 갔던 그날 밤 일을 기억하나?」

호바투는 우물쭈물할 사람이 아니었다. 그는 믿지 못할 여자들의 귀가 두렵다는 듯, 그리고 그런 일을 들춰서 남편을 여읜 과부를 속상하게 할까 봐 걱정된다는 듯, 식당 한구석에 모여 있는 여자들을 쓱 훑어보았다. 그러나 역시 그는 주저하지 않았다. 결코 도전을 피하는 법이 없는 그가 재빠른 혀로 얼른 말을 받았다. 「알몸에 신문지 둘렀던 거? 기억하다마다!」 그는 쉰 목소리를 고르려고 헛기침을 하고는 상상의 날개를 폈다. 「그게, 그 신문이 원래 내 거였거든. 〈외이빨 에우니시〉 유곽에서였지. 우리 둘하고 바지뉴 말고도, 내 기억에는 카를리뉴스 마스카레냐스, 제네르, 비리아투 타나주라도 같이 있었지, 아마. 그날은 밤새도록 말술을 들이부었었지…….」

이 호바투라는 사내는 바지뉴와 같은 올빼미족이었지만 종자가 달랐다. 도박은 그를 유혹하지 못했고, 그는 일을 피하지도 않았다. 정반대로 그는 부지런하고 능력 있는 팔방미인이란 명성까지 누리고 있었다. 그는 틀니를 만들었고, 라디오와 빅터 축음기를 수리했으며, 신분증 사진을 찍었고, 어떤 종류의 기계도 맘대로 다루면서 뭐든 열심히 배웠다. 리듬이 잘 맞고 운이 잘 맞는 (정말 아름다운) 시는 그의 룰렛 휠이었으며, 뮤즈와 그 수제자들을 찬양하는 문인들과 맵시 있는 숙녀들이 송시와 자유 찬가, 서정적이거나 외설스러운 시, 사랑의 소네트를 낭송하며 즐겁게 어울려 밤을 지새우는 곳이 그의 카지노요 술집이며 카바레였다. 그의 펜 끝에서 모든 것이 나왔다. 그는 자칭 〈소네트 시인 세계의 왕〉이었고, 알려진 모든 기록을 깨뜨리고 현재까지 2만 865편의 소네트를 썼으며, 아울러 10행 시, 알렉산더 격 시, 8음절 시, 6행 6연체 시, 그리고 왼쪽에서 오른쪽으로, 오른쪽에서 왼쪽으로 읽어도 똑같은 문장들을 쓴 작가였다. 막 벗겨지기 시작한 대머리가 시인다운 사색적인 풍모를 깎아내리고 있었지만 따스한 매력까지 앗아 가진 못했다.

그가 다시 이야기를 이어 가자 바지뉴가 또 한 번 신문지를 두르고 방을 지나갔다. 어린 아르투르는 영원히 그를 잊지 못할 것이다. 『아 타르지A Tarde』 신문을 두른 바지뉴, 매혹적인 금단 세계의 영웅을.

이야기들이 꼬리를 물고 이어지는 동안 도나 노르마와 도나 지자, 혼기가 꽉 찬 젊은 헤지나와 여러 처녀, 여자들이 커피와 케이크, 럼주를 담은 잔과 과일 리큐어를 내왔다. 이 이웃 여자들은 어떻게든 경야에 부족한 것이 없도록 애쓰고 있었다.

 중요한 조문객들은 식당에, 복도에, 문간에 자리를 잡고 일화와 웃음 속에서 바지뉴를 회상했다. 나머지 사람들, 그의 도박과 부랑 동지들은 거실에, 주검 옆에 서서 침묵한 채, 진지하고 참담한 마음으로 그를 회상했다. 그들은 들어올 때부터 도나 플로르 앞에서 발을 멈추고는 과부의 손을 쥐고, 마치 바지뉴가 지녔던 결점은 그들의 책임이라는 것처럼 무안해했다. 그들 중 다수는 그녀를 알지도 못했고 본 적도 없었지만 그녀 얘기는 워낙 많이 들어서, 바지뉴가 가끔 생활비까지 빼앗아 〈팰리스〉에서, 〈타바리스〉에서, 〈아바이샤지뉴〉에서, 제제 메닌지치 또는 아빌리우 모케카의 도박장에서, 아니면 그 도시의 수많은 불법 도박장에서 룰렛을 했다는 사실을 잘 알고 있었다. 그중 한 곳인 흑인 파라나구아 벤투라의 소굴에서는 원칙적으로 물주인 벤투라만이 따게 되어 있었다.

 험악하고 무섭게 생긴 흑인 파라나구아 벤투라의 얼굴은 수많은 죄목과 함께 경찰 사건 기록부에 올라 있었지만, 그 많은 기소 목록에도 불구하고 그가 절도범, 강간범, 살인범이라는 소문이 완벽하게 증명된 적이 없었다. 한번은 살인 미수로 걸려들었다가 무죄로 석방된 적이 있었는데, 증거가 부족해서가 아니라 판사가 겁쟁이였기 때문이었다. 백주대낮에 상미겔 언덕에서 그의 칼에 찔렸으나 기적적으로 살아난 여자는 말할 것도 없고, 다른 살인들까지 그의 소행이라는 소문도 있었다. 파라나구아의 무허가 도박장을 드나드는 단골들은 표시한 카드를 사용하는 전문 타짜꾼과 소매치기꾼, 날치기꾼, 사기꾼 등 더 잃을 것도 없는 사람들뿐이었다. 바지뉴는 그런 곳까지 갔던 것이다. 얼마 안 되는 자금과 호탕한 웃음을 가지고서. 바지뉴는 파라나구아가 사용하는 이상한 주사위로 우연히 땄다고 으스댈 수 있는 몇몇 중 한 명이었을 것이다. 들리는 말로 그 흑인은 어쩌다 한 번, 도박꾼 중 한 명한테 선심을 써서 큰돈을 따게 해주었다고들 했다.

도나 플로르의 수강생들도 거의 모두 찾아왔다. 수강생들과 졸업생들은 하나같이, 너무도 상냥하고 존경스럽고 유능한 교사, 그러나 가엾기 짝이 없는 교사를 위로해 주려고 했다. 요리 일반반(오전반)과 바이아 요리 특수반(오후반)은 석 달마다 새 수강생을 받았다. 과정을 마칠 때는 7번가의 한 가게에서 인쇄해 액자에 넣은 졸업장을 받았다. 그것은 도나 오스카를린다와 함께 수업을 받았던 연장자 그룹의 한 사람, 유능한 간호사로 포르투갈 병원의 직원이던 날씬하고 참견 잘하고 사람 귀찮게 하는 여자가 낸 아이디어였다. 그녀는 액자에 넣은 졸업장을 요구했고, 동료 수강생들을 선동해 소동을 일으켰으며, 기금을 모읍네 괜찮은 디자이너를 구합네 하면서 한바탕 난리를 쳤다. 도나 플로르는 이런 압력에 굴복해서, 지금도 라데이라 두 아우부에 걸려 있는 그 요리 학교 간판을 디자인하고 만들어 준 자기 오빠, 지금은 불행하게 나자레트 다스 파리냐스에 살고 있는 엑토르의 이름은 언급도 않은 채, 도나 오스카를린다와 아는 사이인 그 디자이너를 쓰게 되었다. 어쨌거나 큰 글씨로 인쇄된 졸업장은 그 여자의 허영심을 채워 주었다.

풍미와 예술 요리 학교

그 밑에는 화려한 글씨로 이렇게 씌어 있었다.

교장 ― 플로리페지스 파이바 기마랑이스

바지뉴는 어쩌다 일찍 일어나서 집에 있는 날이면 수강생들 주변을 얼쩡거리고 요리 수업을 참견하면서 방해했다. 교사 주변에 모여 서서 눈을 빛내는 수강생들은, 새우나 덴데[8] 오일, 간 코코넛은 정확히 얼마만큼 넣는지, 검은 후추 약간에, 생선 손질은 어떻게 하고, 고기는 어떻게 다루고, 달걀은 어떻게 젓는지 따위의 레시피를 열심히 받아 적었다. 바지뉴가 달걀에 관한 이중적 의미의 농담을 던지면 낯 두꺼운 수강생들은 웃곤 했다.

사실 염치없기는 거의 모든 수강생이 마찬가지였다. 도나 플로르를 좋아하고 알랑거리면서도 눈으로는 그 건달을 좇고 있었다. 그는 그 음흉하고 거드름 피우는 태도로 의자에 몸을 뻗거나, 틈만 나면 부엌 계단에 앉아 수강생들을 머리끝에서 발끝까지 훑어보면서 여자들의 다리와 무릎, 드러난 허벅지, 가슴으로 눈을 옮기곤 했다. 당황한 수강생들은 눈을 내리깔았지만 바지뉴는 그러지 않았다.

도나 플로르는 수업 중에 오르되브르와 케이크, 쿠키, 디저트를 만들었다. 바지뉴는 수강생들 사이를 누비면서 양파를 건네주고 추잡한 농담을 하고 시식을 해보다가, 가장 예쁜 수강생들에게 말을 붙이고는, 기꺼이 허락한다고 말하는

---

8 *dendê*. 브라질에서 자라는 아프리카산 기름야자. 그 열매에서 얻은 덴데 오일은 요리에 폭넓게 쓰인다.

것 같은 부위로 능청스럽게 손을 가져갔다.

그것 때문에 도나 플로르는 신경이 곤두서고 화가 나서, 결국 까다로운 옥수수 가루 케이크에 녹인 버터를 넣다가 그만 양 조절에 실패하는 일도 많았다. 그녀는 바지뉴가 차라리 평소처럼 밖에 나가 못된 짓이나 도박을 하기를, 제발 수강생들만은 건드리지 말기를 신에게 빌었다.

지금 경야에 온 그 수강생들은 도나 플로르를 에워싸고 위로해 주었지만, 그중 한 사람, 교활한 고양이 같은 얼굴의 어린 이에다는 눈물을 주체하지 못한 채 망자에게서 눈을 떼지 않고 있었다. 도나 플로르는 그 지나친 감정을 금방 눈치채고 불안해졌다. 둘 사이에 무슨 일이 있었던 건 아닐까? 의심을 살 만한 장면을 목격한 적은 없었지만, 그 두 사람이 학교 밖에서 만나지 않았다고, 어느 매음굴에 가지 않았다고 누가 장담할 수 있으랴. 겉으로 보기에 바지뉴는, 노에미아라는 바람둥이 여자와의 사건 이후 수강생과 얽힌 적은 없는 것 같았다. 그러나 그는 꾀 많은 사람이었다. 길모퉁이에서 이에다를 기다렸다가 말을 걸고도 남을 사람인데, 그 처녀가 바지뉴의 천부적 달변에 넘어가지 않았다는 보장이 어디 있단 말인가? 도나 플로르는 이에다를 유심히 살피다가 그 처녀의 입술이 떨리는 것을 보았다. 이제 그녀의 마음엔 한 점 의심도 없었다. 아, 바지뉴 그 몹쓸 인간…….

남편이 갖가지 일로 속을 썩였지만 노에미아라는 그 여자, 좋은 집안 출신에 몸가짐이 헤프고, 더욱이 약혼자까지 있었던 그 여자와 바람피운 사건만큼 속을 끓였던 일은 없었다. 그러나 도나 플로르는 오늘 같은 경야에, 바지뉴의 얼굴을 마지막으로 보는 시간에 그 치욕스러운 사건을 떠올리고 싶지는 않았다. 다 끝난 일이다, 그것도 오래전에. 그 화냥년은 결혼했다. 기자가 되고 싶어 하는 이러저러한 청년, 아주 젊지만 벌써 연인 단속에 실패한 약혼자 아우베르투한테 시집간 것이다. 게다가 결혼은 그 바람둥이 여자를 하룻밤 새에 추하게 만들어 버렸다. 그녀는 아주 노골적인 매춘부가 되었다.

그 사건의 모든 것이 거의 기적처럼 잘 풀렸을 때, 바지뉴는 따뜻한 침대 속에서 화해하면서 고백했다. 「내가 진심으로, 영원히 사랑하는 여자는 당신뿐이야. 나머지는 다 심심풀이 포대 자루야.」 그 경야에서, 그렇게 많은 사람과 많은 호의에 둘러싸인 지금, 도나 플로르는 잊었던 그 사건을 되새기고 싶지도 않았고, 울음을 참지 못하고 눈물과 함께 비밀을 쏟아 내는 어린 이에다의 몸짓이나 표정을 보고 싶지도 않았다. 바지뉴가 죽었으니 상관없는 일이었다. 애써 뒤를 캐어 진실을 밝히고, 그를 탓하고 상처받을 이유가 없지 않은가? 그는 죽었다. 모든 것에 대한 대가를, 이자까지 쳐서 치렀다. 너무 젊은 나이에 떠났다. 도나 플로르는 이제 서로가 청산할 것이 없었으므로, 남편을 생각해도 마음이 편했다.

그녀는 고개를 숙여 더 이상 그 처녀를 보지 않았다. 눈길을 내렸을 때 그녀가 본 것은 철제 침대에서 자신의 몸을 쓰다듬던, 자신의 귀에 대고 속삭이던 바지뉴뿐이었다. 「전부 시간 때우기 포대 자루에 불과해. 내가 정말 사랑하는 사람은 플로르, 당신뿐이야. 다른 누구도 아닌 내 예쁜 바질 꽃 플로르.」 대체 그 포대 자루가 뭘까? 도나 플로르는 갑자기 궁금해졌다. 한 번도 물어보지 못한 게 아쉬웠지만, 좋은 것일 리는 없었다. 그녀는 미소를 지었다. 나머지 여자는 다 포대 자루일 뿐이다. 그가 진정 사랑한 사람은 그녀, 플로르였다. 바지뉴 손에 들린 꽃, 그가 꽃잎을 떼어 버린 꽃.

5

 다음 날 오전 10시, 엄청난 행렬과 함께 장례 절차가 시작되었다. 월요일 카니발에 참가한 그 어떤 삼바 그룹이나 축제 클럽도 규모나 활력 면에서 바지뉴의 장례와 비교가 되지 않았다. 어림도 없었다.
 「보세요……. 적어도 창문 밖은 내다봐야죠.」 남편 제 삼파이우를 묘지로 끌고 가려는 희망을 포기한 도나 노르마가 말했다. 「당신 같은 외로운 들짐승이 아니라, 친구를 사귈 줄 알았던 남자의 장례식이 어떤지 한번 보시라고요……. 바지뉴는 건달에 노름꾼, 오입쟁이에 몹쓸 사람이었지만 그래도 어떤지 똑똑히 보세요. 게다가 지금은 카니발 중이란 걸 잊지 마세요. 여봐요, 삼파이우 씨, 당신이 죽으면 운구할 사람 한 명 없을걸요…….」
 제 삼파이우는 대답하지도 않았고 창밖을 내다보지도 않았다. 침대에서, 낡은 파자마를 입은 채 어제 날짜 신문을 들고서, 들릴락 말락 가벼운 한숨을 쉬고는 잇새에 엄지손가락을 박았다. 그는 심기증(心氣症) 환자였다. 죽음, 병원, 경야, 장례식에 엄청난 공포를 가지고 있었다. 이 순간 그는 금방이라도 심장 발작을 일으킬 것만 같았다. 어젯밤, 아내한테서 바지뉴의 심장이 갑자기, 예고도 없이 멈추었다는 말을 들은 때부터 그런 증세를 느꼈다. 끔찍했던 밤 내내 그는 관상 동맥이 터지기를 기다리며, 손으로 왼쪽 가슴을 꽉 쥐고 침대에서 뒤척거렸다.
 도나 노르마는 격식에 맞게, 검은 스카프로 예쁜 밤색 머리를 가리면서 쌀쌀맞게 덧붙였다.
 「나라면, 만약 내 장례식에 온 사람이 최소 5백 명이 안 되면 인생을 헛살았다고 생각할 거예요. 적어도 5백 명은 돼야지…….」

 이런 관점에서 보면 바지뉴는 아주 성공적이고 만족스러운 인생을 살았다고 할 수 있었다. 그의 장례식에는 바이아 시민의 절반이 참석했다. 무허가 도박장을 가진 흑인 파라나구아 벤투라까지 풀 먹여 번쩍이는 흰색 정장에 검은 타이를 매고, 왼쪽 소매에 상장을 두르고 빨간 장미 다발을 들고 왔다. 그는 관의 한쪽 손잡이를 들 준비를 하고 있었으며, 도나 플로르에게 애도를 표하고는 바지뉴에게 바치는 가장 간단하고, 가장 짧은 연설로 모든 감정을 요약했다.

 「멋진 친구였습니다!」

막간

술집에서 술집으로 널리 퍼진, 바지뉴의 죽음을 애도하는
작자 미상의 시와 마침내 구체적인 증거를 토대로
밝혀지게 된 그 음유 시인의 실체, 이 두 가지를 둘러싸고
벌어진 논쟁에 관한 간략한 (확실히 불필요한) 보고.

(천하제일 호바투 2세의 시 낭송을 곁들여.)

그렇다, 확실히 그건 아니었다. 그것은 시간이 지났다고 해서 풀리지 않을 문학의 수수께끼나 세계 문화의 또 다른 불가사의로 남지는 않았으며, 따라서 몇 세기가 지난 후 대학교와 학자들, 연구원들, 도서관 사서들이 풀어야 할 과제가 되고, 연구 주제가 되고, 연구원들, 연구소들, 교수들, 역사학자들, 그리고 쉽고 안락한 삶을 추구하는 온갖 먹물 나부랭이의 조사와 정보 교환, 매력적인 활동의 대상이 될 일은 없었다. 그것이 또 하나의 셰익스피어 문제가 될 리는 없다는 것, 그리고 그 시에 주제와 하찮은 영감을 부여한 사건, 즉 바지뉴의 죽음만큼 사소하다는 것은 확실히, 의심의 여지가 없을 터였다.

그러나 사우바도르 다 바이아의 문학 서클 내에서는 그 문제가 제기되면서 갑자기 논쟁이 불거졌다. 「창녀와 친구들 사이에서 바지뉴로 통하는 바우도미루 두스 산투스 기마랑이스의 죽음에 바치는 비가」, 과연 그 도시의 어느 시인이 그 시를 지었을까, 그리고 널리 퍼뜨렸을까? 논쟁은 확산되었고, 곧이어 언성이 높아지면서 반목과 이해관계가 조성되고 풍자를 낳았으며, 급기야는 한두 번의 주먹질까지 벌어졌다. 이런 언쟁과 적개심, 의심과 확신, 긍정과 부정, 말다툼과 우격다짐은 차가운 맥주가 놓인 술집 탁자에서만 벌어졌는데, 밤늦은 시간 이런 자리에선 으레, 진가를 인정받지 못한 젊은 문인들이 (행운을 불러올 이 중요한 신세대의 상서로운 등장 이전에 발생했던 모든 문학과 예술을 무너뜨리고 파괴하면서) 열변을 토했고, 아집으로 뭉친 기성 문인들은 완고하게 모든 혁신에 반대하면서 말놀이와 경구, 청산유수 같은 시구를 늘어놓았고, 서로 — 수염이 없는 천재들과 면도를 해야 할 순문학가들 — 가 누구 못지않을 결연한 의지로 자신의 최신 산문과 운문 작품을 읽으면서 으르렁거리고, 저마다 브라질 문학에 혁명을 일으킬 궁리를 했다, 행여나.

그렇다고 이 논쟁이 바이아 주에만 국한된 일은 아니었다 [논쟁이 그 주도(州都)뿐 아니라 주 전체에도 퍼진 것이, 카카오 재배 지역 전역에 반향을 일으켰기 때문이다]. 일례우스의 문예 아카데미 『연감』에 실린 참고 자료들을 보면, 그 문제만을 주제로 다룬 회의가 있었다는 것에는 의문의 여지가 없었다. 그러니까 그 논쟁은 평론지나 잡지 지면에 실릴 수 없었으므로 말로 오가는 토론 속에서 스스로 씨를 뿌렸다는 얘기인데, 사실 이것이 어디에도 실리지 않았던 이유는 이상하면서 격렬하기까지 했던 이 논쟁이 별 흥미가 없었기 때문도 아니고, 도나 플로르와 그녀의 두 남편 이야기, 바지뉴가 독보적인 캐릭터, 아니 사실상 주인공으로 등장하는 그 시의 내용이 주목할 가치가 없었기 때문도 아니었다.

주인공? 그게 아니면 그는 여주인공, 이 경우는 일편단심 헌신적인 배우자였던 도나 플로르에게 고통을 안겨 주는 악당, 건달이었을까? 그러나 이것은 시인과 산문 작가들이 고민했던 그 문학적 문제와는 아무 관련이 없는 또 다른 문제이다. 어쩌면 이것은 더욱 어렵고 진지한 문제이며, 만약 여러분의 인내심과 의지력이 이 하찮은 책의 끝까지 지속된다면, 그 답은 바로 여러분, 독자들에게 달려 있다.

문제의 그 비가에서는 바지뉴가 엄연한 주인공이라는 데는 눈곱만치의 의문도 없었다. 〈행운에, 주사위에, 창녀들에게 유례없이 가까웠던, 천재적인 어릿광대〉라는 둥, 그에 대해선 이루 말할 수 없는 찬양 일색이었다. 그 시는 ─ 그 논쟁 자체처럼 ─ 신문의 문예란에 버젓이 실리진 못했어도, 그것이 문학적 가치가 없어서는 아니었다. 이른바 주 시인들보다 훨씬 높은 전국 시인인 오도리쿠 타바리스 ─ 주 시인들은 모두 그에게 아부하느라 죽는 시늉까지 했는데, 그 독재자가 신문사 두 곳과 라디오 방송국 한 곳을 장악하고 있기 때문이었다 ─ 라는 자는, 타이핑된 이 비가의 사본을 읽고서 이렇게 한탄했다.「이걸 출판할 수 없다니 정말 유감이군…….」

「작자 미상만 아니었더라도.」다른 한 시인인 카를루스 에두아르두가 거들었다.

이 카를루스 에두아르두란 자는 자신의 풍모와 골동품 분야에서의 대단한 권위를 이용해, 오도리쿠와 손잡고서, 성상 고미술품과 관련해 약간 떳떳하지 못한 사업을 하고 있었다. 가장 여러 번 좌절감을 맛본 아류 문인들과 가장 과격한 젊은 천재들, 그러니까 오도리쿠의 신문 일요판에 자신의 이름이 실릴 날이 올 거란 희망이 전혀 없는 문인들은 오도리쿠와 카를루스 에두아르두, 이 두 사람을 두고 전문 절도단이 교회에서 훔친 골동품 성상들을 거래하는 장물아비라고 비난했다. 그런데 그 절도단의 우두머리가 미심쩍은 명성의 소유자, 우연히도 바지뉴와 죽이 맞는 친구였던 마리우 크라부라는 사내였다. 빼빼 마르고 콧수염 풍성한 이 사내, 사람들 입에 오르내리는 크라부는 낡은 자동차 부품이나 철판, 부서진 기계를 만지작거리는 걸 소일거리로 삼았는데, 그 잡동사니들을 비틀고 이어 붙여 그 결과물에 예술적 가치를 부여하고, 그 고철을 두 시인과 여러 감정가에게 보여 주고서는 현대적인 조각품이라는 둥 추상 미술계의 혁신을 일으킨 악동이라는 둥 이구동성의 찬사를 받는 걸 낙으로 여겼다. 여기서 또 하나의 문제가 제기되지만, 거장 크라부의 예술이 진정 가치를 지니는가 하는 그 논의는 이 지면에서 다룰 공간이 없다. 우리는 그것까지 분석하지는 않겠다. 다만 비평가들은 지금까지도 그의 작품에 찬사를 보내고 있으며, 나름의 관심을 추구하는 외국 저널리스트들이 그의 작품을 연구 대상으로 삼기도 했다는 사실만을 공식적으로 언급해 두겠다. 어쨌거나 당시 그는 예술가로 인정받지 못하고 있었다. 그로선 이제 막 시작 단계였고, 어느 정도 악명이나마 누리고는 있었지만, 그것도 대개 교회 성구실과 제단에서의 수상한 행동 때문이었다.

전하는 말로는 바지뉴도, 완전히 알거지가 되었을 때 한번은 이교도인 마리우 크라부가 조직한 은밀한 야간 순례에 가담해 헤콩카부 교회에 간 적이 있다고도 한다. 그 교회 약탈 사건은 큰 화제였다. 훔친 물건들 중 한 점이 프라이 아고스티뉴 다 피에다지[1]의 작품인 성 베네딕트 상이었고 수사들이 도둑들을 추적하며 대소동을 일으켰기 때문이었다. 오늘날 그 성상은 남부의 한 박물관에서 볼 수 있는데, 독사의 혀를 가진 아류 문인들의 말을 믿는다면, 그것은 서정시의 뮤

[1] Frei Agostinho da Piedade(?~1661). 브라질 바로크 시기의 미술가 — 옮긴이주.

즈와 독실한 장사꾼의 ─ 당시에는 ─ 어설픈 동업 덕택이었다.

그날 오전, 점심 식사 전에, 카를루스 에두아르두는 편집실에서 성상과 성화 얘기를 하던 중, 주머니에 넣어 두었던 그 비가 사본을 꺼내 시인 오도리쿠에게 건넸다.

그 추잡한 단어들 때문에 그것을 출판할 수 없다는 것 ─ 「그게 작자 미상이라서가 아니야. 그 문제는 아무 필명이라도 사용하면 해결돼.」─ 이 못내 애석한지 오도리쿠는 다시 되뇌었다. 「안타깝군.」 그러고는 큰 소리로 다른 구절을 읽어 나갔다.

> 바이아의 도박사들과 흑인 여자들은 애도의 검은 물결을 이루고.

이어서 그가 동료에게 물었다. 「자넨 작자가 누군지 알아냈지, 그렇지?」

「설마 그자라고 생각하나? 그럴 리가……. 내 생각엔…….」

「척 보니 알겠는걸……. 이거 보라고. 〈한순간 모든 룰렛 휠이 침묵하고, 사창가에는 조기가 내걸리고, 계집들의 아랫도리는 절망해서 흐느끼네.〉」

「그럴 수도 있겠군…….」

「그럴 수도 있는 게 아니라니까. 틀림없다고.」 그가 웃음을 터뜨렸다. 「그 갈보 사냥꾼이 분명해…….」

문학 서클에서는 이와 같은 확신이 없었다. 그 비가의 작자로는 유명한 음유 시인이나 명성을 좇는 젊은 시인 등 여러 사람이 물망에 올랐다. 결국 그 시를 써낸 펜의 주인은 소지제니스 코스트, 카르발류 2세, 아우베지 히베이루, 엘리우

시몽이스, 에우리쿠 아우베스 등으로 압축되었다. 그러나 많은 이는 호바투가 가장 유력하다고 생각했다. 풍부한 억양의 당당한 목소리로, 뜨거운 열정을 담아 그 시를 낭송한 사람은 그가 아니었던가?

　　그와 함께 새벽은 달을 타고 떠나갔다.

호바투가 다른 사람의 시를 낭송한다는 것은 생각할 수도 없는 일이었고, 그들의 서클에서 그런 일은 매우 드물었다. 소네트 작가의 관대한 성품, 다른 사람의 작품을 평가하고 칭찬하는 능력 같은 건 그들 사이에서 잊힌 지 오래였다.

그 비가가 크게 인기를 얻으며 그를 둘러싼 논쟁이 시작된 날짜는 카를라의 유곽인 〈뚱보 카를라〉에서 유쾌한 여흥이 벌어졌던 밤으로 추정할 수 있을 것이다. 〈뚱보 카를라〉, 그녀는 이탈리아에서 수입한 자신의 직업적 능력을 발휘하는 유능한 사업가였는데, 자신의 전문 주특기(탁월한 지성을 가진 감정사이자 모범적인 시민인 네스토르 두아르치에 따르면 그녀의 방중술은 훌륭했다)의 영역을 훨씬 뛰어넘는 교양의 소유자이자, 단눈치오의 독자로서 시를 무척 좋아했다. 한동안 그녀와 친하게 지냈던 풍성한 콧수염의 크라부는 그녀를 〈소처럼 낭만적이다〉라고 묘사했다. 카를라는 극적인 열정 없이는 살 수 없었고, 그 커다란 파란 눈과 프리마 돈나의 가슴, 거대한 허벅지로, 질투에 사로잡혀 한숨 쉬고 신음하는 이 부랑자에게서 저 난봉꾼에게로 표류했다. 바지뉴 역시 그녀의 우아함과 거기에 따라오는 약간의 덤을 즐겼지만, 그래도 그녀는 난봉꾼들보다 시인들을 더 좋아했다. 그녀 자신은 〈위대한 독창성과 영감을 담은 단테의 아름다운 언어〉

로 시를 지었다는 것이 호바투의 아부성 칭찬이었다.

매주 목요일 저녁, 카를라는 자신의 넓은 거실에서 일종의 문학 살롱을 열었다. 시인들과 예술가들, 부랑자들, 판사 아이로자처럼 매우 특출한 인물들이 참여했고, 그 유곽의 여자들은 시 낭송이 끝나면 재빨리 박수를 치고 농담에는 웃어 주었다. 술과 다과도 제공되었다.

카를라는 그리스식 튜닉에다, 패션 잡지에 나오는 그리스풍 또는 할리우드 영화에 나오는 이집트풍의 싸구려 장신구를 달고 오페라에서 막 걸어 나온 사람의 차림으로, 베개와 쿠션들로 뒤덮인 긴 의자에 기대어, 그 야회를 주관했다. 시인들은 기지와 경구가 넘치는 시나 단어에 관한 희곡을, 판사는 일주일 동안 공들여 준비한 격언을 낭송하고 교환했다. 이 모임에서 절정의 순간은 그 집의 마담, 뚱보 카를라가 모조 보석들로 뒤덮인 희고 거대한 살덩어리를 쿠션에서 일으켜, 그런 체구의 여자한테는 도무지 어울리지 않을 갈대 피리 같은 목소리로, 가장 최근의 연인에 대한 사랑을 담은 감상적인 이탈리아어 시를 낭송할 때였다. 그러는 동안 예술가 크라부와 나머지 무식한 유물론자들은 그 방의 컴컴한 조명 — 불빛이 약해서 시를 듣고 감상하기가 좋았다 — 을 틈타 고상한 감상 따위는 팽개친 채, 유곽에서 공짜로 즐기며 남의 장사 이득이나 가로채 볼까 하는 속셈으로 파렴치하게 여자들에게 지분거렸는데, 불한당이 따로 없었다.

밤이 기울어 야회가 끝날 때쯤이면 시가 시들해진 틈을 타서 으레 추잡한 이야기들이 물밀듯 치고 올라오곤 했다. 바로 이때가 바지뉴, 지오바니, 미란당, 카를리뉴스 마스카레냐스, 그리고 누구보다도 레프의 차례였다. 이민자의 아들로 이제 막 건축가가 된 레프는 기린처럼 큰 키에 무진장한 레퍼토리의 보유자, 훌륭한 이야기꾼이었다. 레프는 도저히 발음할 수 없는 러시아어 이름이 따로 있었으나 여자들은 은의 혀 레프라는 별명으로 불렀다. 아마 그의 이야기 밑천 때문일 것이다, 아마도.

이런 〈감성과 재치의 우아한 모임〉에서 호바투는 떨리는 소리로, 세상을 떠난 고인, 〈사랑과 시의 맛난 보금자리〉를 자주 찾는 그 모든 이의 친구에 관해 몇 마디 감동적인 말을 곁들여 그 시를 소개하더니 바지뉴의 죽음에 바치는 비가를 낭송했다. 그리고 그 시의 작자가 〈공개와 영광의 햇볕보다 익명의 안개를 더 좋아한다〉라고 지나가는 말로 덧붙였다. 호바투 본인은 그 사본을 해병대 장교, 역시 바지뉴와 통하는 친구인 크리조스토무 대령에게서 넘겨받은 것이었다. 그러나 그 장교는 시인의 정체에 관해 정확한 정보를 말해 줄 수 없었다.

많은 사람은 그 시를 호바투 자신의 것이라고 생각했다. 그러나 본인이 완강하게 부인하고 나오자 그들은 그 도시에서 시를 쓴다는 시인들, 특히 몽유병 증세가 있는 부랑자라는 평을 듣는 시인들 중 아무나 지목하기 시작했다. 그렇지만 호바투의 말을 전혀 믿지 않고서, 그것을 그의 겸손 탓으로 돌리면서 여전히 그 비가의 작자는 호바투라고 생각하는 이들도 있었다. 지금까지도 그 시가 그의 작품이라고 믿는 사람들이 있다.

논쟁은 더욱 가열되어 한번은 문학의 범위와 점잖은 예절의 경계를 넘어 주먹다짐으로 발전한 적도 있었다. 클로비스 아모링은 견본 시장에서 파는 냄새 독한 시가를 끊임없이 씹으면서 뱀의 혀로 경구를 뽑아내는 시인이었는데, 문제의 시를 쓴 사람이 음유 시인 에르메스 클리마쿠일 가능성은 없다면서 그에겐 재능과 문법 실력이 부족하다고 목소리를 높이고 있었다.

「클리마쿠라고? 무슨 말도 안 되는 소릴……. 그가 가진 모든 걸 쏟아 넣어도 글쎄, 7음절 한 연이나 제대로 나올까. 그런 덜떨어진 시인이…….」

호랑이도 제 말 하면 온다더니, 마침 시인 클리마쿠가 그 술집 문에 나타났다. 검은색 단벌 만년 정장에 방수 케이프를 두르고, 역시 만년 소지품인 우산을 들고서. 화가 난 그가 우산을 들이밀었다.

「덜떨어진 건 널 낳은 네 어미다…….」

욕설과 주먹다짐이 오가면서 싸움이 벌어졌지만 시를 짓는 실력이건 체격이건 아모링 쪽이 훨씬 유리했다.

역시 이상하지만 말해 둘 필요가 있는 일은 두 권의 작은 시집을 낸 어느 시인에게 일어난 일이었다. 잘 모르는 사람들은 그 시의 작가로 그를 지목했다. 처음에 그는 단호하게 부인했다. 그런데 사람들이 주장을 굽히지 않자, 점점 부정의 강도가 약해지더니 결국엔 알쏭달쏭하게, 그동안의 부정이 소심한 긍정이었다는 식의 종잡을 수 없는 태도를 보였다.

「그 사람이에요, 틀림없다고요.」 눈을 내리깔고 양손을 비비는 그의 모습을 보고 사람들이 말하면 그는 미소를 띠고 중얼거렸다.

「그 작품이 제가 쓴 시와 비슷한 건 사실이지만, 제 작품은 아닙니다…….」

그는 언제나 사실을 부정했지만, 그러면서도 문제의 시가 다른 사람의 작품이 되는 걸 보고만 있지도 않았다. 혹시라도 누가 그런 견해를 내놓을라치면, 그는 그 가정의 불가능성을 증명하려고 갖은 노력을 기울였다. 혹시라도 누가 아주 완강하게 그 주장을 고집할 때면, 이유 없이 사납게 으르렁거렸다.

「그래서 나를 가르치겠다는 겁니까? 내가 아무것도 모르는 줄 아시나 본데…….」

그리고 누군가 그 비가를 낭송하는 걸 들을 때면, 완전히 집중해서 귀를 기울이고 그 시가 자기 작품인 양 신경을 곤두세우면서 바뀐 단어가 있을 때마다 일일이 수정하는 것이었다. 나중에, 진짜 작자의 이름이 밝혀졌을 때에야 그는 거저 얻었던 그 영예를 겨우 포기했다. 그러고는 곧바로 그 시의 가치와 아름다움을 다 부정하면서 그 시를 저주하기 시작했다. 「사창가 시, 똥 무더기.」

이 모든 논쟁에도 불구하고 그 비가는 널리 유행했으며, 럼주가 돌려지고 숭고한 감정이 무르익는 새벽 시간이면 술집 탁자 주변에서 읽히고 암송되고 낭송되었다. 그 시를 낭송하는 사람들은 형용사나 동사를 바꾸었고 때로는 연을 뒤섞거나 삭제했다. 그러나 원작에 충실하건 왜곡되었건, 럼주를 뚝뚝 흘리며 낭송되었건 카바레 플로어 위로 발을 끌면서 암송되었건, 바지뉴의 비가는 계속해서 그를 찬양하고 있었다.

작자가 누구든 간에 그 시는 바지뉴가 소년기 이후 살아왔던 암흑세계, 그 자신이 곧 그것의 상징이 되었던 그 세계에 대한 일반적인 느낌을 반영하고 있었다. 그 비가는 그 젊은 도박꾼에게 바쳐진 찬사의 극치였다. 만약 바지뉴 본인이 그 모든 아부와 애끓는 시를 들을 기회가 있었다면, 그는 귀를 의심했을 것이다. 살아생전 그는 찬양이나 칭송의 대상이 되었던 적이 한 번도 없었다. 그의 귓가에는 항상 그가 살아온 잘못된 삶과 천박한 취향에 대한 꾸지람과 충고, 설교가 웽

왱거렸으니까.

 그러나 그의 못된 행실을 너그럽게 봐주고, 그가 지니고 있을지 모를 미덕을 널리 알리고, 시의 주인공을 넘어서 그를 거의 전설적인 인물로 만든 이 변화는 오래가지 않았다. 그가 죽고 일주일이 지나면서 상황은 벌써 슬금슬금 제자리로 돌아가고 있었다. 그를 알고 지냈던 동네 여자들 사이에서 보수 계층의 견해, 도덕과 예절 수호자들의 견해가 표출되기 시작하면서, 사창가와 카지노의 위험한 쓰레기들이 발칙하게도 전통적인 규범과 체제를 뒤흔들 속셈으로 지어낸 그 무정부적이고 방탕한 찬사를 덮어 버렸다.

 그러나 그 시의 작자로 인한 소동만으로는 부족하다는 듯, 또 하나의 뜨거운 문제가 대두되었다. 두 번째 문제와 관련해서는, 여러 증거로 작자의 정체를 확실히 알 수 있었고, 국내 문예 골든 북에 실려 소개되기까지 했다.

 바지뉴가 죽고 몇 년 후, 화려한 장정에 칼라잔스 네투의 목판화가 함께 실린 1백 부 한정판 중 작자가 직접 서명한 『외설스러운 비가』 사본 ─ 그 시인이 사람들에게 선물로 준 세 권 가운데 하나 ─ 을 받은 시인 오도리쿠는 그 귀중한 책을 들고 카를루스 에두아르두를 찾아갔다.

 두 친구는 몇 해 전 어느 날, 그 비가를 함께 읽고 이야기를 나누던 바로 그 편집실에 앉았다. 달라진 게 있다면 지금은 두 사람 모두 뚱뚱해졌고, 존경받는 사람이 되었으며, 미술 작품 컬렉션과 부동산 소유자로서 부자, 아주 큰 부자가 되었다는 것이었다.

 오도리쿠가 옛일을 떠올렸다. 「그때 내가 말하지 않았나? 그자가 틀림없다고.」 그는 그때와 똑같은 미소, 똑같은 말로 끝을 맺었다. 「그 갈보 사냥꾼이라니까······.」

카를루스 에두아르두 역시 사람 좋게, 목표를 이루어 만족하는 사람의 웃음을 웃고는 그 책의 깔끔한 편집을 칭찬했다. 표지에는 시인의 이름이 목판으로 찍혀 있었다. 고도프레두 2세. 그는 천천히 책장을 넘기면서 혼자 질문해 보았다(뚜렷한 부러움을 담고서). 〈이 사랑스럽고 결출한 시인과 그 가난한 건달뱅이가 어느 은밀한 거리와 비탈을, 어느 어스름 박명의 오솔길을, 어느 즐거운 소굴을 함께 다녔기에, 그들 사이에 이토록 보기 드문 우정의 꽃이 활짝 피었단 말인가?〉 카를루스 에두아르두는 속으로 이 수수께끼를 생각하면서 천천히, 마치 여자의 살갗을 만지듯, 아마도 밤처럼 까맣고 벨벳처럼 보드라운 흑인 여자의 살갗을 만지듯 종잇장을 매만졌다. 그 책에 실린 다섯 편의 비가 중 넷째 것이 바지뉴의 죽음에 바쳐진 「도박 테이블에서 잊혀 간 블루 칩」이었다.

이렇게 해서 약속한 것과 같이, 한 가지 문제는 해결되었다. 그러나 또 하나의 문제가, 어쩌면 찾기 불가능할 해답을 요구하면서 고개를 든다. 그것은 여러분의 식견에, 바지뉴에 관한 이 수수께끼에 맡겨져 있다.

바지뉴는 누구였는가? 그의 참된 본성이 무엇이었는가? 그 인간성의 깊이는 어느 만큼이었는가? 그 얼굴에는 햇살이 비쳤는가, 아니면 어둠의 그늘이 드리워 있었는가? 과연 그는 어떤 사람이었는가? 그 비가 속의 유쾌한 동지, 파라나구아 벤투라의 말처럼 〈멋진 친구〉였는가, 아니면 도나 플로르의 친구나 이웃 여자들의 말처럼 한심하기 짝이 없는 날건달, 구제 불능의 빈대, 못된 남편이었는가? 그를 제대로 알고 있었던 사람, 그를 더욱 잘 규정할 수 있는 사람이 누구일까? 성 테레사 교회의 꼭두새벽 미사를 보러 오는 경건한 신도들일까, 아니면 〈룰렛 휠을 구르는 구슬과 카드, 주사위, 콜 최후의 요새〉, 타바리스의 구제 불능 단골손님들일까?

제2장

그녀의 과부 생활 초기, 시련과 깊은 애도의 시기

칩과 주사위와 함께했던 바지뉴와 도나 플로르의
연애와 결혼, 결혼 생활에 얽힌 기억들, 그리고 이제는
희망 없는 슬픈 기다림(그리고 짜증스러운
도나 호지우다의 존재)의 이야기.

(바이올린에 에드가르드 코코, 기타에 카이미,
마법의 플루트에 닥터 바우테르 다 시우베이라.)

풍미와 예술 요리 학교
도나 플로르의 게 절임 레시피

재료(8인분)
물을 섞지 않은 코코넛 밀크 1컵
덴데 오일 1컵
껍데기가 연한 게 2파운드
소스(마늘 3쪽, 소금 약간, 레몬 즙 1개 분량, 고수풀 약간, 파슬리 1줄기, 셜롯 1뿌리, 양파 2개, 올리브 오일 ½컵, 고추 1개, 토마토 1파운드)
고명(토마토 4개, 양파 1개, 고추 1개)

만드는 법
양파 두 개를 갈고, 마늘은 분쇄기로 빻아요.
양파와 마늘은 냄새가 나쁘지 않아요, 숙녀분들.
향기로운 땅의 열매들이거든요.
고수풀, 파슬리, 몇 개의 토마토는 잘게 다지세요.
셜롯과 고추도요.
모든 걸 올리브 오일과 섞은 후
향긋한 이 소스는
옆으로 치워 두세요.
(양파 냄새를 싫어하는 어리석은 여자들도 있지만

그들이 순수한 냄새에 관해 뭘 알까?
바지뉴는 양파를 날로 먹는 걸 좋아해서
그의 키스는 불같았지.)
게를 레몬 즙에 넣어 씻어요.
잘 씻은 다음 좀 더 씻어 주세요.
바다 맛은 간직한 채 모래만 없애야지요.
다음엔 양념을 합니다. 한 마리씩 차례차례
소스에 담가요. 냄비에다 넣는 거예요,
양념이 잘 배도록 한 마리씩 층층이.
남은 소스를 그 위에 부으세요,
천천히. 이건 섬세한 요리니까요!
(아, 바지뉴가 좋아하던 요리인데!)
토마토 네 개와 고추 한 개, 양파 한 개를
얇게 썰어서 게 위에 덮어요.
고명이랍니다.
이것을 두 시간 동안 상온에 두어서
간이 배어들게 합니다. 그다음 스토브에 냄비를 올려요.
(그이는 직접 게를 사곤 했지.
시장에선 오랜 단골이었어······.)
거의 다 익었을 즈음, 바로 그때
코코넛 밀크를 넣은 다음 맨 마지막에
덴데 오일을 넣지요. 불에서 내리기 직전에요.
(그이는 1분이 멀다 하고 간을 보곤 했지.
그처럼 미각이 섬세한 사람은 없었어.)

이제 고급 요리 중에서도 최고의 요리가 되었답니다.
이걸 만들 수 있다면 일급 요리사라고

자랑할 자격이 있지요.
하지만 솜씨가 없다면 시도하지 않는 게 나아요.
모두가 타고난 주방 예술가는 아니거든요.
(이건 바지뉴가 좋아하는 요리였어.
두 번 다시 내 식탁에 올리진 않을래.
그이가 게를 씹으면
덴데 오일로 그 입술이 노랗게 물들었지.
아, 다시는 맛볼 수 없어,
그의 입술을, 그의 혀를,
날양파로 불타오르는 그의 입을!)

1

 바지뉴가 죽고 7일 후, 성 테레사 교회에서 동 클레멘치 니그라가 집전하는 미사가 열렸다. 마치 닻을 올리려는 순간의 배 같은 교회에서, 맞은편 바다의 투명한 푸른빛이 아름다운 본당을 감싼 가운데, 제단 앞 첫째 줄에 도나 플로르가 온통 검은 복장 — 도나 노르마가 빌려 준 검은 레이스 만티야는 그녀의 머리카락과 눈물을 감추고 있었다 — 으로 몸을 감싸고 손가락 사이에 묵주를 끼운 채 무릎을 꿇고 있었고, 사람들은 그녀에게 속삭이면서 동정과 끈끈한 연대감을 전하고 있었다. 그녀가 남편을 잃었다기보다는 그런 남편한테서 벗어났다고들 생각했으므로 그들의 속삭임에 연민이 담겨 있지는 않았다. 머리를 낮게 숙인 도나 플로르에게는 아무 소리도 들리지 않았다. 마치 그 성소 안에는 그녀와 사제, 그리고 바지뉴의 부재 외에는 아무것도 없는 것 같았다.
 직업적인 신도들, 늙고 가난한 신도들, 심술궂게도 재미와 웃음을 적대시하는 이들 사이에서 두런거림이, 누군가의 노기 띤 속삭임과 함께 일어났다.
 「그 배교자한테는 한마디 기도도 해줄 가치가 없어요.」
 「성녀가 따로 없지. 그렇지 않았다면 미사 대신 파티를 열었을 거예요. 춤추고 별 난리를 다 떨었겠지요…….」

제단 위, 며칠째 밤을 새워 고대 텍스트를 보느라 수척해진 얼굴로 바지뉴의 영혼을 위한 미사를 보던 동 클레멘치는 새벽의 신비로운 공기 속에서, 마치 어떤 악마가, 루시퍼나 에슈, 아니 에슈보다 더한 마왕이 본당 안을 떠도는 것 같은, 어수선하고 사악한 기운을 느꼈다. 사람들은 왜 바지뉴를 고이 보내지 않는 걸까? 왜 그를 쉽게 내버려 두지 않는 걸까? 동 클레멘치는 바지뉴를 잘 알고 있었다. 바지뉴는 수도원을 찾아와 중정에서 수다 떠는 걸 좋아했다. 그가 벽에 기대앉아 지껄이는 말들은 그곳의 고색창연한 돌들과 매우 잘 어울렸다고 할 수 없지만, 그 사제는 인간의 모든 경험에 관심이 있었으므로, 그의 이야기에 호기심과 흥미를 느끼며 귀를 기울이곤 했었다.

본당과 성구실 사이의 복도에는 제단 같은 게 꾸며져 있었고, 그 제단에는 17세기쯤의 어느 무명 조각가가 새겼을 대중적인 목조 천사상이 놓여 있었는데, 마치 바지뉴를 모델로 삼은 것 같은 조각상이었다. 똑같이 천진하고 능청스러운 얼굴, 똑같이 거만하고, 똑같이 다정한 분위기. 그 천사는 자기 뒤의, 바로크 색채가 더욱 짙은 성녀 클라라의 초상 앞에 무릎을 꿇고 앉아, 그녀를 향해 양손을 뻗고 있었다. 언젠가 동 클레멘치는 바지뉴를 그 제단으로 데려가 그 천사상을 보여주었다. 이 부랑자가 그 유사성을 알아볼지 궁금했기 때문이었다. 바지뉴는 그 두 이미지를 보자마자 웃음을 터뜨렸다.

「왜 그렇게 웃으십니까?」 사제가 물었다.

「용서하십시오, 신부님……. 하지만 이 천사가 저 성녀를 유혹하려고 하는 것 같지 않습니까?」

「무슨 말이죠? 그 말은 무슨 뜻인가요?」

「죄송합니다, 동 클레멘치. 하지만 이 천사 얼굴이 완전히 기둥서방 같아서요……. 전혀 천사처럼 보이지 않는단 말입니다. 저 눈을 보세요……. 여자 꽁무니나 따라다니는 사내의 눈이죠…….」

축도를 위해서 두 손을 높이 들고 제단에서 돌아서던 사제의 눈에 저희끼리 수군거리는 나이 든 여자들의 모습이 들어왔다. 〈두런거림이 저기서 나온 것이었구나. 사악한 분위기. 오, 미끈거리는 사악한 입들. 오, 시큼하게 썩어 가는 처녀성들. 비열하고 시샘 많은 노처녀들.〉 그러나 그 정점에 있는 것은 도나 호지우다였다. 〈신께서 무한한 자비로 저들을 용서하시길!〉

「불쌍한 도나 플로르가 그 사기꾼한테 얼마나 시달렸는지 몰라요. 따님은 그 악마의 빵을 먹었답니다.」

「자기가 좋아서 한 짓이죠. 내가 말리지 않아서가 아니라고요……. 자기가 그놈한테 미치지 않았다면 내 말을 들었을 거예요. 난 내가 할 수 있는 일은 다했어요…….」

이 말들을 내뱉고 있는 사람이 바로 도나 호지우다, 도나 플로르의 어머니이자 매정한 어머니가 될 운명을 타고난 여자, 자신의 소명을 위해서라면 할 수 있는 모든 것을 헌신적으로 하는 여자였다.

「딸년은 그놈이라면 사족을 못 썼어요. 그놈 없이는 못 살았죠. 신이시여, 그 애는 내가 하는 말이라면 들은 척도 안 하고 반항했죠 뭐예요. 그러더니 자기를 편들어 줄 사람들과 피신할 집까지 구해 놓았어요…….」

그녀는 이 말을 하면서, 무릎 꿇고 기도하고 있는 자신의 언니 도나 리타를 흘겨보았다. 그리고 이런 말로 끝을 맺었다.

「그 부랑자를 위해 미사를 올리다니, 아주 길바닥에 돈을 뿌리는 짓이지. 그래 봤자 사제의 배만 불려 주게 된다고요.」

동 클레멘치는 향로를 들고, 열성 신도들의 입을 통해 나오는 악마의 더러운 입김에 대고 빙빙 향을 돌렸다. 그런 다음 제단에서 내려와 도나 플로르 옆에 서서 그 어깨에 다정히 손을 얹고, 사악한 합창을 하는 악의적인 노파들에게 들리도록 말했다.

「방탕한 천사들도 신의 영광 속에선 신의 옆에 앉아 있습니다.」

「천사라니! 물러나라, 사탄이여……. 그놈은 지옥에서 온 악마였어요.」 도나 호지우다가 투덜거렸다.

어깨가 약간 굽은 동 클레멘치는 본당을 가로질러 성구실로 향했다. 그는 잠시 복도에 멈춰 서서, 품위와 냉소를 동시에 나타낸 무명 예술가의 이상한 조각상을 쳐다보았다. 어떤 감정이 그 화가에게 이런 것을 표현하게 만들었을까? 그가 전달하려고 했던 메시지는 무엇일까? 인간적 열정에 사로잡힌 천사는 음란한 눈빛으로 그 가련한 성녀를 탐하고 있었다. 여자 꽁무니를 따라다니는 사내의 눈빛. 바지뉴가 엉큼한 미소를 띠고 능청스러운 얼굴로, 신심이라곤 전혀 없이, 특유의 생생한 언어로 말했던 그대로였다. 바지뉴의 판박이. 서로 그렇게 닮은 것은 본 적이 없었다. 신의 영광 속에서 바지뉴가 신의 옆에 앉아 있다고 성급히 단정한 것은 너무 지나쳤던 게 아닐까?

그는 돌을 깎아 만든 창문으로 다가가 수도원 중정을 내다보았다. 바지뉴가 벽에 기대앉아 있을 때, 그의 발 뒤쪽으로는 고깃배들이 드문드문 떠 있는 바다가 보였다.

「신부님, 만약 신께서 진정으로 능력을 보여 주려 하신다면, 17이란 숫자가 열두 번은 나오게 하실 겁니다. 그거야말로 기적이겠죠. 그렇게만 된다면 내가 이 교회를 꽃으로 채

위 드릴 겁니다…….」

「신은 도박을 하시지 않습니다…….」

「그렇다면 신부님, 신은 뭐가 선이고 뭐가 악인지 모르시는 겁니다. 뱅글뱅글 돌아가는 구슬을 지켜보는 고통을 모르시는 거라고요. 룰렛 휠에서 구슬이 돌아갈 때 마지막 남은 돈을 거는 사람들, 터질듯 고동치는 그들의 심장을…….」

그러고는 그와 사제만 아는 비밀인 것처럼 자신 있게 말했다. 「신이 그걸 모르신다니, 어떻게 그런 일이 있을 수 있죠, 신부님?」

중앙 홀에서 도나 호지우다가 목소리를 높였다. 「길바닥에 돈을 뿌리는 짓이야……. 세상의 모든 미사를 다 갖다 바쳐도 그 망나니는 구원받지 못해요. 신은 정의로우시니까!」

만티야로 괴로운 얼굴을 가린 도나 플로르가, 도나 지자와 도나 노르마에게 기댄 채 뒤쪽에서 나타났다. 아침의 맑고 푸른 공기 속에서 교회는 막 닻을 올리려는 한 척의 배 같았다.

2

바지뉴의 사망 소식이 나자레트 다스 파리냐스에 전해진 것은 카니발의 마지막 날, 참회의 화요일 밤이 되어서였다. 도나 호지우다는 이곳 철도국에서 일하는 아들 집에 살면서, 며느리의 삶을 비참하게 만들며 수족처럼 부리고 있었다. 부고를 들은 그녀는 조금도 지체하지 않고 재의 수요일에 바이아로 출발했다. 첫째 사위인 안토니우 모라이스에 따르면 그녀는 재의 수요일과 매우 비슷했다. 「그건 여자가 아니라 그야말로 재의 수요일이지. 다른 사람의 행복을 죽여 버리거든.」 모라이스가 벌써 몇 년째 리우데자네이루 교외에 사는 이유 중 하나도, 두말할 것 없이 장모의 집과 최대한 거리를 두려는 계산 때문이었다. 숙련된 기계공인 모라이스는 친구의 제안을 받아들여 부유한 남부로 떠난 이후, 꽤 성공을 거두고 있었다. 그는 휴가 때에도 〈그 바가지 긁는 노파가 공기를 오염시키는〉 한, 바이아에는 돌아가지 않겠다고 했다.

그러나 도나 호지우다는 안토니우 모라이스를 미워하지 않았으며, 마찬가지로 며느리를 미워하는 것도 아니었다. 눈엣가시처럼 미운 건 바지뉴였고, 자신의 권위와 충고를 비웃으며 그 건달한테 시집간 도나 플로르는 도저히 용서할 마음이 없었다. 모라이스와 큰딸 호잘리아의 경우는, 비록 그녀의 기준에 흡족한 결혼은 아니었지만, 둘의 연애를 방해하거나 약혼을 반대하지는 않았었다. 도나 호지우다가 사위나 큰딸과 사이가 좋지 않았던 것은, 다만 주변 사람들을 못살게 구는 그녀 자신의 성격 때문이었다. 누군가를 괴롭히지 않으면 왠지 허전하고 우울한 느낌이 들었다.

바지뉴의 경우는 달랐다. 바지뉴가 처음 플로르에게 접근할 때부터 그녀는 그에게 반감을 표시했고, 그 꺼림칙한 날강도가 자기 딸을 옭아맨 술책과 감언이설의 그물망을 알아채고 있었다. 그녀는 그의 이름을 듣는 것조차 견디기 힘들 만큼 몹시도 그를 혐오했다. 「이 나라 경찰이 봉급 값을 한다면, 그런 악마는 감옥에 있어야지.」 누군가가 사위 얘기를 꺼내거나, 호감을 표시하면서 그의 안부를 물으면 대답 대신 그렇게 말했다.

어쩌다 한 번 도나 플로르의 집을 찾을 때에는, 바지뉴의 협잡과 방탕한 생활, 염치없는 행동, 날마다 들리는 끝없는 추문들만을 입에 올리며 하루를 보내기 일쑤였다.

심지어 도나 플로르의 부탁을 받고 바이아 정기선 선창에 마중 나간 도나 노르마에게도, 그녀는 배 갑판의 난간에서부터 독살스러운 말들을 외쳐 대기 시작했다.

「그래, 그 망나니가 결국은 뒈지고 말았어!」

배의 밧줄이 묶이는 동안, 갑판을 가득 메운 조급한 승객들은 짐 꾸러미와 바구니, 가방을 들고, 과일, 타피오카 빵, 얌, 카사바, 절인 고기, 차요테,[1] 호박 등을 싼 온갖 보따리를 껴안고 내릴 준비를 했다. 도나 호지우다는 배에서 내리면서도 고래고래 소리를 질렀다. 「악마가 그를 데려갔어. 진작 명줄이 끊어졌어야 했다고.」

도나 노르마는 한 대 맞은 기분이었다. 그녀를 속수무책으로, 완전히 낙담하게 만드는 도나 호지우다는 하나도 변한 게 없었다. 이 다정한 이웃 여자는 동트기 전부터 선창에 나와서, 친절한 얼굴 가득 연민을 띠고는, 비탄과 눈물에 젖어 있을 장모를 위로할 마음의 준비를 했고, 이승의 불확실성을 슬퍼하는 둘만의 대화를 시작할 생각이었다. 〈오늘 살아서 희망에 부푼 자도 내일이면 관 속에 누워 있겠지요.〉 그녀는 도나 호지우다의 한탄을 들어 주고, 조금은 더 쉽게 신의 의도를 받아들이도록 도와줄 생각이었다. 〈전부 신께서 뜻이 있어서 하신 일이에요.〉 그들, 도나 플로르의 어머니와 친한 친구, 둘이서 새로운 처지가 된 여자, 세상에 홀로 남은, 아직은 너무 젊은 과부의 처지를 놓고 상의할 생각이었다. 도나 노르마는 이 모든 것을 준비하고 나왔다. 그녀의 몸짓

---

1 *chayote*. 기는 덩굴에서 자라는 작은 호박.

이며 말, 태도는 진정이었고 진심이었다. 그녀가 하는 말이나 행동에서는 가식의 흔적을 찾을 수 없었다. 도나 노르마는 모든 사람에게 일종의 책임감 같은 감정을 느꼈다. 그녀는 이웃들의 수호천사이자 일종의 긴급 구조대였다. 온 동네 사람들이 그 거리에서 가장 좋은 그녀의 집 — 다만 아르헨티나인 베르나보 부부의 집이 그보다 약간 더 호화로울 뿐이다 — 을 찾아와서는 소금이나 후추를 빌리거나, 오찬이나 만찬에 쓸 도자기 접시를 빌리거나, 파티에 입고 갈 옷 따위를 빌리곤 했다.「도나 노르마, 엄마가 케이크를 만드시는데 밀가루 한 컵만 빌릴 수 있는지 여쭤 보라고 하세요. 나중에 돌려 드린다고…….」

이렇게 말하면 닥터 이베스의 막내딸 아니냐였다. 가까운 이웃인 닥터 이베스의 아내 도나 에미나는 직접 피아노 반주를 하면서 시리아 노래를 부르곤 했다.

「근데 애야, 네 엄마가 어제 시장 다녀오시지 않았니? 저런, 엄마 머리 꽉 붙들어 매두지 않으면 머리까지 흘리고 다니시겠다. 한 컵이면 충분하겠지? 더 필요하면 또 가져가도 된다고 전해라.」

아니면 도나 아멜리아네 집에서 일하는 소년이 찾아와 앳된 목소리로 부탁했다.「도나 노르마, 사모님이 삼파이우 씨의 검은 나비넥타이를 빌려 달라고 하세요. 후아스 사장님의 넥타이는 나방들이 갉아 먹어서요…….」

아니면 도나 히조우타가 고행자 같은 분위기로 연극하듯 들어와서는 이렇게 말했다.「오, 노르마, 빨리 나와 봐. 도대체가…….」

「이번엔 무슨 일이래요?」

「현관 앞에 술 취한 사람이 있지 뭐야. 그런데 아무래도 그 사람을 쫓아 보낼 방법이 없어. 어떡하면 좋지?」

도나 노르마는 문제의 원인을 깨달았다는 듯 미소를 지으며 그녀를 데리고 집을 나섰다. 「그래요, 그게 내 친구 바스치앙 카샤사가 아니라면 문제겠죠. 바스치앙, 어서 일어나요. 거기서 비켜 줘요. 낮잠 주무시려면 우리 창고에 들어가서 주무세요……」

그런 일이 하루 종일 계속되었다. 돈을 빌려 달라는 부탁에, 발작을 일으킨 사람을 도와 달라는 다급한 요청에, 아픈 사람을 돌봐 달라는 둥 주사를 놓아 달라는 둥 이런저런 부탁을 들어주면서 도나 노르마는 돈 한 푼 되지 않는 일에 의사와 약사와 경쟁했다. 수의사 노릇은 말할 것도 없었는데, 동네의 모든 어미 고양이까지 도움의 손길과 먹이가 떨어질 걱정이 없는 그녀의 집 뒤뜰에 와서 새끼들을 낳곤 했다. 그녀는 닥터 이베스가 준 약들을 나눠 주었으며, 양재 학교 졸업생의 실력을 발휘해 드레스와 옷감을 재단해 주었고, 하녀들을 대신해 편지를 써주는가 하면, 조언을 해주고 신세 한탄을 들어 주었으며, 결혼 계획을 세우는 걸 도와주고 중매를 서고, 가장 까다로운 고민들을 해결해 주고, 그러면서도 항상 흥겹게 지냈기 때문에 제 삼파이우는 이런 결론을 내렸다.

「그녀는 날아다니는 똥이야. 참을성이 없어서 화장실에 가만히 앉아 있지를 못해……」 그러고는 단념한 듯 엄지손가락을 입속에 넣곤 했다.

이 선한 사마리아인은 도나 호지우다의 고통을 받아 주고, 그녀를 끌어안고 위로해 줄 준비가 되어 있었다. 그런데 사위의 죽음이 무슨 대단한 희소식인 양 말도 안 되는 소리를 늘어놓는 장모라니! 도나 호지우다의 한 손에는 나자레트의 마니오크 녹말로 먹음직스럽게 구워 좋은 냄새가 나는 예스러운 빵 꾸러미와, 갑판에서 파는 게들이 불안하게 발을 휘젓고 있는 바구니가 들려 있었고, 다른 한 손에는 양산과 짐 가방이 들려 있었다. 그마저도 도나 노르마가 보기엔, 오래 머물 예정임을 알리는 커다란 가방이 아니라, 며칠 머물다 훌쩍 떠나기 위한 작은 나무 가방이었다. 도나 노르마는 짐 옮기는 걸 거들어 주고 이 상황에 필요한 예의를 갖추기 위해서 앞으로 나갔다. 그녀는 어떤 상황에서든 위로를 표하는 슬픈 의무를 기어코 다했을 것이다.

「얼마나 상심하셨어요……」

「상심? 내가? 천만에. 그렇게 깍듯한 예의는 함부로 낭비하는 게 아니야. 내가 아는 한 그놈은 진작 죽었어야 했어. 내가 그 건달을 아쉬워할 일이 어디 있겠나. 이제야 비로소 예전처럼 고개 들고 다니면서 우리 가문에 오점은 없다고 말할 수 있게 된 거지. 나 참, 남세스러워서! 죽을 날을 받아도 하필 카니발 때가 뭐람? 그것도 가장무도회 여장을 하고서……. 아주 작정을 했어…….」

그녀는 도나 노르마 앞에 서더니 가방, 바구니, 꾸러미를 내려놓고는 머리끝에서 발끝까지 살피면서 얕보듯이 칭찬했다. 「그래…… 이건 그냥 인사치레가 아닌데 말이지, 자네, 살이 좀 오른 것 같네……. 젊어지고 예뻐졌어. 통통하니 좋아 보여. 신이 축복하시어 사악한 눈에서 지켜 주시기를…….」

그녀는 게들이 빠져나오려고 하는 바구니를 누르고는 고집스레 말을 이어 갔다. 「여자라면 자네 같아야지. 최신 유행을 좇아 살 빼는 짓은 하지 말아야 해……. 유행 따라 말라깽이로 살려고 다이어트를 하다 보면 폐병이나 걸리지. 반면에 자네는…….」

「그런 말씀 마세요, 도나 호지우다. 전 제법 살이 빠졌다고 생각했는걸요. 제가 얼마나 독하게 다이어트를 하는지 아세요? 요즘 저녁을 굶고 있어요. 한 달 동안 콩을 못 먹어서 콩이 어떤 맛인지도 잊어버렸어요…….」

도나 호지우다는 또 한 번 그녀를 훑어보았다. 「그렇게 생각할 사람은 아무도 없을걸.」

도나 노르마와 짐을 나누어 들고 라세르다 엘리베이터[2]로 향하면서, 도나 호지우다는 계속 떠들었다. 「삼파이우 씨는? 요즘도 계속 침대에서 지내시는가? 그렇게 늘어진 사람은 생전 첨 봤어. 그이를 보면 늙은 개가 생각나…….」

도나 노르마는 그런 비교가 별로 기분이 좋지는 않아서 반대의 뜻으로 미소를 지었다. 「천성이 그런걸요……. 매사에 의욕이 없는 사람이라…….」

도나 호지우다는 남의 약점을 눈감아 주는 사람이 아니었다. 「신이여 도와주소서……. 자네 바깥양반처럼 어리석은 남편은 안사람이 지고 가야 할 십자가일 거야. 돌아가신 우리 지우 양반은……. 뭐, 이제 와서 그 양반이 특별했다고 말할 생각은 없어. 확실히 성인과는 거리가 멀었으니까. 하지만 자네 남편에 비하면……. 참 딱하기도 하지. 만약에 내가 자네였다면 견디지 못했을 거야……. 허구한 날 집구석에 처박혀서 사람 만날 생각도 안 하고, 사방 벽에 둘러싸여서 항상 뚱하게 지내다니…….」

도나 노르마는 정상적인 화제로 돌리려고 애썼다. 어쨌거나 도나 호지우다는 사위를 잃었고, 그것 때문에 이 주도를 찾아온 것이었다. 그들의 화제는 감동적이고 극적인 사건에

---

2 바이아 항구에서 언덕 위 도시 쪽으로 쉽게 올라가도록 설치한 거대한 기역자 구조물. 안에 엘리베이터가 있다 — 옮긴이주.

관한 것이어야 했다. 도나 노르마가 준비했던 것도 바로 그 것이었다. 「플로르는 슬픔에 잠겨 낙담하고 있어요. 무척 힘들어해요······.」

「그년이 멍청이라서 그렇지. 제 아비를 닮았어. 자네는 우리 양반을 모를 거야. 내가 자랑하려고 하는 말은 아니지만, 우리 집안의 남자는 나였어. 그 양반은 집안이 어떻게 돌아가는지 둘러보거나, 하다못해 도움이 되는 말 한마디 해준 적이 없었거든. 모든 것을 결정하는 건 하찮은 하인인 나였지. 플로르는 제 아비를 닮았어, 나약하고 자기 생각도 없고. 그게 아니라면 아무리 자기가 고른 남편이라도 그렇지, 어떻게 그토록 오랜 세월을 견뎠겠나?」

도나 노르마는 돌아가신 지우 씨가 나약하고 우유부단하지 않았다면 분명 그런 아내를 오래 견디지는 못했을 거라고 생각하면서, 그 불쌍한 남자를 동정했다. 그리고 도나 플로르는 이제 어머니의 잦은 방문을 당할 위험에 처했고, 어쩌면 그 어머니는 — 누가 알랴? — 과부가 된 딸 집에 와서 살면서 소드레 거리의 화목한 분위기와 환경을 파괴할 수도 있는 일이었다.

바지뉴 생전에 도나 호지우다가 딸을 찾아왔을 때에는 아주 잠깐 동안만, 그저 사위에 대해 할 수 있는 온갖 비열한 말을 늘어놓을 만큼만 있다가, 그 악마가 나타나서 그 천한 농담과 비꼬는 말을 하기 전에 서둘러 떠나곤 했었다. 도나 호지우다는 단 한 번도 바지뉴를 이길 수 없었으며, 심지어 그의 화를 돋우거나 짜증을 내게 만들지도 못했기 때문이었다. 반죽 좋은 그는 기껏해야 장모를 바라보며 속으로 중얼거릴 뿐이었고, 대개는 웃음을 터뜨리면서 장모가 반가운 손님인 양 매우 기뻐했다. 천박한 놈 같으니라고!

「이분이 누구시더라? 우리 사랑하는 장모님, 나의 두 번째 어머니, 상냥한 마음씨가 천사 같으신 분 아닙니까. 오늘 장모님 혀는 어떠신가, 날은 바짝 세우셨습니까? 여기 앉으시죠, 우리 성녀님. 당신의 사랑스러운 사위 곁에 앉아서 바이아의 모든 쓰레기를 실컷 씹어나 봅시다…….」

그러고는 삶에 만족하는 건달의 그 유쾌하고 호탕한 웃음을 웃는 것이었다. 그가 뿌린 그 모든 약속 어음과 빚, 도박에 쪼들리는 주머니 사정에도 전혀 기가 꺾이지 않는 사위인데, 도나 호지우다가 어찌 그걸 바란단 말인가? 그래서 그녀는 그가 미웠고, 그가 연애 시절 초기에 사기 친 것 때문에 더욱 미웠다.

그녀는 바지뉴의 웃음을 뒤로하고, 항상 사납게 쌩하니 그 전장에서 도망치고는, 지나가는 사람들이 놀랄 정도로 도나 플로르에게 욕설을 퍼부어 분풀이를 하곤 했다. 「내가 이 집에 다시 발을 들여놓나 봐라, 이 못된 년아! 개 같은 남편을 골라 살면서, 놈이 제 어미를 모욕하게 놔두다니, 젖 먹여 키워 준 게 누군데……. 난 그놈한테 맞을까 봐 먼저 나간다……. 놈한테 두드려 맞아도 좋기만 한 네년이랑은 달라.」

바지뉴의 웃음소리가 조롱하는 백파이프 소리처럼 모퉁이까지 따라와 길 위에 울려 퍼지면 도나 호지우다는 미칠 것 같았다. 한번은 완전히 이성을 잃은 적이 있었다. 그녀는 점잖은 과부로서의 체면도 잊은 채, 사람 많은 길거리 한가운데서, 사위와 딸이 몸을 내밀고 있는 창문을 향해 돌아서서, 소매를 걷어붙이고는 맨팔로 가장 외설스러운 동작을 해 보였다. 그리고 그 동작과 함께 쉰 목소리로 저주와 악다구니를 퍼부었다. 「이거나 먹어라, 이 더러운 놈아. 못난 후레자식아, 이거나 먹고 나가떨어져…….」

황당해하던 행인들 중에는 진지한 교수 이파미논다스와 고결한 도나 지자가 있었다. 「자제력이 전혀 없는 여자로군.」 교수가 탄식했다.

「신경증이에요.」 도나 지자가 설명했다.

비록 도나 노르마는 도나 호지우다를 잘 알고 있었으며, 그 사건은 물론이고 그 비슷한 분노도 여러 번 목격한 데다, 심술궂고 강퍅한 성격을 알고 있었음에도, 엘리베이터 계단에서는 놀라서 속이 울렁거렸다. 사위에 대한 도나 호지우다의 이런 혐오감이 죽은 후까지 계속되다니, 애석해하는 말 한마디나, 마음 없이 말뿐인 겉치레조차 안 하다니 믿기지가 않았던 것이다. 도리어 그 반대였다. 「그 더러운 개가 뒈져 버려서 그런가, 이곳 공기가 훨씬 상쾌하네.」

도나 노르마는 자기도 모르게 말이 튀어나왔다. 「어쩜, 정말로 바지뉴를 미워하셨군요?」

「그걸 말이라고 해? 그놈은 죽어도 쌌어. 하찮은 부랑자에 술꾼, 노름꾼, 완전 날건달이었잖아……. 그래서 우리 집안에 들어와 내 딸을 호리고 그 어리석은 것을 꾀어 가출하게 만든 게 아니냐고…….」

〈노름꾼, 술꾼, 부랑자, 못된 남편, 모두 맞는 말이긴 하지.〉 도나 노르마는 곰곰 생각했다. 하지만 아무리 그래도 이미 저세상으로 떠난 사람을 어찌 미워한단 말인가? 마음을 비우고 원망이나 미움은 관에 함께 묻어 버려야 도리가 아닌가? 그런데 도나 호지우다의 생각은 그게 아니었다. 「참견쟁이 노친네, 놈은 나를 그렇게 불렀어. 장모를 존경하기는커녕 내 면전에서 웃어 댔지……. 처음부터 날 속이고 사람을 바보로 만들었고 쓰라림의 거리로 나를 끌고 다녔어. 그런데 그놈이 죽어서 묻혔다는 이유만으로 내가 그 기억을 잊어야 한다고? 단지 그 이유만으로?」

3

 앞에서 이야기했던 지우, 그 줏대 없는 멍텅구리는 가족을 아주 난처한 궁지에, 위험한 상황에 남겨 두고서 더 나은 세상을 향해 이승을 떴다. 그의 경우 〈더 나은 세상을 향해 이승을 떴다〉라는 말은 그냥 진부한 수사법이 아니라 말 그대로의 진실이었다. 저세상에서 어떤 신비가 그를 기다리든 간에, 그것이 빛과 음악, 빛나는 천사들의 낙원이든, 끓는 가마솥이 있는 암울한 지옥이든, 음습한 지옥 변두리든, 항성들의 공간을 떠돌 운명이든, 또는 아무것도 없는 무(無)든 간에, 도나 호지우다와 사는 것에 비하면 한결 나을 터였다.
 야위고 말이 없는, 그리고 날이 갈수록 더욱 야위고 말수가 적어지는 지우 씨는 그다지 잘 팔리지 않는 수수한 공산품 중개인으로 일하면서 가족을 부양했는데, 벌이는 겨우 생활비를 감당할 정도였다. 일용할 양식, 라데이라 두 아우부거리 1층 셋집의 집세, 아이들 옷값, 중요한 가문과 교제하며 부자들 무리에 끼고 싶어 하는 사회적 야심을 가진 도나 호지우다의 겉치레 비용으로 쓰고 나면 남는 돈이 거의 없었다. 도나 호지우다는 자신의 이웃들, 가게나 창고 점원, 사무원, 부기원, 침모 등 운명의 여신에게 버림받은 이들을 몹시 싫어했다. 자신의 가난을 감출 능력이 없는 이 떨거지들을 경멸했다. 그녀는 으스대고 거들먹거리고 뽐내면서, 라데이라의 특정 주민들, 〈내세울 게 있는 집안의 사람들〉한테만 예의를 갖추었고, 혹시라도 남편 지우가 숫자 도박 운영자이자, 식객, 소박한 철학자이며, 동네에서 가장 의뭉스러운 세입자인 카주자 깔때기와 쓸데없이 어울려 맥주를 마시는 장면이라도 보게 되면 화를 내며 잔소리를 해댔다. 〈깔때기〉가 그 남자의 성이 아니란 걸 굳이 설명할 필요는 없겠지만, 그것은 항상 활짝 열린 그의 목구멍과 채워지지 않는 갈증 때문에 붙은 별명이었다.

왜 지우는 수많은 고객을 둔 닥터 카를루스 파수스, 수송국의 거물 엔지니어 발리, 전신 기사로 다년간 근무한 끝에 은퇴를 앞두고 직장 생활의 정점에 오른 페이쇼투, 또는 그 모토대로라면 〈비타협적으로 바이아 상권을 보호〉하기 위한 잡지 『현대 점포 경영』을 발간하면서, 비록 나이는 젊지만 상당히 유능한 기자 나시피 같은 사람들과는 어울릴 생각을 하지 않았을까? 그들 모두 라데이라 주민이면서 〈내세울 게 있는〉 사람들인데 말이다. 멍텅구리 남편은 친구 고르는 안목이 없었다. 고작해야 바이샤 두스 사파테이루스의 푼투 선술집에서 깔때기와 앉아 있지 않으면, 안테노르 리마의 집에서 그의 삶의 기쁨 중 하나일 백개먼이나 체커를 하고 있었다. 안테노르 리마는 타보앙에 가게를 가진 점주이자 지우의 최고 단골이기도 했으므로 바람직한 이웃 목록에 포함될 만한 사람이었지만, 원래 그 집 요리사였던 흑인 여자 주벤치나를 첩으로 두었다는 공공연한 소문 때문에 탈락이었다. 말을 함부로 하는 뻔뻔한 그 여자는 숫제 그 가게 주인의 집에 들어앉아 청소하고 빨래하는 하녀 한 명까지 거느리면서, 라데이라 두 아우부의 주민 연감에서 최고 자리에 있는 도나 호지우다와 말을 트고 지냈다. 어쨌거나, 지우는 그 쓰레기 같은 인간의 집 앞에 자리를 깔고, 그 쓰레기가 정식 결혼식을 올린 점잖은 부인이라도 되는 듯 대우하면서 어설프게 절을 하고 인사를 건넸다.

도나 호지우다는 가치 있는 우정을 쌓기 위해 온갖 노력을 기울였다. 코스타 가문은 유명한 정치가이자, 마타투에 광대한 대농장을 가진 부자의 후손이었다. 그 정치가는 심지어 거리 이름까지 바꾸었으며, 그의 손자인 니우송은 은행가에 기업가였다. 페이라 지 산타나의 마리뉴 파우캉 집안은 큰 가게를 가지고 있었는데, 지우가 젊었을 때는 그 가게에서 일을 배우기도 했다. 지우가 주도에서 자립할 수 있게 돈을 빌려 준 사람은 주앙 마리뉴 씨였다. 닥터 루이스 엔히키 지아스 타바리스는 정부의 무슨 국장으로 막대한 재산가였고, 신문에 자기 이름으로 기사를 실었는데, 혀에 착착 감기는 낭랑한 그 이름은 인간관계의 풍미마저 느끼게 해주었다.
「그분은 우리 엑토르의 대부랍니다.」

그녀는 이런 사람들과의 우정을 들먹이고 지우의 우정을 조롱할 때면, 자신이 신께 무얼 잘못했기에 이런 남편을, 마땅히 그녀의 배경과 성장 과정에 걸맞게 누려야 할 생활 수준을 제공하지 못하는 한심한 남편을 자신과 맺어 주는 벌을 내리셨는지 상대방에게, 이웃에게, 뒷산에, 그 도시에, 이 세상에 연극 조로 묻곤 했다. 지우는 결코 성공한 세일즈맨, 고객과 직원 수를 늘리면서 매달 올라가는 매출액을 지켜보고, 새 계좌와 두둑한 옛 계좌를 확보한 그런 세일즈맨은 아니었다. 많은 세일즈맨이 자기 집을 샀고, 아무리 못해도 훗날 자기 집을 지을 땅이라도 샀다. 일부는 자가용을 가지는 호사까지 누렸다. 아는 사람 중엔 호자우부 메데이루스가 그랬다. 몇 년 전 마세이오에서 가진 것 없이 빈손으로 올라온 이 알라고아스 사람은 이제 스튜드베이커 차를 몰고 다녔다.

그래선지 이 호자우부란 사내의 거드름은 말도 못할 정도였다. 한번은 칠레 거리에서 호지우다가 이 잘나가는 남편 친구를 보고 인사하려고 얼굴 가득 미소를 지으며 그 차 앞으로 다가갔다가, 그가 몰라보는 바람에 치일 뻔한 적이 있었다. 그는 그녀를 혼비백산하게 한 것도 모자라, 마구 경적을 울려 대며 욕설을 퍼부었다. 「이 느림보가 죽으려고 환장을 했나?」

3~4년 동안 새살거리는 말재간으로 제약 회사 약품을 팔아 자가용을 장만한 그 속물은 바이아 테니스 클럽의 회원이었고, 정치가들과 부자들, 귀부인들과 신사들, 한 고관대작의 친구랍시고 자부심에 부풀어 늘 우쭐거렸다. 도나 호지우다는 이를 갈았다. 그에 비하면 멍텅구리 지우는 어떤가?

아, 지우는 터벅터벅 걸어서, 또는 전차를 타고서, 신발 끈이며 멜빵, 빳빳한 칼라, 탈착형 커프스 따위의 견본을 들고 다니면서, 교외의 점포나 후줄근한 의류점 같은 한정된 고객을 상대로 시대에 뒤진 품목만 취급하고 있었다. 그런 건 그가 평생을 다 바쳐도 얻지 못할 것이었다. 아무도, 심지어 그 자신까지도 그의 능력을 믿지 않았다.

어느 날 문득 그는 이 모든 불평과 잔소리가, 성과나 행복도 없이 고되게 일만 하는 삶이 지긋지긋해졌다. 그의 동서, 그러니까 호지우다의 언니 리타의 남편 포르투도 생활비를 벌기 위해, 파리피 주변의 초급 미술 학교에서 드로잉과 수학을 가르치면서 지옥 같은 생활을 하고 있었다. 날마다 새벽에 일어나 아침 일찍 기차를 타고 출근했다가 오후 늦게 퇴근했다. 그러나 일요일이면 물감과 붓이 든 화구통을 들고 시내 거리로 나가, 밝은색으로 늘어선 집들을 그리곤 했다. 그는 그 취미에 크게 만족했기 때문에 우울하거나 꿍한 모습을 보인 적이 없었다. 분명한 건 그가 호지우다가 아닌 리타와 결혼했다는 사실이었다. 리타는 동생과는 정반대로 누구한테도 퉁명스러운 말 한 번 입에 올린 적이 없는 성녀였다.

지우는 하다못해 백개먼이나 체커 실력도 전혀 늘지 않았다. 안테노르 리마는 더 잘 두는 사람이 없을 때에만 그를 파트너로 받아 주었다. 라데이라의 챔피언인 제카 세하 씨의 경우는 아무리 상황이 그래서 차라리 그냥 시간을 보내는 한이 있더라도, 지우를 상대로 같이 두려 하지 않았다. 솔직히 말해서 그런 백치, 부주의하고 생각 없는 적수와 같이 두는 것은 아무 재미가 없었다. 그리고 무엇보다 도나 호지우다가 그에게 카주자 깔때기와 영원히 절교하라고 명령했다. 하필 이 친구가 지독히 재수 없어서, 불법 책 제작으로 재판을 받을 곤경에 처해 도덕적 지원이 절실히 필요한 때였다. 그래서 그 사내, 줏대 없는 지우는 아내의 명령에 복종하기 위해, 친구를 피하느라 모퉁이를 돌 때마다 종종걸음을 치고 다녔던 것이다!

그는 결론을 내렸다. 자신의 희생적인 노역이 그에겐 아무 이익이 안 된다고. 그리고 겨울의 습한 날을 잘만 이용하면 돈이 들지 않는 폐렴 — 주기적으로 닥터 카를루스 파우스에게 검사받아야 할 〈양측 폐렴도 못 되는〉 — 에 걸려서 천국으로 떠날 수 있다고. 조용히, 신중하게, 기침은 남몰래 할 것. 다른 누구도 그 병을 쫓아 버리려 하지 않게. 그것은 감기보다 조금 심한 정도였다. 그러나 지우는 지쳐 있었다, 너무 지쳐 있었다. 그는 대단한 병을 기다릴 의욕도 없었다. 더욱이 그에겐 아무런 환상도 없었다. 그럴싸한 병, 중요하고 돈 많이 들고, 신문에 나오는 병들은 그를 위한 것이 아니었다. 최선의 방법은 한낱 폐렴에 만족하는 것이었다. 그래서 그는 폐렴에 걸렸고, 이승의 삶에 기권하고 누구한테도 작별 인사 없이 휴식에 들어갔다.

4

오랫동안 도나 호지우다는 남편의 수수료에서 나오는 쥐꼬리만 한 수입을 엄격하게 통제하면서, 매주 남편의 용돈으로 차비와, 이틀에 한 번 아로마틱스 한 갑을 살 푼돈만을 주었다. 그래 봤자 저축도 보잘것없어 장례 비용을 간신히 감당할 정도밖에 안 되었다. 최근에 남편이 물건을 팔아 얻은 수수료는 워낙 적어 사실상 없는 것과 같았다. 도나 호지우다는 아무런 수입원도 없이, 아직 고등학교에 다니는 아들과 두 딸 — 플로르는 이제 막 사춘기였다 — 과 함께 남겨진 자신을 발견했다. 그녀가 아무리 심술궂고 독살스럽고, 다루기 힘들거나 까다로운 사람이라고 해도, 그것 때문에 긍정적인 측면을 부정해서는 안 될 것이다. 그녀의 억척스러움과 의지, 그녀가 하는 모든 일은 아이들을 제대로 키우고, 적어도 남편이 죽을 때 남겨 준 그 위치를 계속 지키기 위한 것, 라데이라 두 아우부에서 이 거리 모퉁이 집이나 펠로리뉴[3]의 누추한 셋집으로 굴러 가지 않기 위한 것이었다.

그녀는 지독한 고집으로 그 2층집에 매달렸다. 그 집을 나와 싼 구역으로 이사 간다는 것은 사회적 신분 상승에 대한

---

3 Pelourinho. 17~18세기 포르투갈 식민 시대의 중심가였던 구시가지. 세월이 흐르면서 쇠락했으나 지금은 유네스코 세계 문화유산으로 지정되어 관광 코스로 바뀌었다 — 옮긴이주.

모든 희망이 사라진다는 것을 뜻했다. 엑토르가 고등학교를 마치고 직장을 구해서 장가를 가고, 딸들도 괜찮게 시집가는 것을 보아야 했다. 그러기 위해서는 사다리를 내려가지 않는 것이, 드디어 가면을 벗고서 겸손이나 염치도 없이 노골적으로 전모를 드러낸 가난에 덜미를 잡혀 그 사다리를 끌려 내려가지 않는 것이 중요했다. 그녀, 도나 호지우다는 가난을 벌받아야 할 중죄인 것처럼, 크나큰 수치로 여겼다.

어떤 대가를 치르는 한이 있더라도 라데이라 두 아우부의 아파트에 머물러야 했다. 그녀가 도나 리타의 비상금을 빌리면서 형부에게 설명한 그대로였다(나중에 그녀는 자기 명예에 걸맞게, 한 푼씩 그 돈을 갚아 나갔다). 세상 끝 플라타포르마의 집세 적당한 집도, 라피냐의 괜찮은 지하 방도, 카르무 교회 입구 아래 있는 한 칸짜리 거실 딸린 집도 안 될 말이었다. 그녀는 라데이라 두 아우부에 있는 그 집에, 특히나 그녀처럼 많건 적건 아무런 수입도 없는 사람에게는 상대적으로 비싼 집세를 물면서도, 계속 눌러앉았다.

그 집, 1층의 널찍한 발코니에서라면 자신 있게 미래를 바라볼 수 있었다. 그래, 전부 다 잃은 것은 아니었다. 굳이 야망을 포기할 필요 없이 초기 계획만 수정하면 되었다. 곧바로 백기를 들고서, 좋은 가구가 구비되고 카펫과 커튼까지 괜찮게 갖춰진 그 집을 포기하고 다른 셋집으로 이사를 간다면, 더 이상의 희망도 환상도 없었다. 여기에서라면 엑토르가 식료품점이나, 잘하면 직물점의 평생 점원이 되어 카운터에 선 모습을 보게 되리라. 두 딸이 어쩌다 술집이나 카페의 웨이트리스가 되어 주인과 손님들에게 희롱당하다 홍등가로 직행해서 끔찍한 거리의 매춘부가 되지만 않는다면, 똑같이 괜찮은 미래를 맞이하게 되리라. 지금 사는 그 집에서라면, 이 모든 위협과 맞서 싸울 수 있었다. 그 집을 포기한다는 건 싸워 보지도 않고 지는 것이나 다름없었다.

그런 이유 때문에 그녀는 안테노르 리마가 엑토르에게 제안했던 점원 일자리를 거절했다. 마찬가지로, 딸 호잘리아가 들어와 〈엘레강스〉 사진 스튜디오에서 안내원 겸 비서 일을 할 기회가 생겼다고 했을 때에도, 당사자와는 상의도 해보지 않고서 거절했다. 바이샤 두스 사파테이루스의 번화한 건물에 있는 그 스튜디오에서는, 검은 피부에 콧수염을 짧게 다듬은 스페인인 안드레스 구티에레스가 아주 다양한 사진술을 구사하면서, 신분증이나 사원증 카드에 쓰이는 3×4 스냅숏(스물네 시간 내 현상)부터 〈원본과 비할 수 없이 크게, 컬러로 경이롭게 확대한〉 사진까지, 별의별 크기의 초상화는 말할 것도 없고, 세례식, 결혼식, 첫 영성체, 그 밖의 축하 행사, 가족 앨범 속에서 노랗게 변색될 가치가 있는 사진들까지 다루고 있었다. 사진을 찍을 만한 자리가 되면 어디든 어김없이, 기계를 든 안드레스 구티에레스가, 너무 나이가 많아 쭈글쭈글하지만 불사신인 것 같은 수상한 중국인 조수를 데리고 나타났다. 마침 안드레스와 엘레강스 사진 스튜디오, 그의 조수에 관한 소문이 떠돌고 있었는데, 이런 소문에 항상 귀를 세우고 있는 도나 호지우다에게도 들려왔다. 말인즉, 그가 어떤 우편엽서들을 제작하면 그 중국인이 밀봉 봉투에 넣어 파는데, 없어서 못 파는 그 사진엽서가 이른바 자연주의 예술의 결정판, 〈예술 누드〉라는 것이었다. 소문에 따르면, 이런 종류의 사진들에는 몸가짐이 헤픈 가난한 소녀들이 돈 몇 푼에 모델로 나선다는 것이다. 그리고 한편에선, 틀림없이 안드레스가 소녀들을 건드린다고도 했다. 누가 알랴, 어쩌면 그 중국인까지 그러는지? 늙은 여자들은 그 사진 스튜디오에 관한 끔찍한 이야기들을 해댔다. 순진한 딸이 신이 나서 그 스페인인의 제안을 전했을 때 그 어머니가 벌컥 화를 낸 것도 별로 이상한 일은 아니었다.

「한 번만 더 그 얘기를 꺼냈다가는 아주 산 채로 찢어발겨 줄 테다. 운신도 못하게 흠씬 두들겨 줄 거야.」

그녀는 안드레스에게 감옥에 보내겠다, 자기가 아는 주요 인사들에게 그의 얼굴을 알리겠다고 협박했고, 만에 하나 그녀의 딸과 우스꽝스러운 일이라도 도모한다면 혼쭐을 내주겠다, 추잡스럽고 방탕한 짓을 하는 더러운 갈리시아인에겐 그를 날려 버릴 화약도 아깝다고 독설을 퍼부었다. 그녀, 도나 호지우다는 진짜로 경찰서로 달려갈 사람이었다…….

안드레스 역시, 화끈한 스페인인 기질이 어디 갈까, 머리 끝까지 화를 내며 똑같이 응수했다. 그는 그 더러운 갈리시아인은 오히려 도나 호지우다의 난봉꾼 아버지라고 맞불을 놓았다. 그로선 더 착한 아내를 얻어야 했을 점잖고 친절한 지우 씨의 죽음으로 궁지에 처한 그 가족이 안타까워서, 조금이라도 돕고자 하는 마음으로, 거의 알지도 못하는 그 소녀에게 일자리를 제안했던 것인데, 감사의 표시는 이렇게 돌아왔고, 그 히스테릭한 심술보 여자는 이제 그의 스튜디오 문 앞에서 벨을 누르며 온갖 욕설을 섞어 협박해 대고, 이야기를 지어내 터무니없는 중상을 하고 있었다. 그녀가 입이라고 달고 다니는 그 주둥이를 닥치지 않는다면, 경찰을 불러야 할 사람은 오히려 이쪽, 안달루시아의 훌륭한 가문 출신인 그일 터였다. 그런 그를 저 마녀가 갈리시아인이라고 부르며 모욕하다니……. 중국인은 떠들썩한 말다툼에도 아랑곳하지 않고, 성냥개비를 가지고 손톱을 짐승 발톱처럼 길게 다듬는 데 여념이 없었는데, 그 손톱에 관해서도 수군거리는 소문이 있었다…….

그 흥미로운 소문들이 진실이든 아니든, 도나 호지우다가 자신의 딸들을 반듯하고 예의 바르게 키운 것은 안달루시아 사람인지 갈리시아 사람인지 모를 안드레스 구티에레스나 중국인 — 어쨌거나 다 똑같았다 — 좋으라고 한 일이 아니었다. 딸들은 그녀의 운명을 바꿔 줄 지렛대의 받침점이자 출세를 위한 사다리였다. 그녀는 호잘리아와 플로르에게 들어온 덜 미심쩍은 의도의 다른 일자리들도 거절했다. 딸들을 위험한 세상에 내돌리고 싶지 않았다. 도나 호지우다가 생각하기로는, 처녀가 있어야 할 곳은 가정이고 처녀의 목표는 결혼이라야 했다. 처녀를 가게에, 영화관 매표소에, 병원이나 치과 대기실에 안내원으로 보내는 것은 가난에 굴복하고 가난을 고백하는 것, 무엇보다 치욕스럽고 치명적인 상처인 가난을 내보이는 것이었다. 딸들에게 일을 시킬 생각은 있었지만, 어디까지나 결혼을 준비하며 익힌 살림 기술을 가지고 집 안에서 시킬 생각이었다. 살림 기술과 결혼이 예전에 도나 호지우다가 세운 계획에서 중요한 세부 항목이었다면, 지금은 그 계획의 토대 자체가 되어 있었다.

지우가 살아 있을 때 도나 호지우다의 계획은 아들을 대학에 보내 의사나 변호사나 엔지니어로 만들고, 그 양피지 서류, 졸업장을 가지고 엘리트의 사다리를 올라가게 함으로써 지상의 권력자들 가운데에서 빛나게 만드는 것이었다. 엑토르의 손가락에 끼워질 졸업 기념 반지는 상류 사회, 폐쇄되고 동떨어진 세계, 비토리아, 카넬라, 그라사[4]의 문을 열어 줄 열쇠였다. 그뿐만 아니라 그렇게 되면 두 딸은 아들의 친

---

4 Vitóia, Canela, Graça. 바이아의 부촌들 — 옮긴이주.

구들, 가족과 미래를 보장해 줄 닥터들과 훌륭한 결혼을 할 수 있었다.

지우의 죽음은 그 모든 계획을 수포로 만들었다. 엑토르는 아직 고등학생이었으며, 졸업까지 2년이나 남아 있었다. 시험에 떨어져서 1년을 허비했던 것이다. 무슨 수로 아들을 5~6년씩이나 비싼 대학에 보내면서 공부를 시킨단 말인가? 그녀가 노력하고 엄청난 희생을 치른다면 아들이 고등학교 — 그가 다니는 바이아의 공립 학교는 학비가 없는 주립 교육 기관이었다 — 를 졸업할 때까지 계속 공부시킬 수는 있었다. 고등학교만 졸업하고 나면 지지부진하고 흔해 빠진 구질구질한 일들을 해야 하는 상황은 피할 수 있을 것이다. 잘하면 은행에 취직할 수도 있을 것이고, 혹은 사무실의 한직을 얻거나 공무원 — 안 될 것도 없지 않은가? — 이 되어서, 보장과 권리, 급료, 승진, 보너스, 기타 혜택을 받을 수도 있을 것이다. 이 모든 것을 위해 도나 호지우다는 영향력 있는 사람들과 관계를 맺고 있었다. 그러나 이제 닥터라는 직함 — 반짝이는 에메랄드인지 사파이어인지 몰라도 아무튼 졸업반지 — 이 그녀가 꿈꾸던 높은 곳으로 아들을 데려가 줄 거라는 기대는 버릴 수밖에 없었다. 그건 안타깝지만, 그녀가 할 수 있는 일은 아무것도 없었다. 이번에도 그 못난 남편이 바보같이 죽어 버리면서 그녀의 계획을 망친 것이다.

그러나 그는 더 이상, 두 번 다시는 그녀가 수정한 계획, 이른바 상중에 무르익은 계획을 망치지 못할 것이다. 이 새로운 계획을 위한 만능열쇠, 안락과 행복의 문을 열어 줄 그 열쇠는 호잘리아나 플로르의 결혼이었다. 가능한 한 괜찮은 결혼, 지위가 있는 청년, 결출한 가문의 귀공자, 대농장주의 자제, 은행에 돈과 신용이 있는 사업가 — 도매업자면 좋고 — 와 딸들을 결혼시키는 것이었다. 그녀가 세운 목표가 그럴진대, 어떻게 딸들을 위험한 삼류 직업에 내돌리면서 자신들의 가난을 공공의 눈앞에 드러낸단 말인가? 그런 눈에 비친 매력적인 두 딸의 누추한 차림새는 돈 많고 중요한 사람들의 가장 저속한 본능, 사악한 욕망, 비열한 제안만 불러일으킬 뿐, 연애와 결혼이란 정직한 제안을 끌어내지는 않을 게 빤하지 않은가?

도나 호지우다는 딸들이 집에서 안전하게, 각자 음전하게 일하면서 자신을 도와주기를, 그래서 체면을 유지해 주기를, 비록 부자의 가면은 아닐지언정 남부럽지 않은 위치와 훌륭한 가정 교육의 가면을 쓰고 있기를 바랐다. 두 처녀가 친구 집이나 일요일 낮의 공연, 아는 사람 집에서 열리는 행사에 갈 때에는 언제나 우아하게 잘 차려입었기 때문에, 마치 최고에 길들여진 상속녀 같은 인상을 주었다. 도나 호지우다는 허리띠를 졸라매고, 끙끙대며 수지를 맞추느라 동전까지 세며 지내고 있었지만, 딸들의 차림새가 단정치 못한 것은 견디지 못했다. 그녀는 딸들에게 항상 깔끔하게, 왕자님이 예고 없이 찾아와도 언제든 맞을 준비가 되어 있어야 한다고 요구했다. 도나 호지우다는 이를 위해서는 수고를 아끼지 않았다.

한번은 닥터 주앙 파우캉의 대저택에서 열리는 큰딸의 생일 파티에 호잘리아가 초대받은 적이 있었다. 크리스틸 샹들리에 밑에서 은제 식기들이 반짝이고, 수를 세지도 못할 만큼 많은 웨이터가 일하고 있었다. 나머지 손님들은 모두 상류층의 엄청난 부자들, 최고 사회의 진짜 거물들이었는데, 독자 여러분도 그 광경을 직접 봤어야 한다. 어쨌든 호잘리아는 그 파티에서 단연 최고의 인기를 끌었고, 가장 잘 차려입고 누구보다 돋보여, 친절한 안주인 도나 데치냐에게서 이런 칭찬까지 들었다. 「가장 예쁘군요…… 호잘리아. 최고예요, 정말 매력적이야……」

정말이지 호잘리아는 운명으로부터 더 많은 배려를 받은 사람들, 지역 사회 최고의 거물들, 전문가와 의사, 정부 관료와 은행가, 상인과 무역상 등의 명문가 자제들 중에서도 가장 귀티 나게, 가장 부자처럼 보였다. 피부가 하야니 매끈하고 동백꽃 같은 그녀는 바이아에서 우아하다는 모든 〈백인〉, 가장 섬세하고 아름다운 물라토 혼혈의 메스티소에게서 나타나는 다양한 갈색 — 여기서 잠깐, 이건 우리 얘기니까 다른 사람이 엿들어서는 안 된다 — 의 향연 속에서 가장 순백으로 빛났다.

그렇게 잘 차려입은 그녀를 보고, 파티에서 가장 많은 칭찬을 들었던 그 드레스가 그녀와 도나 호지우다의 작품이라고 말할 사람은 아무도 없었다. 그 드레스며 나머지 모든 것은, 공단 예술 작품으로 탈바꿈한 낡은 슬리퍼까지 모두가 두 사람의 작품이었다. 호잘리아가 가진 재주 중에서는 바느질이 가장 뛰어났다. 그녀는 재단하고 박음질하고, 수를 놓고 뜨개질하는 솜씨가 좋았다.

그렇다, 그들, 두 처녀는 도나 호지우다의 철권통치 아래서 생존의 기적을 공연하는 배우들이었다. 엑토르가 고등학교를 마치면서, 라디오와 새 스토브의 할부금은 물론, 1층의 임대료는 제날짜에 꼬박꼬박 지불되었으며, 심지어 혼수의 마지막인 웨딩드레스, 베일, 리스를 위한 돈까지 저축할 수 있었고, 혼수품인 시트, 베갯잇, 잠옷, 속옷 등이 하나씩 쌓여 가고 있었다.

그것은 그들, 그 처녀들 덕분이었다. 호잘리아는 재봉틀 앞에서 발판을 밟으며 바느질을 하고 드레스를 재단하고, 섬세한 블라우스에 수를 놓았다. 플로르는 친한 사람들의 모임이나 작은 행사, 생일, 첫 영성체에 낼 전채 요리와 빵을 만들기 시작했다. 바느질이 호잘리아의 특기였다면, 부엌은 동생의 영역이었다. 플로르는 양념에 천부적 감각을 지닌 타고난 요리사였다. 어릴 때부터 그녀는 항상 스토브 주변을 돌아다니며 케이크를 굽고 특별 요리를 만들면서, 아주 정확한 리타 이모한테서 최고 예술의 비밀을 배웠다. 포르투 이모부는 일요일에 그림 그리러 나가는 것을 제외하면 미식가라는 것 외에는 다른 약점이 없었다. 그는 겨자 잎을 넣은 생선 요리, 허파와 간 스튜를 좋아했으며, 검은콩 페이조아다[5]나 여러 가지 채소를 넣고 끓인 요리라면 사족을 못 썼다. 플로르는 케이크와 빵 같은 간식거리에서 점심 요리 주문을 받기 시작했고, 나아가 레시피와 요리법을 가르치고, 마침내는 요리 학교를 열게 된다.

한 명은 재봉틀 앞에서 재단하고 가봉하고, 또 한 명은 부엌 스토브와 오븐 앞에서, 그리고 이 둘을 지휘하는 도나 호지우다, 그렇게 그들은 그럭저럭 살아갔다. 어느 집 행사 때나 산책 중에 돈 있고 지체 있는 기사가 나타나기만을 조신하게, 단조롭게 기다리면서. 첫 번째 기사가 호잘리아를, 두 번째 기사가 플로르를 데리고, 둘 다 웨딩 마치의 선율을 타고 제단으로, 부자들의 유쾌한 세계를 향해 떠나기를. 먼저 호잘리아, 언니부터.

도나 호지우다는 끈질기게 길모퉁이를 엿보면서, 다이아몬드가 박힌 금은으로 된 이런 사위가 나타나기를 기다렸다. 때로는 좌절감이 그녀를 짓눌렀다. 왕자님이 나타나지 않으

---

5 *feijoada*. 검은콩에 포크 소시지, 말린 쇠고기, 후추를 넣어 요리한 브라질의 전형적인 음식으로 밥과 카사바를 곁들여 낸다.

면 어떡한다? 지금쯤은 나타나야 할 시간이었다. 평생 기다리는 것은 불가능했다. 처녀들은 이미 남자가 필요한 불안한 나이가 되었다. 창가에서 한숨의 스무 살을 보내며, 재봉틀 발판 밟기에 싫증 난 호잘리아에겐, 그 공작이, 백작이, 남작이 절실하게 필요했다. 언제쯤 그가 큰딸을 구하러 올까? 이렇게 오래 늦어지다니, 이렇게 기다림에 지쳐 가는데. 호잘리아가 갑자기 노처녀로, 석화된 처녀로 남은 자신을 발견하게 된다면, 마음씨 좋은 포르투가 미소를 띠고 처제의 귀족주의적 태도를 놀리면서 말했던 것처럼, 유효 기간이 지난 처녀의 시큼한 냄새를 풍기게 된 자신을 깨닫게 된다면 어쩔 것인가?

때때로 호잘리아는 그 바람직한 신랑감을 힐끔힐끔 엿보곤 했다. 어쩌다 한 번 나간 무도회에서, 히우베르멜류 지역에 사는 이모의 집을 방문했다가, 오후의 영화관에서, 또는 조정 경기가 있는 일요일에 본 그는 하얀 옷을 차려입고 접이식 자동차를 운전하거나, 학구적인 게으름뱅이거나, 아니면 지식이 든 두꺼운 책을 옆구리에 끼고 걷는 학자거나, 또는 아르헨티나 탱고의 힘든 곡선을 그리고 있거나, 또는 밤의 세레나데를 듣는 낭만적인 사람이었다.

도나 호지우다 또한 기다리고 있었지만, 그녀의 인내심은 흔들리고 있었다. 언제, 도대체 언제 나타난단 말인가? 운명이 정한 그 사위는, 그 백만장자는, 그 하급 귀족은, 모자 쓰고 가운을 입은 그 의사는, 그 도매상은, 카카오나 담배 대농장을 가진 그 농장주는, 그 상인은, 아니 하다못해 그 가게 주인, 그것도 안 되면 작은 식료품점을 가진 땀내 나는 외국인이라도 좋으련만, 대체 언제?

5

 그렇게 좋은 차림으로 그렇게 조신하게 처신하면서, 그렇게 오랜 시간을, 몇 주, 몇 달, 몇 년을 기다렸건만, 어느 하급 귀족도, 바하나 그라사의 어느 귀족 자제도, 카카오 농장 주인의 아들도, 유명한 상인도, 하다못해 가게나 빵집에서 눈썹에 땀방울까지 맺히며 돈을 버는 스페인도, 누구 하나 나타나지 않았다. 그 대신 나타난 것이 안토니우 모라이스, 어깨너머로 혼자 기술을 배워 익힌 기계공이자, 기름때로 검게 얼룩진 자랑스러운 작업복을 입은 청년이었다. 그는 때마침 적당한 순간에 찾아왔고, 바로 그 때문에 환영받았다. 호잘리아는 이미 자기 앞에 펼쳐진 쓸쓸한 미래와 아침 미사들을 바라보며 노처녀의 눈물을 훌쩍이던 참이었다. 도나 호지우다는 이 결혼을 반대할 힘이 없음을 느꼈다. 그 기계공은 그녀가 재봉틀 발판을 밟으면서, 또는 스토브의 열기 앞에서 수많은 밤을 지새우면서 기대했던 사윗감은 아니었다. 그러나 더 이상 이것저것 재고 따지거나, 한 남편만을 그리는 20여 세의 건강한 청춘 호잘리아의 고집 센 충동을 억제할 수 없었다.

 게다가 안토니우 모라이스는 부자나 중요한 사람은 아니었지만, 적어도 누군가의 고용인이 아니라 작으나마 자기 공업소를 가지고 많은 단골을 두고 있었고, 아내와 아이들을 먹여 살릴 만큼은 돈을 벌었다. 도나 호지우다는 운명 앞에 머리를 숙였다. 마지못해서였지만 그래도 머리를 숙였다. 달리 어떤 선택이 가능했을까?

 그 무렵 엑토르는 대부인 닥터 루이스 엔히키의 주선으로 나자레트 철도 회사에 취직해, 헤콩카부 시에 살면서 어쩌다

한 번씩 바이아를 방문할 뿐이었다. 그의 일에는 미래가 있었다. 도나 호지우다는 아들 걱정은 하지 않았다. 플로르 역시 처녀들과 주부들에게 요리를 가르치기 시작해서 약간의 돈을 벌었고, 실력 있는 교사라는 명성을 쌓아 가고 있었다. 이제 이 집 생활비의 대부분을 대는 것은 플로르였는데, 여러 가지 이유가 있었지만 쏜살같이 흘러가는 시간에 겁을 먹은 호잘리아가 드레스와 신발, 향수, 레이스 등 몸치장에 자기가 번 돈을 다 써버렸기 때문이다.

안토니우 모라이스가 호잘리아를 눈여겨보게 된 것은 어느 날 올림피아 극장의 낮 공연에서였다. 그날은 극장 소유주인 모타 씨가 두 편의 영화와 연재물에 덧붙여, 마침 바이아 주를 지나가게 된 예술가들, 내륙을 훑으며 순회하느라 핏기 없는 배우들을 시들게 만드는 오합지졸 삼류 극단의 공연을 추가한 쇼가 있던 날이었다. 〈바르샤바의 관능적인 꿈, 미라블〉, 전쟁 신경증 피해자, 매음굴의 조명과 침대에 진력난 늙수그레한 폴란드 여자가, 젊은 사내들에게 산 교육을 시키면서 그들의 열정에 닳아 버린 케케묵은 궁둥이를 흔드는 동안, 안토니우 모라이스는 옆쪽에 앉은 도나 호지우다와 그녀의 두 딸 — 열에 들떠 기다리는 호잘리아와 이제 피어나는 가슴과 허벅지를 가진 플로르 — 을 힐끗거렸다.

이 기계공은 더 이상 〈바르샤바의 꿈〉이 추는 시들한 엉덩이춤에 눈길을 주지 않았다. 호잘리아의 도도한 눈길과 그의 애원하는 눈길이 마주쳤다. 그들이 자리를 뜨자, 이 청년은 조심스레 거리를 두고 어머니와 두 딸을 뒤따랐고, 라데이라 두 아우부 거리에 있는 이들의 부르주아풍 주택을 머리에 새겨 두었다. 호잘리아는 곧바로 발코니에 나와 설렘의 미소를 허공에 날렸다.

다음 날 저녁 식사 후, 안토니우 모라이스는 괜히 언덕을 오르내리며 힘을 빼다가 결국 그 집 맞은편 보도에 자리를 잡았다. 호잘리아가 부추기듯 창문 밖을 엿보았다. 기계공은 그 높은 발코니에서 눈을 떼지 않고 한가하게 거리를 오르내리면서 휘파람으로 모지냐[6]를 불렀다. 얼마 후 호잘리아가 플로르와 함께 계단 밑에 나타났다. 모라이스는 건들거리는 걸음으로 계단참에 기댔다.

항상 신경을 곤두세우고 있는 도나 호지우다는 전날 극장에서부터 사랑이 시작됐음을 눈치채고 있었다. 그러나 호잘리아가 너무 절박해서 말릴 수 없다고 판단하고는, 그 남자에 대해 뭐라도 알아낼 수 있을까 해서 외출하고 없었다. 마침 안테노르 리마가 그 청년을 알고 있었으며, 마음에 드는 결정적인 정보를 전해 주었다. 그는 갈레스에 자기 공업소를 가진 유능한 기계공이며, 일벌레라고 했다. 안토니우 모라이스는 아홉 살에 버스 사고로 부모를 여의었다. 집도 없이 외톨이로 남겨졌지만 거리의 아랍인들과 어울리거나 비행 소년이 되지는 않았다. 그 대신, 성당보다 더 큰 거구의 사람 좋은 흑인 기계공인 페 지 필랑의 도제가 되었다. 그 아이는 만지는 것마다 야무지게 잘 다루었고, 놀랍도록 능숙했다. 고정된 급료는 없었지만 거기서 숙식하는 혜택이 주어졌고, 팁까지 챙길 수 있는데 때로는 그 액수가 컸다. 그는 혼자서 읽고 쓰기를 배웠으며, 페 지 필랑과 함께 기계 일을 배웠다. 어릴 때 이미 독립해서 아주 조금 빚을 얻어 자기 사업을 시작했다. 그는 손이 날래고 머리 회전이 빠르다. 자동차 엔진들이 그에겐 어떤 비밀도 감추지 않는다. 물론 그는 아무런

---

6 *modinha*. 감상적인 발라드 혹은 민요.

학위도 없고, 부잣집 아들도 아니다. 그러나 그와 견줄 만한 기계공은 거의 없다. 「그는 안정된 수입이 있으니 일등 신랑감일 거예요. 그런데 공주도 아니고 카카오 대농장의 상속녀도 아니면서, 호잘리아가 뭘 더 기대한단 말이야?」 무례한 리마는 주제넘게 투덜거리는 이웃 여자한테 그렇게 되물었다.

다른 사람들도 가게 주인이 일러 준 그 세세한 정보를 확인시켜 주었다. 도나 호지우다는 엑토르의 대부, 닥터 루이스 엔히키는 물론 믿을 만한 후이 바르보자와 상의했고, 그들의 귀중한 조언을 듣고서 득실을 꼼꼼히 따져 본 후, 이 기계공의 손을 들어 주기로 결정했다.

「그는 내가 꿈꾸던 사위, 귀족 혈통에 금궤를 꿰찬 왕자가 아니야.」 그녀는 다시 되뇌었다. 모라이스가 내세울 수 있는 귀족 혈통이라고는 그의 먼 조상인 오비치코가 아프리카 부족의 왕자였다는 것, 그러나 바이아에 노예로 끌려와 그 귀족 혈통이 포르투갈 농민과 네덜란드 상인의 평민 혈통과 섞이게 되었다는 것이 전부였다. 그 혼합으로 나온 것이 가벼운 물라토, 씩 웃는 웃음에 보기 좋은 검은 피부를 가진 그 청년이었다. 금궤로 말할 것 같으면, 이 기계공이 모은 돈은 당장 살림을 차리기에도 부족했다. 그러나 호잘리아는 완전히 그에게 넋을 잃고 홀딱 반해 버려서, 그의 모호한 출신이나 낮은 위치, 보잘것없는 재산을 트집 잡는 말은 아예 들으려 하지 않았고, 결국 도나 호지우다는 화난 호잘리아의 얼굴과 무례한 대답들, 부루퉁한 침묵 앞에서 항복하고 말았다. 그래서 닷새째인가 엿새째인가 밤에 모라이스가 ― 풀 먹인 흰색 정장에 눈 위로 비스듬히 모자를 눌러쓰고, 두 가지 색조의 구두를 신은 매력적인 차림으로! ― 나타났을 때, 도나 호지우다는 그의 의도를 물었다.

두 연인이 황홀하게 서로 눈을 맞추고 손을 맞잡고 쓸데없는 소리를 하고 있을 때, 계단의 그림자 속에서 도나 호지우다가 심문관처럼 불쑥 나타나서는 공포를 자극하는 쉰 목소리로 말했다. 「호잘리아, 내 딸아, 그 신사분을 소개해 주련?」

소개가 끝나고서 호잘리아가 욕설을 중얼거리고 모라이스가 어색해할 때, 도나 호지우다가 절차나 배려 없이 곧바로 말을 받았다. 「내 딸은 계단 밑이나 길 구석에서 치근거릴 상대가 아니고, 남자 없이 혼자 나다니지도 않네. 나는 놈팡이 시간 때우라고 내 딸을 키운 게 아니야……」

「아니, 저는……」

「누구든 내 딸과 얘기하고 싶으면 먼저 의도를 밝혀야 해.」

안토니우 모라이스는 자신의 순수한 속내를, 목적은 결혼임을 밝혔다. 그는 남의 집 딸을 속이거나 할 사람은 아니었다. 그는 깐깐한 질문에도 우물거리지 않고 겸손하게 대답했고, 도나 호지우다는 자신이 입수한 정보들, 특히 그의 수입과 관계된 부분을 확인했다.

그 기계공은 그녀의 허락을 받아 냈고, 그날의 면접 이후 야간 방문은 공식화되었다. 호잘리아가 집 옆 의자에 앉아 그를 기다리면 도나 호지우다는 창문으로 내다보며 가정 교육을 감독했다. 그녀의 딸은 어느 건달의 노리개가 아니었다. 그래서 모라이스가 그 다정한 손을 그 처녀의 다정한 손으로 뻗을라치면, 위에서 도나 호지우다의 불호령이 떨어졌다. 「호잘리아!」

이런 방법으로 그녀는 연애의 속도를 올렸다. 모라이스가 더 많은 자유, 더 느슨한 경계를 간절히 원했기 때문이다. 그는 결혼을 전제한 남자로서 집 안 출입을 허락받았고, 호잘리아를 데리고 일요일 낮 영화를 보러 갔다. 물론 두 연인을 감시하고, 키스나 애무를 못 하게 통제하라는 엄격한 명령을 받은 플로르를 보호자로 동반해야 했다. 도나 호지우다는 철저한 주의를 요구했다. 그러나 플로르는 천성이 고자질쟁이가 아니었다. 이해심과 동정심이 많은 그녀는 언니와 미래의 형부에게 등을 보이고 캐러멜을 씹으며 영화에 몰입해, 두 연인이 욕구에 빠져서 손과 입을 바삐 놀리도록 내버려두었다.

그 연애와 약혼 기간 동안 도나 호지우다는 가능한 한 상냥하게 굴면서, 더욱 날카로워진 성격을 감추었다. 어쨌든 딸들의 결혼이 우선이었다. 호잘리아는 이미 혼기가 차고 넘치는 나이였다. 남편을 찾는 처녀들은 득실거렸고, 결혼에 관심이 있는 젊은 남자는 부족했다. 딸을 결혼시키는 이 사업이 힘든 싸움이란 것을, 도나 호지우다는 서글픈 경험을 통해 잘 알고 있었다. 주변 사람들은 거의 예외 없이 그 기계공을 좋은 신랑감으로 꼽았다. 그중 도나 이우비라, 흐리멍덩한 눈의 우둔한 세 딸을 둔 엄마이자 독신을 단호하게 비난하는 그 여자는 그 세 추녀를, 순한 눈에 항상 웃음 짓는 모라이스에게 접근시키기까지 했다. 그 여자들이 시도하지 않은 게 있다면 그를 침대로 끌어들이는 것뿐이었다. 더욱이 모라이스는 부지런하고 예의도 깍듯해서, 결혼 후에 장모가 마음대로 휘두르거나 복종시키는 것이 힘들 것 같지도 않았다. 그러나 이것은 그녀의 판단 착오였다. 이 사위는 그녀를 놀래게 된다.

그래서 이 기계공은 결혼하고 나서야 호지우다에 관한 모든 진실을 알게 되었다. 그들은 경제적, 감상적인 해결책으로 라데이라 두 아우부의 그 1층에 살기로 결정했다. 이렇게 하면 돈이 덜 들었고, 모라이스나 도나 호지우다 어느 쪽도 그저 같이 지내는 것 외에 다른 걸 원하는 눈치를 보이지 않았기 때문이다. 이 무모한 계획에 난색을 표한 것은 호잘리아였다. 「어떤 집이건 두 가족이 살기에는 작아요.」 그러나 어머니와 신랑 사이에서 보내게 될 이 신혼을 무슨 수로 반대한단 말인가?

그 신혼 생활은 6개월이 채 못 갔다. 계획이 무너진 이유는, 그 사위가 아는 사람한테 설명한 바로는 이랬다. 「도나 호지우다와 사는 걸 견딜 사람은 예수 그리스도 말고는 없어. 아니, 예수라도 못 견딜 거야. 그 나사렛 사람한테 그만한 인내심이 있는지 확인해 봤으면 좋겠네. 아무리 예수라도 못 견딜 게 분명해.」

그들은 세상 끝, 사실상의 그 주 끝에 있는 카불라로 이사 갔다. 모라이스는 차라리 끝없는 여행이, 북적거리고 더디게 가는 전차가, 출퇴근 시간의 반을 걷고 항상 늦는 편이 더 좋았다. 라데이라 두스 갈레스 근처에 있는 가게에 나가기 위해 새벽에 일어나는 편이 차라리 나았다. 방울뱀들이 왱왱거리고 칸돔블레[7]의 수많은 악귀가 나돌아 다니며 온갖 해악을 끼친다는 숲을 지나간다 해도, 그게 장모와 사는 것보다 백배 나았다. 방울뱀과 악귀가 훨씬 나았다.

라데이라 두 아우부의 1층에는 어여쁜 처녀 — 귀여운 얼굴에 높은 가슴, 당당한 엉덩이를 가진 — 가 되어 가는 어린 플로르와, 사회적 지위를 얻기 위한 전투에서 연달아 패한 후 그 전투의 마지막 카드인 막내딸의 매력과 성공만 바라며, 갈수록 심술이 늘어 가는 도나 호지우다, 이렇게 두 사람

---

7 *candomblé*. 엄밀히 말하면 아프로브라질 종교의 연례 제전 각각을 일컫는다. 일반적으로는 부두교 의식을 말하는 데 쓰인다.

만 살게 되었다.

그러나 그녀는 자신의 결심, 부자들의 세계로 이어진 그 계단을 기어코 올라가고 말겠다는 굳은 의지를 잃지 않았다. 불면에 지친 밤이면(그녀는 항상 머릿속에 맴도는 계획들 때문에 거의 잠을 자지 않았다) 막내딸은 모라이스 같은 녀석에게 주지 않겠다고 마음을 다지고 또 다졌다. 플로르에게는 더 나은 신랑감을 찾아 주리라. 명망이 있는 청년으로, 기품 있는 백인으로, 대학 졸업자나 부유한 사업가로. 무슨 일이 있어도 그 마지막 참호는 지켜야 한다. 호잘리아 때와 같은 일은 두 번 다시 없으리라. 플로르는 훨씬 더 고분고분하고 말을 잘 알아들을 뿐 아니라, 노처녀로 늙을까 봐 초조해하지도 않았고, 결혼 얘기도 꺼내지 않았으며, 어머니가 사무원이나 점원, 빵집에서 빵을 파는 스페인인들과는 아예 말도 트지 말라고 했을 때에도 저항한 적이 없었던 것이다. 그녀는 불평 없이 순종했고, 반항적으로 소리를 지르거나 방에 틀어박혀 자살하겠다고 위협하지도 않았다. 도나 호지우다가 딸의 미래를 생각해서 남자와 시시덕거리지 못하게 했을 때 호잘리아가 그랬었다. 그 결과 호잘리아는 점원도 아닌 한낱 기계공, 막일꾼에 불과한 별 볼 일 없는 모라이스와 결혼했다. 얼마나 끔찍한가! 사회적으로는 그들보다 더 낮은 남자라니. 물론 그러더 자기 일에 유능하고 돈 잘 버는 좋은 신랑감이고, 유쾌한 사람이라고 할 수 있을지 모른다. 그러나 진실은, 딸의 사회적 신분이 높아진 게 아니라 낮아졌다는 것이다. 하여튼 이것이, 더 높은 곳만 바라보는 도나 호지우다를 씁쓸하게 했다. 플로르의 경우는 다르다. 똑같은 과오를 되풀이하지 않으리라.

도나 호지우다가 계획을 다듬는 동안, 플로르는 인정받는 요리 교사, 바이아 요리 전문가가 되어 가고 있었다. 그녀는 양념에 신통한 재주를 타고났다. 어릴 때부터 레시피나 소스에 관심을 보였고, 소금과 설탕을 노련하게 사용하면서 까다로운 요리들을 익혔다. 그녀에겐 오래전부터 바이아 요리를 만들어 달라는 주문이 들어왔고, 바타파[8]나 에포,[9] 모케카,[10] 신싱[11]을 만드는 곳에서 항상 도와 달라는 호출을 받았을뿐더러, 심지어 리타 이모네 집이나 도나 도로티 아우베스의 집에서 열리는 성 코스마스와 성 다미아누스 축일 행사에서는 그 유명한 카루루[12]를 만들어 달라는 부탁까지 받았다. 그런 날이면 손님은 수십 명인데, 손님이 많을수록 음식도 충분히 만들어야 했다. 해마다 올리는 카루루는 그 쌍둥이 성인, 이베지스[13]에게 바치는 맹세였다. 날이 갈수록 플로르의 명성이 높아지자, 집으로 찾아와 레시피를 구하는 사람이 있는가 하면, 이런저런 까다로운 요리를 만드는 자세한 방법과 양념을 가르쳐 달라며 부자들이 그녀를 초빙하기도 했다. 도나 데치냐 파우캉, 도나 리지아 올리바, 도나 라우리타 타바리스, 도나 이바니 시우베이라 외에도, 도나 호지우다가 그렇게 친분을 자랑하는 여러 〈저명한〉 귀부인은 지인들에게 플로르를 추천했다. 플로르는 할 수 있는 것보다 두 배는

---

8 *vatapá*. 닭고기를 코코넛 밀크에 넣어 익힌 스튜로, 얇게 썬 새우, 양파, 고추, 올리브 오일로 양념한다.
9 *efó*. 겨자 잎에 양파, 소금, 새우, 고추, 올리브 오일을 넣어 만든 요리.
10 *moqueca*. 저며서 튀긴 생선 요리로, 고추, 고수풀, 레몬, 토마토, 양파를 넣어 만든 소스를 곁들인다.
11 *xinxim*. 새우, 양파, 으깬 호박씨나 수박씨를 넣어 익힌 닭고기 스튜.
12 *caruru*. 겨자 잎 또는 그와 비슷한 채소들에 생선이나 쇠고기 포를 넣어 익힌 요리.
13 *ibejes*. 쌍둥이. 성 코스마스와 성 다미아누스.

더 일했다. 요리 학교를 세워 보라고 한 것도 그런 부유한 마나님 중 한 명이었다. 레시피와 실습을 부탁했던 그녀는 굳이 대가를 지불하겠다고 고집하면서, 훌륭한 교사이자 좋은 친구에게 보상하는 것이지, 요리사에게 팁을 주는 게 아니라고 생색을 냈다. 영악스럽고 자부심 강한 세르지피 주 출신의 위대한 부인 도나 루이자 시우베이라는 그런 식으로 섬세하고 미묘하게 선을 그었다.

플로르가 학교를 세우고 직업적으로 교사 일을 하게 된 것은 호잘리아와 모라이스가 리우데자네이루로 떠난 후였다. 그 기계공이 내린 결론은 고지대의 카불라와 라데이라 두 아우부 사이의 거리로는 충분하지 않다는 것이었다. 그는 자기 집과 장모 집 사이에 바다를 두고 싶어 했고, 잔소리 심한 도나 호지우다를 싫어하다 못해 〈역병, 기근, 전쟁〉이라고 부르게 되었다.

학교는 번창했다. 올리브 오일과 덴데 오일의 신비를 알아내려고 카녤라, 그라사, 심지어 바하에서도 숙녀들이 찾아왔다. 첫 수강생 중의 한 사람인 도나 마가 파테르노스트루는 부유하고 인맥도 좋아서, 플로르의 재능을 열심히 선전해 주었다.

시간이 지나갔다. 몇 년이 흘렀다. 플로르가 사랑에 조바심을 내지 않으니, 걱정하기 시작한 쪽은 오히려 도나 호지우다였다. 어쨌거나 그녀의 막내는 더 이상 어린아이가 아니었다. 플로르는 어깨를 으쓱해 보이고는 학교에만 신경을 썼다. 그녀의 오빠는 언젠가 나자레트에서 집에 들렀다가 붉은 잉크로 포스터를 그려 주었다. 그의 솜씨는 많은 칭찬을 받았는데, 그 포스터가 발코니에 내걸려 있었다.

풍미와 예술 요리 학교

 엑토르는 신문에서 〈지식과 예술〉 학교에 관한 긴 기사, 미국에서 돌아온 무슨 아니지우 테이셰이라인가 하는 사람의 이야기를 읽은 적이 있었다. 그는 동생에게 맞도록 그 제목의 몇 글자를 바꾸었다. 멋진 장식 글자 옆으로 스푼, 포크, 나이프를 삼발이처럼 재미있게 교차시킨 그림이, 그 미술가의 작품을 완성해 주고 있었다(요즘 같으면 엑토르가 자기 작품들을 전시하고 몇몇 그림은 좋은 가격에 팔 생각도 했을지 모르지만, 이건 오래전 얘기이고, 그 철도 회사 직원은 자기 누이와 어머니, 그리고 플로르의 수강생 중에 셀레스치 하고 부르면 대답하는 촉촉한 눈을 한 처녀의 칭찬에 만족했다).

 요리 학교는 집안 생활비와 모녀가 쓰는 약간의 지출을 충당하고도, 미래의 결혼에 대비해 조금씩 남겨 둘 정도의 수입을 안겨 주었다. 그러나 무엇보다, 수업이 플로르의 시간을 채우면서, 그녀는 도나 호지우다의 끊임없는 잔소리에서, 아이들을 키우고 공부시키느라, 그 막내를 키우고 공부시키느라 얼마나 많은 희생을 치렀나, 그리고 그들을 그곳, 라데이라 두 아우부와 요리 스토브에서 기쁨이 넘치는 바하로, 그라사로, 비토리아로 데려가 줄 부자 남편을 찾는 것이 얼마나 중요한 일인가 하는 잔소리를 계속 들어야 하는 의무에서 해방되었다.

 플로르는 연애나 약혼 생각이 별로 없는 것 같았다. 파티에서는 상대를 바꿔 가며 춤을 추었지만, 그들의 찬사에 감사의 뜻으로 미소를 지을 뿐, 거기서 더 나아가지는 않았다. 그녀는 파라 출신의 유쾌한 청년, 익살꾼이자 멋쟁이인 한

의대생의 열정적인 애원에도 대꾸하지 않았다. 딸은 그 청년에게 눈길 한 번 주지 않았지만, 도나 호지우다는 흥분했다. 드디어 학생, 곧 의사가 될 사람이 자기 딸에게 청혼하고 싶어 안달하다니.

「저는 그 남자 별로예요.」 플로르는 딱 잘라 말했다. 「개처럼 못생겼어요……」

도자 호지우다의 별별 충고, 성난 꾸짖음도 딸의 마음을 바꾸지는 못했다. 어머니는 공포에 사로잡혔다. 플로르가 제 언니처럼 행동하다니, 애인과의 결혼을 혼자 결정한 제2의 고집불통 호잘리아가 되는 건 아닐까? 지금까지는 막내딸이 죽은 지우의 성격을 닮아 자신의 명령을 잘 듣는다고 생각했는데 이 시점에서, 곧 졸업장을 받게 될 젊은 의사와 아무런 관계도 갖지 않겠다고 거절하고 있다니. 그 아버지는 파라에 광대한 토지를 갖고 있고, 선박과 섬들, 고무 플랜테이션, 야만적인 인디언 부족들과 엄청나게 큰 강이 있는 브라질너트 숲을 소유했다는데. 금에 파묻힌 집안이라던데. 도나 호지우다는 정보를 알아보러 나섰고, 여러 지인의 말을 듣고 돌아올 때는 벌써부터, 광활한 아마존 영지에서 카보클루[14] 인디언들에게 명령을 내리고 그 명령을 취소하는 자신의 모습을 상상하고 있었다. 그동안의 기다림은 헛되지 않았다. 그 많은 희생도 무의미한 것이 아니었다. 그녀는 아마존 강에서 배를 타고 바하의 훌륭한 집들, 그라사의 웅장한 저택들 사이에 난 포구로 들어갈 것이며, 그 저택 주인들은 그녀에게

---

14 *caboclo*. 보통 브라질 인디언과 유럽계 백인의 혼혈을 말한다. 고무 재배를 위해 아마존 유역에 왔던 백인 노동자들이 외부로 이주하는 것을 허가받지 못해 현지 주민들과 결혼하면서 형성된 지역적 혼혈이다. 때로 인종에 상관없이 오지 주민들을 폭넓게 일컫는다.

알랑거리며 환심을 사려고 할 것이다.

플로르는 둥글고 섬세하며 매끈한 갈색의 얼굴에 미소를 지었다. 뺨에 사랑스러운 보조개를 그리며, 놀란 눈을 하고 미소를 짓더니 힘없는 목소리로, 흥미 없다는 듯 냉담하게 반복했다.「그 사람은 별로라니까요. 가난뱅이처럼 못생겼어요.」

「얘가 대체 무슨 생각을 하는 거야?」 도나 호지우다가 거만한 태도로 소리쳤다. 플로르는 결혼이 마치 좋고 싫음의 문제라는 듯, 남자가 잘생겼느냐 못생겼느냐가 중요하다는 듯, 페드루 보르지스 같은 신랑감이 라데이라 두 아우부를 찾아와 사정해야 한다는 듯 행동하고 있었다.

「이 얼간이 백작 부인 마님아, 사랑은 같이 살아야 생기는 거야. 같은 관심사를 갖고, 아이를 키우면서 말이지. 그 청년이 아주 싫지만 않으면 돼. 그 청년이 싫은 건 아니지?」

「제가요? 그건 아니에요. 사람은 아주 좋아요. 하지만 전 제가 사랑하는 남자와 결혼할래요. 페르두는 정말 못생겼어요…….」 플로르는 하이틴 순정 소설의 열렬한 독자였다. 그녀가 꿈꾸는 남자는 가난하지만 씩씩하고 잘생긴 금발 청년이었다.

도나 호지우다는 입에 거품을 물고 흥분해서 날뛰었다. 그녀의 날카로운 목소리가 길 건너까지 들리면서 언쟁이 온 동네로 퍼졌다.

「못생겨? 못생긴 남자, 잘생긴 남자가 따로 있는 줄 알아? 이 바보야, 남자의 아름다움은 얼굴에 있는 게 아니라 성격에, 사회적 지위에, 돈에 있는 거야. 못생긴 부자라는 말을 들어나 봤냐고?」

그녀로서는 못생긴 보르지스(사실 그다지 못생긴 것도 아니었다. 얼굴에 여드름이 조금 있었지만 허우대 좋고 멀쩡했다. 정말이다)를 히우베르멜류의 잘생기고 건방진 건달, 돈 한 푼 없고 미래도 없는 부랑자 전부를 데려와도 바꿀 생각이 없었다. 닥터 보르지스(그녀는 학위는 따놓은 당상이라고 여기고 있었다)가 반듯한 청년이라는 건 행동을 보면 알 수 있었다. 더욱이 파라의 유명한 가문, 주체 못할 만큼 돈이 많기로 유명한 가문의 자제였다. 벨렝에 있는 그 집이 궁전 같다는 사실은 그녀도 알고 있었다. 〈그래, 하인도 열두 명은 되지! 열 명이 넘는다고, 알아? 머리에 바보 같은 생각만 꽉 차서 미쳐 버린 이 고집불통, 배은망덕한 것아! 바닥은 모두 대리석, 계단도 대리석.〉 그녀는 연극을 하듯 두 팔을 벌렸다. 「못생긴 부자가 어디 있다고 그래?」

플로르는 웃음을 지었다. 그녀의 보조개는 매력적이었다. 그녀는 결혼을 서두를 생각이 없었다. 그 대답에 어머니는 할 말이 없었다. 「엄마는 마치 제가 돈으로 남자를 판단하는 매춘부라도 되는 것처럼 말씀하시네요. 저는 그 사람 별로예요. 그뿐이에요.」

정신병 직전의 조바심으로 짜증을 내며, 그리고 또한 다른 사람을 짜증 나게 만드는 도나 호지우다와, 아무 일도 없다는 듯 차분한 플로르 사이의 줄다리기, 페드루 보르지스를 대상이자 상품으로 놓고 벌인 그 경쟁이 최고조에 오른 것은 그해 졸업식 때였다. 그 학위 예정자가 근엄한 졸업식과 뒤풀이 무도회에 두 모녀를 초대했던 것이다

학교 강당에서 열리는 그 학위 수여식에 참석하기 위해, 도나 호지우다는 벌써 장모가 된 것처럼 온통 호박단으로 꾸민 옷을 차려입었다. 꽁지깃을 펼친 칠면조처럼 위엄 있게, 소매의 주름 장식을 보며 미소를 지었고, 머리에는 스페인

무희의 머리빗까지 꽂았다. 레이스와 베일을 두른 플로르는 화려하게 빛났고, 잠시도 쉴 틈이 없었다. 그녀는 한 번도 앉아 있지 못할 정도로 너무나 많은 춤 요청을 받았다. 그러나 그러면서도 그 젊은 졸업생에겐 실낱같은 희망도 심어 주지 않았다.

심지어 그가 머나먼 아마조니아로 떠나기 전에, 너욱 큰 인상을 심어 줄 의도였는지, 아버지를 모시고 그들의 집에 들렀을 때도 그랬다. 그 파라 출신 졸업생의 아버지는 이름이 히카르두였는데, 천둥 같은 목소리를 내는 거구에, 손가락은 반지로 뒤덮여 있었다. 도나 호지우다는 그 많은 보석을 보고 거의 까무러칠 뻔했다. 그녀가 처음 보는 검은 다이아몬드도 있었다. 아무리 못해도 50콘투는 나갈 것이다, 세상에!

그 노인은 자기 땅과 순진한 인디언들, 고무, 아마존 강의 설화에 관해 떠들었다. 그리고 아들이 의대 졸업장을 받아 의사가 됐으니 행복하다고 이야기했다. 이제 원이 있다면 아들이 착하고 얌전하고 진실한 처녀와 결혼하는 것뿐이다. 돈은 상관하지 않는다, 돈이야 그에게 충분하니까. 그가 손가락을 움직일 때마다 다이아몬드가 반짝거리며 방 안을 비추었다. 그는 벨렝의 적적한 대리석 집을 온기와 웃음으로 채우고 싶다며 손자들을 안겨 줄 며느리를 원했다. 페드루가 공부하는 동안 내내 그 큰 집에서 그 홀아비 혼자 살았다고 했다. 그는 뭔가 말 한마디나 몸짓, 미소를 기다리는 듯 플로르를 보며 말했다. 만약 그것을 약혼 신청의 전주곡으로 해석하지 않는다면, 도나 호지우다는 그야말로 바보 무지렁이일 터였다. 그녀는 감동과 설렘으로 몸을 떨었다. 축복의 순간이 온 것이다. 그녀의 목표가 이렇게 가까이 온 적은 없었다. 그녀는 얼간이 같은 자기 딸을 보면서, 수줍지만 확실한 동의의 말을 기다렸다. 그러나 플로르는 맥없는 소리로 말했다. 「페드루와 결혼하겠다는 착하고 예쁜 아가씨는 많을 거예요. 확실히 그럴 자격이 있거든요. 저는 다만 그 결혼식이 여기 바이아에서 치러져서 제가 연회를 준비하게 된다면 영광으로 생각하겠습니다.」

페드루 보르지스는 묵묵히, 미리 사두었던 약혼반지를 주머니에 집어넣었고, 히카르두 노인은 헛기침을 하고는 화제를 바꾸었다. 도나 호지우다는 속이 울렁거리고 숨이 가쁘고 가슴이 쿵쾅거렸다. 그녀는 분을 이기지 못하고 방을 나가 버렸다. 혹시라도 발작을 일으킬까 두려웠던 것이다. 그 배은망덕한 것, 그 멍청이, 잘난 척하는 바보, 어미의 원수, 차라리 죽어서 묻혀 버렸으면 싶은 못된 딸년. 어떻게 감히 의사 — 이제 진짜 의사인 — 의 청혼을 거절한단 말인가? 섬과 강, 인디언, 그 모든 대리석, 그 반짝이는 반지들을 가진 부자의 상속자가 내민 손을? 어쩜 그리 건방지고 염치없을 수 있단 말인가?

아, 그해 초에 망신당한 보르지스가 떠나고 나서 그 현장에 바지뉴가 등장하지 않았더라면, 영원히 하나이자 영원히 둘인 어머니와 딸 사이에 얼마나 큰 미움과 원한의 벽이, 용서할 수 없는 몰상식함의 벽이, 극복할 수 없는 적개심의 벽이 생겨났을지 누가 알랴? 아, 바지뉴의 신분과 지위, 재산 — 도나 호지우다가 바지뉴 자신과 그의 몇몇 친구에게서 충분히 얻은 정보에 따르면 — 에 비하면 페드루 보르지스는 가난뱅이에 불과했다. 아무리 대리석 궁전과 10여 명의 하인을 거느리고 있다 해도, 아무리 많은 땅과 강을 가지고 있다 해도 거지일 뿐이었다.

6

 매력을 발산하는 얼굴의 미란당은 재빨리 정중히 인사하면서, 도나 호지우다에게 옆에 앉아도 되겠느냐고 물었다. 등나무 방석을 댄 의자들이 벽을 따라 둘러 가며 놓여 있었다. 그 만년 학생(7년째 농업 학교에 다니는 그를 보고 누가 그렇게 이야기하면 그는 〈끈기 있는〉 학생이라고 고쳐 말해 주었다)은 다리를 뻗고 꼼꼼히 바지 주름을 펴더니, 아르헨티나 탱고에 맞추어 거의 곡예를 하듯 어려운 스텝을 열심히 밟는 두 사람을 지켜보면서, 겸손한 척 미소를 지었다. 그 자리에서 바지뉴와 비교될 만한 사람은 아무도, 단연코 한 명도 없었다. 신이 축복하시어 그를 해로운 것에서 지켜 주기를. 미란당은 미신을 믿었다. 밝은색 피부의 물라토, 스물여덟의 나이, 바이아의 매음굴과 도박장에서 가장 인기 있는 사나이를 지켜 주소서.

 도나 호지우다의 눈길을 느낀 그가 옆을 보았다. 그는 호감 가는 미소를 더욱 활짝 지으며 예민하고 날카로운 시선으로 그녀를 살폈다. 〈완전 십술보 노파로군. 쓸데없겠어.〉 그는 애석해하며 결론을 내렸다. 나이가 문제는 아니었다. 오래전부터 미란당은 여자를 대할 때의 행동 지침에, 나이나 성숙도를 이유로 불합격시켜서는 안 된다는 조항을 집어넣고 있었다. 나이로 판단하다 보면 치명적 실수를 범할 수 있다. 이미 오십 줄에 들어선 여인도 때로는 놀라운 외모와 젊음을 유지하며 기막힌 기교와 예측하지 못한 능력을 보이기도 했다. 그는 첫 경험에서 이 교훈을 배웠으며, 도나 호지우다의 영락한 모습을 뚫어지게 보는 지금도, 셀리아 마리아 피아 두스 반데를레이스 에 프라타의 화려했던 황혼을 떠올리고 있었다. 그 긴 이름은 상류 사회의 귀부인, 수다쟁이 여자, 마귀할멈을 모두 아우른 한 여자에게 붙여진 것이었다. 예순이 넘었음을 인정하면서도 남편과 뭇 연인을 두고서 남자를 탐하며 만족을 모르던 여인. 그녀는 마흔을 앞둔 손녀들과 혼기에 이른 증손녀들을 두고서도 자선 행위를 베풀었다. 얼마나 크나큰 자선이었던가! 그녀는 불같고 도량이 큰 여인이었다. 젊고 궁핍한 학생들에게는. 반쯤 감긴 미란당의 눈은 그 옆에 앉은 여자, 쓸모없는 해골을 보고 있지 않았다. 그보다는 셀리아 마리아 피아 두스 반데를레이스 에 프라타의 잊지 못할 격렬한 자궁이나, 그 고마운 부자 마나님이 그의 외투 주머니에 손 크게 찔러 주던 50미우헤이스, 1백 미우헤이스 지폐들을 회상하는 것이 나았다. 아, 옛날이여. 당시 미란당은 이제 막 공부와 인생의 신비에 발을 들여놓은 농업 학교 야간부 신입생이었다. 그리고 마리아 피아 두스 반데를레이스는 목주름, 겨드랑이, 그리고 기타 등등에 진짜 프랑스제 향수를 사용했다.

그는 눈을 뜨고 방을 둘러보았다. 잊지 못할 그 증조할머니의 향기가 아직도 콧구멍에 느껴지는 것 같았다. 옆에서는 마녀의 얼굴을 한 늙다리 — 축 늘어진 뺨, 틀어 올린 머리의 역겨운 쭈그렁 할멈 — 가 작은 눈으로 그를 뚫어져라 바라보고 있었다. 〈허수아비로군. 페티코트 속에선 코를 찌르는 냄새가 나겠지. 상한 생선의 악취가.〉 미란당은 아련한 기억 속의 프랑스제 향수를 재빨리 들이켰다. 〈아, 고귀하신 반데를레이스, 지금은 몇 살쯤 되었으려나? 한 일흔 살? 그런데 이 의자에 앉은 늙다리는 가망 없는 포대 자루 노파 아닌가!〉

그러나 예의 바름을 스스로의 자랑으로 여기는 이 농업 학교의 만년 학생은 도나 호지우다 앞에서 미소를 잃지 않았다. 심술맞은 노파, 말라비틀어진 피부와 뼈, 소금에 절인 생선, 어떤 호색적인 행동이나 생각도 일으키지 못할 몸뚱이라니. 아니, 그게 아니라 해도 존경과 관심을 받기는 틀린 것이, 그녀는 삶에 지친 한 가족의 어머니, 보아하니 과부 같았다. 미란당은 도박장으로 길을 잘못 들긴 했지만 심성은 도덕주의자였다. 게다가 그의 앞엔 이미 행복의 순간이 도래해 있었다.

「훌륭한 모임이군요, 그렇죠?」 그는 도나 호지우다에게 말을 붙였고, 그렇게 해서 그 역사적인 대화는 시작되었다.

일은 항상 그런 식이었다. 그가 술에 취할 때마다 그랬고, 그런 일은 자주 있었다. 처음에는 주체 못할 행복의 구절들이 쏟아졌다. 그에게 세상은 아름답고 완벽해 보였고, 인생은 유쾌하고 행복했다. 그 시간이면 미란당은 모든 것을 이해하고 평가하면서, 다른 사람들과 완벽한 교감을, 심지어 그 옆에 앉아 있는 지린내 나는 꼴통과도 완벽한 교감을 나눌 수 있었다. 그는 예의 바르고, 수다스럽고 상상력이 넘쳤다. 그 스스로 만들어 낸 가난한 학생, 〈영원한 학생이자 영원히 목마른〉 그의 모습, 그의 생활 방식과도 잘 어울리는 그 고학생 이미지가 바뀌면서, 교수도 아니면서 농학 기술자로서 출세가 보장된 전도유망한 청년, 장점도 많고 중요한 위치에 있고, 여자들을 정복하는 청년의 이미지가 되었다. 그는 이야기를 지어내는 걸 무척 좋아했는데, 그런 이야기들이 얼마나 그럴싸했는지 모른다! 그는 구술의 달인이었고 다양한 유형과 서스펜스, 훌륭한 고전적 산문의 창조자였다.

그러나 술자리가 계속되고 밤이 끝날 무렵엔 그런 낙천주의와 행복은 사라져 버렸다. 그것이 막을 내리면 미란당은 자기 연민과 비탄에 휩싸여서, 비참한 자아비판에 빠져 심하게 자책하면서, 그의 타락에 희생된 아내와 굶주린 네 아이, 쫓겨날 위기에 처한 가족 전체를 떠올렸고, 노름빚과 매음굴 속에 있는 자신의 모습을 보곤 했다. 〈나는 형편없는 건달, 방탕한 놈팡이야〉라고 소리치며 진심으로 후회하고 자책하는 미란당은 도덕주의자였다. 그러나 이 두 번째, 비탄의 국면은 그가 진짜 취했을 때에만, 아주 드물게 일어났다.

11시 30분이 된 이 시각, 주 수비대 소령이었던 페르젠티누 피멘테우의 집에서 열리는 이 파티에서, 미란당은 세상과 화해했고, 도나 호지우다와 진심으로 유익한 대화를 나눌 마음의 준비가 모두 되어 있었다. 그들은 방금 전 식당에서 온갖 요리를 맛보고, 어떤 요리는 두 그릇이나 먹으면서 배를 불렸고 술이 올라 있었다. 최고 수준의 연회였다. 바이아의 진미들이 모두 포함되어 있었다. 바타파와 에포, 아바라,[15] 카루루, 절인 게, 새우, 생선, 아카라제,[16] 아카사,[17] 닭고기 포스미트, 아호스 아우사[18]는 물론이고, 입이 짧아서 덴데 오일을 싫어하는 사람들(배가 부른 미란당이 경멸스럽게 생각하기로는, 세상엔 어떤 것도 제대로 이해하지 못하는 온갖 멍청이가 있는 법이니까)을 위한 요리인 구운 닭고기, 칠면조, 햄, 생선 튀김도 있었다. 그리고 이 모든 음식을 씻어 내리라고 파인애플 슈러브와 맥주, 럼주, 포르투갈산 포도주가 나왔다. 소령은 10년 넘게 이 행사를 열면서 엄격한 마쿰바[19]의 규율을 지키고 있었다. 신장 결석으로 죽기 직전까지 갔던

---

15 *abará*. 동부콩을 불려 껍질을 벗기고 소금, 양파, 올리브 오일을 섞어 으깬 다음 바나나 잎에 싸서 이중 냄비에 넣어 익힌 덤플링(만두 비슷한 요리).
16 *acarajé*. 동부콩을 갈아 만들어서 고추 소스를 곁들여 먹는 프리터.
17 *acaça*. 옥수수를 불려 갈아서 바나나 잎에 싸서 익힌 덤플링.
18 *arroz hausa*. 쌀을 죽 정도의 농도로 끓인 것.
19 *macumba*. 브라질식 부두교 또는 물신 숭배.

아내의 목숨을 그 아프리카 종교의 신들이 구해 준 후부터였다. 비용은 문제가 되지 않았다. 그는 1년 내내 저축한 돈을 그 하룻밤의 만족을 위해 썼다. 미란당은 몸을 아끼지 않고 진심으로, 먹는 데에서, 그리고 마시는 데에서는 더욱더, 자신의 역할을 다했다. 그렇게 많은 음식과 술을 채워 넣어 포식을 했으니, 이제 소화에 도움이 될 유쾌한 수다만 있으면 되었다.

응접실에서는 아까의 두 사람이 주앙지뉴 나바호의 피아노 반주에 맞추어 아르헨티나 탱고를 다시 추고 있었다. 좀 안다 하는 사람들 사이에서 〈주앙지뉴 나바호〉라고 말하는 것은 전부를 말하는 것과 같았다. 바이아에서 그만큼 인기 있는 피아니스트는 없었으며, 음악의 권위자인 코케이주 판사처럼, 단지 그의 음악을 듣기 위해서 대중음악 프로그램을 찾아 라디오를 켜는 사람들도 있었다. 그리고 이른 새벽 시간 타바리스를 지배하는 활기의 가장 큰 요인은 그의 피아노가 아니었던가? 그를 사적인 연회에 모시기란 여간 힘든 일이 아니었다. 그에겐 아마추어 공연에 낼 시간 따위는 없었다. 그러나 소령의 파티에는 어김없이 나타났다. 오래전 은혜를 입은 일이 있어서 요청을 뿌리칠 수 없기 때문이었다.

미란당은 춤추는 한 쌍을 만족스레 지켜보면서, 주앙지뉴의 연주 — 천상의 소리! — 에 고개를 끄덕였고, 옆의 노파에게 미소를 지었고, 자기와 바지뉴를 제외하고는 그 연회에 다른 불청객이 없다는 사실에 주목했다. 다른 불청객은 한 명도 없었다. 멧돼지 소령(히우베르멜류 구역의 청년들이 그 사나운 페르젠티누에게 붙인 별명을 쓰자면)의 파티에 불청객으로 참석한다는 것은 불가능한 위업이었으므로 이따금 내기와 도전이 벌어지곤 했다. 미란당은 승리감에 우쭐했다.

마침내 그들이 해낸 것이다. 그와 바지뉴는 소령이 쳐놓은 장애물을 뛰어넘고, 잠그고 채워 놓은 육중한 떡갈나무 문을 열게 만들었으며, 손님들 — 모두가 집주인이 아는 얼굴과 오랜 친구들뿐인 — 에게만 열리는 출입구를 통해 들어왔던 것이다. 그뿐이 아니었다. 두 사람은 소령과 그의 아내 도나 아우로라의 포옹까지 받았다. 도나 아우로라는 손님들의 지위와 신분에 관해서는 남편보다 더 까다로운 사람이었다. 저 바깥, 술렁이는 어둠 속에서는 초대받지 못한 얼간이들이 실패의 쓴맛을 보면서, 두 사람이 멧돼지 소령과 짧은 인사를 나눈 후 금단의 문턱을 넘어 도나 아우로라의 호들갑스러운 인사를 받는 걸 지켜보았다. 어떻게 그 관문을 통과했을까?

미란당은 벅찬 한숨을 쉬고는 빛나는 미소를 지었다. 저기서 바지뉴가 예쁜 아가씨, 통통하게 살이 오른 — 뼈다귀는 개를 위한 것이다 — 갈색 몸에, 기름처럼 반짝이는 눈과 차색 같은 피부, 아름다운 허벅지와 가슴을 한 아가씨를 안고 거실을 돌고 있었다.

「저 풋내기 친구가 검은 비너스한테 아주 넋을 잃었군요!」 미란당은 자기 친구와 춤추고 있는 젊은 처녀를 가리키며 말했다.

심술보 늙은이가 뻣뻣해지더니, 판판한 가슴을 내밀고 전투태세 목소리로 짖었다. 「내 딸이에요.」

미란당은 털끝 하나 꿈쩍하지 않았다.

「그렇다면 축하를 드려야겠습니다, 부인. 저 아가씨가 좋은 가문의 훌륭한 자제라는 걸 한눈에 알아보겠군요. 제 친구는……..」

「내 딸과 춤추는 사람이 댁의 친구요?」

「제 친구냐고요? 그럼요, 형제처럼 친한 사이지요…….」

「실례지만, 댁은 뉘시오?」

미란당은 의자에서 허리를 세우며, 주머니에서 향수 뿌린 손수건을 꺼내더니, 넓은 이마에 맺힌 땀방울을 닦았다. 그는 행복한 웃음을 지었다. 황당무계한 이야기, 새빨간 거짓말을 지어내는 것만큼 즐거운 일은 없었다.

「제 소개를 하지요. 닥터 조제 호드리게스 지 미란다, 부총경 밑에서 임시 근무 중인 농업 기술자입니다.」그러고는 아주 다정하게 손을 내밀었다.

마지막 의심을 버리지 못한 채, 도나 호지우다는 적대적인 눈길로 이 상대방을 쳐다보았다. 그러나 미란당의 자신 있는 얼굴과 함박웃음은 어떤 의심도 날려 버리고, 어떤 저항도 무력화하며, 어떤 적대감도 무장 해제를 시켜서 승리를 부르게 되어 있었다. 상대방이 아무리 도나 호지우다만큼 야비하고 표독스러운 사람이라고 해도.

7
심부와 리타 지 심부에 관한 막간의 여담

그날 오후 늦은 시각, 무더위가 절정에 달하고 공기는 콘크리트처럼 무거울 때, 그리고 바지뉴와 미란당이 상페드루에 있는 알라메다 바에서 그날의 첫 럼주를 마시며 그날 밤 히우베르멜류에서 있을 축하 파티에 들어갈 계획을 궁리하고 있을 때, 불그스레한 얼굴의 심부가 갑자기 문간에 나타났다. 그는 바지뉴의 중요한 친척이자 현재 부총경, 그러니까 경찰에서 두 번째로 높은 사람이었다.

주요 정부 인사의 아들이지만, 지독히 검소한 아버지를 존경하지도 않고, 사회적 예절 따위는 아랑곳하지 않는 이 공증인은 바지뉴와는 먼 친척으로, 부유한 기마랑이스 가문의 적자였지만, 바람둥이에 상습적인 말썽꾼이자 음주와 주사위 노름, 매춘의 달인이었다. 한마디로 괴짜였다. 최근에는 자기 직업을 고려해 나돌아 다니는 건 약간 자제하고 있었다. 공직보다 자유가 더 좋은 그는 바로 그 직업의 성격 때문에, 경찰 일을 오래 할 생각이 없었다. 최고의 성직, 어떤 직책이라도 자유와 바꾸고 싶은 마음은 없었다.
　예전에 그는 자기가 태어난 도시 벨몬치의 시장직을 사임했다. 중세적 사고를 가진 상원 의원인 그의 아버지가 부정 선거 끝에 그를 시장으로 만들어 준 자리였지만 그는 그 자리와 직함, 의무와 특권을 포기했다. 치러야 할 대가가 너무 컸던 것이다. 벨몬치 주민들은 그의 행정 실무 능력에 만족하지 않았다. 그들은 자신들의 정부 당국자들에게 청렴한 행동을 요구했고, 그거야말로 그에겐 견딜 수 없는 학대였다.
　그래서 듣도 보도 못한 극악무도한 스캔들이 일어났다. 단지 그가, 진취적인 대머리인 그가, 그 작은 도시의 단조로움과 지루함을 깨뜨릴 목적으로 나긋나긋한 아가씨 몇 명을 바이아에서 수입해 왔다는 것 때문이었다. 예전에 그는 타바리스에서 방중술이 뛰어나기로 소문난 리타 지 심부를 데려온 적이 있었다. 지 심부란 그 두 사람이 집요한 탐닉으로 오래도록 붙어 지낸다고 해서 붙은 별명이자, 지역 문인들이 시와 산문에서 놀려 대던 말이었다. 두 사람은 싸우고 말다툼한 뒤 영원히 헤어졌다. 그러나 시간이 흘러 모든 이야기가 날조되면서 그 터무니없는 목가는 시들 줄 모르고 퍼져 갔다. 그런 이유로 해서 리타는 결혼한 신부가 신랑의 성을 쓰게 되듯, 자기 이름에 옛 연인의 이름을 붙이게 된 것이다. 그녀는 그가 시장이, 힘없는 주민들의 생사를 좌우할 올가미와 칼을 쥔 군주가 되었다는 소식을 듣고는, 전보를 쳐서 그 권력을 나눠 달라고 요구했다. 세상의 그 어떤 쾌락을 지배의 쾌락, 권력의 쾌락에 견줄 수 있단 말인가? 관능적인 리타는 그것을 맛보고 싶었다. 벨몬치에서 숱한 밤을 하릴없이 혼자서, 완전히 공허하게 지내던 심부는 그 열렬한 애원에 귀를 기울였고, 사람을 보내 그녀를 데려왔다.

심부가 시장인데, 그 도시의 왕인데, 리타 지 심부는 이 왕국에 보통 사람처럼 상륙할 수는 없었다. 그녀는 왕의 총아, 왕의 첩이었다. 여기서 여러분은 그녀가 왜 자신을 보좌할 세 명의 미녀를 데려왔는지 짐작이 갈 것이다. 그 세 명은 모두 달랐지만 저마다 빼어났다. 줄레이카 마홍은 경박하고 방탕한 물라타였고, 길거리 폭만큼 좌우로 엉덩이를 흔들면서 지나가는 사람들과 부딪쳤다. 아말리아 푸엔치스는 감미로운 목소리에 신비로운 취향을 가진 수수께끼 같은 페루인이었다. 지지 쿨류지냐는 이제 막 알이 여물기 시작한 옥수수처럼 가냘픈, 금색 피부의 일급 바람둥이 여자였다. 차마 고백하기 슬픈 일이지만, 선발된 이 미녀 수행원들은 벨몬치에선 그에 걸맞은 열광적인 환영을 받지 못했다. 반대로, 숙녀들에게 지나친 적대감을 불러일으켰고, 심지어 신사들도 적의를 나타냈다. 일부 사회 집단 — 대체로 말해서 애송이 학생들, 몇 안 되는 올빼미족, 술꾼들 — 과 몇몇 개인을 제외한다면, 주민들 자체는 냉담했고 의혹의 눈길을 보냈다고 말할 수 있다.

그러던 중 리타 지 심부가 한밤중에, 몸을 가누지 못할 정도로 취해서 시장 집무실 발코니에 나타나, 입에 담을 수 있는 온갖 더러운 욕설로 그 도시를 욕하는 모습이 목격되었다. 흉흉한 소문들이 나돌기 시작했다. 늙은 상인인 아브랑은 줄레이카 마홍에게 농락당해 그 매춘부와 주연을 벌이느라 자기 손자들의 재산을 탕진했다. 그때까지 반듯하고 순수했던 청년, 우체국 직원이면서 자선 협회 회장이던 베레쿠는 아말리아 푸엔치스에게 반해서 결혼을 신청함으로써 그 순수와 종교적 신앙의 뿌리를 적나라하게 드러냈고, 편견에 사로잡힌 가족들을 절망하게 만들었다. 이런 스캔들이 절정에 오른 것은 지지 쿨류지냐가 벨몬치에 사는 모든 남학생의 연인이자 그들의 꿈, 그들의 여왕이 되어 그녀의 사진이 남학생들의 방에 걸리게 되었을 때였다. 밤이면 그녀는 금발을 나부끼면서 어린 학생들에게 둘러싸여 돌아다녔고, 시인 소지제니스 코스타는 그녀에게 소네트를 지어 바쳤다. 수치스러운 일이었다!

급기야 주교 대리의 애인, 새된 목소리를 가진 건방진 사제까지 나서서 심부를 비난하는 설교를 하면서 그의 추잡한 행동을 격렬하게 고발했다. 그는 그 선발된 여자들을 〈대도시 매춘부 쓰레기들〉, 〈악마의 연합군〉이라고 못 박았다. 불쌍하게도. 사람들이 가득한 교회, 일요일 미사의 그 격렬한 설교에서 사제는, 심부가 평온했던 벨몬치를 소돔과 고모라로 만들었다고, 가정을 파괴하고 가족을 깨뜨렸다고, 그렇게 타락해서 벨몬치를 〈속바지만 입은 네로〉 같은 사람을 시장으로 둔 도시로 만들어 버렸다고 규탄했다. 심부는 유머 감각이 있었으므로 그 사제의 신랄한 비난을 웃어넘겼다. 아가씨들은 울었다. 리타 지 심부는 복수를 다짐했고, 성마른 시리아인이자 시장의 비서, 기마랑이스 씨족의 극단주의를 지지하는 악명 높은 아첨꾼인 미겔 투르쿠는 복수를 제안했다.

그는 믿을 만한 깡패 두 명을 찾아내 반역적인 주교 대리를 평생 잊지 못할 만큼 두들겨 패서 따끔한 맛을 보여 줄 계획을 꾸몄다.

심부는 리타를 달래고, 시리아인의 충성에 고마움을 표하고, 두 깡패, 일례우스에서 수배 중인 상습범인 그들에게는 보상을 해주었다. 심부는 겉보기엔 무심한 것 같아도, 정치적 통찰력이 부족하지는 않은 신중하고 교활한 사람이었다. 만약 매춘부를 달래기 위해 사제를 폭행해서 교회와 문제를 일으킨다면, 상원 의원 노인이 어떻게 반응할지 상상해 보시라! 게다가 그 사제가 그렇게 화를 내는 데는 나름대로 이유가 있었다. 사제가 그 시장을 〈속바지만 입은 네로〉라고 부른 것은, 주교 대리가 그의 숙식을 책임져 온 의심할 줄 모르는 충실한 하인이자 그의 선택된 양인 마리코타와 함께 파렴치한 목가 속에 등장하는 시장을 곧이곧대로 해석해 (오해했기) 때문에, 시장이 줄무늬 속바지만 입은 차림으로 시내를 가로질러야 했던 밤을 가리키는 것이었다.

심부는 달리 방법이 없어, 모욕당한 손님들을 모아 놓고 리타 지 심부를 안아 주고는, 바이아 정기선에 태워 보내야 했다. 그는 시장직과 봉급, 수많은 밀거래로 생기는 짭짤한 뒷돈을 단번에 모두 포기했다. 벨몬치는 그의 행정적 재능의 혜택을 보지 못했고 그는 주도에서 온 미녀들의 쾌락을 누리지 못했다. 심부의 효율적인 행정력에 대한 증거는 복구된 선창, 초등학교 수의 증가, 수리된 묘지 벽에 나타나 있다. 그러나 그 여자들과 그들에 대한 덧없는 환상은 오랫동안 벨몬치 사람들의 단잠을 어지럽혔다.

심부는 봉급을 많이 받는 법무부의 정체불명 직책으로 옮겨졌다. 거기선 아무도 그를 감시하지 않았다. 다시금 밤 생활을 시작한 그는 타바리스(여기서 리타 지 심부는 다시 한번 왕좌에 올랐다)에서 팰리스로, 아바이샤지뉴에서 3인의 대공 하우스로, 카를라의 매음굴에서 벌새 엘레나의 매음굴로 옮겨 다녔다. 때때로 상원 의원 아버지가 그의 화려한 야간 활동과 봉급은 많되 중요하지는 않은 일 — 공증인 도장을 찍고 확인해 주는 — 을 중단시키고, 남들이 간절히 바라는 직책과 봉급을 그에게 주어서 정치적 술책에 이용하기도 했지만, 정작 심부의 소원은 실컷 자유롭게 사는 것뿐이었다.

심부는 바지뉴를 존중해 주었다. 그들의 관계가 서먹하고 겉치레뿐인 때문이기도 했지만, 도박장과 카바레에서 만나는 이 젊은 동지의 품성이 맘에 들기 때문이기도 했다. 한번은 누군가 바지뉴 얘기를 하며 아무 직업도 생계 수단도 없는 부랑자라고 하는 소리를 듣고는, 그를 경찰 본부 정원 관리인이라는 작은 직책에 앉혀 주었다. 〈기마랑이스 가문 사람은 사회적 지위를 갖고 있어야〉 하기 때문이었다. 「기마랑이스 집안에 부랑자는 없다.」

사람 좋은 심부는 모순적인 성격이라, 인습이나 의례에는 별로 얽매이지 않으면서도, 한편으로 가문에 대한 자부심은 남달라서, 막강한 기마랑이스 가문의 명성에는 신경을 썼다.

문제의 그날 오후, 바지뉴와 미란당은 상페드루에서 심부를 만났다. 이 부총경은 경찰 본부로 돌아가는 길이었다. 심부에게 삶이란 의전 행사, 장례식, 결혼식을 위해서 짙은 색의 더운 옷차림 — 빳빳하게 세운 칼라, 풀 먹인 셔츠, 조끼, 각반, 손잡이에 금박을 입힌 지팡이 — 을 해야 하는 피곤한 사업이었다. 질식할 듯 뜨거운 그 2월의 복날에 의장을 갖춘 심부는 시원한 맥주 한잔 생각이 간절했던 것이다.

「북극에서 눈보라라도 몰아쳐 줘야 숨통이 트이겠네요.」 바지뉴는 친척이자 보호자인 그를 껴안으며 말했다.

심부는 격렬하고 감정 섞인 언어로 자기 운명을 저주하면서, 욕설로써 자신의 좌절감을 나타냈다. 「이 지랄 같은 생활이란 게 무도회도 못 가게 하질 않나, 개 같은 일을 한답시고 주지사를 수행해서 별별 괴상한 곳에, 각종 의식에, 온갖 허섭스레기 같은 곳을 다 돌아다니게 만들지 뭔가.」 포르투갈 지휘관처럼 차려입은 그의 모습을 봤어야 한다! 그날 밤, 그는 직업상의 의무 때문에 의과 대학에서 열리는 과학 학술대회 — 전국 산부인과 회의 — 의 엄숙한 개막식에 참석해서 출산과 낙태, 가장 따분한 일에 관한 연설과 논문, 논쟁과 의견이 오가는 자리를 지키고 앉아 있어야 했다. 심부는 몸의 열과 분을 식히려고 맥주를 벌컥벌컥 들이켰다. 모든 게 다 만족을 모르고 끝없이 정치에 그를 이용하는 아버지 때문이었다…….

그런데 무엇보다 기막힌 일은 — 재수도 더럽게 없지 — 그 회의의 개막식이 히우베르멜류의 페르젠티누 소령, 멧돼지 소령의 축하 행사가 열리는 바로 그날 밤에 열린다는 것이었다. 그는 소령의 부탁으로 한 깡패를 석방해 주는 은혜를 베푼 적이 있었는데, 이제 소령이 그를 접대하고 명예롭게 경의를 표할 기회를 마련해 놓았으므로, 그가 그 파티에 가면 그냥 보낼 리 없었다. 사실 멧돼지의 축하 행사는 말했다시피 정말 놓치기 아까운 행사였다. 거기서는 배가 터지도록 먹고 마실 수 있다. 그리고 주빈은 바로 그, 심부였으니 그가 얼마나 큰 즐거움을 놓치고 있는지 상상해 보라!

「그 대신에 나는 어느 의사가 진통에 관해 떠드는 얘기나 들으러 가야 한단 말이야……. 솔직히 이건 다 아버지 때문이네…….」

 그러나 그 상원 의원 앞에서는 주지사도 벌벌 떠는 마당에, 그 늙은 독재자에게 나를 내버려 두라고, 내 멋대로 살게 두라고 설득할 배짱이 어디 있을까? 바지뉴의 눈이 빛났다. 미란당은 미소를 지었다. 심부는 그들에게 영광의 대문, 소령 집의 문을 열어 주었다.

8

 그날 밤, 그 축제가 벌어지는 저택 앞에서, 두 협잡꾼은 같은 족속의 나머지 건달들에게 내기를 걸었다. 그 무도회에 불청객으로 들어가서 마치 주빈처럼 대접을 받겠다고 말이다. 그들은 정말 불청객으로 입장했고, 극진한 환영을 받았으며, 그들을 위한 레드 카펫을 밟았다. 바지뉴가 소령과 도나 아우로라에게 오늘 참석할 수 없게 된 경찰 부총경의 조카라고 자신을 소개했고, 미란당은 있지도 않은 심부의 개인 비서라고 자칭했던 것이다.

「저의 삼촌인 닥터 아이르통 기마랑이스는 주지사님을 모시고 산부인과 회의에 갔습니다. 하지만 소령님의 파티를 빛내기 위해서, 비서인 미란당과 저를 대신 보냈습니다. 저는 닥터 바우도미루 기마랑이스라고 합니다…….」

 소령은 사과의 말과 함께 사람을 보내 준 부총경의 세심함에 감동했다고 대답했다. 원래 부총경에게 사의를 표하고자 한 것이었으므로, 당사자가 오지 못한 것이 섭섭했다. 그러나 그와 아내는 소중한 친구의 대리인들을 진심으로 환영

했다. 그는 바지뉴에게 손을 내밀었다. 그사이 환희에 들뜬 미란당은 매우 과장되게 자기소개를 덧붙였다.

「주제넘지만 용서해 주십시오, 소령님. 저는 닥터 조제 호드리게스 지 미란당이라고 합니다. 농업 학교 직원이고 닥터 아이르통의 부탁으로 일하고 있는데, 부총경님을 대신해 이 자리에 왔습니다……. 제 친구인 닥터 바우도미루는 비록 부총경님의 조카이긴 하지만 그분이 아닌 주지사 대신 온 것입니다.」

「주지사요?」 소령은 너무도 큰 영광에 황홀해서 탄성을 질렀다.

「네.」 바지뉴가 재빨리 말을 받았다. 「부총경님이 당신 비서와 조카에게 소령님의 파티에 대신 가라고 하시는 당부를 듣고서 주지사님이 저에게(저는 각하의 보좌관으로 일하고 있지요) 〈당신의 좋은 친구 페르젠티누와 경애하는 사모님께 존경을 전하고〉 포옹해 주라고 명령하셨지요.」

허영심에 들뜬 소령과 도나 아우로라는 새로 온 손님들에게 길을 터주고, 그들을 소개하고는 음식과 술을 대접하라고 명령했다. 바지뉴와 미란당에게는 무얼 바쳐도 아깝지 않았다.

바깥에서 입이 딱 벌어진 천박한 동료들은 자기들의 눈을 의심했다. 대체 어떤 술책을 썼기에 저 두 사람이 저런 대접을 받는 걸까? 지금까지 소령의 집 문턱을 넘는 데 성공한 사람은 아무도 없었다. 소령은 파티 참가자를 그의 손님과 친구로 엄격하게 제한해서 체면과 명성을 지키는 것이 원칙이었기 때문이다. 그는 화려한 레이스 리본에 대고 맹세하며 큰소리쳤다. 「내가 눈을 뜨고 살아 있는 한, 초대받지 않은 자가 내 파티에 오는 일은 없다!」 실제로 그 도시의 노련한 불청객들은 초대장이 있어야 입장할 수 있고 경찰이 경비를 서는 웅장한 행사에도 몰래 들어가고, 심지어 주지사의 궁전이나 닥터 클레멘치 마리아니의 집에서 열리는 파티에도 들어갈 수 있었지만, 그런 행사에 비하면 깜짝 파티이자 동네잔치, 작은 무도회에 지나지 않는 소령의 파티에는 해마다 새로운 방법을 짜내 가며 시도해도 번번이 실패할 뿐이었다.

그러나 사실을 말하면 그 파티에 갔던 사람이 전혀 없는 건 아니었다. 에디우 간토이스라는 한 꾀 많은 학생이, 앞에서 얘기했던 교활한 은의 혀 레프와 한패가 되어 들어간 적이 있었다. 그들이 아직 학생일 때, 두 사람은 그럭저럭 용케 소령 집에 들어가 한 시간 반 남짓 동안 파티를 즐겼지만, 결국 뭇매를 맞고 쫓겨났다. 건장한 에디우는 손님들과의 몸싸움에서 밀렸고, 꺽다리 레프는 소령에게 발길질을 당했다.

그런데 두 사람은 어떻게 성공했을까, 그토록 가련한 실패 사례가 엄연히 있었는데? 비록 다른 이야기이긴 하지만, 바지뉴와 미란당의 위업을 공정하게 평가하기 위해 여기서 그 실패담을 언급할 필요가 있다. 당시 바이아에서는 음악원에서 열리는 두 공연 때문에 신문마다 요란하게 떠들어 대고 있었다. 어느 괴짜 연주자가 자기보다 더 이상한 악기를 연주한다는 것이었다. 그가 연주하는 톱은 가장 잘 조율된 피아노만큼 아름다운 선율을 냈다. 그는 발음하기 힘든 이름을 가진 러시아인이었는데, 포스터나 신문 광고에서는 그를 〈마술 톱의 러시아인〉이라고 불렀다. 마침 에디우한테 늙은 목수의 톱이 있었고, 레프는 발음하기 힘든 이름을 가진 러시아인의 아들이었다. 두 사람 다 유치한 장난을 매우 좋아했으므로, 갈색 종이로 톱을 싼 후 럼주 몇 잔을 들이켜 배포를 부풀리고는, 소령의 집 문 앞에 가서 그 러시아인 톱 연주자와 매니저 행세를 했다.

멧돼지 소령은 불청객에 관해서는 초감각적인 육감을 가지고 있었다. 그는 멀리서도 불청객의 냄새를 맡을 수 있었다. 레프와 에디우를 본 순간 그의 내면에서 경보가 울렸다. 그러나 〈마술 톱의 러시아인〉이 왔다는 것을 안 손님들은 그의 연주를 들을 생각에 들떠 있었다. 소령은 의심하면서도 조용히 문을 열어 두 건달을 들어오게 했다. 그러나 경계를 늦추지 않았다. 두 사람은 가구 뒤에 톱을 놓았다. 소령은 그들이 허겁지겁 식당으로 가서 열심히 먹고 마시는 모습을 지켜보았다. 그 모든 행동을 역시 수상쩍게 여기던 도나 아우로라와 시선을 교환하면서, 소령은 연주를 듣고 싶어 하는 손님들의 지지를 등에 업고, 곧바로 음악적 증거를 요구했다. 우선 연주부터 하고 식사는 나중에 하시라. 이런, 꾸며 댈 수 있는 한 오래 대화를 끌면서 심판의 순간을 한 시간쯤 미루려고 했던 에디우는 허를 찔리고 말았다. 그는 시간을 끌 수도 없었고, 정중한 간청을 받지도 못했다.

그런데 어떤 이상한 작용에서인지, 레프가 갑자기 영감에 휩싸였다. 자기 역할에 너무도 충실한 나머지 그는 스스로 음악회의 그 러시아 연주자로 믿게 되었던 것이다. 그래서 소령을 좀 더 구슬려 볼 생각도 하지 않고, 환호와 박수갈채 속에서 낡은 톱을 들었다. 그는 아주 완벽했다. 기다랗고 가는 몸뚱이를 삼각형으로 굽히고, 헝클어진 머리를 하고 허공을 쳐다보는 눈은 진짜 음악가였다. 그는 모든 사람을 속였고, 심지어 소령과 도나 아우로라까지 놀라게 만들었다, 커피 스푼으로 톱 중앙을 긁어 대기 시작하기 전까지만. 그러나 톱을 건드린 순간 — 나중에 에디우의 얘기에 따르면 —

모든 참석자가, 누구 하나 예외 없이, 이 모든 것이 연극임을 깨달았다. 그래도 레프는 멈추지 않았다. 진짜 음악가보다 더 열심히, 더 몰두해서 소령과 그의 아내, 모든 손님이 그의 노력과 예술에 아무런 관심을 보이지 않는데도 스푼으로 톱을 진동시키려 애쓰고 있었다.

소령이 앞으로 나섰고, 유치한 장난에 누구보다 민감하게 반응하는 몇몇 친구가 따라나섰다. 홀을 가로질러 대문 밖으로 내동댕이쳐지기까지의 과정은 정말이지, 길이 기억할 장구한 서사시였다. 에디우와 레프는 평생 그 일을 잊지 못할 것이다. 수많은 주먹과 발길질, 떼밀리고 구르던 일을. 도나 아우로라는 그들의 눈을 할퀴고 싶었을 것이다. 소령은 길거리의 구경꾼들 사이로 그들을 내던진 것에 (그리고 쓰러진 두 사람 위로 소리 나지 않는 톱을 던진 것에) 만족했다.

바지뉴와 미란당에게는 아무 일도 없었다. 소령도 도나 아우로라도 아무런 의심을 하지 않았다. 흡족할 만큼 먹고 마신 후, 바지뉴는 왈츠를 추며 거실을 돌고 있었고, 미란당은 심부의 이름으로 소령과 도나 아우로라를 위해서 건배를 제안하면 어떨까 고민하고 있었다. 그가 의자에서 웃음을 지을 때 도나 호지우다가 자기 딸과 춤추는 저 청년이 누구냐고 물었다. 그는 더 큰 효과를 노리고 대답 대신 질문을 했다.

「소령님이 소개해 주지 않으시던가요?」
「네. 난 아까 저 안에 있어서, 저 청년이 도착하는 걸 못 봤어요.」
「그렇군요. 부인께서 궁금해하시는 것을 말씀드릴 수 있게 되어 영광입니다. 저 친구는 닥터 바우도미루 기마랑이스, 상원 의원의 손자이자 부총경인 닥터 아이르통 기마랑이스의 조카죠…….」

「상원 의원 기마랑이스 말인가요? 사람들이 항상 얘기하는 그분?」

「바로 그분이시죠. 거물, 일인자, 정계의 전능한 신, 저의 대부이신 바로 그분 맞습니다…….」

「댁의 대부라고요?」

「그렇습니다. 바지뉴의 대부이시기도 하고요.」

「바지뉴?」

「그건 저 친구의 어릴 때 별명이죠. 상원 의원이 아끼시는 손자랍니다.」

「저 친구라는 분은 학생인가요?」

「말씀드리지 않았던가요? 졸업은 했고, 변호사죠. 주지사 보좌관이고 중요한 시정 관리이자 감독관…….」

「세관 감독관?」 그 정보는 도나 호지우다가 애지중지 키워 온 꿈을 능가하는 것이었다.

「도박 감독관입니다, 부인.」 그리고 이렇게 속삭였다. 「감독관 중에서는 그게 봉급을 가장 많이 받지요. 매달 거액이 들어오고, 가욋돈은 말할 것도 없고요. 여기서 칩 하나, 저기서 칩 하나. 그리고 무엇보다도 주지사 직속이거든요…….」

그는 인심을 후하게 쓰고 싶었다. 「혹시 부인 친척 중에 일거리를 찾는 가난한 사람이 있을지 모르겠지만, 만약 있다면 말씀만 하시면 됩니다. 저한테 이름만 알려 주세요.」 그는 스스로 대견해서 심호흡을 하고는 무모한 허풍을 이어 갔다. 「저기 저 친구가 춤추는 거 보이시죠? 다음 선거에서 저 친구가 의원으로 당선되어도 놀라지 마십시오…….」

「저렇게 젊은데?」

「원래 이치가 그런 거지요, 부인. 그는 부유한 집안에서 태어났어요. 모든 게 다 준비되어 있으니 그의 앞길은 장미꽃잎이 뿌려진 탄탄대로랍니다.」 미란당은 그 영광스러운 밤의 시적인 분위기에 취해 있었다. 아까 그의 기념비적인 즉흥 연설에 히우베르멜류의 성마른 여자, 도나 아우로라는 눈물까지 글썽거렸다.

도나 호지우다는 작은 눈을 가늘게 떴다. 그녀 앞에서 야망의 환한 불이 타오르고 있었다. 주앙지뉴 나바호는 한껏 멋을 부린 과장된 몸짓으로 탱고 연주를 끝내고 있었다. 바지뉴와 플로르는 서로 미소 짓고 있었다. 도나 호지우다는 감동해서 소름이 끼쳤다. 딸의 얼굴에서 그런 표정은 처음이었다. 그녀는 딸을 잘 알고 있었다. 〈그리고 저 청년은 또 어떤가? 그 역시 호감을 가지고 있지 않은가?〉 그녀는 속으로 물어보았다. 도나 호지우다를 감동시킨 바지뉴의 얼굴에는 순결, 정직, 진실한 느낌이 가득했다. 〈오, 기적을 행하시는 본핑[20]의 주님이시여, 하늘이 저에게 점지해 주신 것이 저 위대한 부자 사위란 말입니까? 파라의 페드루 보르지스, 광활한 땅과 강, 열두 명의 하인을 거느린 그 의대 졸업생보다 더 부자이고 더 중요한 저 남자가? 상원 의원의 손자인 사위, 정부와 밀접한 관계에 있고, 그 자신이 정부에서 일한다니……! 오, 카피스톨라의 성모여, 저를 도우소서! 본핑의 주님이시여, 이 기적의 은총을 베풀어 주신다면 맨발로 당신의 성전을 닦고, 꽃과 깨끗한 물병을 가져다 바치겠나이다.〉

소령이 지나갔다. 도나 호지우다는 미란당에게 만나서 반

---

20 바이아의 수호성인에게 봉헌된 본핑 교회는 리본을 매듭지어 교회에 매달면 소원이 이루어진다는 본핑 리본으로 유명하며 기적의 사원으로 불린다. 정식 이름은 이그레자 지 노수 세뇨르 두 본핑Igreja de Nosso Senhor do Bonfim — 옮긴이주.

가왔다고 인사하고는 집주인에게 다가가, 방 한쪽 구석에 모여 있는 바지뉴와 플로르, 도나 리타와 포르투 쪽을 가리켰다. 미란당은 그 늙은 참견쟁이의 행동을 지켜보았다. 그리고 비틀거리지 않으려고 애쓰며 맥주를 마시러 갔다. 도나 호지우다가 소령한테 말을 걸었다. 「소령님, 저 청년을 소개해 주세요.」

「아직 인사 안 하셨나요? 저쪽은 닥터 아이르통 기마랑이스, 제 친한 친구이자 부총경님의 친척이랍니다.」 소령은 허영기 가득한 웃음을 지으며 덧붙였다. 「부총경은 우리 친한 사람들 사이에서는 심부로 통하지요⋯⋯. 나한테 직접 이렇게 말하더군요. 〈페르젠티누, 그냥 심부라고 부르게. 우린 친구 아닌가?〉 허튼소리를 모르는 고지식한 사람이지요. 저한테 큰 은혜를 베풀어 주었어요.」 그는 이제 부총경과의 우정을 자랑하며, 모두에게 들리도록 떠들었다.

도나 호지우다가 그 청년과 악수할 때 플로르가 덧붙였다. 「이분이 제 어머니세요, 닥터 바우도미루.」

「편하게 바지뉴라고 부르세요.」

「닥터 바우도미루는 우리의 탁월하신 지도자, 주지사님과 아주 가깝습니다. 주지사 보좌관이거든요.」

「주지사님은 소령님을 정말 좋아하십니다. 오늘 저한테 〈나 대신 페르젠티누 소령을 안아 주게. 나의 절친한 친구라네〉 하고 말씀하셨지요.」

소령은 행복에 겨워 어쩔 줄을 몰랐다. 「고맙네, 닥터.」

권력의 세계에 너무 가까이 있는 게 약간 겁이 난 포르투가 말했다. 「책임이 막중하시군⋯⋯. 하지만 그만큼 중요하기도 하겠지⋯⋯.」

바지뉴는 겸손한 표정을 지었다. 「무슨 말씀을⋯⋯. 앞으로도 계속 주지사님 궁전에 남아 있을 수 있을는지 모르겠습니다.」

「왜요?」 도나 리타가 물었다.

「저희 할아버님, 상원 의원님께서…….」 바지뉴가 대답했다.

「기마랑이스 상원 의원님.」 도나 호지우다가 아련한 목소리로 설명했다.

바지뉴는 고귀한 후광이 빛나는 얼굴로 그녀에게 웃음을 지었다. 이어서 그는 너무도 예쁜 플로르에게 애수 띤 미소를 지어 보였다. 「저희 할아버님께서 제가 리우로 가기를 바라십니다. 리우에서 일해 보라고 제안하셨거든요…….」

「그래서 받아들이실 거예요?」 이슬처럼 빛나던 플로르의 눈이 꺼져 갔다.

「여기에는 저를 붙잡아 둘 만한 게 없어요……. 아무도 없고…… 혼자 몸이라…….」

플로르가 한숨을 내쉬었다. 「혼자라니…….」

소령이 식당에서 나오면서 소리쳤다. 그는 잠시도 쉬지 않고 손님들을 계속해서 보살피는 완벽한 주인이었다. 이어서 누군가 손뼉을 치며 나오면서 조용히 해달라고 말했다. 닥터 미란당이 집주인들을 위해 건배를 제안하고 있었다. 뻥 하고 샴페인 따는 소리가 들렸고 코르크 마개가 천장을 쳤다.

바지뉴와 플로르는 웃음을 띠고 소리가 잘 들리는 곳으로 걸어갔다. 「미란당의 연설을 놓치면 아깝거든요.」 바지뉴가 설명했다. 도나 호지우다의 가슴은 기계 해머처럼 쿵쿵거렸다. 그녀는 한 편의 전원시를 들으러 가는 두 젊은이를 지켜보면서 도나 리타와 탈리스 포르투에게 말했다. 「아주 완벽한 한 쌍 아니에요? 천생연분 같지 않아요? 어쩜…….」

「아서요, 마님. 겨우 오늘 처음 만난 남녀를 벌써 결혼시키려 하다니.」 리타는 고개를 저었다. 그녀의 동생은 딸을 부자 남편에게 시집보낼 생각에 미쳐 가고 있었다.

도나 호지우다는 떨리는 가슴을 들어 올리고, 비관주의자 언니를 거만하게 노려보았다. 식당에서는 맥주 속에서 헤엄치다 배가 부른 연사의 목소리가 들려왔다. 과부는 희망에 들떠서 손님들을 비집고 그에게 다가갔다. 미란당의 유창한 연설에 박수갈채가 쏟아졌지만, 그는 의연하게 말을 이어 갔다. 「신사 숙녀 여러분, 역사 속 불멸의 페이지에서, 페르젠티누 소령님의 영광된 이름은 모범적인 덕망을 지닌 시민이라고, 금박의 글씨로 기록될 것입니다.」 (큰 소리로 말을 하려니 그의 목소리가 떨렸다.) 「그리고 그분의 고귀하신 사모님이시자, 보아테하 지역 사회의 꽃이신 도나 아우로라의 이름은 천사……. 그렇습니다, 신사 숙녀 여러분, 때 묻지 않은 천사이자…….」 (그는 울리는 목소리로 그 말을 되풀이했다.) 「덕망 있고 모범적인 아내, 청동의 동정녀…….」

미란당, 이 불청객, 거실 한가운데서 샴페인 잔을 높이 들어 올린 그는 달변으로 주인과 손님들을 매혹해 쥐락펴락하고 있었다. 소령은 기쁨에 넘쳐 웃음을 지었다. 모범적인 아내, 청동의 동정녀는 깊이 감동해서 눈을 내리깔고 있었다. 그녀의 파티가 이렇게 성공을 거둔 적은 없었다.

「……도나 아우로라, 그 사랑스러운 존재, 그 성자 같고 신성불가침인 존재로…….」

그 성자 같은 여자의 눈이 눈물로 아려 왔다.

9

 플로르와 바지뉴의 연애는 곧장 결혼으로 내달렸다. 나중에도 말하겠지만 약혼을 따로 하지 않았기 때문인데, 체통을 지키는 모든 가문에서 당연히 따르는 그 정상적인 뜸 들이기 절차를 빠뜨린 이 변칙에는 원인과 이유가 있었다. 더욱이 연애는 두 국면으로 나뉘었고, 각각의 국면은 저마다 뚜렷한 특징으로 완벽하게 구분되었다. 첫째 국면은 평온하고 유쾌했다. 모든 것이 장밋빛이요, 하늘은 구름 한 점 없이 파란, 진정한 축제로서 모든 것이 조화로웠다. 둘째 국면은 혼란스럽고 피곤하고 은밀했으며, 비방과 증오, 생지옥, 적의, 미움, 공공연한 전쟁이었다. 첫째 국면 동안 다른 사람이 된 것 같았던 도나 호지우다는 전원시의 성공을 위해 몸 바쳐 적극적으로 거들면서, 그야말로 정중히 행동했고 이해심을 과시했다. 두 번째에는 미움과 증오, 복수심이 철철 솟는 샘 — 볼 만한지는 몰라도 유쾌하지는 않은 장면이다 — 이 되어서, 자기 딸과 그 비열한 인간 — 〈벌레, 종기, 고름 구덩이〉 — 의 결혼을 막기 위해 온갖 수단을 동원했다. 부패를 상징하는 이 모든 말 — 〈벌레, 종기, 고름 구덩이〉 — 은 바이아에서 가장 선망받던 신랑감, 이상적인 배우자, 잘생기고 매력적이며 마음씨 좋은 젊음의 총화, 흠 없는 성격, 더 이상 반듯할 수 없었던 바지뉴를 가리키는 것이다.
 멧돼지 소령의 파티에서 미란당이 퍼뜨렸던 이야기 — 우연한 상황 덕에 더욱 부풀려져 버린 — 에서 시작된 유쾌한 사기극에, 도나 호지우다는 거의 두 달 동안 푹 빠져 있었다. 잊지 못할 만큼 달콤했던 그 두 달 동안, 그녀는 라데이라 두 아우부와 그 주변의 모든 사람, 점잖은 흑인 여자 주벤치나와, 심지어는 많은 단골 환자를 둔 닥터 카를루스 파수스까지 무참히 짓밟았다. 그녀는 바지뉴를 통해 구체화된 권력의 사다리 위쪽, 정부 인사들과의 친분과 연줄을 자랑했다. 그리고 무엇보다도 자기 딸에게 구애하는 그 청년, 그의 수상쩍은 우아함과 매력적인 말재간, 신소리, 풍모를 자랑했다. 바지뉴는 신성한 존재의 특징을 지니고 있었다. 그는 그녀의 모든 것이었다. 그에게는 무얼 갖다 바쳐도 부족하기만 했다. 자기 욕심에 빠진 도나 호지우다는 그를 기쁘게 하기 위해, 그를 사로잡고 손에 넣기 위해 끊임없이 노력했다.

  도나 호지우다가 계속해서 이 콩 꺼풀에서 헤어나지 못했던 것은 이상한 우연 탓이 컸다. 플로르의 친구 가운데 셀리아라는 학교 친구가 있었는데, 가난하기도 했지만 한쪽 발이 기형이라 절뚝거리는 절름발이였다. 도나 호지우다의 말처럼, 셀리아는 자신의 약점으로 사람들의 마음을 약하게 만들면서 엄청나게 힘들게, 사범 학교를 졸업해 교사 자격증을 땄다. 그녀는 공립 초등학교 교사직을 신청한 후 몇 달 동안 임명 투쟁을 벌였지만 교육감과의 면접 약속조차 받아 내지 못하고 있었다. 도나 호지우다는 그녀를 좋아해서 돌보아 주었는데, 너무나 측은하고 초라한 셀리아에 비하면 자신과 플로르가 백만장자로 보이기 때문이었을 것이다. 그녀는 이 가없은 절름발이 처녀가 썩어서 검게 변색된 이 사이로, 인생과 세상의 힘에 대한 불평, 공직자들에 대한 공포, 〈교육의 흡혈귀들〉에 관해 욕설을 섞어 늘어놓는 지저분한 이야기들에 귀를 기울였다. 교사로 임명되는 사람들은 추잡한 제안들, 한밤중에 아마랄리나, 피투바, 이타포앙 같은 곳에 가자는 제안이나, 친밀한 행사, 성 상납의 요구에 기꺼이 응하는 사람들뿐이었다. 조신한 처녀에게는 기회가 주어지지 않았다. 셀리아는 대기실의 가죽 의자에서 기다리느라 곰팡이가 슬어 갔다. 그런 의자에서 오랜 시간을 보낸 셀리아는 공직자들, 교장들과 관련된 악의적인 일화들의 신랄한 제보자가 되었 다. 교육감도 예외가 아니었는데, 거부당한 이 교사 지망생 은 얼굴도 볼 수 없었던 그 존재에 관해 모든 것을 알고 있었 다. 그의 습관, 재산, 취향, 그의 아내와 아이들, 그의 정부까 지, 어떤 것도 그녀를 피해 가지 못했다. 그러나 이 모든 것에 도 불구하고 셀리아는 한 번도 그의 사무실 문을 열고 그 앞 에 자신의 가련한 처지를 들이밀지 못했다.

이제, 연애가 시작된 초기의 어느 날 밤, 이 교사 지망생이 절망해서 — 신규 교사 임명 시한은 그 주까지였다 — 플로 르의 집을 찾아왔고, 마침 그 집에 와 있던 바지뉴와 인사를 하게 되었다. 도나 호지우다는 이 처녀에게 일자리를 구해 주고 싶었다. 아니, 그보다는 이 젊은 청년, 정부에서 일하면 서 인력 충원과 해고를 책임지고 있는 사윗감의 위세를 이웃 에게 자랑하고픈 마음이 더 컸다. 그 정도 위세라면 그녀, 도 나 호지우다가 활용해도 괜찮을 것 같았다.

이 과부는 자기 딸에게 구애하는 그 망나니에 관해서는 실 책의 그물에 걸려 있었지만, 주변 사람들에게 덕망의 표본 같은 그 청년을 묘사할 때에는 아무런 실수 없이, 그의 친절 한 마음씨를 칭찬했다. 바지뉴라면 모든 고통을 부당하게 여 기고 혐오할 것 같았다. 아니나 다를까, 도나 호지우다가 그 에게 셀리아의 안타까운 이야기를 전하면서, 그녀의 약점을 미덕으로 만들고(「설사 그 처녀가 원한다고 해도 임용 책임 자인 그 철면피들의 추잡한 초대에 응할 수는 없어요. 그녀 는 그런 일은 감당할 수 없으니까요.」), 그 부당함을 자세히 설명하고, 그 처녀와 다섯 명의 남동생과 여동생, 류머티즘에 걸린 어머니, 야경꾼인 아버지의 굶주림을 과장하며 이야기를 극화하자, 바지뉴는 그 즉시 고상한 명분에 공감해 그 명분의 투사가 되었다. 그는 진짜로 그 문제를 도박 동료들과 의논해 보기로 결심했다. 개중에는 확실한 연줄이 있는 사람도 있었으니까. 그는 도나 호지우다와 플로르에게 다음 날 오전 주지사와의 면담에서, 교육감이 당장 그 교사를 임용하게끔 손을 쓰겠다고 맹세했다. 그건 하루도 걸리지 않을 일이었다. 셀리아는 내일 오후면 교육감 사무실에서 임명장을 받게 될 것이다. 교사직은 받은 거나 다름없었다.

「그냥 저한테 맡기기만 하세요…….」

「그냥 저분한테 맡겨라.」 도나 호지우다가 따라 말했다.

플로르는 아무 말도 하지 않았다. 그저 미소만 짓고 있었다. 바지뉴가 그 모든 위세를 누리는가 아닌가 하는 것은 그녀에겐 중요하지 않았다. 오히려 그가 영향력이 덜한 사람이었으면 더 좋아했을 것이다. 그러면 일의 부담도 그만큼 덜할 테니까. 며칠이 지났지만 그는 모습을 보이지 않았고, 집 앞 계단 밑에 나타나 떠들지도 않았다. 그리고 그가 다시 왔을 때는, 주지사와 일하느라 며칠을 야근했다면서 반쯤 잠든 채 졸고 있었다.

바지뉴는 그 교사 지원자의 정식 이름과 그 밖에 필요한 정보들을 받아 갔다. 셀리아는 맥 빠진 모든 자료를 종이 위에 또 한 번, 어떤 기대도 없이 써넣었다. 수도 없이 해본 일이었다. 수많은 청원서와 추천서도 아무 소용이 없었다. 건달 같고 방탕한 분위기 — 어디선가 본 것 같은 한량 — 를 풍기는 이 지겨운 참견쟁이가 왜, 무슨 수로 그녀에게 일자리를 구해 준단 말인가? 바르보자 신부가 교육감한테 전할 카드까지 써주었어도 결국 아무것도 못 했는데, 플로르의 신랑감한테서 무엇을 기대한단 말인가? 다른 사람이 할 수 없었던 일을 그가 무슨 수로 해낸단 말인가? 그리고 별다른 수가 있을 리 없다. 술에 찌든 그 얼굴만 봐도 안다. 셀리아는 뒤틀린 다리를 이끌고 적대적인 교육감 사무실을 다니면서 의심과 원한을 쌓은 사람이었다. 다른 사람의 행복은 그녀의 마음을 풀어 주지 않았고, 그녀의 처지가 안타까워서 도와주려는 몇몇 사람의 행복도 아니꼽기는 마찬가지였다. 그녀의 마음은 메마르고 건조했다. 어머니와 아버지 이름, 출생 연월일, 졸업 연도를 휘갈겨 써 내려가면서, 그녀는 이것이 시간 낭비, 노력 낭비라고 확신했다. 이 제비는 그녀를 위해 어떤 것도 해주지 않을 것이다. 아무것도 아니면서 거드름 피우고 약속만 남발할 뿐, 그 이상은 하지 않는 사람들에게 그녀는 신물이 나 있었다. 그러나 달리 무슨 수가 있단 말인가? 도나 호지우다는 이 허풍선이, 닥터 바우도미루인지 나발인지에게 조금 당황하고 있었고, 그리고 그녀, 셀리아는 그 늙은 마녀의 집에서 점심을 얻어먹을 계획이었다. 그리고 그 사윗감 얘기를 하자면, 그 얼굴만 봐도 속셈을 훤히 알 수 있었다. 플로르의 처녀성을 빼앗고는 〈안녕〉이란 말도 없이 사라지고, 아무도 다시는 그 모습을 못 볼 게 뻔했다.

바지뉴에 대한 셀리아의 태도는 부당했다. 왜냐하면 그녀를 위해서 그는 그날 밤 도박장들을 일일이 돌아다니며 이중의 불운을 겪었기 때문이다. 그는 가진 돈을 전부 잃었고, 더욱이 그 교사의 시시한 드라마를 요약해서 전해 주고 도움을 부탁할 만큼 중요한 사람을 한 명도 만나지 못했다. 그날따라 지오바니 기마랑이스도, 미라보 삼파이우도, 그와 이름이 같은 바우도미루 링스도, 어느 누구도 나타나지 않았다. 마치 영향력 있는 모든 친구가 룰렛, 바카라, 크고 작은 도박들,

블랙잭, 21 게임을 죄다 끊고서 사라져 버린 것 같았다. 바지뉴는 밤새도록 도박장을 순회했지만 그나마 만난 가장 중요한 사람이 미란당이었다. 그는 미란당과 안드레자의 집에서 허파와 간 스튜를 먹으며 하루를 마감하기로 했다. 안드레자는 오슌[21] 숭배자이자 농업 학교 학생의 코마드레[22]였다.

「그 여자는 다리만 저는 게 아니야.」 바지뉴는 오슌 숭배자의 통나무집에 가면서 미란당에게 그 일을 이야기했다. 「안짱다리에 뼈다귀처럼 말랐지. 게다가 재수까지 없어……」

미란당은 바지뉴에게 마음 쓰지 말라고 충고했다. 저주받은 것처럼 그렇게 사는 사람이 많은데, 그들을 도울 방법은 아무것도 없다. 게다가 걱정하면 입맛만 떨어진다. 안드레자의 스튜는 천상의 맛, 닥터 고도프레두 2세조차 체면 불고하고 칭찬하는 맛이 아닌가. 그런 걱정은 내일 해도 된다. 어쨌거나 그 귀찮은 여자는 기다리는 일엔 벌써 이골이 났을 텐데 하루쯤 더 기다린다고 자살할 것도 아니었다. 그러나 코마드레 안드레자의 스튜로 말할 것 같으면, 거장 고도프레두의 명언, 아니 명언이 아니라 시, 그의 시에서 묘사된 그대로 아닌가?

우연히도 그들이 그 여신 숭배자의 집 식탁에서 만난 사람이 다름 아닌 시인 고도프레두였다. 그는 안드레자의 음식에 경의를 표하며, 그 양념과 그 요리사에게, 당당하고 멋진 흑인 여자, 왕족의 손바닥, 아침의 산들바람, 범선의 이물을 장식한 조각에 아낌없는 찬사를 퍼붓고 있었다. 안드레자는 자부심에 넘쳐 위엄 있는 미소를 지으며 소스에 후추를 갈아

---

21 Oxun. 칸돔블레에서 미와 사랑, 부를 다스리는 여신 — 옮긴이주.
22 *comadre*. 문자 그대로는 대모를 대자의 부모와 관련해 부르는 말. 넓게는 친한 친구, 벗을 뜻한다.

넣었다.

「아니, 이게 누구십니까!」 미란당이 소리쳤다. 「저의 주인 나리, 당신의 지적 재능 앞에 무릎을 꿇고 있는 저를 굽어 살펴 주시옵소서.」

「우리 모두가 이 성스러운 스튜 앞에 무릎을 꿇고 있네.」 시인은 두 청년과 악수를 나누며 껄껄 웃었다.

그들이 자리에 앉자마자, 안드레자가 곧바로 바지뉴의 얼굴 가득한 수심을 알아보았다. 〈항상 쾌활하고 즐거운 그가, 그렇게 영리하고 장난기 가득한 그가 무슨 일로 표정이 저리 어둡고 우울한 걸까? 저런, 내 귀염둥이, 다 말해 봐요. 모든 고민을 털어놓고 당신의 영혼을 편안히 해요.〉 노란 옷을 입고 목과 팔에 구슬을 늘어뜨린 안드레자는 그녀 자신이 오순이었고, 전에 없이 아름답고 수줍어 보였다. 〈어서요, 백인 나리, 의기소침해하지 마세요. 여기 당신의 말을 들어 주고 당신을 위로해 줄 흑인 처녀가 있잖아요.〉

식탁에서, 파촐리 냄새가 나는 식탁보와 피탕가 *pitanga* 잎 향기가 풍기는 바닥 위에서, 스튜와 1등급 럼주인 산투아마루를 앞에 놓고, 바지뉴는 그 초등학교 교사 지망생, 불우한 여자의 불행한 이야기를 했다. 흑인 여자 안드레자는 그 이야기에 감동해서, 식탁 머리에 앉아 불룩한 가슴 위로 두 손을 맞잡았다. 「불쌍하기도 해라, 기형에다 굶주린다니, 일하고 싶은 마음은 간절한데 취직이 안 된다니. 혹시 고두 당신이라면, 신문에 이름이 오르내리는 고위 공직자니까 그녀를 위해서 한마디쯤은, 그 가여운 여자를 위해서 뭔가 해줄 수 있지 않을까요?」 그렇게 간청하는 안드레자의 입술이 떨렸다. 바지뉴가 옳았다. 다른 누군가가 그렇게 고통을 받는데, 그렇게 운명에 시달리는데 어찌 행복할 수 있단 말인가? 안드레자는 왜 그 슬픈 이야기를 듣겠다고 청했던 걸까? 그녀는 그 절름발이 처녀가 임명되었다는 걸 알 때까지는 웃음을 되찾지 못할 것이다. 시인 고도프레두는 손을 써보겠다고, 잘하면 뭔가 얻어 낼 수 있을지도 모른다고 약속했다. 「그럼 언제 다시 교육감 사무실에 가면 될까요? 내일…… 아니, 바로 오늘 오후쯤? 날이 거의 밝았으니까.」 실제로 바지뉴가 셀리아에게 말한 대로였다. 「그럼 그 여자를 사무실로 보내요. 고도프레두가 봐줄 거예요.」 고도프레두는 교육감이 자기와 가까운 친척이며 친한 친구라는 것, 그리고 그의 부탁은 곧 명령이라는 것까지는 이야기하지 않았다. 그 시인은 자랑하는 것을 좋아하지 않았다. 그저 자기가 쓴 시를 이따금 발표하는 것으로 만족했다. 그가 원한 것은 안드레자의 입술에 웃음을 되찾아 주는 것뿐이었다. 그녀의 미소가 없는 그 밤은 슬펐으며 세상은 싸늘하고 황량했다.

그래서 그날 오후, 비관적이지만 집요한 셀리아가 절름거리는 다리를 끌고 계단을 올라 교육감 사무실의 대기실에 들어갔을 때, 각하의 비서, 공식적으로 매우 무심하고 퉁명스러운 그 비서가 기다렸다는 듯 따뜻하게 건넨 인사에 얼마나 놀랐을지 상상해 보라.

「도나 셀리아, 기다리고 있었습니다. 축하합니다, 방금 임명 신청이 통과되어 승인이 떨어졌습니다…….」

「뭐라고요?」 그 교사가 부들부들 떨었다.

비서는 점점 더 정중한 태도로 더욱 자신 있게 말했다.

「말씀드린 것과 같습니다……. 교육감님이 출근하시자마자 조치를 하셨어요……. 상부의 대단한 실력자가 명령을 내린 게 틀림없어요. 그게 비어 있는 마지막 자리였는데 그런 자리들은 모두 맞춤형이죠……. 제가 조언 한마디 해도 될까요? 곧바로 임용지로 출두하세요, 지체하지 마시고요.」

그녀는 출두해서 임명장을 받았고, 야윈 가족들을 불러 모았으며, 감사의 말을 전하기 위해 아우부의 1층으로 갔다. 〈상부의 대단한 실력자〉, 그녀가 전했다. 도나 호지우다는 그 말을 혀끝에서 반복해 굴리고 음미하면서 권력의 맛을 보았다. 그녀는 만족감에 몸이 다 떨렸다. 그렇게 빠른 임명은, 그처럼 번개 같은 결과는 기대하지 않았던 것이다. 그런 긴급함, 그런 속도는 주지사의 직접 명령밖에 없었다. 〈주지사. 그래, 내 딸아, 다른 사람일 리 없다.〉 다시 말해서 바지뉴가 정부에서 자신의 의지를 관철한 것이다.

그 소식은 그 언덕을 따라 퍼졌고, 그날 밤 어두운 계단에서 플로르와 단둘이 보낼 기대에 부풀어 나타난 바지뉴는 온 동네 사람들에게서 감사의 인사를 받았다. 그는 고맙다는 말과 포옹, 칭찬에 파묻혔고, 도나 호지우다는 완전히 히스테리 상태였다. 바지뉴는 낮 동안 잠을 자느라 그 가엾은 교사 지망생의 불행은 까맣게 잊어버리고 있었다. 「아, 그거. 아무것도 아닙니다. 제발 저한테 부담 갖지 마세요.」

그 시인이 약속을 지킨 건 바지뉴보다는 안드레자 덕택이었다. 그러나 어떻게 진실을 설명하고 사태를 바로잡는단 말인가? 도나 호지우다와 그 이웃들은 물론이고, 그에게 감사를 표하기 위해 모인 심술궂은 그 교사와 꼬질꼬질하고 쭈글쭈글하고 더러운 피부색의 그 가족들은 어처구니없는 세상 이치와 사건의 전말을 결코 이해하지 못할 것이며, 셀리아가 임명을 받은 것이 그들보다 훨씬 더 가난한 여자, 아구아 지메니누스 바닷가의 오두막에서 어부와 부두 노동자들에게 음식을 해주며 행복해하는 흑인 요리사, 오슌의 안드레자 덕분이었다는 것을 결코 믿으려 하지 않을 것이다.

바지뉴는 유명해졌고 청탁은 몇 배로 늘어났다. 불과 일주일도 안 되는 동안 초등학교 교사 임용 청탁이 여덟 건이나 들어왔다. 전차 차장에서 택시 수금원에 이르기까지, 라데이라 두 아우부의 집 문을 두드리면서 도나 호지우다에게 아양을 떨지 않은 사람이 없었다. 심지어 콘세이상 다 프라이아 교회의 교회지기 자리, 곧 비게 될 거라는 소문이 있지만 아직 확실하지는 않은 그 자리까지 알아봐 달라고 사람들이 찾아왔다. 설사 바지뉴가 주지사와 대주교를 합친 위인이라고 해도, 그렇다 해도 그 모든 곳에 존재할 수는 없는 일이었다.

10

도나 호지우다는 권력의 정상을 밟았고 무엇과도 비교할 수 없는 명망의 맛을 음미했다. 바지뉴는 캄캄한 계단에서 플로르의 단단한 젖가슴을 애무했고, 플로르의 입에서 수줍게 주저하고 있는 갈망을 느끼며 그녀의 입술을 깨물었다. 그는 그녀가 거의 알지 못했던 금지된 쾌락의 세계를 보여 주면서, 매일 밤 그녀의 저항과 그녀의 육체, 정숙함, 숨겨진 감정을 조금씩 정복해 나갔다. 욕망은 타오르는 불꽃으로 그녀를 태웠지만, 플로르는 최선을 다해 참고 자제했다. 그러나 날마다 의지력은 점점 사라지고 저항은 약해졌으며, 열병으로 타오르는 그녀의 육체 거의 전부를 이미 소유해 버린 이 대담한 청년 앞에서 유순한 노예가 되어 가고 있었다. 그 열병에는 치료약도, 아아, 그 어떤 치료약도 없었다.

그 오만한 바지뉴라니! 그는 사랑한다는 말을 하지 않았고, 뜨거운 감정을 고백한 적도 없었으며, 그녀에게 사랑해도 되겠느냐는 허락도 구하지 않았다. 시적인 구절, 과장된 말 대신에 그녀가 들은 것은 이중적 의미를 지닌, 음탕한 암시들이었다. 라데이라 두 아우부로 올라오면서(페르젠티누 소령의 파티 며칠 후 플로르가 히우베르멜류에 있는 리타 이모의 집에서 돌아올 때) 플로르의 뒤에서, 이 뻔뻔스러운 망나니는 요리 학교 간판을 읽더니 순수한 마음에서 우러나오는 칭찬을 하는 사람처럼 낭만적인 말투로 그녀의 귀에 속삭였다.

「풍미와 예술 요리 학교……」 그는 그 말을 되풀이했다. 「풍미와 예술……」 그러고는 목소리를 낮추었다. 가느다란 콧수염이 그녀의 귀를 스쳤다. 「아, 당신의 풍미를 맛보려면 내가 어떻게 하면 되지.」 이것은 단순히 지저분한 농담이 아니라, 그의 의도를 나타낸 명백한 선언, 구애에 관한 그의 생각을 나타낸 뻔뻔스러운 진심이었다.

플로르는 그런 남자를 본 적이 없었다. 보통 남자와는 너무나 달랐고, 그런 사람과 연애한다는 건 상상할 수도 없었다. 왜 그 자리에서 그를 쫓아 버리지 못했을까?

플로르는 한가로이 창문에서 시간을 보내며, 거리 모퉁이나 계단 밑, 문간이 등장하는 외설스러운 연애시나 읊는 여자가 아니었다. 그녀의 마음을 사려던 남자들은 결코 수줍은 키스 이상 나아가지 못했다. 페드루 보르지스는 겨우 그녀의 뺨만 스쳤다. 플로르는 그런 친밀함의 표시를 참을 수 없었다. 저돌적인 청년들이 손을 뻗어 그녀의 손을 건드리기만 해도 곧바로 화를 내며 일어서서 쫓아 버리는 것이, 마치 진정으로 사랑하게 될 사람을 위해 자신을 고스란히 지키는 것 같았다. 그러나 이 남자, 바로 바지뉴에게는 아무것도 거부하려고 들지 않았다. 그녀가 다른 남자들에게 한 것처럼 구경거리나 스캔들을 만들지 않고, 단호하게, 그리고 확고하게 이 남자를 쫓아 버리지 않았던 이유는 여러분도 알 것이다.

그녀는 그와 서로 알게 된 지 불과 몇 시간이 안 되었을 때조차도, 그러니까 멧돼지 소령 집의 파티가 있던 다음 날인 성수태 고지절 리허설이 있던 일요일에도 처음부터 그를 저지하지 않았다. 그날 플로르는 여러 친구와 함께 리허설 그룹을 보려고 나와 있었는데, 바지뉴가 나타나 그 무리와 어울렸다. 다른 처녀들은 드디어 피할 수 없는 구애 의식(남자의 성격이나 재능이 따라 준다면 꽃을 곁들여 약간은 열정적인 구애를 하고, 수줍은 남자라면 필요에 따라 『연인들의 완벽한 지침서』를 보고 베낀 연애편지를 건네는 쪽을 택한다)의 순간이 왔음을 확신하고, 키득거리며 자리를 피했다. 그들은 마침 그 열정적인 청년 이야기를 하던 중이었다. 그는 전날 밤의 파티에서 한시도 플로르의 곁을 떠나지 않고, 내내 그녀의 파트너로 있었다. 이제 그는 자신의 사랑을 선언할 것이다. 그것은 중대한 순간이었다. 여자는 당장에 동의할 수도 있었고, 아니면 생각할 시간, 보통은 스물네 시간을 달라고 요구할 수 있었다. 플로르는 친구들에게 자기는 며칠 더 바지뉴 속을 태우겠노라고 말했지만, 친구들은 의심하고 있었다. 과연 플로르에게 그런 용기가 있을까?

그의 입에서 구애로 해석할 수 있는 말은 단 한 마디도 나오지 않았다. 그 대신 여러 가지 우스운 사건에 관한 이야기만 나왔다. 바지뉴란 그 남자는 얼마나 엉뚱한가! 활기찬 카니발 그룹들처럼, 상대 집단보다 돋보이려고 애쓰는 두 집단이 성 안나 교회 담벼락 근처에서 만났다. 사람들이 서로 밀려가며 북새통을 이루는 틈을 타서, 바지뉴는 뒤에서 플로르를 끌어당기더니, 손으로는 그녀의 가슴을 덮으면서 뒷덜미에 탐욕스럽게 키스했다. 그녀는 거의 떨지도 않고 반쯤 눈을 감았고, 두려움과 기쁨으로 반쯤 죽은 듯 그에게 몸을 맡겼다.

공식적인 구애나 공식적인 승낙이 없이 지낸 연애 초기의 나날은 잊지 못할 것이다. 해마다 여름이 되어 온 동네가 축제로 들썩일 때면, 플로르는 자기를 아껴 주는 이모와 이모부의 집에서 한동안 지내는 습관이 있었다. 그 2월 한 달 동안은 풍미와 예술 요리 학교도 문을 닫았다.

그녀는 예만자[23] 축제에 참가하러 갔다. 그날, 2월 2일이면 물, 폭풍, 물고기의 어머니, 바다의 생명과 죽음을 다스리는 어머니 도나 자나이나[24]에게 바치는 꽃과 선물을 실은 작은 배들이 바다 위를 미끄러져 간다. 플로르는 제물로 머리빗과 향수, 값싼 반지를 가져왔다. 예만자가 사는 곳은 히우베르멜류, 육지가 바다 속으로 뻗어 간 그 지점에 예만자의 성소가 있다.

플로르는 동네 처녀들과 어울리며 즐겁고 신나는 휴가를 보냈다. 아침에는 해수욕을 했고 오후에는 바하의 등대까지 걷거나 아마랄리나를 돌아다녔다. 때로 처녀들은 피투바까지 걸어가기도 했다. 배 띄우기 축제 준비와 연습은 즐거운 일거리였다. 이타포앙 나들이, 포르투 이모부의 의사 친구인 닥터 나타우의 집 방문, 아바에테의 환초호(環礁湖) 나들이, 기타와 노래들, 색종이 조각 싸움. 이모의 친구 집에서 열리는 무도회가 없을 때나, 깜짝 파티를 위해 어느 집 거실을 침

---

23 Yemanjá. 칸돔블레와 요루바족의 전통 신앙에서 섬기는 바다의 여신. 바이아에서는 이 여신의 축제일인 2월 2일이 공휴일이다 — 옮긴이주.
24 Dona Janaína. 예만자를 부르는 또 다른 이름 — 옮긴이주.

입해 점령하지 않는 밤이면 라르구 지 산타나 혹은 마리키투의 아기자기한 노점들 사이를 돌아다녔다.

덩굴장미와 아카시아가 우거진 포르투의 집은 라데이라 두 파파가이우에 있었다. 일요일이면 포르투는 광장에 사는 또 다른 아마추어 화가와 함께 집과 풍경을 그리러 어김없이 나갔다. 세르지피 주 출신의 조제 지 도미는 굉장히 숫기가 없는 사람이었다. 2년 전, 호잘리아와 안토니우 모라이스가 리우로 떠났을 때, 슬프고 외로웠던 플로르는 사십 줄에 접어든 이 남자, 나이보다 젊어 보이지만 뻣뻣하고 말없는 이 카보클루 화가에게 막연한 연정을 느꼈다. 어느 날 그가 병적인 소심함을 애써 극복하고, 플로르에게 초상화를 그려 주겠다고 제안했다. 그는 격렬한 황토색과 노란색을 배경으로 초상화를 그리기 시작했고, 그림 속 플로르의 얼굴은 밝은 피부색으로 완전히 바뀌어 있었다. 「정신 나간 그림이군. 완전 엉터리야. 게다가 그 남자는 정신이 온전치 않아.」 그 색과 빛의 폭발을 본 도나 호지우다 — 미술에 관한 한 그녀의 식견은 달력 표지 수준이었다 — 의 평은 그랬다. 그러나 조제 지 도미는 영영 그 초상화를 완성하지 못했다. 시간이 없었던 것이다. 플로르는 라데이라 두 아우부로 돌아갔고, 일요일에 다시 와서 포즈를 잡겠노라 약속했지만 그 약속을 지키지 않았다. 그녀 역시 이 세르지피 출신 남자의 그림을 이해할 수 없었다. 그녀는 그의 미소와 고독함에 마음이 흔들렸다. 그러나 그 감정은 결코 사랑으로 발전하지 않았는데, 포즈를 잡고 있을 때의 오랜 침묵과 잠깐잠깐 보내는 미소를 사랑이라 할 수는 없는 게 아닌가. 그것은 여름날 휴가 동안만 지속되는 한순간의 연정 이상은 결코 아니었으며, 그 기간에 화가는 절대 소심함을 떨치지 못했다. 플로르는 히우베르멜류에 다시 갈 때마다 이모부의 친구한테 변함없이 상냥하게 인사했지만, 마치 둘 사이에 아무 일도 없었다는 듯 예전 여름날과 같은 매력은 느껴지지 않았다. 그리고 미완성의 그 그림은 여전히, 라르구 지 산타나 모퉁이에 있는 낡은 집 3층, 그 화가의 화실 벽 위에 있다. 그 그림을 보고 싶은 사람은 벌레 먹은 나무 계단을 올라갈 용기가 있어야 한다.

바지뉴는 너무 달랐다……. 저항할 수 없는 눈사태가 그녀를 끌고 가는 것처럼, 그는 그녀를 지배했고 운명을 결정했다. 플로르는 히우베르멜류에서의 그 짧고 완벽했던 나날 이후, 그 따스함, 유쾌함, 그 매력적인 남자의 존재 없이 산다는 건 이제 불가능함을 깨달았다. 그녀는 그가 원하는 대로 무엇이든 했다. 파티에서는 다른 누구와도 춤추지 않았다. 그들은 손을 잡고 선홍색 불 밝힌 광장을 내려가 깜깜한 해변으로 갔고, 그의 예상대로 밤의 어둠 속에선 더 멋진 키스를 할 수 있었다. 애무하는 그의 손이 드레스 밑으로 들어가, 허벅지를 더듬어 살에 불을 지르는 것을 느끼며 그녀는 전율했다. 그리고 도나 호지우다가 그렇게 민주적이고 관대하게 나올 줄은 누가 상상이나 했겠는가? 그녀는 통제할 수 없는 이들의 연애가 확실한 목표도 없이, 분명 경계를 넘었는데도 못 본 척했다. 오죽했으면 웬만해선 투덜거리지 않는 리타 이모가 불안해서 이렇게 경고했겠는가. 「너답지 않아, 호지우다. 플로르가 저 청년한테 너무 호락호락한 거 아니니? 마치 약혼한 것처럼 항상 같이 다니잖아. 불과 며칠 전에 만난 사이라는 걸 아무도 믿지 않을 거야.」

도나 호지우다는 화를 내며 거칠게 반응했다. 「언니나 형부가 도대체 왜 바지뉴를 반대하는지 모르겠어……. 그저 그 청년이 부자이고 중요한 직책에 있다는 이유로 반대하는 거잖

아. 언니네가 왜 그를 그렇게 싫어하는지 이해할 수 없어……. 언니네는 그 가난뱅이 화가한테 바람을 집어넣었어. 언니가 할 수만 있었다면 두 사람을 당장 결혼시켰을지도 모르지. 마치 내가 그 우거지상한테 내 딸을 주려고 했었다는 것처럼 말하고 있잖아. 지금까지 언니는 바지뉴를 좋게 말한 적이 한 번도 없었어. 그 청년이 플로르와 연애하는 게 뭐가 잘못됐어? 플로르도 결혼을 생각할 나이가 됐어. 본핑의 주님께서 내 기도를 들어주셔서 저런 신랑감을 보내 주셨는데, 언니와 형부는 그더러 이러쿵저러쿵, 나한테 이래라저래라 하고 있으니……. 내 일은 내가 알아서 할 테니 내버려 두라고…….」

「네 일에 참견하자는 게 아니야. 말이 그렇다 이거지. 항상 트집 잡고 흉보는 건 오히려 너야. 넌 남자랑 다니는 처녀를 보면 곧바로 매춘부라고 욕하잖아……. 그런데 지금은 완전히 돌변해서 플로르를 풀어 주고 있으니…….」

「플로르가 매춘부란 말이야? 정말 그렇게 생각하는 거야? 말을 해봐…….」

「진정해, 호지우다. 내 말이 무슨 뜻인지 알잖아.」

도나 호지우다가 자기 생각을 요약하고 논쟁에 종지부를 찍었다. 「난 내가 지금 뭘 하고 있는지 잘 알아. 그 애는 내 딸이야. 그리고 두 사람은 올해 결혼할 거야.」

「부디 그렇게 됐으면 좋겠구나!」

「부디? 두고 보라고. 그리고 앞으로 그런 잔소리 하려거든 나 만날 생각 하지 마. 언니가 바지뉴를 싫어하는 건 단지…….」

아니, 바지뉴에 대해 반감을 표현한 사람은 아무도 없었다. 그는 유쾌한 수다와 상상력으로 모두에게 최면을 걸었다. 처음에는 히우베르멜류의 사람들이, 이어서 라데이라 두 아우부의 이웃들이 그에게 넘어갔다. 도나 리타와 포르투는 이미 바지뉴와 친해져서, 그가 플로르의 남편이 되어도 좋겠다고 생각했다. 그리고 도나 호지우다는 오직 그의 욕망, 그의 신성한 충동을 만족시켜 주기 위해 사는 것처럼 보였다.

충동 얘기가 나왔으니 하는 말인데, 그가 가진 유일한 충동이란 플로르와 단둘이 있는 것, 그녀를 팔에 끼고, 그녀의 저항과 수줍음을 정복해서, 만날 때마다 조금씩, 그녀를 자기 것으로 만드는 것뿐이었다. 욕망의 밧줄로 그녀를 묶고, 물론 자신도 함께 묶어서, 그 촉촉하고 놀란 눈 속에, 간절함에 불타면서도 정숙함으로 주저하는, 그 광포하면서도 주저하는 몸속에 빠지는 것이었다. 무엇보다도 그는 플로르의 상냥함에, 가정적인 느낌에, 소박한 기품의 처녀에게 어울리는 배경에, 그 조용한 아름다움에, 그를 강렬하게 매혹하는 분위기에 이끌리고 있었다.

그는 가정생활이라곤 해본 적이 없었다. 그가 태어날 때 죽은 어머니는 알지도 못했고, 아버지와도 곧 멀어졌다. 그는 중산층 가문의 장남과 그 집 하녀의 덧없는 교제로 태어난 서자였다. 기마랑이스 가문의 먼 친척이었던 아버지는 홀아비로 지내는 동안은 그를 돌봐 주었다. 그러나 좋은 혼처가 들어와 결혼하게 되자, 그 사생아를 떼어 놓으려고 갖은 수단을 동원했다. 무식하고 광적인 신도였던 새 아내가 고결한 공포를 느꼈던 것이다.「죄악의 자식!」바지뉴는 가톨릭 기숙 학교에 보내졌고, 거기서 그럭저럭 고등학교 최종 학년까지 올라갔지만 학교를 마치지는 못했는데, 방학 중이던 어느 일요일, 마흔 살의 매력적인 여인이자 그 도시 사업가의 아내로, 당시 바이아 상류 사회에서 가장 헤픈 여자로 명성이 자자했던, 동급생의 어머니와 미친 사랑에 빠졌기 때문이다. 그 탐욕스러웠던 열정의 대가를 치른 것이다.

낭만적인 면도 있었다. 빛나는 그 부인은 눈을 굴리며 한숨을 쉬었고, 바지뉴는 애처로운 아이들의 감옥, 감옥처럼 황량한 학교 중정을 찾아온 그 부인에게서 눈을 떼지 않았다. 그녀는 아들을 위해 가져온 꾸러미에서 초콜릿과 과자를 꺼내 그에게 주었다. 영악한 바지뉴는 수사의 온실에서 훔쳐온 난초 한 송이를 그녀에게 건넸다. 어느 휴일에(그 첫째 일요일에 바지뉴는 외출하지 않았다. 그를 찾아올 사람도 없었고 그가 갈 데도 없었다) 그녀가 그라사 광장에 있는 저택인 자기 집에서 점심을 먹자고 그를 데려갔고, 남편에게 소개했다. 「제지투의 반 친구예요. 가족이 없는 고아래요…….」

제지투는 별로 사내답지 않았다. 그는 기니피그를 키웠고 할 일 없는 일요일이면 온종일 지하실에서 그 동물들과 놀았다. 그 사업가가 코를 골면서 낮잠을 자는 사이, 바지뉴는 그녀에게 이끌려 바느질 방으로 들어갔고, 키스와 애무 세례를 받은 후 관계를 가졌다. 「우리 꼬마, 나의 제자, 내가 가르쳐줄게. 아, 여기.」 그녀는 교사로서 자신의 능력을 제대로 알고 있었고, 그에게 가르쳐 주었다. 방법까지도! 정사는 점점 만족할 줄 모르고 야수적으로 발전했다. 그녀는 감동해서 한숨과 맹세를 남발했다. 「다시는 다른 사람을 사랑하지 않을 거야.」 그녀는 냉소적으로, 진지하게 반복했다. 바지뉴가 그녀의 첫사랑이며, 소원이 있다면 오직 그와 함께 달아나서, 어느 구석진 곳에서 둘이 위대한 사랑을 하며 살아가는 것뿐이다. 그가 기숙 학교에서 살아야 하다니, 안타까운 일이다…….

「만약 내가 학교를 그만두면, 정말 나랑 같이 살 거예요?」

그는 정말 학교에서 달아나, 초저녁에 나타났다. 그녀를 데려가기 위해서, 몹시도 아내를 괴롭히며 자기 색욕으로 굴욕감을 주는 〈부르주아 짐승〉에게서 그녀를 해방해 주기 위해서. 그는 이미 하급 계층 하숙집의 허름한 방까지 알아봐 두었다. 그 방에 빵과 소시지(그는 소시지를 무척 좋아했다), 포도주랍시고 파는 해로운 술을 사놓고, 꽃다발까지 준비해 두었다. 아직 그에겐 몇 미우헤이스가 남아 있었다. 가장 친한 친구들, 사정을 알고 그를 밀어주는 친구들이 애정의 도주 행각에 비용을 대주었다. 그들의 눈에 비친 바지뉴는 그야말로 진짜 사나이였다.

존경받는 그 부인은 자기 집에 불쑥 나타난 바지뉴를 보자 놀라서 자빠질 뻔했다. 바로 옆방에는 남편이 이를 쑤시며 앉아 신문을 보고 있었다. 「바지뉴는 이성을 잃은 게 틀림없어.」 그녀는 화가 나서 말했다. 「내가 내 집과 남편, 아들, 안락과 명망을 버리고, 어린애 같은 정부를 데리고 가난하고 수치스럽게 사는 걸 택할 모험가인 줄 알았어? 바지뉴는 타고난 분별력을 잃어버렸어. 네가 할 일은 학교로 돌아가는 거야. 어쩌면 학교에서는 네가 나온 사실을 아예 모를 수도 있어. 돌아가서 기다리면 다음 일요일 외출 시간에는…….」 그녀는 그렇게 약속했다.

바지뉴는 그녀의 약속을 듣고 싶지 않았고, 분노와 원통함을 억누를 생각도 없었다. 그동안 속았던 것이다. 그 사업가가 옆방에 있든 말든, 바지뉴는 표백한 그녀의 긴 머리채를 잡고 그녀의 얼굴을 몇 대 갈기면서 욕을 퍼붓는 소동을 피워, 남편과 하인들뿐 아니라 라르구 다 그라사의 명망 있는 이웃들까지 불러들였다. 나중에 바지뉴가 들려준 이야기에 따르면, 바로 그날 그는 남자가 되었으며, 다시는 누구에게도 속지 않았다고 한다.

바로 이 추문 덕택에 바지뉴는 열일곱의 나이에 그 도시 밤의 제국의 신민이 되었는데, 그의 후원자가 악명 높은 카드 야바위꾼이자 맵시 있고 유명한 사기꾼 아나크레옹이었다. 아무 경험 없는 청년에게 블랙잭, 21 게임, 바라카, 포커의 묘미와 복잡함을 가르쳐 주고, 룰렛 휠의 변증법과 주사위의 신비를 터득하게 해줄 스승으로는 그만 한 사람이 없었다. 아나크레옹은 유능하기도 했지만 진실한 마음으로 삶에 맞서는, 돈키호테 같은 사람이었기 때문이다. 바지뉴는 아버지와 짧은 면담을 통해 기숙 학교에 돌아가지 않겠다는 뜻을 밝혔고, 그 결과 점잖지 못한 그 기마랑이스는 축복은 고사하고 모든 재정적 지원을 거절했다. 그는 〈깡패한테 대줄 돈〉 따위는 없었다. 그 아내의 돈이 그를 구두쇠로, 도덕주의자로 만들었던 것이다. 더욱이 그의 이름이 신문 사교란에 등장하기 시작한 인생의 기로에서, 그는 자신이 실제로 바지뉴의 생부인지 심각한 의심이 들기 시작했다. 바지뉴가 정말 그의 아들일까? 죽은 바우데치는 키스 사이사이에, 자신을 범하고 임신시켰다고 그를 나무랐다. 그러나 하녀의 말이 믿을 만한 게 하나라도 있을까? 주검 곁에서 흐느끼던 그 여자의 친구들 말로는 그녀에게 남자는 그밖에 없었다고 했다. 그러나 일자리를 따라 여기저기 떠다니는 그 나머지 하녀들의 말이 무슨 증거가 된단 말인가? 그 모든 것이 워낙 오래된 일이라, 청년기의 기억들, 무책임한 사춘기의 기억들은 이미 혼란스러웠다. 어쩌면 바지뉴는 그의 아들일 것이고, 어쩌면 아닐 것이다. 누가 증명할 수 있을까? 무엇을 보고 확신할 수 있을까? 분명한 것은 바지뉴가 개자식, 그것도 가장 악질이라는 것이다. 아직 어린 녀석이 〈점잖은 여자, 자기한테 상냥했던 친구의 어머니를, 그것도 그를 아들처럼 대해 주었던 집 안에서 능욕〉하려고 했으니 말이다. 바지뉴의 아버지는, 심부가 분류한 바로는 〈썩은 가지〉에 속한 기마랑이스였다. 그에게는 결단력과 가족에 대한 자상함이 결여되어 있었다.

그때부터 바지뉴는 가족의 향기 같은 것은 맡아 보지 못했고, 가족에 대해 복잡하고 다양한 관심을 가진 적도 다시는 없었다. 적극적이고 폭넓은 그의 정서적 삶, 다양한 나이와 사회적 신분, 다양한 피부색을 지닌 여자들과의 수많은 연애로 쌓았던 감정적 경험도 대부분은 매음굴과 카바레에서, 창녀들과의 덧없는 사랑과 동거의 과정을 통한, 그리고 몇몇 유부녀와의 모험을 통한 것이었기 때문이다. 그러나 그 어떤 애착도 사랑이라 부를 만한 것은 하나도 없었다. 그 어떤 심취도 그의 인생이 충만하고 빛난다는 감정을 느끼게 해준 적이 없었으며, 그 어떤 이별과 말다툼, 또는 관계의 종말도 멍하니 공허한 느낌을 주거나 자살하고 싶다는 생각을 일으키지는 못했다. 도박장에서 자신이 좋아하는 숫자 17이 기대를 저버리면 미련 없이 다른 테이블로 옮겨 앉는 것처럼, 그는 다른 여자의 육체를 찾아 떠났다.

소령의 파티에서 플로르를 만났던 일은 불현듯, 가정에 대한 해묵은 갈망, 가족의 생활, 정갈하게 차려진 식탁, 깨끗한 시트가 깔린 침대에 대한 그리움에 불을 붙였다. 그는 정해진 주소도 없이, 방세를 내지 못해 매달 싸구려 하숙집을 전전하며 살고 있었다. 도박을 할 돈도 거의 없는 마당에, 어떻게 방세에 돈을 낭비한단 말인가?

플로르는 그의 인생에 새로운 풍미를 가져다주었다. 평온함, 고요함, 가족애에 대한 갈망을.

「당신이 좋아. 당신은 작은 애완동물처럼 유순하고 귀여워⋯⋯.」

그는 얼마나 그녀에게 매혹되었는지, 심지어 그동안 만난 여자 중 가장 끔찍하고 지긋지긋하고 우스꽝스럽고 따분한 마귀할멈 같은 그 어머니까지 견뎌 냈다. 그는 그 처녀의 정직함, 상냥함, 조용한 쾌활함, 침착함을 사랑했다. 날마다 그녀의 저항을 무너뜨리고 순결을 파괴하기 위해 싸우면서도, 그럼에도 행복을 느꼈고 그녀의 정숙함과 진지함이 자랑스러웠다. 사실 그 수줍음을 정복하는 것, 그 정숙함을 쾌락으로 바꾸는 것은 그, 다름 아닌 그에게 달려 있었기 때문이다. 바지뉴의 친구들은 그의 눈에서 광채를 보았으며, 칩을 거는 것도 잊어버리고 꿈꾸듯 룰렛 휠 앞에 서 있는 그를 보고 의아해했다.

그래서 미란당 같은 친한 친구들은 카니발 기간 중에, 히우베르멜류의 여러 가족이 준비한 〈즐거운 신문 배달 소년들〉 그룹, 처녀 총각이 신문 배달 소년으로 분장해 포르투 이모부가 장식한 무대 차를 타고서 『지아리우 지 바이아Diario de Bahia』, 『아 타르지』, 『지아리우 지 노치시아스Diario de Noticias』, 『우 임파르시아우O Imparcial』 등의 신문을 파는 무리 속에서 그를 발견하고도 놀라지 않았다. 색종이 가루와 사탕수수 시럽, 종이 리본과 노래의 카니발, 향수의 물 분수가 허공에서 낭비되지 않고 연인들을 향해 뿜어지는 카니발, 그 카니발엔 럼주가 없었다. 토요일부터 화요일까지 쉼 없이 흥청망청 마셔 대는 바지뉴의 카니발과는 정반대였다. 그들은 가장행렬 그룹에 같이 끼어 길거리 한가운데서 처녀들과 장난을 치고 삼바를 추면서 쉬지 않고 마셔 대곤 했다. 밤의 끝에 이르러서는 그 구역의 어느 여인숙에서든 인사불성이 되어 쓰러졌다. 그렇게 나흘을 계속하는 것이 그들의 카니발이었다.

「저기, 저 무대 차 위에 탬버린을 든 게 누구야? 바지뉴잖아! 믿을 수 없는 일이야.」 환락에 푹 빠진 그의 모습에 익숙해져 있던 행인들은 떠들썩한 카니발 기간 중에 입을 다물지 못했다. 거기서 바지뉴가, 플로르 옆에서 색종이 조각으로 다정하게 그녀를 덮어 주고 있었던 것이다.

그러나 그 어떤 것도 한밤중에 그가 일단 플로르와 헤어지고 나면 완전히 다른 사람이 되는 것을, 럼주를 한가득 지고 돌아다니는 것을 막지는 못했다. 그는 플로르와 헤어지면 곧장 타바리스나 메이아루스로, 또는 플로조로 향했다. 화요일에 그는 주지사 궁전에서 급히 할 일이 있다는 핑계를 대고 밤 10시에 떠났다. 핑겔루 댄스홀에서 열리는 대규모 무도회에, 안드레자를 비롯한 최고의 크레올들이 마리 앙투아네트 궁전의 숙녀들처럼, 공단과 벨벳으로 된 드레스를 입고 흰색 면 가발을 쓰고 나오는 무도회에 늦을 수 없었기 때문이다.

심지어 그의 감정이 최고를 달릴 때에도, 가정생활과 행복에 대한 생각에 가슴이 설렐 때에도, 바지뉴는 자신의 생활을 바꾸겠다는 생각, 생활 태도를 고치고 새 습관을 들이고, 새사람으로 태어나겠다는 생각은 한 번도 해본 적이 없었다. 미란당은 이따금 그러겠다고 위협하기는 했다. 「형제, 난 새로 태어날 거야. 내일부터는……」

바지뉴는 결코 그런 말을 하지 않았다. 비록 플로르에게 푹 빠져 있어서 그녀와 결혼할 생각은 있었지만, 그에게 지워진 엄연한 책임, 그의 몫으로 주어진 그날그날의 도박과 방탕, 음주와 나쁜 평판, 도박장과 매음굴 출석을 외면할 마음의 준비조차 되어 있지 않았다.

11

 장미의 바다, 푸른 하늘, 사람들과 플로르와 바지뉴라는 두 연인을 향한 온정과 평화의 세계. 그러다 갑자기 폭풍우와 광풍, 납빛 하늘, 막사 없는 전쟁, 저주가 시작되면서 플로르와 바지뉴의 만남은 금지되었다.
 미란당, 철학자가 되기를 꿈꾸는 이 도덕주의자는 이런 사태가 약간 당혹스러웠다. 애초에, 가벼운 뒷조사의 바람에도 견디지 못할 이 카드 집을 짓기 시작했던 것은 그가 아니었던가?
 「그럴 줄 알았어.」 그가 말했다. 「인생에 확실하게 보장되는 게 뭐 있어? 아무것도 없어. 하다못해 트럭 엔진을 수리해도 6개월은 보증이 돼. 하지만 사람이 자기 삶을 고쳐 보겠다고 나서면, 모든 것이 그 사람 중심으로 돌아가다가 결국 못쓰게 되는 거지. 카니발의 성자는 자기가 탔던 무대 차에서 떨어져 쓰레기가 되는 거야……」
 미란당의 견해에 따르면 바지뉴는 자기 무대 차에서 떨어진 것이었다. 성자는 쓰레기 더미 위에 흩어진 잔해와 함께 고물이 되었고, 도나 호지우다 앞에서 전 정부 인사로서의 위신을 회복할 방법은 없었다. 플로르에게도 체면이 서지 않기는 마찬가지였다. 그녀에게 그토록 알랑거렸던 거짓말쟁이를 어떻게 받아들이겠는가? 미란당은 그런 부류의 상냥하고 온순한 사람들을 잘 알고 있었다. 그런 사람은 한 번 이용당한 후에는 완고한 자존심으로 벽을 쌓게 마련이었고, 그 벽을 무너뜨릴 방법은 없었다.
 「한 번 화나면 영원히 화내게 되어 있어.」 그것이 그의 비관적인 결론이었다.

천하고 저속하고 비열하고 막돼먹은 것 — 도나 호지우다는 며칠 전까지만 해도 그렇게 이상적인 신랑감, 온통 찬사로 장식된 제단에서 성자 행세를 했던, 그토록 형편없는 인간 종자를 제대로 묘사할 시원하고 맘에 드는 말을 찾지 못해 속이 탔다. 차라리 딸을 경찰관이나, 실형을 선고받아 감옥행이 결정된 범죄자한테 보낼지언정, 그런 쓸모없는 망나니와 결혼시킬 수는 없었다. 라데이라 두 아우부의 주민들한테서 이 가혹한 의견들을 전해 들은 미란당은 현실주의자의 무거운 머리를 가로저었다. 만약 바지뉴가 플로르와의 관계를 지속할 수 있다고 생각한다면, 그건 그가 여자에 관해 아무것도 모르기 때문이었다. 항상 약삭빠른 바지뉴였지만, 열정으로 눈이 멀어 버린 지금은 현실 감각을 잃고 있었다. 그는 모든 것을 망쳤다. 미란당은 답답하고 우울한 마음에 트라이엄프 바에서 마음을 달래려고 한 잔을 더 주문했다.

바지뉴 역시 도나 호지우다에게 자신의 명망을 회복시키는 것에 관해서, 그녀의 진노를, 그 늙은 악마, 밉살스러운 노파, 아주까리기름 같은 여자를 달래는 문제에 관해서 미란당보다 신경이 덜 쓰일 리는 없었다. 그러나 플로르와 헤어진다는 생각은, 그래서 그 상냥한 웃음을, 차분한 애정을, 그가 그 영혼을 건드릴 때의 한숨 소리를 잃게 된다는 생각은 견딜 수 없었다. 반대로, 이제 그는 그녀와 결혼하겠다는 생각이 굳어졌다. 최근에 그가 분석한 바로는 이 전체 사업에서 중요한 건 두 사람 사이의 사랑, 이해, 애정뿐이었다. 나머지는 전부 정신 나간 장난일 뿐이었다. 플로르가 사랑하는 것이 누구인가? 그였다, 바지뉴. 그가 꾸며 댄 지위, 일하지도 않는 직업, 있지도 않은 돈이 아니라, 있는 그대로의 그였다.

전체 연애 기간 동안 그를 짜증 나게 했던 것이 딱 하나 있었다. 그의 정체를 밝힌 사람이 바로 셀리아, 그가 도와주었고 그의 중재 덕분에 지금은 초등학교 교사가 된 절름발이 처녀 셀리아였다는 것이다. 그녀가 바로 이 모든 소동을 시작하고, 이 음모를 밝히고, 도나 호지우다에게 그를 고발한 장본인이었다. 그녀는 아주 다급하게, 그 1층으로 허겁지겁 달려왔고, 말을 제대로 못할 정도로 흥분해 있었다. 그리고 아주 기뻐했다. 여러분은 직접 보지 않았으니 못 믿겠지만 말이다.

「상부의 대단한 실력자? 그 사기꾼은 주지사 궁전의 계단도 밟아 본 적이 없어요. 그가 아는 궁전이라곤, 네, 그가 잘 아는 궁전이 있기는 하죠. 도박 소굴이자 매음굴인 〈팰리스〉라고……. 명망? 홍등가의 비천한 거리에서 매춘부들과 사기꾼들 사이에서나 명망이 있죠. 주지사의 보좌관? 만약 그가 주지사 사무실에 들어가려고 하다가는 당장 체포되어 감옥에 갈걸요.」 그녀가 교사로 임명된 것? 그것은 이렇게 생각하는 게 낫다. 그 건달이 어떤 사기극과 파렴치한 짓을 했는지는 신만이 아실 거라고.

그런데 셀리아가, 그 하찮은 초등학교 교사인 그녀가 어떻게 이 사기극의 전말을 알았기에, 이 광대극의 온갖 세세한 부분을, 한 점 의심의 그림자도 없이, 무기력한 삶의 바다에서 좌초한 도나 호지우다가 붙잡을 수 있는 〈어쩌면〉이라는 단 한 마디의 여지도 없이 낱낱이 폭로할 수 있었을까? 대체 무슨 이유로 그 모사꾼, 싸구려 사기꾼의 정체를 밝히고 비난한 것일까?

바지뉴는 놀랐고, 마음이 상했다. 「누가 생각이나 했겠어? 내가 자기한테 뭘 잘못했다고? 오히려 그 반대였지…….」

어쩌면 바로 그게 이유였을 것이다. 바지뉴가 그녀에게 일자리를 구해 주었을 때 셀리아는 고마운 동시에 기분이 나빴다. 그녀는 그가 자신을 우롱했다고 생각하고 속으로 용서하지 않았는데, 바지뉴가 사실은 쓰라림과 악의에 찬 그녀의 레이더가 포착했던 그런 기둥서방이 아니었다는 이유 때문이었다. 그녀의 비참한 처지가 그녀를 질투심 많고 비열한 사람으로 만들었던 것이다. 날이 갈수록 고마운 마음이 사라지고 불쾌감만 늘었다. 바지뉴에겐 그녀가 신뢰할 수 없는 무언가가 있었다. 어쩌면 셀리아가 뭔가 단서를 포착해서 그것을 쫓고 추적하다가, 결국엔 소령의 집에서 얽히기 시작했던 거짓 그물망의 전모를 발견하게 되었을 테지만, 사실 그 그물이 커지게 된 데에는 바지뉴 자신보다 미란당의 책임이 더 컸다. 어쨌든 셀리아는 그 흥미로운 싸구려 소설의 진상을 규명하고 나니 흡족했다. 아무도 그녀를 속일 수는 없었다. 그녀에겐 눈치와 본능이 있었다. 그녀를 속이려면 일자리, 임명, 종신직보다 더한 것이 필요했다. 자신의 천박함이 대견하고 기뻐서, 그녀는 도나 호지우다와 플로르가 혼수를 준비하고 있는 그 1층 계단을 올라갈 때, 끌리는 자기 다리의 무게조차 느끼지 못했다. 그 잘난 체하는 건달은 역시 기둥서방이었던 것이다. 그녀, 셀리아는 결코 그 사실을 의심하지 않았다. 그녀의 거무스름한 얼굴이 빛났다. 살면서 그렇게 행복해 본 적은 거의 없었다. 그날 많은 눈물이 흐르리라. 고약한 말들이 말해지리라. 이를 갈게 되리라. 다른 사람의 고통만큼 근사하고 짜릿한 구경거리가 세상에 어디 있단 말인가? 셀리아에겐 없었다. 지금까지 어떤 남자도 그녀를 바라보고 욕망한 적이 없었다. 누구도 그녀에게 사랑으로 미소를 지은 적이 없었으며, 학교에서 아이들은 그녀를 보면 겁을 먹고 도망쳤다.

도나 호지우다는 발작 직전의 상태가 되어, 그를 죽이고 같이 죽어 버리자고 하면서 물 한 잔을 청했다. 플로르는 어머니한테는 전혀 신경 쓰지 않고 그녀의 신음조차 듣지 않았으며, 셀리아와 둘이 있는 것처럼 행동했다. 「어서 나가, 이 계집애야. 그리고 다시는 오지 마.」

「나 말이야, 플로르? 진심이니? 내가 왜?」

「아무리 그이가 네가 말한 그런 사람이라고 해도 그건 네가 참견할 일이 아니었어. 그 사람은 너한테 일자리를 구해 주었어. 그 사람에 관해서 안 좋은 사실을 알았다고 해도 혼자 간직했어야지. 네가 배고파 죽어 갈 때 일자리를 구해 준 사람이잖아.」

「그게 그 사람 덕분인지 어떻게 알아? 그가 청탁하는 걸 본 사람이 있어? 그게 누구 덕분인지 따져 보면, 바르보자 신부님의 편지 덕분이야…….」

플로르는 별로 언성을 높이진 않았지만, 그녀의 말에선 역겨움과 혐오가 뚝뚝 떨어졌다. 「당장 나가지 않으면 다시는 남의 일에 참견하지 못하게 혼내 줄 거야, 이 못된 계집애야.」

「그렇다면 그 남자와 잘해 봐. 너한테는 그게 정말 좋겠다. 너야 매춘부가 되려고 태어난 운명이니까.」

셀리아는 고마운 줄도 모르고 배은망덕하게 군다며 고래고래 소리 지르면서 계단을 내려갔다.

전쟁, 그랬다. 다른 말로 표현하면 전쟁이었다. 막사 없는 전쟁, 바로 그 순간에 도나 호지우다와 플로르 사이에 전쟁이 터졌다. 셀리아의 면전에서 문을 쾅 닫는 소리에, 도나 호지우다가 발작에서 깨어나 정신을 차렸고, 상처를 더욱 후벼 파는 바지뉴 이야기를 계속해 달라며 그 교사를 불렀다.

「셀리아, 셀리아! 가지 마라.」

플로르가 단호하게 대답했다.「제가 보냈어요.」

「우리를 위해 찾아온 애한테 고마워하지는 못할망정 쫓아내다니.」

「그 골치 아픈 애는 두 번 다시 우리 집에 발을 들여놓지 못해요.」

「언제부터 네가 이 집의 어른이 됐냐?」

「그 애가 오면 제가 나가겠어요.」

바지뉴가 도나 호지우다의 눈 밖에 났다는 것에 대해선 미란당의 말이 옳았다. 그러나 플로르의 반응에 대한 그의 말은 틀렸다, 완전히 틀렸다. 당연히 플로르는 기분이 좋지 않았다. 실망했다. 한심한 바지뉴 같으니. 뭐 하러 그런 거짓말을 했담? 그러나 그녀는 단 한순간도 그와 헤어진다는, 연애를 끝내겠다는 생각은 하지 않았다. 그녀는 그를 사랑했다. 그녀에겐 그의 직업이나 사무실은 중요하지 않았으며, 그의 사회적 지위, 정치적 영향력도 필요 없었다.

그날 밤 그녀는 그 말을 해주었다. 도나 호지우다의 명령을 과감히 어기고, 집 밖에 나가 집 근처 모퉁이에서 그에게 그렇게 말해 주었다. 그녀는 그의 해명을 들어 주고 이해해 주었고, 눈물을 몇 방울 떨어뜨리고는 그를 〈어리석고 생각 없는 사랑스러운 바보〉라고 꾸짖었다. 처음으로 바지뉴는 그녀에게 사랑한다고, 자신이 얼마나 그녀에게 목마르고 굶주렸는지 모른다고, 아내가 되어 달라고 말했다. 플로르에게 이 말은 그 모든 짜증, 그가 필요하지도 않은 거짓말을 하고 스스로를 옭아맸다는 그 모든 가슴앓이가 아깝지 않은 말이었다.

「인내심을 가지고 기다려야 할 거예요.」 플로르가 말했다. 적어도 그녀가 스물한 살이 되려면 열 달은 있어야 했다. 그녀는 아직 어머니의 통제를 받는 미성년자였고, 바지뉴 역시 도나 호지우다의 승낙을 얻으려는 생각일랑 아예 잊어야 할 것이다. 플로르는 어머니가 그렇게 화내는 건 본 적이 없었다. 앞으로는 두 사람이 만나는 것도 쉽지 않을 것이다. 그들은 그 노파가 의심하지 않을 방법을 궁리해 내야 할 것이다. 그들의 연애 — 도나 호지우다로부터 그렇게 큰 후원을 받고, 좋은 평가를 받았던 연애 — 는 이제 지하로 들어가야 할 만큼 엄격히 금지되어 버렸다. 라데이라 두 아우부에서 바지뉴의 등급은 거리의 먼지만큼도 되지 않았다. 바지뉴는 그 거리 모퉁이에서, 행인들의 눈은 아랑곳하지 않고 키스로 플로르의 눈물을 닦아 주었다.

도나 호지우다는 불같이 일어나는 노여움을 내뿜으며, 가죽 채찍을 들고 딸을 기다리고 있었다. 말 안 듣는 동물이나 아이들을 버릇 들이기 위한 생가죽 끈이었다. 옛날 엑토르의 성적이 떨어졌을 때 이따금 휘두른 이후 오랫동안 사용하지 않았던 것이었다. 호잘리아는 그 가죽끈 맛을 본 적이 있었다. 플로르도 어릴 때 가끔 채찍질을 당하기는 했었다. 식당 벽에 걸려 있던 그 원시적인 회초리는 이제는 폐기되어 버린 어머니의 권위에 대한 잔인한 상징과 같았다. 플로르가 문으로 들어오자, 도나 호지우다는 그 끈을 휘둘렀다. 첫 번째 채찍질이 플로르의 가슴과 목을 가로지르며 일주일은 계속될 붉은 자국을 남겼다.

플로르는 눈물 한 방울 흘리지 않고 채찍질을 받아들이며, 두 손으로 얼굴을 가리고 자신의 사랑을 재차 확인시켰다. 「내 눈에 흙이 들어가기 전엔 놈하고는 결혼 못 해.」 도나 호지우다는 소리를 질렀다. 다음 날 플로르는 침대 밖으로 나올 수도 없었다. 온몸이 쑤셨고, 목에는 붉은 채찍 자국이 나 있었다. 온 동네 사람들이 전날 밤의 일을 쑥덕거렸다. 자기

방 창가에서 그 광경을 지켜보았던 흑인 여자 주벤치나가 모든 내막을 전해 주었다. 닥터 카를루스 파수스는 도나 호지우다의 교육법을 크게 비난하면서도, 그녀가 격분하고 꾸짖은 동기에 관해선 부정하지 않았다.

바지뉴는 평소와 같은 시간에 나타났다. 1층 전체가 굳게 잠겨 있었고 발코니는 썰렁했으며, 문에는 빗장이 채워져 있었다. 플로르의 방 창문이 옆 골목 쪽으로 열려 있었다. 베네치아 블라인드의 틈새로 켜진 불빛이 보였다. 그때 누군가 그에게 전날 밤의 폭행 사건 소식을 전해 주었다. 이웃들의 소문에 따르면 플로르는 자기 방에 갇혀서 앓고 있다고 했다.

바지뉴는 흑인 여자 주벤치나가 현란한 몸짓을 섞어 가며 이야기해 준, 안테노르 리마가 도나 호지우다에게 내린 정당한 평가를 전해 들으면서 고개를 끄덕였다. 「야만적인 하이에나. 그게 그녀의 참모습이랍니다, 바지뉴 씨.」 그는 그 소식을 조용히 듣고 있다가 자리를 떴다.

그가 다시 돌아온 것은 자정이 지나서, 이웃들의 모든 창문을 활짝 열게 만들고 그 언덕배기와 이웃 거리의 사람들을 깨우는, 그 도시에서건 다른 어느 도시에서건 들어 보지 못한 너무도 감미롭고 열정적인 세레나데와 함께였다. 그 소리를 들으면 누구에게든 두 귀와 가슴속에 잊지 못할 기억이 새겨졌다.

그럴 만도 했다. 바지뉴는 플로르를 위해 최고들만을 모아 왔다. 그는 비쩍 마른 카를리뉴스 마스카레냐스에게 금줄로 된 4현 기타를 들고 오도록 했다. 바지뉴는 카를라의 유곽에서 그를 찾아내, 마리아니냐 펜텔류다의 푹신한 침대에서 끌어냈다. 바이올린 주자는 〈극치〉라고 불리는 에드가르드 코코였는데, 그와 맞먹는 실력을 가진 연주자는 리우데자네이루나 외국에 가야 찾을 수 있었다. 플루트 — 그 기품과 기술이 얼마나 대단한지! — 에는 젊은 변호사, 바우테르 다 시우베이라였다. 바지뉴는 그를 책에서 강제로 떼어 내다시피 했는데, 얼마 전 졸업한 이 청년은 사법 시험 준비에 여념이 없었기 때문이다. 사실 얼마 후 탁월한 명성을 누리는 판사가 되면 그가 대중 앞에서 플루트 연주를 선보이는 일은 더 이상 못 할 텐데, 그건 사람들에게서 천상의 기쁨을 빼앗는 거나 다름없을 것이다. 기타를 맡은 청년은 밝고 쾌활해서, 또 겸손하면서도 돋보이는 풍모를 지녀서, 게다가 술도 잘 마시고 넉살 좋은 태도 때문에, 그리고 그의 음악 때문에 모두가 좋아하는 젊은 청년이었다. 그의 독특한 기타 솜씨는 오직 그만의 것이었고, 그의 목소리는 신비로우면서도 방탕한 데가 있었다. 정말 멋진 남자였다. 얼마 전에는 라디오에 출연해 연주하면서 노래를 부른, 성공이 보장된 청년이었다. 그의 이름이 모두의 입에 오르내리고 있었다. 도리바우 카이미.[25] 그의 친구들은 아직 발표되지 않은 그의 작품들을 칭찬했다. 그 작품들이 알려지는 날이면 그 흑인은 유명해질 것이다. 그는 바지뉴와 허물없는 친구 사이였다. 그들은 첫 술을 같이 마셨고, 떠오르는 해를 같이 보았다. 그들은 예비 주자로, 카바레 가수인 희멀건 제네르 아우구스투를 데려왔다. 그리고 이미 취한 미란당은 덤이었다.

그들은 언덕 아래에서 몇 분 동안 걸음을 멈추었다. 에드가르드 코코의 바이올린이 먼저 폐부를 찌르는 소리로 흐느꼈다. 이에 곧바로 4현 기타와 플루트, 기타가 뒤를 따랐다. 그리고 카이미는 바지뉴와 이중창을 시작했는데, 사실 바지

---

25 Dorival Caymmi(1914~). 브라질의 가수이자 작곡가. 브라질 대중음악에서 유명한 국민적 아티스트이다 — 옮긴이주.

뉴의 노래는 특별할 게 없었다. 그러나 금지된 사랑이기에 명분은 훌륭했다. 그의 소원은 사랑하는 여인의 마음을 달래 주는 것, 그녀의 슬픔을 치유하고, 꿈을 어루만지고, 음악의 위안과 사랑의 증거를 보여 주는 것이었다.

> 깊은 밤, 미소 짓는 하늘
> 고요함이 꿈속만 같은데
> 숲에 깃든 달빛은
> 스스로의 영광 속에서
> 눈부신 은빛 물결을 흘려보내네.
> 사랑하는 그대, 고이 잠들어라.
> 이 음유 시인일랑 상관 말고.
> 이 음유 시인일랑 상관 말고.

칸지두 다스 네베스[26]의 모지냐가 그들의 걸음보다 더 빨리 언덕 기슭을 올라갔다. 음악 소리에, 카이미의 목소리에 매료된 호기심 어린 머리들이 창문에서 나타났다. 흑인 여자 주벤치나는 박수를 쳤다. 그녀는 플로르와 바지뉴의 편이었고, 세레나데를 굉장히 좋아했다. 더러 화를 내며 일어나서 항의하려는 사람도 있었지만, 그 순간 달콤한 노래가 그들의 마음을 누그러뜨리고, 사랑의 노래로 다시 잠들도록 달래 주었다. 닥터 카를루스 파수스도 그랬다. 그는 살벌하게 화를 내며 침대를 박차고 나왔다. 그는 아침 6시까지 출근해야 하고 밤 9시가 되도록 퇴근하지 못하는 날도 많을 만큼 일이 고되었다. 그러나 침대에서 창문까지 가는 사이 분노는 사라

---

26 Cândido das Neves(1899~1934). 브라질의 가수이자 작곡가 — 옮긴이주.

지고, 어느새 그는 콧노래로 음을 따라 부르면서 더욱 편안하게 듣기 위해 창문턱에 기대고 있었다.

    달님이여, 그대의 은빛을 보내 주오.
    내 사랑이 깨어나게…….

  그들은 이제 그 집 바로 맞은편 모퉁이 가로등 아래 자리를 잡았다. 바지뉴는 무리보다 한 발짝 앞에 나가서, 그의 모습이 더 잘 보이도록 가로등 불빛 아래 서 있었다. 닥터 시우 베이라의 플루트 소리가 벽을 타고 올라갔다. 기타의 신음 소리는 발코니를 향했다. 에드가르드 코코의 바이올린은 그 처녀 방의 창문을 뚫고, 가슴 설레는 그녀를 침대에서 끌어냈다.「세상에, 바지뉴잖아!」그녀는 창문으로 달려가 블라인드를 올렸다. 그가 불빛 아래 서 있었다. 그 금발, 높이 올린 두 팔.

    그래서 내 욕망을 죽일 수 있게,
    내 키스에 당신을 빠뜨리게…….

  많은 올빼미족이 청중에 합류했다. 카주자 깔때기는 그 음악에 이끌려, 세레나데 덕분에 술이나 한잔하게 되기를 기대하며 낡은 파자마를 입은 채 나왔다.
  1층 발코니의 어둠 속에서 도나 호지우다가 나타났다. 그녀의 분노가 그 음악과 시를 방해했다.「망나니들! 부랑자들!」
  노랫소리가 더 높이 올라가면서, 카이미의 목소리가 별들을 찾고 있었다.

나는 노래하네…….
내 진정한 마음의 욕망은
내 말을 듣지 않고 계속 잠을 자니…….

 붉다 못해 검은색에 가까운 저 장미를 플로르가 어디서 찾아냈을까? 그 낭만적인 연인들의 밤공기 속에서, 하늘에는 노란 달이 떠 있고 로즈메리 향기 가득한 그 언덕배기에서 플로르, 자기 방에 갇힌 죄수를 위한 노래가 울려 퍼지는 그 밤에 바지뉴는 검은 장미를 받아 들었다.

저 위를 유랑하는 달은
하늘에서 깊은 시름에 잠기고
별들은 너무도 고요하도다…….

 도나 호지우다는 머리를 아무렇게나 틀어 올리고서, 더러운 목욕 가운과 증오로 몸을 감싼 채, 대문을 활짝 열어젖히며 거리로 달려 나갔다. 그리고 광포한 분노로 무리에게 소리를 질렀다. 「당장 꺼지지 못해? 이 불한당 녀석들아! 꺼져!」
 그러나 그것도 잠시뿐이었다. 곧바로 닥터 시우베이라의 플루트가 비웃음 비슷한, 부랑아들의 휘파람 같은 소리를 내면서 조롱 같고 야유 같은 음악이 시작되었다.

미인이시여, 부디 이 언덕을
올라가게 해주오…….

 이윽고 모든 사람은 바지뉴가 미래의 장모를 향해, 플루트 주자를 데리고, 우아하고 완벽하게, 유연한 발동작으로,

몸을 흔들면서 그녀 앞으로 나아가는 모습을 보았다. 그 스텝은 시리 보세타,[27] 어렵기로 유명한 그 시리 보세타였다. 몹시 당황하고 경악한 표정으로, 할 말을 잃은 도나 호지우다는 정신을 차리고는 황급히 계단을 올라갔다.

세레나데는 다시 밤거리를 장악했고 새벽이 다가올 때까지 계속되었다. 올빼미족들은 저마다 취한 정도는 달라도 그 합창에 기운을 불어넣어 주었고, 순찰을 돌던 야경꾼들은 멈춰 서서 음악을 감상하고 박수를 쳤다. 카주자 깔때기는 그 자리에 참석해야 한다는 의무감을 느꼈다. 레퍼토리는 다양했다. 바지뉴와 카이미가 노래했고, 제네르 아우구스투가 노래했고, 닥터 바우테르가 최저음으로 노래했으며, 야경꾼(그의 소중한 꿈은 라디오에 나가 노래하는 것이었다)이 노래했다. 거리 전체가 플로르에게 바치는 세레나데에 참여했다. 높은 창문에 기댄 플로르의 옷에 달린 주름 장식과 레이스는 달빛에 흠뻑 젖어 있었다. 그 아래에는 바지뉴, 그녀의 용감한 기사가 손에 붉은 장미를 들고 있었다. 붉다 못해 검게 보이는 장미, 그녀의 사랑의 장미를.

12

학대를 견디다 못해, 바지뉴와 결혼하기 위해 집을 나왔을 때, 플로르가 몸을 맡긴 곳은 히우베르멜류에 있는 리타 이모와 그녀의 남편 탈리스 포르투의 집, 그들의 애정이었다.

---

27 *siri-bocêta*. 음란하고 저속한 춤.

포르투는 확신이 서지 않았다. 그는 칼날 같은 혀를 지닌 잔소리꾼 처제 도나 호지우다와 부딪치기 싫었다. 그는 평화를 사랑하는 사람이었고, 눈에 띄지 않는 직업과 그림 그리는 취미를 가지고 자기 위치에서 조용히 사는 게 좋았다. 처음에 처제는 그와 도나 리타가 조카의 연애를 반대한다며 두 사람을 몰아붙였었다. 그러니까 바지뉴를 온갖 미덕의 교과서로, 구세주로, 신으로, 후광만 없다 뿐이지 제단의 성자처럼 받들 때부터 말이다. 그런데 이제 와서 주제넘고 음흉하고 못된 얼간이라고 구박하다니. 포르투는 그렇게 성질 사납고 변덕스러운 여자와는 관계하고 싶지 않았다. 그러나 플로르가 정신이 반쯤 나간 채 훌쩍이면서, 자신의 의무를 잘 아는 진지하고 엄숙한 바지뉴의 부축을 받으며 나타났을 때, 무얼 어떻게 할 수 있었을까? 두 연인은 돌이킬 수 없는 일을 저질렀다고 고백했다. 그는 이미 그녀를 범했다. 그녀의 순결을 빼앗은 것이다. 그들은 결혼해야 했다. 도나 호지우다가 승낙하든 말든, 미성년이든 아니든 결혼하는 수밖에 없었다. 플로르는 이제 처녀가 아니었고, 바지뉴가 빼앗아 간 명예를 회복할 수 있는 방법은 결혼뿐이었다.

　플로르는 눈물을 홍수처럼 쏟으며 이모부와 이모에게 용서해 달라고 애원했다. 만약 그녀가 선을 넘었다면, 엄격한 가정 교육을 무시하고, 두려움과 정숙함을 이기고, 그 끈덕진 공원 관리인에게 순결을 내주었다면, 진짜 범인은 도나 호지우다였다. 딸이 연인을 만나지도 못하게 금지하고, 나이도 먹을 만큼 먹은 말만 한 처녀를 어린아이처럼 집 안에 가둔 그녀의 책략, 옹졸함 때문이었다. 그녀는 심지어 딸에게 채찍질까지 했다. 그런 괴팍함을 어떤 사람이 견딘단 말인가? 어쨌거나 바지뉴는 범죄자가 아니었고, 무법자도, 수배

자도, 람피앙[28] 갱단의 폭력배도 아니었다. 플로르 역시 10대가 아니었으며, 인생에 대해 아무것도 모르는 순진한 사람도 아니었다. 그리고 플로르가 아니었다면 누가 생활비와 집세, 식비를 벌었겠는가? 그 어머니는 거의 도움이 되지 않았다. 호잘리아가 떠나 버린 지금, 삯바느질 주문은 이따금씩 들어올 뿐이었다. 그러나 요리 학교 수입은 괜찮았고, 덕분에 어머니와 딸이 생활할 수 있었다. 그런데 왜 도나 호지우다가 모든 일에 대한 결정권을 쥐고, 호소할 기회도 주지 않고 비난한단 말인가? 리타 이모나 안테노르 리마 같은 분별력 있는 사람들의 말은 듣지도 않으면서? 심지어 그녀는 그 전까지 늘 중요하게 여겼던 의견, 엑토르의 대부인 닥터 루이스 엔히키의 충고마저 야멸치게 거절하고 있었다. 탈리스 포르투는 고개를 저었다. 그의 처제는 자신의 처지를 전혀 파악하지 못하고 있었다.

플로르도 바지뉴도 그런 방식을 견딜 수는 없었다. 그 청년에게 이 문제는 지극히 힘든 도전이 되었다. 룰렛 휠이나 주사위 앞에서처럼, 그는 자신의 운명을 걸고 있었다. 플로르를 향한 욕망은 그를 머리끝에서 발끝까지 통째로 사로잡아 버렸고, 마치 세상에 다른 여자는 없다는 듯, 마치 그녀 — 통통한 몸과 동그스름한 뺨을 가진 — 가 바이아에서 가장 아름답고 매력적인 여자인 양, 그의 허기와 갈증을 채워 주고 그의 외로움을 몰아낼 수 있는 유일한 사람인 양, 판단력을 잃었다. 「안 돼, 절대 안 돼. 내 눈에 흙이 들어가기 전엔 안 돼.」 도나 호지우다는 바지뉴가 친척이나 친구들을 통해 다시 구혼할 때마다 그 말만 되풀이했다.

---

28 Lampião(1897~1938). 브라질의 전설적인 의적 — 옮긴이주.

리타 이모도 플로르의 부탁으로 며칠 전 중재에 나섰었다. 도나 호지우다는 장황한 수사를 섞어 가며 매섭게 대답했다. 「신께서 나한테 목숨과 건강을 허락하시는 한 그 날건달이 내 딸과 결혼하는 일은 없어. 그렇다고 플로르가 이런 정성을 쏟을 가치가 있다는 건 아니야. 플로르는 바보에다 배은망덕해. 원래 태어나기를 하찮은 인간으로 태어났던 거야. 아무리 그래도 그년이 내 밑에 있는 동안은 결혼을 허락하지 않아. 그 뜨내기한테 시집보내느니 차라리 내가 죽지…….」

도나 리타는 말이라도 붙여 보려고, 동생을 설득해 보려고, 그 증오의 벽을 무너뜨리려고 애썼다. 「사랑은 기적을 만들어. 바지뉴가 새사람이 될 가능성을 왜 인정하지 않니?」 도나 호지우다는 어림없다는 듯 콧방귀를 뀌었다. 「언니가 형부와 결혼하면서 집안 망신시킨 걸로는 성에 안 차는 모양이지? 그 후로 형부가 마음을 잡긴 했지만 그러지 않았다면 어떻게 됐겠어? 평생을 밥이나 축내는 빈대로 지냈다면 어떻게 됐을 것 같으냐고?」 그러고는 〈밥이나 축내는 빈대〉라는 말을 한 음절씩 발음하면서, 어느 때보다 더 모욕적으로 들리게 했다.

그녀는 포르투가 소싯적에 리우데자네이루의 연극 서클에 들어가, 삼류 극단의 극작가이자 안무가가 되어 배우, 프롬프터, 감독, 디자이너 역할까지 떠맡고서, 내륙을 떠돌며 청춘을 보냈던 과거의 이력을 말하고 있었다. 결혼 후 포르투는 바이아에 정착해 취직했다. 그의 무대 경력에서 남은 것이라고는 신문 기사를 모은 앨범 한 권과 몇 편의 일화뿐이었다. 그는 기회가 생길 때마다 그 앨범을 보여 주거나 그 일화들을 반복해서 이야기하곤 했다.

「그러니까 결국은 잘된 거 아니니?」 도나 리타는 남편의 자유분방했던 과거를 진심으로 자랑스러워하며 되물었다.「행복한 결혼이 뭔지 알아? 게다가 나는 그이가 극단에서 일했다는 게 하나도 부끄럽지 않아. 어디서 강도 짓을 하거나 사람을 속인 것도 아니고, 처녀를 건드리지도 않았어……」

「처녀를 건드리지 않았다고? 당연하지, 주변에 있는 여자들은 죄다 매춘부였으니까. 형부는 아마 멕시코 매음굴에도 갔을 거야. 그 패거리 속에 처녀가 있기나 했겠어? 그건 형부가 하고 싶어도 못 했을걸. 형부는 결코 성자가 아니야, 틀림없어……」

도나 리타는 온정 많고 자상하고, 동생과는 여러 면에서 너무 달랐지만 남편을 모욕하는 것은 참지 않았으며, 누가 그 문제를 건드리기라도 하면 화를 냈다.「당장 입 닥치고 내 남편 그만 모욕해. 내가 네 인신공격이나 들으려고 여기 온 게 아니니까……」

도나 호지우다는 심한 말을 거둬들이고 변명을 중얼거렸다. 도나 리타는 세상에서 그녀가 아끼고 존경하는 유일한 사람이었으며, 그녀가 절대로 싸우지 않는 상대였다.

「내가 여기 온 건 플로르를 내 친딸처럼 사랑하기 때문이야. 도대체 왜 그 아이의 결혼을 막는 거니? 그 애는 그 청년을 사랑하고, 그 청년도 그 애한테 빠져 있어. 그 청년이 네가 생각하던 중요한 인물이 아니라서 그래?」

「미리 생각해 둔 남자 같은 건 없어. 그건 언니도 잘 알 거야. 하지만 그 둘이 나를 속였단 말이야. 괘씸한 것들.」그 터무니없는 광대극이 떠올라 그녀는 다시 화를 냈다.「언니가 뭘 안다고 그래? 그 문제는 그만 이야기하는 게 좋겠어. 내 밑에 있는 한 플로르는 그 망나니와는 결혼 못 해. 그 애가 스물한 살이 되어서, 굳이 인생을 망치고 싶다면 나를 떠날 수는 있겠지. 하지만 그 전에는 그렇게 두지 않을 거야. 그게 전부야.」

「넌 어디 가려워서 긁을 데 없나 하고 찾고 있구나. 네가 기다리는 건 단지……」

그리고 사건이 터진 것은 이 마지막 임무가 실패로 끝난 뒤였다. 플로르는 이성의 소리에 따르기로 결심했다. 그러니까, 바지뉴가 그녀를 설득하면서 속삭이던 주장, 유일하게 현실적이고 가능한 해결책인 동시에, 사랑과 믿음의 행복하고 부드럽고 달콤한 증거를 따르기로 한 것이다. 확신에 찬 그녀는 주저 없이 응했다. 그가 그렇게 오래 애원하고 갈구하던 것을 그에게 주었다. 여기서 진실 전체를 하나도 남김없이 말하자면(사람들의 의도, 즉 우리 여주인공의 순결과 정숙함을 지키면서 대중의 눈에 한 점 오점 없는 여자로, 불가항력적인 돈 후안의 순진한 피해자로 만들려는 의도까지 털어 버리고서), 몸을 내주고 싶어서, 자신을 주고 싶어서, 자신의 심장을 태우는 그 불길에, 부끄럽지만 그 거센 불길에 굴복하고 싶어서 안달한 것은 오히려 플로르였다는 점을 인정해야겠다.

바지뉴의 돈 많은 친구, 희대의 바람둥이 총각인 마리우 포르투가우가 이타포앙 부근에 있는 작은 은신처를 그에게 빌려주었다. 바다에서 불어오는 산들바람은 플로르의 검고 곧은 머리카락을 흐트러뜨렸고, 태양은 푸르스름한 색조를 던지고 있었다. 파도의 속삭임과 산들바람의 노래 속에서, 바지뉴는 그녀의 옷을 하나씩 하나씩 벗기며 한 번 한 번 키스했다. 그는 웃으면서 그녀의 옷을 벗겼고 그녀를 자기 것으로 만들었다. 「나는 옷은 고사하고 시트 한 장이라도 덮고 그걸 하는 방법은 알지 못해. 우리 귀염둥이, 뭐가 부끄럽다고 그래? 우린 결혼할 거고, 이건 우리가 앞으로도 할 일이잖아? 그리고 설사 결혼하지 않는다 해도 그래. 짝짓기는 축복받을 일이야. 이걸 명하신 건 신이라고. 〈가서 짝을 지어라, 내 자녀들아. 어서 짝을 짓고 아기를 만들어라.〉 그게 신의 말씀이지. 그거야말로 신이 가장 잘하신 일이었어.」

「망측해라. 바지뉴, 이단자처럼 말하지 마요.」 플로르는 빨간 침대보를 몸에 말았다. 그 방의 모든 것이 감각에 호소하고 있었다. 벽에 걸린 여인들의 나체화는 파우누스들이 님프들을 쫓아가 겁탈하는 그림을 복제한 것이었고, 침대 앞에는 큰 거울이 있었다. 화장대의 향수와 냉장고의 술까지, 그 마리우라는 친구는 죄악의 분위기를 창조하면서, 정말로 방탕하게 지내고 있었다. 플로르는 오싹 소름이 끼쳤다.

「만약 신이 인간에게 교미를 시킬 생각이 없었다면 인간을 모두 거세했을 거고, 아이들은 어미나 아비 없이 고아로 태어났을 거야……. 어리석게 굴지 마. 어서 그 침대보나 벗으라고…….」

침대보를 옆으로 치운 플로르는 하얀 시트 위에 활짝 핀 꽃처럼 누웠다. 바지뉴는 기쁘고 놀라서 탄성을 질렀다. 「당신 몸엔 왜 털이 거의 없는 거지……. 정말 이상하고 정말 아름다워…….」

「바지뉴…….」

그의 몸이 그녀의 정숙함을 덮쳤고, 그녀는 눈을 감았다. 이타포앙의 바다가 할렐루야 부서졌고, 산들바람이 사랑의 한숨을 실어 왔다. 물고기와 사이렌의 고요 속에서 플로르의 억눌린 목소리가 할렐루야 터져 나왔다. 바다와 육지에, 천국과 지옥에 할렐루야, 할렐루야!

그날 오전 플로르는 도나 마가 파테르노스트루를 도와주

러 갔었다. 그녀의 수강생이었던 이 부유한 부인이 생일 점심 식사에 50여 명의 손님을 초대했는데, 점심상으로 성찬과 디저트, 전채 요리를 준비해야 했던 것이다. 그 집을 나온 후 그녀는 바지뉴를 만나러 갔고 결국 일어날 수밖에 없는 일이 일어난 것이다. 도나 호지우다가 딸이 도나 마가네 부엌에 있다고 굳게 믿고 있는 동안 플로르는 이타포앙에서 바지뉴와 침대에 있었다.

그날부터 플로르의 생활은 바지뉴와 함께 해변의 그 집에 갈 궁리를 하고 계획을 짜는 데 집중되었다. 그녀는 모든 친구와 수강생에게 당부했다. 「만약 엄마가 나랑 같이 있었냐고 물으면 그렇다고 대답해 줘요.」 그들은 그러마고 했다. 모두 플로르를 좋아했고, 그중 다수는 그녀의 처지에 공감하고 있었다. 수업이 끝나자 한 수강생이 선언했다. 「플로르를 데리고 공연이나 보러 다녀올게요. 불쌍한 플로르가 그 남자를 잊어버리게요……」

플로르는 그를 조금씩 잊는 것처럼 보였고, 도나 호지우다는 매우 만족스러웠다. 최근에 플로르는 그다지 부루퉁하지도 않았고, 방 안에 틀어박혀 그가 거리에 나타나기를 — 그 건달 녀석을 — 기다리는 일도 없었고, 노골적으로 반항하며 창문에 모습을 드러내는 일도 없었다. 그 악마 같은 녀석은 오가면서 흑인 여자 주벤치나와 수다를 떠는 것으로 시간을 보내곤 했었다. 염치없는 그 흑인 여자와 그녀 비슷한 이웃 사람들은 수다를 떨며 그 연애를 부추겼다. 도나 호지우다는 그 모든 일을 마음에 새겨 두면서, 때가 되면 이자까지 붙여서 되갚아 주겠다고 다짐했다. 플로르는 바지뉴에게 쪽지를 던졌고 키스를 불어 보냈다. 그럴 때면 도나 호지우다는 이성을 잃고 자기 딸과, 모퉁이에서 웃어 대는 그 망나니한테 욕설을 퍼붓곤 했다.

그런데 최근 도나 호지우다는 변화의 징후를 감지하고 있었다. 플로르의 태도가 전과 같지 않았다. 애처로운 모지냐를 부르면서 집 안을 돌아다니는 일도 없었고, 그 신랑감의 추잡한 이름은 아예 입에 담지 않았으며, 그가 거리에 나타나는 일도 없어졌다. 플로르는 미소를 되찾았고, 꼬박꼬박 아침 인사와 밤 인사를 했으며, 도나 호지우다가 말을 걸면 대답도 했다.

바이샤 두스 사파테이루스 거리에서 플로르가 떠나려는 순간에, 아는 사람이 〈조심하세요〉 하고 인사를 건네고는 공모자처럼 웃었다.

플로르와 바지뉴도 택시에 올라타면서 같이 웃었다. 늘 같은 택시, 바지뉴와는 오랜 친구이자 개인택시 기사인 시가누의 택시였다. 그러고는 손을 맞잡고, 몰래 키스를 나누며 재빨리 이타포앙으로 떠났다. 시가누가 황혼 녘에 다시 그들을 태우러 가면, 그들은 천천히 돌아왔다. 나른한 플로르는 계속 같이 있고 싶다는 바람으로, 산들바람에 검은 머리카락을 흩날리면서 바지뉴의 어깨에 상냥하게 머리를 기댔다. 왜 헤어져야만 할까?

바지뉴는 둘이 함께 밤을 보내야 한다고 요구했고, 점점 더 고집을 부렸다. 그녀와 같이 있고 소유하는 것만으로는 충분하지 않았다. 그는 그녀 곁에서, 그녀의 숨소리를 자장가 삼아 잠들고 싶었다. 플로르 또한 분 단위로 헤아리며 시간을 생각할 필요 없이, 온밤을 이렇게 보내고 싶었다. 그녀의 욕망에 비하면 시간은 항상 짧았다.

「안 돼요.」 그가 다시 그걸 요구한 어느 오후 그녀가 대답했다. 「만약 외박을 했다간 다시는 집에 들어갈 수 없을 거예요…….」

「들어가긴 왜 들어가? 우리가 결혼하면 그걸로 끝이야. 모든 걸 털어놓으면 되는데, 그게 싫다는 사람은 당신이잖아……. 난 그 이유를 모르겠어.」

「그럼 결혼할 때까지 나는 어디서 지내요?」

그들은 히우베르멜류에 있는 리타 이모와 포르투 이모부의 집을 떠올렸다. 그곳은 플로르에겐 두 번째 집과 같았다. 일단 그렇게 결정을 내리고, 그다음 날 요리 수업이 끝나자 플로르는 방 안에 들어박혀 슈트케이스 두 개와 트렁크 하나에 짐을 챙겼다. 그러고는 문을 잠그고 열쇠를 지갑에 넣고는, 바이샤 두스 사파테이루스에 있는 야상의 가게에 간다고 말하며 집을 나섰다. 거기서는 바지뉴가 택시 안에서 그녀를 기다리고 있었다. 시가누는 다시 그들을 태웠지만, 이번에는 다음 날 아침에 그들을 데리러 오기로 했다.

도나 호지우다는 새로운 소식과 바느질감을 가지고 찾아온 친구와 수다를 떨었다. 「플로르는 장 보러 나갔어. 곧 올 거야. 다행히 요즘에는 그 화상 얘기를 하지 않더라고. 저번처럼 계속 골을 내지도 않고 말이야…….」

「결국에는 그 남자를 잊겠지……. 시간이 약이라더니…….」

「그 남자는 잊어야지, 좋든 싫든 간에 말이야…….」

도나 호지우다가 얼마 전 아마르고자에서 이웃에 이사 온 한 가족 이야기를 꺼내는 바람에, 그 손님의 방문은 몇 시간이나 이어졌다.

「그런데 장 보러 갔다더니 꽤 오래 걸리는 것 같네. 난 그만 가봐야겠어. 안부나 전해 줘.」

도나 호지우다는 혼자서 기다렸다. 처음에는 희미한 의심이 들더니 이윽고 심란해지기 시작했고, 밤이 될 무렵엔 플로르가 정신이 나가서 가출한 것이 분명하다고 확신하게 되었다. 칼로 방문을 따고 들어간 그녀의 눈에 싸놓은 슈트케이스와 트렁크가 보였다. 그 내숭쟁이가 건달과 헤어진 척 그녀를 속이고는 스스로 구덩이를 판 불행 속으로 내달린 것이다. 도나 호지우다는 밤새도록 불을 켠 채로 채찍을 손에 들고 기다렸다. 〈오냐, 돌아오기만 해봐라. 플로르 그 뻔뻔스러운 것을……〉

다음 날 점심 전에, 그녀의 언니와 형부가 나타났다. 도나 호지우다가 이성을 잃고 머리카락을 쥐어뜯으며 추악한 장면을 연출하자, 포르투는 당황해서 얼굴을 붉혔다. 「아무 말도 듣고 싶지 않아. 갈보 년은 절대 이 집에 발을 들여놓지 못해. 매춘부가 있어야 할 곳은 매음굴이지……」

그러나 도나 리타는 호락호락 넘어가지 않았다. 「아무리 그래도 나한테는 예의를 갖춰야지. 플로르는 우리 집에 있고, 우리 집은 매음굴이 아니야. 설사 네가 네 딸의 행복에 상관하지 않는다고 해도, 그건 네 일이야. 탈리스와 난 아주 잘 돌봐 주고 있어. 내가 여기 온 건 플로르가 결혼한다는 얘기를 전해 주기 위해서야. 네가 원한다면 지금부터 결혼 절차를 밟아 나가면 돼. 모든 걸 절차대로, 타당하게, 원래 했어야 하는 대로 말이야. 정 싫다면 우리 집에서 준비하고 내가 축복해 주마.」

「갈보가 무슨 결혼이야, 그냥 동거지.」

「그만 좀 해라……」

모든 말은 도나 리타가 했고, 단 한 마디의 말도 하지 않은 포르투는 아무 쓸모가 없었다. 도나 호지우다는 결혼식에 참석하거나 승낙하려 하지 않았다. 「정 원한다면 그 추잡한 행동을 세상에 알리고, 불효막심한 딸의 불명예를 공개적인 볼

거리로 만들면서 판사의 허락을 받으라지. 그래 봤자 그 속임수를, 그 철면피한 자신의 행동을 은폐하려는 플로르에게 도움 되는 건 없을걸.」

다음 날 도나 호지우다는 나자레트로 떠났고, 아들은 별로 반가운 기색도 없이 그녀를 맞이했다. 엑토르 자신도 결혼을 고려하고 있었지만, 아직은 봉급이 너무 적었기 때문에 실행하지는 않고 있었다. 그러나 승진하면 곧바로 결혼할 계획으로 몇천 미우헤이스를 저축해 두고 있었다. 그에겐 이미 점찍어 둔 여자가 있었다. 플로르의 수강생이었던 촉촉한 눈의 처녀, 셀레스치라는 이름에 대답하는 소녀였다.

13

플로르는 임대 광고가 난 소드레의 집을 보러 가는 도중, 예전의 한 수강생 집에 들렀다. 시다지바이샤에서 장사를 하는 상인의 아내이자 유명한 여자, 도나 노르마 삼파이우는 아주 유쾌하고 수다스러우며 예뻤다. 그녀의 타고난 친절함과 다정함은 앞에서도 이미 이야기한 바 있다. 그녀가 그 동네에 살고 있었다.

그 집은 집에서 수업을 해야 하는 플로르에게 딱 좋았으며, 게다가 비교적 저렴했다. 그래서 그녀는 당장에 결정을 내렸고, 도나 노르마가 세입자에게 필요한 보증을 서주었다. 그 집의 주인이 그녀의 친구였으므로 도나 노르마는 주인이 자기 말을 들어줄 거라고 확신했다. 플로르는 친구한테 맡기면 그만이었다. 걱정할 것이 하나도 없었다.

도나 노르마는 그 시련의 기간 내내 플로르에게 커다란 위안을 주고 편안하게 해주었다. 그녀는 그 처녀에게 닥친 여러 문제를 스스로 떠맡아 해결해 주면서 모든 것을 풀어 나갔다.

　우선 그녀는 축 늘어진 플로르의 기운을 북돋아 주었다. 플로르는 자기에게 일어난 모든 일을 시시콜콜 그녀에게 이야기했다. 도나 노르마는 모든 걸 알고 싶어 했으며, 서둘러 말하느라 일부분을 조금씩 빠뜨리고 넘어가면 몹시도 싫어했다. 플로르는 세상 전체가 그녀의 실수(〈실수〉란 말은 고상한 성격의 리타 이모가 사용한 말이었다)를, 마치 그녀 얼굴에 낙인이 찍힌 것처럼 알게 되었다는 생각에 괴로워했다. 자신이 남자를 알아 버렸으면서 처녀인 척하는 타락한 여자가 되었다고 생각했다.

　「진정해, 어리석은 생각 마. 무슨 일이 있었는지 누가 알겠어? 아는 사람은 너더댓 명, 많아야 여섯 명이야……. 원한다면 신부의 베일과 화환을 쓰고 정식으로 결혼하면 되는데 누가 뭐라고 하겠어? 다행히 네 엄마도 떠나 버리셨잖아. 도나 호지우다는 교회 문간에 나타나 소동을 벌이실 분은 아니야.」

　플로르는 자신의 부끄러운 행동에 시치미 뗄 수는 없었다. 그녀는 방법이 없어서 한 짓이긴 했지만, 어쨌든 못된 행동을 했다. 그러나 도나 노르마 앞에선 그 모든 공포가 아무것도 아닌 것으로 녹아 버렸다. 「아무리 착한 사람들이라도 그중 두세 명한테는 이렇게 남보다 약간 앞서가는 일이 일어나기 마련이야.」

　그리고 그녀는 길고 흥미로운 목록을 술술 풀어내면서 플로르를 안심시켜 주었다. 의과 대학에 다니는 닥터 아무개의 딸은 결혼을 며칠 앞두고 약혼자의 친구와 잠자리를 같이하더니 파혼해 버리고, 그 남자랑 달아나서 황급히 결혼하지 않았던가? 그런 여자가 지금은 신문에 이름이 오르내리는 상류 사회의 꽃이 되어 있었다. 〈아무개 부인은 친구들을 위한 환영회를 열었고……〉 그리고 이러쿵저러쿵 잘 살지 않는가? 그리고 또 다른 말괄량이, 판사의 딸은 바하의 등대 뒤에서 자기 애인 — 적어도 그 남자는 그녀의 애인이었다 — 과 함께 있다가 들통나지 않았던가? 등대지기는 한창 그 짓에 빠져 있던 두 사람을 발견했는데, 그가 그들을 경찰 본부에 끌고 가지 않았던 이유는 다름 아니라, 머리 회전이 빠른 그 신사가 뇌물을 넉넉히 쥐어 주었기 때문이었다. 그러나 등대지기는 전 주민의 절반에게 그 되바라진 여자의 팬티(우연히도 검은 레이스가 달린 아름다운 팬티)를 보여 주고 다녔다. 이런 설명과, 속옷까지 전시되는 수모를 당했음에도, 그녀가 베일과 화환을 쓰고, 게다가 취향도 고상하고 돈도 있었던 까닭에 예술 작품 같은 드레스를 입고 결혼하는 데에는 아무런 지장이 없었다. 그리고 또 다른 아무개는 — 그녀의 아버지는 진짜 독한 사람인데, 도나 호지우다보다 열 배는 더 지독해서 늘 딸들을 감시하고 무섭게 꾸짖으며 집 안에 갇힌 죄수 취급을 했다 — 결국 자기 부모의 친구인 한 유부남의 정부 노릇을 하다가 온지나에서, 숲속에서 발각되지 않았던가? 나중에 그녀는 어느 가난한 남자와 결혼했고, 지금은 자신의 모든 남자 — 〈많을수록 즐겁다〉가 그녀의 좌우명이었다 — 를, 미혼이건 유부남이건, 아는 사람이건 모르는 사람이건, 부자건 가난뱅이건 마음대로 누리면서 살고 있었다. 「많은 사람이 결혼 전에 육체관계를 맺지 않는 건 사실이야. 자기가 뭘 놓치고 있는지 모르거나 상대방이 너무 수줍어하기 때문이지. 어쨌든 결국 그게 무슨 차이가 있느냔 말이야, 안 그래?」

　그녀는 플로르의 잘못을 아주 작은 것으로 만들어서 사기를 북돋아 주었을 뿐 아니라, 그 집을 살 만한 집으로 꾸미는 데 필요한 물품들, 가구며 부엌살림을 사는 걸 도와주고 거들었다. 머리 판과 발치가 세공된 철제 침대를 비롯한 가구들은 경매상 조르지 타하프에게서 중고로 샀는데, 후이바르보자 거리에서 골동품과 고가구 가게를 하는 그 남자도, 예상하다시피 도나 노르마의 친구였다. 사람 좋은 이 조르지라는 친구는 키가 크고 얼굴이 붉은 시리아인인데 몹시 흥분을 잘하는 성격이었다. 플로르가 결혼을 앞두고 있다는 얘기를 듣자 가구를 싼값에 주었고 포도주 잔 여섯 개를 선물로 주었다. 도나 노르마는 알라고아스산 최고급 목욕 수건과 세면 수건 세트를 선물했다. 그리고 플로르에게 푼돈을 받고 거저 준 거나 마찬가지인, 연보라색 등꽃이 무성한 수국 빛깔의 파란 침대보를 주었는데, 그것은 그야말로 우아함의 결정체였다. 사실 그건 도나 노르마가 결혼할 때 가져온 엄청난 혼수품의 일부이자, 리우에 사는 이모 내외가 선물했던 이른바 주요 품목이었다. 그러나 까다로운 제 삼파이우는 무슨 이유에선지 그 침대보를 싫어했다. 그에 따르면 수국의 파란색은 장례식의 보라색 같았고, 그 누더기는 관을 덮는 데밖에 쓸데가 없다는 것이었다. 그 불운한 침대보 때문에 하마터면 결혼 첫날밤에 싸울 뻔했다. 도나 노르마가 뭐가 잘못된 건지 알아야겠다는 오기에서 끝까지 물어보지 않았다면 제 삼파이우의 투덜거림과 무례함을 용서하지 못했을 것이다. 그는 그 침대보를 아주 치워 버릴 때까지 만족하지 않았다. 결국 그녀는 그 침대보를 한 번도 쓰지 않았다. 그것은 새것이었고 칠레 거리에서는 굉장히 비싼 것이었다.

침대보 얘기가 나왔으니 말인데, 바지뉴의 혼수품은 정신 사나운 퀼트 침대보 한 장뿐이었다. 우아한 이나시아를 비롯해 바지뉴를 숭배하는 이나시아의 유곽 여자들이 함께 만든 작품이라서 그랬지, 솜씨가 뒤떨어져서 정신 사나운 건 아니었다. 이나시아는 바이아에서 가장 젊은 마담이자, 얽은 자국이 있는 물라타였다. 때때로 바지뉴는 몇 날 몇 주씩 그녀의 침대에서 뒹굴며 환락에 탐닉하곤 했다.

플로르가 몇 년 동안 일해서 모은 돈을 금세 까먹을 만큼 지출은 끝이 없었지만, 그 총액에서 바지뉴의 몫이 극히 적었던 것은 그의 잘못이 아니었다. 바지뉴는 기꺼이 그 전체를, 아니 적어도 상당 부분을 부담하려고 했으며, 그러기 위해서 갖은 노력을 했다. 친구들은 그가 그렇게 긴장해서 집요하게 룰렛 테이블에 붙어 있는 모습을 본 적이 없었다. 그러나 마치 목록에서 삭제되어 버렸다는 듯, 17 — 그의 숫자 — 은 나오지 않았다. 그는 크든 작든 론다[29]며 바카라며 모든 것을 다 했지만, 행운은 그를 저버렸다. 그는 완전히 귀신에 씐 것 같았다. 돈을 빌려 달라는 부탁에 더 이상 누구도 대꾸하지 않을 만큼 사력을 다했고, 결국 자기 연인에게 매달려 그녀의 돈 1백 미우헤이스까지 지폐로 뜯어 갔다. 「이런 불운이 더 이상 지속될 일은 없을 거야. 내일 아침이면 돈을 한 트럭 싣고 올 테니 두고 봐. 당신은 우리 결혼식에 필요한 샴페인 열두 병은 물론이고 바이아의 절반을 살 수 있어.」

그는 한 트럭의 돈도 샴페인도 가져오지 않았다. 그는 정말 당황하고 있었다. 이런 불운이 얼마나 오래 지속되려고

---

29 *ronda*. 스페인과 북아프리카에서 시작된 카드 게임.

이러나?

 그래서 샴페인은 리타 이모와 포르투 이모부의 집에서 열린 법적인 결혼식에만 나왔을 뿐이었다. 탈리스 포르투는 샴페인 한 병을 땄고, 판사는 신혼부부와 그 가족을 위해 건배했다. 종교 결혼식 역시 소박하고 짧았다. 플로르와 가까운 친구 몇 명이 참석했다. 리타 이모와 포르투 이모부, 안테노르 씨, 물론 도나 노르마는 말할 것도 없다. 백만장자인 도나 마가 파테르노스트루는 오지 못했지만, 부엌 용품 종합 세트를 그날 아침에 보냈는데, 그것은 아주 요긴한 선물이었다. 바지뉴 쪽에서는 공원 및 경찰 본부 정원 관리국 국장 ― 이 타락한 직원이 다른 동료들에게 그랬듯이, 결혼을 핑계 삼아 돈을 빌리려고 접촉했던 ― 과 미란당, 밝은 금발에 깡마른 미란당의 아내, 그리고 심부가 전부였다. 그 부총경을 본 탈리스 포르투는 도나 리타에게, 그 건달들이 도나 호지우다를 속이려고 날조한 이야기가 모두 허구는 아니라고 한마디 했다. 그 중요한 기마랑이스 가문 사람과의 관계는 사실이었다.

 성 테레사 교회의 신부인 동 클레멘치가, 도나 노르마의 부탁을 받고 그 종교 의식을 집전했다. 바지뉴는 카바레에서처럼 우아하게 빛났다. 파란 드레스를 입은 플로르는 눈을 내리깐 채 환한 미소를 짓고 있었다. 도나 노르마의 설득도 플로르에게 흰색 드레스와 베일, 화환을 쓰게 하지는 못했다. 그 어리석은 것은 그럴 용기도 없었던 것이다. 반지는 적절한 순간에 미란당의 것을 빌려 썼다. 전날 밤 타바리스에서, 두 사람은 여기저기서 모금을 해 바지뉴가 헤노트의 보석 가게에서 미리 봐두었던 반지를 살 돈을 마련했었다. 30분 후, 바지뉴는 3인의 대공 하우스에서 마지막 한 푼까지 다 잃고 말았다. 그렇다고는 해도, 반지를 사러 갔다면 외상으로 나마 살 수는 있었을 것이다. 그 보석상은 매우 약삭빠른 사람이었어도 바지뉴의 매끄러운 혀를 당해 내지 못했으니까. 그에게 돈을 빌려 준 것도 한두 번이 아니었다. 그러나 밤을 꼬박 새운 신랑은 오전 내내 잠을 자다가, 허둥지둥 시가누의 택시를 타고 결혼식이 있는 히우베르멜류로 출발했던 것이다.

그들이 교회를 나설 때, 은행가 셀레스치누가 제비꽃 한 다발을 들고 나타났다. 그는 플로르와 인사했다 ─ 결혼했으니까 앞으로는 도나 플로르라고 해야겠다. 그는 그녀의 손에 키스하고 늦어서 미안하다고 사과했다. 방금 소식을 들어서 선물 살 시간이 없었다고 했다. 그는 은밀히 바지뉴에게 지폐 한 장을 건넸고, 심부를 비롯한 손님들과 동 클레멘치는 서둘러 앞으로 나서면서 이 포르투갈인 금융가에게 인사했다.

신혼부부는 수녀원 중정에서 손님들과 헤어졌다. 도나 노르마만이 새 보금자리로 들어가는 그들과 동행했다. 그 집 정면에는 벌써 풍미와 예술 요리 학교 간판이 걸려 있었다. 문간에서 도나 플로르가 그 이웃 여자에게 말했다. 「들어와서 잠깐 이야기하다 가세요.」

그 말에 도나 노르마가 짓궂게 웃었다. 「내가 눈치도 없는 줄 알아?」 그러고는 바다 위에 걸린 먹구름을 가리켰다. 「밤이 다 됐네. 잘 시간이야.」

바지뉴가 동의했다. 「도나 노르마는 잡담을 모르시니 뼈대 있는 말씀만 하시는군요. 저야 그 일이라면 언제든 준비가 되어 있지요. 밤이든 낮이든 시간은 상관이 없고 더 부담될 것도 없습니다.」 그러고는 도나 플로르의 허리를 껴안고 홀로 들어가면서 그녀의 단추를 풀고 옷을 벗겼다.

방에 들어오자 그는 파란 수국 빛깔 이불 위에 도나 플로르를 던지고는 속치마와 팬티를 벗겼다. 도나 플로르는 알몸으로 침대에 누워 있었다. 그녀의 단단한 젖가슴에 땅거미의 첫 어스름이 내렸다.

「맙소사!」 바지뉴가 말했다. 「당신이 산 이 침대보가, 어이구, 수의 같잖아. 당장 치우고 그 어지러운 퀼트를 가져와. 그 이불 위에서라면 당신이 훨씬 더 근사해 보일 거야. 이건 전당포에나 맡기자고. 아마 값을 후하게 쳐줄걸……」

그 야하고 화려한 퀼트 위에서, 조신하니 말없이, 땅거미만을 덮고서 도나 플로르는 마침내 결혼했다. 도나 플로르와 그녀의 남편 바지뉴가 결혼했다. 그녀는 경험 많은 사람들의 충고를 물리치면서, 어머니의 강력한 의지를 어기면서 그를 선택했고, 그의 본모습을 알면서도 결혼 전에 그에게 자신을 내주었다. 그녀는 바보 같은 짓을 저질렀는지도 모른다. 그러나 그러지 않았다면 그녀의 삶은 아무 의미도 없었을 것이다. 바지뉴의 입에서, 그의 숨결에서 나온 불길이 그녀를 집어삼켰고, 그의 손가락은 불꽃처럼 그녀의 살을 태웠다. 이제 결혼했으니 그에겐 그녀의 옷을 벗길 권리가 있었다. 철제 침대 위, 그녀 곁에서 그가 그녀를 보며 미소 지었다. 잘생긴 남편. 팔과 다리는 황금빛 잔털로 덮여 있었고, 가슴에는 금색 털이 수북했으며, 왼쪽 어깨에는 칼에 베인 흉터가 있었다. 그 옆에 누워 있는 도나 플로르는 흑인처럼 보였다. 털이 없는 흑인 여자처럼. 그녀 안에서도 역시 욕망이 들끓었고, 몸을 떨며 급하게, 몹시 급하게 서두르는 것이 마치 바지뉴가 그녀의 영혼까지 벗기고 있는 것 같았다. 그는 뭔가 이상한 말들을 했다.

그들은 포만감이 들 때까지 서로에 대한 욕구를 채웠고, 그런 뒤 그녀는 퀼트 침대보로 몸을 가리고는 잠이 들었다.

바지뉴는 미소를 띠고 그녀의 머리를 쓰다듬었다. 바지뉴, 그녀의 남편. 아름답고 남자다우며 다정하고 착한 남편.

도나 플로르는 새벽에 잠이 깼었다. 침대 머리맡의 자명종은 2시를 가리키고 있었다. 바지뉴는 침대에 없었다. 도나 플로르는 일어나서 집 안을 둘러보았다. 바지뉴는 사라지고 없었다. 아까 은행가가 준 돈으로 도박을 하러 간 게 분명했다. 결혼 첫날밤에. 이건 정말 너무했다. 도나 플로르는 분노로 가슴을 찢고 욕망으로 이를 갈면서, 퀼트 이불 속에서 몸부림치며 신부의 첫 눈물을 흘렸다.

14

결혼 첫날밤에 도나 플로르가 첫 번째의 눈물을 흘린 후로, 바지뉴가 삼바 그룹과 가장행렬의 한가운데서 쓰러져 죽은 사순절 일요일까지 7년이 흘렀다. 도나 지자가 정확히 표현했다시피 — 그녀는 신중하게, 제대로 생각해서 요점을 말하는 사람이었다 — 도이스 지 줄류 광장의 돌바닥에서 완전히, 영영 죽어서 뻗은 그의 모습을 보게 되기까지 그 아내는 그 7년을, 자신의 사소한 잘못 때문에, 그리고 온갖 죄악과 부도덕한 행위로 무거운 짐을 지운 남편의 잘못 때문에 눈물 속에서 살았다. 수치와 고통의 눈물, 슬픔과 굴욕의 눈물 속에서.

밤이면 특히 그랬다. 바지뉴의 존재가 없는 수많은 밤, 기다림에 잠 못 이루는 밤은 아침이 지옥의 문으로 물러나 버린 듯, 끝없게만 여겨졌다. 때로 내리는 비가 지붕을 두드리며 낮게 자장가를 불러 주었지만, 쌀쌀한 공기 때문에 그 남자의 몸이, 털이 수북한 가슴의 따뜻함이, 억센 팔의 든든함이 그리웠다. 잠이 깬 도나 플로르는 다시 잠들지 못했고, 그가 곁에 있었으면 하는 바람은 아물지 않은 상처처럼 아렸다. 오직 갈망과 외로움만이 가득한 그 침대에서 그녀는 한기에 몸을 떨며 슬픔으로 막막해했다.

바지뉴가 있을 때는, 아! 바지뉴가 있을 때는 추위와 슬픔이 사라져 버렸다. 그가 뿜어내는 기분 좋은 온기가 도나 플로르를 머리끝에서 발끝까지 감쌌고, 밤은 환희 속에서 꽃을 피웠다. 도나 플로르는 귀한 대접을 받는 유쾌한 기분에, 포도주 한 잔을 마셨거나 술을 홀짝거린 것처럼, 취한 느낌마저 들었다. 밤에 바지뉴가 있으면 그녀는 취했다. 아첨의 말로 취하게 만드는 포도주, 그의 말과 혀의 유혹에 무슨 수로 저항한단 말인가? 그가 있는 밤은 동화 속에 나올 법한 열에 들뜬 흥분의 밤들, 기쁨의 밤들이었다.

그러나 그런 밤, 저녁 식사 후 그와 함께 소파에 기대앉아, 무릎을 그의 머리에 내주고 라디오에 귀를 기울이며, 이런저런 이야기를 해주고, 이어서 일찍 철제 침대에 들어가는 밤은 많지 않았다. 그런 밤은 아주 드물게, 갑작스러운 싫증을 느낀 바지뉴가 자신의 탐닉, 탈선, 음주, 도박을 사흘, 나흘, 일주일 내내 포기하고 집에 머물 때에만 찾아올 뿐이었다. 그럴 때면 대부분의 시간은 잠을 자다가, 옷장을 뒤져서 수강생들에게 빛나는 모습을 보이고, 하루 중 어느 때고, 심지어 가장 난처하고 어이없는 시간에도 도나 플로르에게 와서 같이 뒹굴자고 조르곤 했다. 그 경솔한 남자가 모든 것에 시시콜콜 의견을 말하고, 홀 전체에 음탕한 웃음소리를 울리고, 창문에서 이웃들과 수다를 떨고, 도나 노르마의 설교에 귀를 기울이고, 도나 지자와 오랜 토론을 하고, 집과 거리를 활기와 유쾌함으로 채우던 그런 번잡한 나날은 짧기만 했다. 현기증과 행복의 밤들, 멈추지 않는 웃음과 간질임, 애정의 말들, 그리고 훌훌 벗어 버린 몸으로 함께 철제 침대로 들어갔던 그런 날은 손꼽을 수 있을 정도였다. 그럴 때면 그는 이렇게 말했다.「나의 코코넛 키스 캔디, 나의 귀여운 바질 꽃, 내 인생의 소금, 당신 보지는 꿀 가득한 나의 벌집이야.」맙소사, 그녀한테 이게 무슨 망발인가. 나는 두 번 다시 그 말을 되풀이하지 않겠다.

기다림의 밤들은 끝없는 묵주와 같았다. 도나 플로르는 쉽게 잠들지 못하다가 조그만 소리에도 잠을 깨었고, 분노를 베개 삼아 아예 잠을 못 이루다가 멀리서 들려오는 그의 발소리를 알아듣고 그가 열쇠를 꽂는 소리에 귀 기울이곤 했다. 문을 여는 소리만으로도 그녀는 그가 럼주를 얼마나 마셨는지, 그날 도박은 어떻게 됐는지 알 수 있었다. 그녀는 눈을 감고 자는 척했다.

가끔 그가 새벽에 들어오면, 그녀는 다정하게 그를 감싸 주고 잠이 들 때까지 꼭 안아 주었다. 그는 수척한 얼굴과 힘없는 미소로, 그녀가 몸으로 만들어 준 우묵한 공간에 실타래처럼 몸을 말았다. 도나 플로르는 바지뉴가 자신의 흐느낌과 슬픔을 눈치채지 못하게 눈물을 삼켰다. 긴장한 채 자신의 불운과 싸우느라 이미 충분히 힘들었을 남편이었다. 그는 거의 늘 술에 취해 있었고 때로는 곤드레만드레가 되어 있었으므로 곧바로 잠들곤 했지만, 그 전에 항상 그녀를 애무하며 중얼거렸다.「내 귀엽고 털 없는 고양이, 오늘은 정말 운이 없었지만 내일은 꼭 만회할 거야.」꿈속에서도 계속 도박을 하면서 여전히 잃고 있는 바지뉴가 몸을 떠는 것을 느끼면서,

욕정으로 가득한 도나 플로르는 잠을 이루지 못했다. 바지뉴는 자면서도, 룰렛에서 잃었던 숫자들을 계속해서 되뇌었다. 「17, 18, 20, 23.」 그가 좋아하는 숫자 네 개였다. 이렇게 소리칠 때도 있었다. 「물주의 행운을.」 플로르는 그 꿈의 변주곡을 따라갔고, 〈프랑스 산토끼〉, 그러니까 세 개의 주사위를 합쳐 〈4〉에 돈을 거는 그를 보곤 했다. 그러면 물주는 모두의 칩을 한데 모았다. 그녀는 그 모든 용어, 모든 속어, 이상한 계산법과 도박의 법석이 풍기는 은밀한 유혹까지 알게 되었다. 그리하여 새벽이면 그녀는 세상으로부터, 주사위와 칩으로부터, 크루피에로부터 그를 보호해 주었다. 그녀는 그를 가슴에 끌어안고 따뜻하게 감싸 주었다. 잠자는 바지뉴는 금발의 아기, 몸만 커다란 아이였다.

때로 그가 들어오지 않는 날, 그녀의 불면이 온종일 이어져 다음 날 밤까지 계속될 때면 그녀는 굴욕감으로 타들어 갔다. 그녀가 말이 없고 우울한 날이면, 수강생들은 선생이 수치스러운 눈물을 흘리지 않도록, 곤란한 질문은 아예 삼갔다. 더러는 그 협잡꾼의 행실과 나태한 삶을 모질게 비난했다. 어떻게 저토록 착한 아내의 가슴에 못을 박을 수 있담? 그러나 그가 얍삽한 목소리로 간사한 말을 유들유들하게 늘어놓으면서 나타나기만 하면, 거의 모두 아랫도리가 달아오르면서 황홀해했다.

낮이면 바지뉴는 도박 자금을 마련하기 위해, 때로는 절망에 휩싸여, 겉보기와 달리 날쌔게 이리저리 달렸다. 룰렛 테이블에서는 더 이상 외상을 받아 주지 않았다. 칩은 〈현금 박치기〉만 가능했다. 그는 은행 주변을 배회하다 출납계원이나 은행원들을 따라다니면서 약속 어음을 할인해서 팔려고 애썼다. 약속 어음에 가상의 배서인이 있음을 확신시키려고 갖은 수단을 쓰거나, 거의 강압이나 다름없는 감언이설을 동원했으며, 고리대금업자의 인색한 손에서 나오는 몇백 미우헤이스에 터무니없는 이자를 주기도 했다. 그에겐 몇몇 구두쇠와 오후 내내 보낼 재간이 있었다. 가장 설득하기 힘든 사람들까지 상대하면서, 마침내 더 이상 견딜 수 없게 된 상대방이 펜을 꺼내 들고 약속 어음에 서명하는 모습을 보면서, 그는 상대를 이기는 데서 오는 만족감을 누리곤 했다. 어음을 할인해 주든 돈을 주든 어차피 똑같은 일이었다. 좀 더 실질적인 사람들의 해결 방법은 이랬다. 바지뉴가 할인할 어음을 들고 나타나면, 그 피해자는 그를 떼어 버리기 위해 1백 또는 2백 미우헤이스를 순순히 내주는 것이다. 그러지 않으면 밀고당할 위험에 처하고, 한 달이나 두 달쯤 지난 후에 만기가 되었는데 지불되지 않은 어음을 마주하기 십상이었다. 이것은 상당히 위험한 일이었다. 바지뉴는 누구에게든 만만한 상대가 아니었기 때문이다. 그의 농간에 맞서려면 탐욕만으로는 부족했다. 가차 없는 확신을 가진 냉혹한 사람, 개인적 비극이 일어나도 흔들림 없는 광신자, 비정한 광신자가 되어야 했다. 이탈리아 출신이며 옹색하기로 유명한 라데이라 두 타보앙의 길례르미 리치 정도는 되어야 했다. 그는 몇 년째 용감하게 바지뉴에게 버티고 있었다.

또 한 명의 탁월한 적수는 서적 판매업자인 드메바우 샤베스였는데, 과거에 그는 한낱 서점 지배인이었을 뿐 지금과 같은 실력자는 아니었다. 그런데 어느 날 오전에 바지뉴가 그를 찾아왔다. 그들은 같이 점심을 먹었다. 바지뉴는 그와 함께 서점으로 갔고, 미란당이 자신의 스위스 시계로 잰 바로는, 여섯 시간 동안 쉬지 않고 그를 귀찮게 했다. 결국 빈틈없는 드메바우도 머리가 어지럽고 귀가 먹먹해서 항복하고 말았다. 「바지뉴, 맹세하지만 이건 내 생애 처음으로 서명하는 어음일세.」

「그렇다면 시작이 좋으신 겁니다, 어르신. 이보다 좋은 시작은 없을 거예요. 이거야말로 최고의 데뷔니까 앞으로 계속 이렇게만 하시면 됩니다. 게다가 제 약속 어음에 서명하신 분들은 하나같이 그만두지 못하시거든요. 점점 그 맛을 알게 된다고나 할까요…….」

그러고는 입이 떡 벌어진 채, 어쩌다가 그 미친 행위에 말려들게 되었는지, 어쩌다가 서명을 해주게 되었는지 이해하지 못한 채 망연자실해서 카운터에 몸을 구부리고 있는 뚱뚱한 지배인을 남기고 바지뉴는 은행으로 달려갔다.

오후에서 밤까지 타바리스에서 도박이 계속되는 날이면, 바지뉴는 집에서 저녁을 먹지 않았다. 새벽녘에 가장 지저분한 바가지 음식점의 마지막 문이 닫힌 뒤에야, 만든 지 오래된 것들, 콩 프리터, 샌드위치 등으로 끼니를 때웠다. 최고의 골수 도박꾼들 — 바지뉴, 지오바니, 아나크레옹, 미라보 삼파이우, 메이아 포르캉, 그리고 러시아 소설 속의 왕자처럼 우아한 흑인 아리고프 — 은 무리 지어 함파 두 메르카두, 세치포르타스, 안드레자의 집으로 가거나, 야채 스튜, 생선 수프, 차가운 맥주, 독한 럼주가 있는 싸구려 식당 아무 데나 들어갔다.

어쩌다 드물게 집에 와서 저녁을 먹어도, 거의 먹자마자 9시가 되기 전에, 그리고 항상 뛰어서 다시 나갔다. 그가 다른 남편처럼 직장에서 퇴근해 편히 쉬면서 파자마 차림으로 신문을 보고, 하루 일을 이야기하고, 어쩌면 누구 집을 방문하든가 영화를 보러 가든가 하자고 제안하는 것을 보는 게 도나 플로르의 부질없는 소원이었다. 영화관에 가본 지가 얼마나 오래되었던가? 도나 노르마가 때때로 낮 상영에 그녀를 끌고 가는 일이 없었다면 한 번도 가보지 못했을 것이다. 그녀와 바지뉴는 같이 외출 한 번 못 해보고 몇 달을 보내기 일쑤였다. 그럼에도 그녀는 그가 외투를 벗고 타이를 푸는 것을 볼 때마다 항상 이렇게 물었다. 「오늘은 다시 나가지 않을 거죠, 그렇죠?」

바지뉴는 미소를 지은 후 대답했다. 「나갈 거야. 하지만 금방 돌아올게, 여보. 약속이 있거든. 하지만 짧게 끝내고 올게.」 질문이 그렇듯, 그 답도 한결같았다.

때로 그가 저녁 시간 전에 들어오는 일이 있었지만, 목적이 달랐다. 그런 날은 완전히 실패한 날, 날이 저물 때쯤에 아무것도 이루지 못하고, 모든 노력이 수포로 돌아간 날이었다. 숫자에 대한 그의 예감이 빗나가고, 은행 관리자들은 그의 감언이설을 듣지 않고, 어음 배서인은 사라져 버리고, 물고 늘어질 사람이 아무도 없는 날이었다. 귀신에 홀린 듯한 그런 날이면 그는 집에 들어와서 몹시 짜증을 냈다. 그런 날 오후면 그는, 대식가이면서 도나 플로르가 만든 요리, 비교할 수 없는 레시피를 맛보는 것을 좋아하는 그는 말없이 초조하게 음식을 먹었고, 음식이 뭔지 신경 쓰지도 않으면서 재빨리, 아주 조금 먹고 손을 놓았다. 그런 다음엔 아내의 기분이나 분위기를 알아보려는 듯 곁눈질로 그녀를 살폈다. 돈을 부탁할 생각이었다. 그는 항상 돈 좀 빌려 달라고, 물론 꼭 갚겠다는 공식적인 말과 함께 부탁했고, 그 모든 것이 요즘 와서 더욱 심해졌다. 그녀는 싫든 좋든 얼마를 쥐여 주고 마무리를 했다. 어떤 때는 슬프게, 심할 때는 불쾌해서 억지로 내주었다. 그런 날들이면 바지뉴는 최악의 상태가 되어서, 난폭하게 화를 내고, 그 매력과 우아함 대신 잔인한 심기를 드러내곤 했다.

도나 플로르는 그가 말을 꺼내기도 전에, 그의 흉악한 의도를 눈치채게 되었다. 그는 거리에서 들어올 때부터 자신의 실패에 씩씩거렸고, 얼굴에는 답답한 분노가 찍혀 있었다. 몇 년을 살아오면서 그녀는 그의 면모를 낱낱이 알게 되었다. 그 걸음걸이의 탄력과 리듬부터, 여자들 — 수다를 떨고 있는 수강생들이나 도나 지자의 목선 — 을 볼 때 그의 눈에서 몰래 빛나는 비열한 광채까지, 또는 도나 플로르와 나란히 길을 가다가도 아무 여자든 그 앞을 지나가면 그 여자가 얼마나 예쁜지 아닌지에 따라서, 그들을 벗겨 보는 음흉함까지.

바지뉴는 오후엔 자금을 구하느라 돌아다니면서, 저녁 먹으러 오거나 오지 않았고, 다정하거나 퉁명스럽게 대했고, 밤이면 다시 불운한 운명에 맞서기 위해 집을 나섰다.

불운? 그런 엄숙하고 애처로운 단어는 바지뉴의 성격이나 생활 방식에는 어울리지 않았다. 그래, 그는 야행성이긴 했지만 불운하지는 않았다. 도박 반대 캠페인에서 그토록 자주 사용하곤 하는 그림자와 그늘, 저주와 드라마는 그에게 영향을 주지 못했다. 칩을 거는 그의 손은 떨리지 않았으며, 다음 날 아침 후회하며 울부짖지도 않았다.

물론 괴롭기는 했다. 휠에서 구슬이 구를 때면 불안해서 가슴이 죄어들었지만 그건 유쾌한 불안이었다. 자살은 한 번도 생각해 본 적이 없었다. 후회가 가슴을 갉아먹은 적도 없었으며, 양심의 엄한 목소리가 그를 꾸짖은 적도 결코 없었다. 그는 도박의 노예가 된 가련한 악마들의 삶을 파괴하는 그 모든 공포 시리즈에 면역이 되어 있었다. 한심할지는 몰라도 그것이 그의 됨됨이였다. 바지뉴를 그 감상적인 조명 아래 세우는 것, 돌이킬 수 없는 운명의 노예가 되어 스스로를 증오하며, 벗어나려고 해도 벗어날 수 없어서, 결국 카지노를 나오면서 자기 머리에 총을 쏘아 스스로를 구제하는 도박꾼으로 내세우는 것은 불가능한 일이었다.

두말할 필요 없이 그것은 모질고 긴장된 운명이었다. 진짜 남자의 운명. 나약한 사람은 밤마다, 그 밤의 몇 분마다 되풀이해서 벌어지는 그 싸움을 절대 견디지 못한다. 그러나 바지뉴는 한 번도 범죄와 후회의 파국과는, 도리 없고 불길한 불운과는 감정싸움을 벌이지 않았다. 불길? 그에게 운명은 짜릿하고 재미있었다. 도리 없다고? 그에게 돈을 빌려줄 사람은 언제나 있었다. 사람들이 얼마나 잘 속는지 믿지 못할 정도였다. 누가 알겠는가, 그들이 금지된 카지노에 가는 일 없이, 오명을 뒤집어쓰는 일 없이, 도박의 위험을 그에게 전가하고 있었던 건 아닌지? 그것은 깊이 요동치는 격렬한 감정의 운명이었다.

그렇게 그 8월의 밤도 시작이 매우 고약했다. 그는 도나 플로르의 돈에 손을 대려 했고, 그녀는 생활비로 써야 할 그 돈을 지키려 했다. 따라서 그 와중에 언쟁과 욕설, 불평과 고함, 폭행이 있었다. 이윽고 아바이샤지뉴에서는 주사위들이 프랑스 산토끼에 모이고 있었다. 바지뉴는 그 큰 패 — 그는 항상 큰 패에만 걸었다 — 에 10미우헤이스를 걸었고, 게임은 계속 진행되었다. 믿거나 말거나 그 패는 연속으로 열네 번 나왔으며, 흥분한 도박꾼들과 매춘부들에게 둘러싸인 바지뉴는 칩을 옮기지 않은 채, 끝날 때까지 계속 그 패에 돈을 걸 각오가 되어 있었다. 미란당은 론다 게임이 진행되던 다른 방에 있다가, 그 소식을 듣고는 미친 사람처럼 허겁지겁 달려와서 비명을 질렀다. 「네 자식들을 생각해서라도 당장 그만둬. 이제 운이 다하고 있단 말이야.」

바지뉴는 아이가 없었으니, 그만두려고 하지 않았다. 그러나 아이 아버지인 미란당은 바지뉴를 테이블에서 밀치며 직접 칩들을 그러모아서는 현금으로 바꾸러 갔다. 역시 그가 옳았다. 이어서 작은 패가 나와 물주가 전부를 가져갔고, 그다음에 다시 작은 패가 나와 물주가 또 전부를 따는 사이, 바지뉴는 자신의 의지와 무관하게 돈을 가지고 떠났다.

그날 밤 주머니가 불룩해진 바지뉴는 도나 플로르의 눈물 어린 호소를 떠올렸다. 「당신은 정말 쓸모없는 사람이에요. 아무 가치도 없다고요. 그리고 눈곱만큼도 날 사랑하지 않아요.」 그는 일찍 집에 가기로 했다. 선물을 사 들고. 그러나 시시한 선물이 아닌 정말 가치 있는 선물이어야 했다. 목걸이, 반지, 팔찌, 멋진 보석 같은 것. 그런데 모든 가게가 문을 닫은 시각에 어디 가서 그걸 산단 말인가? 어쩌면 미란당의 말처럼, 그 구역의 매춘부한테서 괜찮은 것을 건질 수 있을지도 몰랐다. 때로 그 여자들은 오지에서 온 목장주나 카카오 대령과 관계를 가질 때면 귀중한 선물을 받기도 했는데, 그들은 그런 것을 밑천으로 간직해 두었다가, 더러는 일을 그만두고 미용실이나 작은 가게를 열기도 했다. 미란당이 아는 두 여자도 그렇게 해서 결혼하고 아주 정숙한 아내가 되어 잘 살고 있었다.

두 사람은 카바레에서 카바레로, 유곽에서 유곽으로, 매음굴에서 매음굴로 다니며 뒤지기 시작했다. 그들이 가는 곳마다 맥주, 베르무트, 코냑이 바지뉴의 지출로 양껏 제공되었다. 그들은 매춘부들의 물건을 주의 깊게 살펴보았지만, 겉만 요란했지 쓸 만한 것은 없었고 모두가 허섭스레기, 크롬 도금을 한 쪼가리, 유리, 주석뿐이었다. 시간은 자꾸만 흘러갔다.

「일찍 집에 들어갈 거야. 아주 깜짝 놀라게 해줄 거라고.」 바지뉴는 서둘렀고, 자정이 되기 전에 선물을 갖고 들어온 자신을 보고 놀랄 도나 플로르의 얼굴을 떠올리며 즐거워서 안달했다. 그 장면에서 빠진 것은 선물뿐이었다. 뭔가 정말 근사한 것, 행상인의 시시한 허섭스레기가 아닌 굉장한 것. 마침내 그것을 찾은 곳은 라데이라 지 상미겔에 있는 마담 클로데트의 규방 — 미란당은 젠체하며 그곳을 그렇게 불렀다 — 이었다. 한창때가 지난 그 매춘부는 극소수의 학생 고객 덕택에 근근이 살아가고 있었는데, 모두 그녀가 프랑스인이라는 이유로, 실제로 파리 태생이라고 소문난 그녀의 세련됨 때문에, 그리고 경제적이라는 이유를 들어서 그 늙은 창녀를 찾아오곤 했다.

터키옥 목걸이가 얼마나 섬세했는지 바지뉴와 미란당조차 그 아름다움과 황홀함에 감동했다. 전체가 세금세공으로 장식되어 있었다. 고색창연한 옥은 그것을 보호하는 듯한 그녀의 손가락 사이에 단단히 걸려 있었다. 「우리 집 가보예요.」 그녀가 털어놓았다. 유럽에서 올 때 가지고 온 것이었다. 그녀의 어머니와 할머니가 쓰던 것이기에 두 배의 가치가 있었다. 그것을 사려면, 잃어버린 로렌의 세계와 그 어린 시절의 소중한 유산을 팔게 하려면 좋은 가격을 제시해야 했다. 「후하게 쳐줘야 해요, 아주 후하게. ⟨*Le petit Vadinho, le pauvre*(불쌍한 바지뉴, 가난뱅이)⟩는 절대 그런 돈을 만지지 못할 거예요. 만에 하나, 어쩌다가 그런 돈이 생긴다고 해도, 여자한테 줄 선물에 그만한 돈을 쓰지는 않겠지요.」

「아니, 마담, 내가 언제 돈을 문제 삼은 적이 있나요? 설사 무일푼이라도, 완전히 파산했어도, 아무리 빈털터리라도, 그런 상황에 처해도 나는 돈을 중요하게 여기지 않지요. 설사 미치도록 돈을 좇는다고 해도, 다 룰렛에 던져 버리기 위해서랍니다.」 갑자기 바지뉴는 꽉 찼던 주머니를 털어 내기 시작해 거의 아무것도 남기지 않았다. 쌀가루 분과 얼굴 크림을 덧씌운 가면 속에서 마담 클로데트의 작은 눈이 녹색으로 빛났다. 말라비틀어진 그 미라는 1백 미우헤이스와 2백 미우헤이스 지폐를 보더니 부르르 몸을 떨었다.

시가누의 택시가 11시 40분에 문 앞에 그를 내려 주었다. 자정 전, 그가 바랐던 대로였다. 도나 플로르가 막 눈을 감고 낮은 소리로 코를 골기 시작했을 때 바지뉴가 들어왔고, 아내의 몸을 덮은 시트를 벗기고는, 탱탱한 가슴 사이에 빛나는 터키옥을 놓으면서 나무라는 투로 웃었다. 「이런데도 나한테 돈을 빌려 주지 않으려 했으니, 바보같이⋯⋯.」 그러고는 아직 남아 있던 2콘투가 넘는 지폐들을 침대 위에 흩뿌렸다.

그러니 그렇게 행복한 도박꾼, 행운과 기회를 마주하고 삶의 기쁨에 넘쳐 웃고 있는 도박꾼과 〈모진 운명〉을 연결 지어 이야기하는 것이 어떻게 가능하겠는가?

모진 운명이란 어쩌면 도나 플로르의 관점, 그녀의 처지, 더 정확히 말해서 기다리는 처지에 해당하는 말일 것이다. 외로운 침대에서 기다리는 도나 플로르한테는 모진 운명이었다.

7년 내내 그를 기다렸다. 도나 플로르는 그 세월 동안 많은 눈물을 흘렸고, 한편으로 소유와 애정의 기쁜 순간에는, 여러 번 그의 품에서 그동안의 부재와 굴욕의 쓰디쓴 시간을 보상받으려는 듯 마음껏 뒹굴었다. 한번은 도나 지자가 심리학과 정신 분석, 초감각적 지각, 그리고 북아메리카의 신기한 뭔가를 가지고 추정하기를, 도나 플로르는 예외적인 존재와 결혼한 거라고 했다. 그 예외라는 것이 도나 플로르가 생각하는, 대단한 것, 더 나은 것, 가장 좋은 것이란 의미는 아니었다. 평범하지 않은 사람, 상식적인 기준에 맞지 않으며, 일상생활의 평범함과 단조로움으로 구속할 수 없는 사람이란 의미에서 예외적이란 뜻이었다. 도나 플로르가 그를 이해하고 그와 행복하게 지낼 수 있을까? 도나 지자의 터무니없는 이야기에 대해 조금 더 말하자면, 그녀는 틀림없이 좋은 친구이긴 했지만, 책을 너무나 많이 읽어서 머리는 이상한 것들로 가득 차 있고, 혀는 한가운데 걸려서 양극단을 오락가락하는 소리만 했다.

도나 플로르의 소망은 다른 사람들처럼 사는 것, 다른 남편들과 같은 남편과 사는 것이었다. 그에게는 부자 친척인 닥터 아이르통 기마랑이스, 심부라고 불리는 사람을 통해 얻은 공무원 일자리가 있지 않은가? 그녀가 바라는 것은 팔에 신문을 끼고, 쿠키나 코코넛 키스 캔디를 들고, 또는 튀긴 콩이나 콩 프리터 봉지를 들고 일찍 퇴근하는 남편이었다. 그리고 다른 사람들처럼 정해진 시간에 저녁을 먹고, 정해진 밤마다 그녀와 함께 외출하고, 팔짱을 끼고서 산들바람과 달빛을 즐기는 것이었다. 정해진 날에 침대에서, 그러나 잠들기 전에 일찍 사랑을 나누는 것이었다.

그 어떤 것도 그의 방식으로는 불가능했다. 바지뉴가 들어오는 시각은 전혀 예측할 수가 없었다. 그는 가끔 외박을 했고, 틀림없이 매춘부의 침대에서, 더러는 오랜 애정으로 또는 새삼스러운 열정으로 그녀들과 같이 자곤 했을 것이다. 그리고 늦은 시각에, 가장 적절하지 않은 시각에, 아무 날이건, 시계나 달력에 상관없이, 계획이나 체계도 없이, 몸에 밴 습관이나 암묵적인 동의, 그 비슷한 것도 없이 성관계를 원했다. 예고도 없이 밤새도록 들어오지 않는 그의 생활, 그리고 철제 침대에 혼자 남아 질투로 울화가 치밀고 버림받은 느낌에 가슴 아픈 그녀의 생활은 지독한 혼란 자체였다. 다른 모든 유부녀는 남편에게서 응당 받아야 할 것을 받는데 그녀는 왜 그러지 못할까? 다른 남자들은 불안감이나 소문, 수군거림, 끝없는 기다림을 만들지도 않고, 정연한 생활을 잘해 나가는데 바지뉴는 왜 그러지 않을까? 왜?

시간이 흐르면서 그 모든 것 — 늦은 귀가, 도박, 음주, 외박, 고함, 폭력, 야비함 — 은 습관이 되었지만, 도나 플로르가 완전히 거기에 익숙해진 건 결코 아니었다. 죽는 날까지 결코 그러지는 않을 것이다.

그러나 카니발 기간에 죽은 사람은 다름 아닌 그, 바지뉴였다. 그 뒤로, 아아, 그 뒤로 욕정은 기다릴 권리조차, 기대하고 소망할 권리조차 없었다. 바지뉴의 부재는 또 다른 차원을 띠고 있었다. 고통에도 역시 또 다른 성격이 추가되었다. 두 번 다시 도나 플로르가 보도의 소음에 숨죽여 귀를 기울이고, 가슴이 설렐 일은 없을 것이다. 이제 그것은 희망 없는 기다림이었다. 술 취한 사람들의 발소리에 귀를 기울이고, 특히 열쇠로 문을 여는 조심스러운 소리에, 노래 한 토막에, 멀리서 들리는 노랫가락에 귀를 기울이는 것도 부질없는 일이었다.

그래, 멀리서 들리는 노랫가락 말이다. 왜냐하면 결혼 후 기다림의 7년 동안, 바지뉴가 세레나데로, 기타와 바이올린, 플루트, 트럼펫, 만돌린으로 그녀를 깨우고 잊지 못할 라데이라 두 아우부의 세레나데를 되풀이했던 밤들이, 그녀가 처음으로 자기 연인의 참된 본질, 돈 한 푼 없는 가난뱅이, 하찮은 직원, 사기꾼, 시정잡배, 술꾼, 난봉꾼, 도박꾼임을 깨달았던 그 밤과 같은 밤들이 있었던 것이다.

15

 지금, 철제 침대에 누운 도나 플로르는, 길로 향한 문에서 도나 노르마와 활기차게 대화를 나누는 도나 호지우다의 쨱쨱거리는 소리에 귀를 막으려고 애썼다. 그 소리를 들으니 차라리 희미해진 기억 속에서 그간의 세월을 거슬러 그 가수들의 목소리, 악기들의 리듬, 라데이라 두 아우부의 감동적인 세레나데를 떠올리면서, 그것으로 시간을 채우고, 그가 죽은 이상 이제 부질없어진 기다림의 긴 밤에 마음을 달래는 것이 더 나았다. 그녀의 남편은 죽었다. 이제 남은 것은 그녀가 도피할 회상의 세계, 남은 욕정의 연기를 완전히 꺼줄 재뿐이었다. 마치 벽 하나가 불쑥 솟아올라, 세상의 속삭임과 수군거림, 수다와 소문으로부터, 막 시작된 과부의 처지를 어지럽힐 모든 것으로부터 그녀를 차단해 주는 새로운 분리의 현실이 버티고 있는 것 같았다. 남편을 여읜 초기에 그녀가 느낀 것은 고통과 괴로움, 그가 곁에 있었으면 하는 절실함과 그럴 수 없다는 불가능성뿐이었다. 이제는 영영 불가능한 일이었다.

 그 음악과 노래, 목소리들, 그리고 도나 호지우다의 냉소에 얽힌 기억을 둘러쓰면서, 도나 플로르는 과거의 기억으로 자신을 덮어 버렸다. 그 첫 번째 음을 듣고 창문으로 다가갔던 그날 밤의 기억. 온몸이 아프고, 목에는 생가죽 채찍 자국이 선명했던 그녀는 누더기, 짓밟히고 능욕당한 누더기에 불과했었다. 바지뉴는 그 언덕배기에 나타나 팔을 높이 뻗으며 노래를 불렀다. 그녀는 다른 사람들도 알아보았다. 단번에 알아들은 비할 데 없는 목소리의 소유자 카이미, 달빛 아래서 평소보다 더 희멀겋게 보였던 제네르 아우구스투, 그들의 노래에 반주를 하면서 코러스를 넣었던 카를리뉴스 마스카레냐스, 에드가르드 코코, 닥터 바우테르 다 시우베이라, 그리고 미란당. 그녀는 전날 밤 리타 이모네 정원에서 꺾어 온, 보기 드문 짙은 색 장미를 가지러 달려갔다. 당시는 삶의 모든 것이 뒤죽박죽, 통제할 수 없는 완전한 혼란이었으며, 그녀는 도나 호지우다의 철권통치 아래 있었다. 그 음악이 그녀에게 힘과 용기를 주었다. 갑자기, 바지뉴가 가장 시시한 시청 직원에 불과하다는 것이 행복하게 느껴졌고, 그가 상습적인 도박꾼인 것도 상관없었다.

달빛 환하던 그 다정한 밤들의 기억, 도나 플로르는 잠을 못 이룬 채, 두 번 다시 바지뉴가 자신의 몸을 만져서 꺼져 가는 불씨를 되살려 주지 않으리란 걸 알아 버린 비애와 절망을 그 기억으로 달래 보려고 애썼다. 긴긴 밤들을 기다려도, 예전의 길거리 세레나데에서 음정이 틀리던 그 목소리를 이제 다시는 듣지 못하리라.

때로 바지뉴가 정말로 도를 넘어 지나친 짓을 했을 때 — 이틀 연속 외박을 하거나, 아니면 아직 신혼이었을 때처럼, 말도 하지 않고 집세 낼 돈을 도박으로 날려 버려서 그녀를 돈이나 떼어먹는 식객으로 보이게 만들었을 때 — 에는 실수를 만회하려고 했던 적도 있었다. 그런 경우 도나 플로르는 그와 말도 하지 않았고, 마치 남편이 없는 여자인 양 그의 존재를 무시했다. 불행해진 바지뉴는 그녀의 주위를 맴돌면서 알랑거리고 교묘하게 그녀를 부추겨서 침대로 이끌었다. 도나 플로르는 슬픔과 분노의 참호 너머에서 저항했다.

그러면 바지뉴는 비장의 카드를 내놓았다. 그녀를 영화관에 데려가고, 도나 마가나 엑토르의 대부 닥터 루이스 엔히키의 집을 방문해 한참을 즐겁게 해주었다. 또는 세레나데를 준비해 그녀를 깨우면서 거리를 압도했다. 그렇지만 그 무렵에는 기적의 목소리를 가진 도리바우 카이미나 닥터 바우테르 다 시우베이라를 데려오지 않았다. 카이미는 리우로 떠나 카리오카[30] 라디오 프로그램에 출연하고 음반을 내고 있었으며, 유명한 가수들이 그의 삼바와 혁명적인 모지냐를 소개하고 있었다. 닥터 바우테르는 완전히 그 바닥을 떠났다. 그는 오지의 판사가 되어, 어린 자식들에게 자장가를 들려줄 때만 마술 플루트를 불고 있었다. 그는 한 무리의 아이 부대를 거느리고 있었는데, 쌍둥이가 아닐 경우엔 1년에 한 명씩 태어났다. 냉담하고 인색한 이 천박한 시대에, 자신의 일에 맞는 교양을 갖추고 수고를 마다하지 않는 책임감으로 자신의 임무 ― 예외 없이 모든 임무 ― 를 다해 줄 사람을 찾기란 쉬운 일이 아니었다.

그리고 이제 바지뉴는, 다시는 ― 아아, 두 번 다시는 ― 오지 않을 것이다. 그의 목소리도, 그 음흉한 웃음도, 더듬는 손길도, 헝클어진 금발도, 뻔뻔스러운 콧수염도, 칩과 대박의 꿈도. 슬프게 지새우던 밤조차 도나 플로르에게는 남지 않았다. 그를 기다릴 때의 고통, 럼주의 무게를 못 이겨 비틀거리는 남편의 발소리를 들으려고 고요한 거리의 침묵을 재어 보던 괴로운 특권을 되찾을 수 있다면 무얼 마다하겠는가.

문 앞에서는 도나 노르마가 도나 호지우다를 이해시키려고 항변하면서 헛수고를 하고 있었다. 「아주머니가 바지뉴 얘기를 꺼내시지 않을수록 플로르는 남편을 잊기가 더 쉬워질 거예요. 플로르는 지금도 몹시 괴로워하고 있어요. 왜 죽은 사람의 단점을 들춰내서 플로르를 힘들게 만드세요?」

---

30 *Carioca*. 리우데자네이루 시민들을 일컫는 말.

소용없는 일이었다. 도나 호지우다는 딸을 괴롭힐 심산으로 찾아온 것이었다. 그녀는 달리 위로하는 법을 알지 못했다. 먼저 간 사람을 헐뜯는 것 외에 그 가당찮은 눈물을 그치게 할 방법이 어디 있으랴. 그녀는 이미 여러 번 말했었다. 그가 죽은 건 눈물 흘릴 일이 아니라 기뻐해야 할 일이라고. 그 저녁의 대화에서 도나 호지우다는 거의 악을 써가며 자신의 의견을 또다시 되풀이했다. 그녀는 듣는 사람을 무척 의식하고 있었다.

그러나 그건 그녀에게도 도움이 되지 않았는데, 도나 플로르는 침묵 속에서든 소음 속에서든 잊을 수 없었기 때문이다. 그의 악행을, 그의 비열함을, 무엇보다도, 함께했던 좋은 시간들을, 그 매력적인 외모를, 엉뚱한 말들을, 그녀를 차지할 때의 남성적인 힘을, 그녀에게 매달려 그녀의 다정함을 방패로 삼던 남성적인 연약함을.

그것은 거의 병적으로 우울하고, 건강하지 못하고 씁쓸하기만 한, 삶의 부정이었다. 그러나 하루하루 새롭게 마음을 다지며 도나 플로르는 간신히 허망함을 극복하고, 눈물을 참고 견뎠다. 7일째의 미사가 끝난 후, 그녀는 요리 학교 문을 다시 열었다. 수강생들이 돌아왔다. 처음에는 예전과 같은 수업 중의 농담이나 짓궂은 말, 소문, 키득거림을 자제했으므로 나무와 석탄 스토브 주변 교실에는 진심 어린 동정의 분위기가 감돌았다. 그러나 이런 애도의 분위기는 2~3일을 넘기지 못했다. 평소의 유쾌함이 다시 고개를 들었고 도나 플로르는 그것이 반가웠다. 덕분에 기분이 풀어졌고 슬픔의 원은 흩어졌다.

모두 돌아왔지만 경계심 많은 고양이 얼굴, 비밀을 품은 얼굴의 어린 이에다가 빠져 있었다. 이에다는 그녀, 도나 플로르가 두려웠던 걸까, 아니면 바지뉴의 매력과 그 웃음, 음흉함, 뻔뻔함이 없는 그 집을 마주하기가 두려웠던 걸까?

도나 플로르 때문이라면 이에다는 못 올 이유가 없었다. 그녀는 더 이상 무얼 캐내고 언쟁하는 데에는 관심이 없었고, 누굴 나무라는 일도 훨씬 줄어들었다. 그녀가 분명히 해두고 싶었던 문제는 하나뿐이었다. 그녀가 임신한 것은 아닐까? 그 위선적인 계집이 그의 아기를 가진 것은 아닐까?

도나 플로르는 한 번도 임신하지 못했지만, 그것이 남편이 아닌 자신의 탓임을 알고 있었다. 그녀의 주치의인 닥터 로르지스 부르구스가 이 사실을 설명했었고, 닥터 자이르는 그 진단을 확인해 주면서, 가벼운 수술 한 번이면 임신이 가능할지 모른다고 제안했었다. 그러나 도나 플로르는 수술이 무서웠다. 게다가 닥터 자이르가 그 시술의 성공을 확실하게 장담한 것도 아니었다. 그래서 남편의 온갖 파렴치한 행각 중에서도 도나 플로르를 가장 괴롭혔던 것은 그가 어디 다른 데, 어느 창녀한테 가서 아이를 만들지 않았나, 그래서 그 아이가 옛날 방식으로 키워지는 건 아닐까 하는 의혹이었다.

그녀는 바지뉴가 아이를 원하는지 아닌지 결코 알아낼 수가 없었다. 병원과 메스에 대한 괜한 두려움 때문에 그 문제를 솔직하게 말하지 못하고, 그의 생각을 제대로 물어보지 못했던 건 아닐까? 그녀는 알 수 없었다. 사실 그에게 몇 번 물어보기는 했었다. 「아이가 없어서 적적하지 않아요?」

어쩌면 바지뉴는 그녀가 불임이고 수술을 두려워한다는 걸 알고 있었기 때문에, 어쩌면 바로 그 때문에 집에서 뛰노는 아이가 있었으면, 그의 금발을 닮은 계집아이나, 그녀의 검은 머리와 구릿빛 피부를 닮은 사내아이가 있었으면 하는 바람을 숨겼던 건지 모른다. 언젠가 그가 통통한 장밋빛 아기, 돌도 안 지난 나이에 올해의 아기로 뽑혀서 달력에 사진이 실린 아기를 칭찬하는 얘기를 듣고, 그녀는 그 불편한 상황을 직면하기로 각오했다. 「당신이 정말로 아기를 원한다면 수술을 하겠어요. 닥터 자이르가 그러는데 효과가 있을지 모른대요. 문제가 있다면 결과를 확실하게 장담할 수 없다는 거죠…….」

그는 마치 멀리서 들려오는 소리를 듣는 것처럼, 꿈을 꾸듯 멍하니 듣고 있었고, 곧바로 대답하지도 않았으므로, 그녀는 그 침묵에서 그를 빼내기 위해 거의 화를 내듯 목소리를 높였다. 「만약 효과가 없다고 해도 좋아요. 적어도, 당신은 원하는데 내가 아이를 갖기 위해 최선을 다하지 않았다는 말을 듣진 않을 테니까요……. 두려움 따위는 괜찮아요. 당신이 결정하세요.」 그녀의 마지막 말은 눈물 속에서 목멘 소리로 나왔다.

그가 절대로 견디지 못했던 것 하나가 그녀의 울음이었다. 그는 그녀의 슬픈 얼굴을 어루만지며 기분을 달래 주려고 웃음을 지었다. 「당신은 바보야. 어느 남편이 의사가 아내 몸속을 헤집기를 바란대? 그런 말도 안 되는 소리가 어디 있어? 당신 보지는 그대로 두자고. 누구도 건드리지 못해. 그걸 건드려서 꼬이게 했다간 가만두지 않을 거야. 아이 일이라면 그만 잊어버려.」

그리고 그는 대화가 거기서 끝나기를 바랬기 때문에, 비록 그녀가 안겨 줄 수는 없어도 다른 데서는 너무 쉽게 얻을 수 있는 아이를 원하는지 아닌지에 대해서는 한마디도 하지 않은 채, 그녀를 껴안고 뒹굴기 위해 침대로 끌고 갔다. 이 뜻하지 않은 유희로 그는 질문하고 답할 여유를 주지 않았고, 그들 사이에 떠오른 존재하지 않는 아이의 존재를 흐릿하게 만들고 아예 완전히 지워 버렸다.

　아이 얘기가 나왔으니 말인데, 그는 아이들을 정말 좋아했다. 아이들도 다른 장난보다 그와 노는 걸 더 좋아했고, 그의 이름을 부르며 쫓아다녔다. 아이들과 함께 있을 때면 바지뉴는 마치 그 또래가 된 것처럼 아이들과 어울렸고 무한한 인내심을 발휘했다. 미란당은 그와 도나 플로르에게 네 아이 중 막내의 대부모가 되어 달라고 부탁했다. 그 아이는 아기 때부터 바지뉴를 유난히 따랐다. 바지뉴에게서 눈을 떼지 못하고, 개구리처럼 입을 크게 벌리고서, 엄마의 품에서 바지뉴의 품으로 옮겨 가려고 두 손을 흔들며 바동거렸다. 바지뉴는 사나운 동물들의 울음소리를 내고, 캥거루처럼 껑충거리고, 기쁘게 웃으면서 몇 시간을 아이와 놀았다. 아이를 그렇게 좋아하는 사람이 자기 아이를 원하지 않는다는 게 말이나 되는가? 그러나 그는 결코 그 사실을 인정하지 않았다. 아마 결과가 확실하지 않은 수술에 도나 플로르를 희생시키고 싶지 않아서였으리라.

　혼자가 되어 침대에 누운 도나 플로르는 뼈저리게 후회했다. 두 의사의 비관적인 견해를 무릅쓰고서라도 수술을 감행할 수 있었다. 어쩌면 그녀는 도나 지자의 견해에 솔깃했던 건지도 모른다. 다른 이웃들, 심지어는 이모와 이모부까지도 같은 생각이었는데, 그녀가 불임이고 쓸모없다며 스스로 자책할 때면, 세상에 모르는 게 없는 도나 지자는 그녀를 위로하려고 유전학 이론을 제시했다. 심지어는 리타 이모, 그렇게 자상해서 바지뉴의 행각에 항상 변명거리를 찾아내던 그분까지도, 한두 번 그런 말을 한 게 아니었다. 「우는 사람이 있으면 웃는 사람도 있게 마련이야. 혹시라도 바지뉴를 빼닮아서, 그렇게 무책임한 아이가 나오면 어쩌려고? 그런 생각은 안 해봤니? 그가 뭘 하고 다니는지는 신만이 아셔.」

탈리스 포르투는 아내를 거들었다.「그게 사실이다. 이모 말씀이 옳아. 행복하려면 아이를 갖지 마라. 우리를 봐라. 우리도 아이가 없잖니.」

사실 그들은 정말 행복했다. 서로에게 헌신하면서, 포르투는 일요일에 그림을 그리고 도나 리타는 정원에 꽃을 가꾸면서, 외동자식처럼 버릇없는 늙고 뚱뚱한 도둑고양이와 함께 행복하게 살고 있었다.

그 많은 사람의 위로에 둘러싸여서, 도나 플로르는 자신의 두려움 — 두려움은 인정하는 게 좋지 않은가? — 에, 자신의 이기심에 순순히 따랐다.

자신의 철제 침대에서, 도나 호지우다가 짹짹대는 소리와 멀리서 들리는 밤의 세레나데를 들으면서, 이 과부는 그때 자신의 감정이 수술에 대한 두려움만은 아니었음을 깨달았다. 만약 자신이 바지뉴만큼 아이를 원했다면, 어떻게든 의사와 병원을 상대할 용기를 냈을 것이다. 그러나 그녀는 그 집을 웃음소리와 떠들썩함으로 채워 줄 아이에 대한 욕심이 없었다. 그는 바지뉴를 생각하며 살았고, 그가 그녀의 아이였다. 그녀가 그 집에서 원했던 사람은 그녀의 남편이자 아이, 그녀의 〈큰 아기〉였다.

문간에서는 도나 노르마가 점잖게, 최선의 의도로 이야기하고 있었다.「플로르한테 필요한 건 잊는 거예요. 그것뿐이라고요. 플로르는 젊으니까 자신의 새로운 생활을 시작할 수 있어요.」

「자기가 원해서 그 사기꾼과 결혼했던 거야.」 도나 호지우다의 목소리였다.

「바지뉴가 건달이었다면, 그러니까 더더욱 그 사람 이야기는 하지 말아야죠. 왜 죽은 사람을 들먹이며 시간을 낭비하세요? 우리가 할 일은 저 불쌍한 것을 달래 주고, 혼자 수심에 잠겨 있게 내버려 두지 않는 거예요. 데리고 나가서 기분 전환도 시키고, 잊도록 해줘야 해요…….」

도나 호지우다의 투덜거림을 무시하고 도나 노르마가 다정한 목소리로 말했다.「아이만 있었더라도…….」

그 말이 도나 플로르의 귀에 들어왔다.「아이만 있었더라도…….」그래, 그랬다면 훨씬 견딜 만했을 것이다. 이렇게 외롭고 허무하지는 않았을 것이다. 삶이 이렇게 의미 없지는 않았을 것이다. 거리에서나 미사와 저녁 기도를 올릴 때나, 시장이나 박람회에 나온 이웃들과 친구들, 아는 사람들은 도나 호지우다의 철의 손아귀에 쥐여서, 모두 입을 모아 바지뉴의 기억에 관해 악담을 해댔다. 어떤 말도 그의 비열함을 묘사하기엔 부족했다. 도나 플로르는 옛날의 그 세레나데 외에는 아무 소리도 들리지 않게 귀를 막았다. 그 철제 침대에서, 이제는 돌이킬 수 없는 남편의 부재에 외로이, 위로가 될 아이도 없이.

그 7년 동안 있었던 별별 사건 중에서 가장 불쾌했던 일은 테헤이루 근방에 사는 물라타 지오니지아가 바지뉴의 아이를 낳았다는 소문이었다. 플로르는 바지뉴가 다른 여자한테서 아이를 얻지 않았을까, 그 여자가 그를 데려가 버리지 않을까 하고 늘 불안했었다. 그녀는 몇 번에 걸친 바지뉴의 모험 이야기, 한 번은 꽤 오래된 관계로 보이는 연애였고, 또 한 번은 매음굴의 하룻밤을 넘어선 바람기였는데, 그런 소리를 들을 때마다 가슴이 덜컥 내려앉았다. 그에게 팔을 뻗으며 안아 달라고 하는 아이가 태어난다는 것도 있을 수 있는 일이었기 때문이다.

여자들에 대해선 두렵지 않았다. 질투만 느꼈을 뿐이었다. 「시간이 가면 다 포대 자루가 되는 거야.」 그는 변명이 아니라 도나 플로르를 이해시키고 안심시키려고 그렇게 말했다. 그러나 그 장면에 아이가 끼어든다면? 아이를 상대로 싸울 수는 없는 일이다. 그것은 곧 모든 희망의 종말을 뜻했다. 그래서 도나 지노라 — 그런 소문의 시작은 거의 항상 도나 지노라였다. 그녀는 어디서 그 많은 정보를 입수하는 걸까? — 가 말을 에두르고 탄식을 섞어 가면서, 그 방탕한 계집의 이름과 세세한 일들을, 일신상의 점잖지 못한 이야기까지 했을 때, 도나 플로르는 불안해서 거의 이성을 잃고 어쩔 줄을 몰랐다. 그녀는 아이 생각에 두려워서 몸을 떨었다. 아들, 그녀가 할 수 없었기 때문에, 또한 — 아아 — 원하지 않았기 때문에 그에게 안겨 주지 않았던 아들이 있다니.

어느 날 도나 지노라가 그녀를 찾아와 바지뉴가 저지른, 있어선 안 될 〈마지막 행각〉을 이야기했을 때 그녀가 느꼈을 절망과 충격을 상상해 보라. 떠도는 소문에 따르면 그는 지오니지아라는 여자한테서 아들을 얻었다. 아주 미인이라는 그 물라타는 때로는 화가의 모델(그녀를 모델로 세웠던 카리베라는 이름의 그 모더니즘 화가는 대놓고 사회를 조롱하는 사람인데, 그녀를 여왕처럼 꾸미고 그림을 그렸다)이었고, 때로는 부자 동네에 있는 민주적이고 후원자 많은 유곽인 〈루시아나 파카〉 최고의 매력이자 꽃이었다.

도나 지노라가 이 소식을 가지고 온 것은 진심으로 그녀를 생각하는 마음에서였지, 이간질하거나 소문을 만들려는 것이 아니었다. 그녀는 그럴 사람이 아니었다. 그녀는 부담스럽지만 우정의 의무를 다하고, 그래서 가련한 도나 플로르, 너무도 친절하고 너무도 고결한 그녀가, 다들 뒤에서 비웃는

데 혼자만 사태를 모르는 일이 없게, 배려하는 마음에서 그랬던 것이다.

「그가 화류계 여자한테서 아이를 낳았다네.」

그녀는 좀 더 강한 단어를 피하고 〈화류계〉라는 말을 썼다. 도나 지노라는 섬세한 사람이었고, 누구한테 상처를 주거나 모욕하는 것은 질색이었다. 설사 상대가 유부남의 아이를 가진 여자, 스스로 다른 여자의 남자를 유혹해서 임신한 염치없고 타락한 여자라고 해도 마찬가지였다. 「난 소문 같은 건 좋아하지 않아. 누구한테 해 끼치는 일은 안 하려고 노력하는 사람이야.」 도나 지노라가 맹세했다. 실제로 사람들은 그녀의 그런 말을 믿었다.

혼자가 된 침대에서, 세레나데의 마지막 선율이 가수들의 목소리와 검은 장미와 함께 사라져 간 뒤에, 도나 플로르는 당시의 공포와 힘들었던 결정을 떠올리며 몸서리를 쳤다. 바지뉴를 곁에 붙잡아 두기 위해서라면, 그를 놓치지 않기 위해서라면, 있는 그대로의 그, 도박꾼인 데다 첩을 거느리고 다른 데서 아이를 만든 바람둥이라고 해도, 그를 차지하기 위해서라면, 하지 못할 일이 어디 있단 말인가? 이제 그녀의 진면목을 보여 주어야 할 때였다.

16

청명하고 서늘한 6월의 어느 화창한 오전, 웅장한 11시 미사를 마치고 두 여인이 상프란시스쿠 교회에서 나와 단호한 걸음걸이로 테헤이루 지 제주스를 건너 오래된 펠로리뉴 거리로 들어섰을 때, 거리 부랑아들은 빈 구아바 통조림 깡통을 엇박자 리듬으로 두드리며 둥그렇게 모여 삼바를 추기 시작했다.

이봐요, 사모님!
궁둥이 큰 사모님!
이봐요, 궁둥이 큰 사모님!
궁둥이 멋져요!

도나 노르마는 동행을 돌아보며 투덜거렸다. 「못된 녀석들. 집에 가서 자기 엄마 궁둥이나 놀리라지.」

어쩌면 그건 단순한 우연이었는지 모른다. 그 아이들은 그들의 예쁜 엉덩이를 가리킨 것이 아닐 수도 있었다. 그러나 그럴 수도 있었으므로, 도나 노르마는 그 무례한 조롱꾼들을 매섭게 노려보았다. 그러다가 그 무리 중에서 누더기를 걸치고 흐릿한 눈에 코를 흘리는 세 살 정도의 사내아이를 발견하자 그 눈빛은 금세 누그러졌다. 「너무 귀엽다. 플로르, 저기 춤추는 꼬마 좀 봐. 정말 예쁘지…….」

도나 플로르는 누더기를 걸친 아이들을 살펴보았다. 붐비는 광장 곳곳에서 많은 아이가 떠돌이 사진사의 다리 사이로 달리거나, 행상인의 바구니에서 오렌지나 라임, 탕헤르 오렌지, 호그 플럼, 사포테[31] 등을 훔치려 하고 있었다. 흉측한 넥타이처럼 뱀을 목에 감고 기적의 약을 팔고 있는 약장수에게 박수를 보내는 아이들도 있었다. 또는 광장에 있는 교회 다섯 곳의 문 앞에서 기부금을 구걸하며 부유한 교구민에게서

---

31 *sapote*. 사포딜라 플럼.

사실상 돈을 뜯어내는 아이들도 있었다. 잠이 덜 깬 매춘부들과 농담을 주고받는 아이들도 있었다. 조급한 아침 손님이라도 찾을 수 있을까 하고 공원을 거니는 그 매춘부들은 대개 나이 어린 소녀였다. 누더기를 걸친 뻔뻔한 아이들, 거리 여자들에게서 태어나 아버지나 가정이 없는 아이들, 그들은 자포자기의 심정으로 살아가고 있었다. 그들은 곧 비행 소년이 되고, 경찰서를 제집처럼 여기게 될 것이다.

도나 플로르는 소름이 끼쳤다. 그녀는 이런 아이 중 한 명을, 갓난아기를 데려가서, 그 운명과 그 어머니에게서 보호하려고 찾아왔다. 그러나 막상 테헤이루 광장에서 돌아다니는 아이들을 보자 연민으로, 순수하고 고결한 감정으로 가슴이 미어졌다. 그 순간에는, 그럴 수만 있다면 바지뉴의 아이뿐 아니라 그 아이들 전부를 입양하고 싶었다. 더욱이 바지뉴의 아들은 그녀가 입양하지 않는다 해도 그렇게 살지는 않을 것이다. 바지뉴가 내버려 둘 리 없었다. 그는 아이를, 적어도 자기 아이, 친살붙이를 궁핍한 처지에 내버릴 사람이 아니었다. 자기 아이가 아니라고 부정하는 대신, 으스대면서 좋아하고 자랑스러워할 사람이었다.

도나 플로르는 예전부터 그걸 알고 있었다. 남편은 침묵하고 말조심을 하고 있었지만, 한 점 의심이 없었다. 틀림없었다. 바지뉴에게 아이란 그에게 일어날 수 있는 최고의 사건, 사실상의 대박이었고, 판돈 싹쓸이였으며, 물주를 파산시키는 일이었다. 그렇기 때문에 그녀는 도나 지노라가 전해 준 소식에 큰 충격을 받았던 것이다. 그건 가장 큰 위험, 그녀가 가장 두려워하던 위협이었다. 모든 걸 생각해 볼 때, 바지뉴가 그렇게 도박을 좋아하고 분방한 생활을 하면서 벌써부터 그녀에게 소홀한데, 만약 다른 여자한테서 아이를 얻었다면 그녀에게는 무엇이 남는단 말인가? 어느 구석진 골목에서, 길모퉁이에서, 어느 창녀의 침대에서 그를 아빠라고 부를 아이가 있다면, 그녀가 낳아 주지 못한 아들이 있다면 말이다.

그 소식은 그녀에게 엄청난 절망을 안겨 주었고, 그녀 옆에서 지켜보던 도나 노르마는 거의 광분했다. 대체로 능률적이라, 자기 앞에 놓인 많은 문제에 항상 해결책을 찾아내는 그녀도, 혼란스럽고 상심해서 그 문제만큼은 확실한 해법을 찾지 못했다.

「자기가 임신했다고 말하면 어떨까?」 먹히지 않을 거짓말을 생각해 낸 게 전부였다.

「그게 도움이 되겠어요? 결국 사실이 들통날 테고, 그럼 일이 더욱 꼬일 거예요.」

그 수수께끼의 해답, 명예로우면서도 실질적인 방법, 그 문제는 물론이고 어쩌면 다른 많은 것까지도 해결해 줄 계획을 찾아낸 것은 도나 지자였다. 그 그링가는 심리학과 형이상학에 대해서라면 정말 탁월했다. 이파미논다스 소자 핀투 교수는 그녀 앞에서 모자를 벗으며 〈대단히 박학다식한 여인〉이라고 경의를 표했다. 이파미논다스 소자 핀투 교수는 엔간한 사람이 아니었다. 그는 대명사를 어디에 넣어야 하는지 항상 정확히 알고 있었으며, 구독자는 적지만 광고가 가득한 파울루 나시피의 주간지에 문법 칼럼(물론 무보수로)을 연재하고 있었다.

도나 지자는 자초지종을 들었을 때 — 도나 플로르는 쓰러지기 직전이고, 도나 노르마는 어쩔 줄을 모를 때 — 곧바로 대책을 내놓았고, 뒤죽박죽 포르투갈어로 그들이 해야 할 바를 일러 주었다. 바지뉴가 창녀에게서까지 아이를 낳을 정도로 아이를 원했다면, 그건 도나 플로르가 불임이라 아이를 가질 수 없기 때문이다. 만약 다른 여자한테서 태어난 이 아이가 바지뉴를 영원히 붙잡을 수 있다면, 도나 플로르가 남편과 가정을 위해서 할 일은 하나뿐이다. 이 바지뉴의 씨를 집으로 데려와 어머니 노릇을 하면서 그녀가 낳은 아이처럼 키우는 것이다.

못 할 이유가 없지 않은가? 도나 플로르가 울고불고 난리를 피우면서, 어느 북아메리카 백만장자 여자처럼 — 이 비유는 이웃의 반응을 보고 놀란 도나 지자가 생각해 낸 것이다 — 자기는 절대로 그럴 수 없다고, 염치없는 창녀, 못된 계집, 다른 여자의 아이를 키우지 않겠다고 맹세할 이유는 없지 않은가? 이 그링가의 견해에 따르면 브라질에서 가장 훌륭한 미덕은 이해와 공존의 능력인데, 그런 추태를 부릴 이유가 어디 있을까? 결혼한 여자가 남편의 의심스러운 자식을 키우는 것은 매우 흔한 일이었다. 부자든 가난뱅이든 그런 경우를 그녀 자신도 여러 번 보았다. 가까운 예로, 같은 거리에 사는 도나 아비가이우만 해도 남편이 밖에서 낳은 딸을, 자기 배 아파 낳은 네 아이와 똑같이 다정한 사랑으로 키우고 있지 않는가? 그건 아름다운 미덕이었다, 아름다운 미덕. 도나 지자가 브라질을 좋아하고 브라질 시민이 되기를 택한 이유도 그런 것 때문이었다.

그리고 아이에게 잘못이나 죄가 있는 건 아니지 않은가? 왜 그 불쌍한 어린것을, 남편 바지뉴의 피가 흐르는 그 아이를 가난과 영양 결핍에 시달리게 하고, 교육받을 권리와 더 나은 삶을 누릴 권리를 박탈한 채, 굶주림과 악행 속에서, 펠로리뉴 구역 시궁창의 쥐처럼 자라게 놔두는가? 더욱이 도나 플로르가 두려워하는 이유 — 정말 그럴지 모른다 — 는 바지뉴가 그 아이, 자기 아들 곁에 있기 위해서 아이 어머니편을 들까 봐 그런 게 아닌가? 그렇다면 그녀, 도나 플로르가 가서 그 아이를 데려와 자기 아이처럼 키운다면, 그녀가 보여 줄 수 있는 사랑으로 그보다 더 확실한 증거가 어디 있단 말인가? 그 아이는 다른 여자에게서 태어났지만, 바지뉴와 플로르 사이의 질긴 끈이 되어, 의심과 위협에서 그녀를 영원히 해방해 줄 것이다.

그리고 누가, 그래, 도대체 누가 알겠는가? 데려온 이 아이가, 도나 플로르의 애정과 본보기를 보며 반듯하게 자라고 배워서, 바지뉴의 영원한 기쁨이 되고 그에게 영원한 책임감까지 심어 준다면, 그 건달이 개과천선해서 도박과 환락을 완전히 끊고 착실한 사람이 될지 누가 알겠는가 말이다. 그럴 가능성은 높았다. 그런 예는 얼마든지 있었다.

실제로 그랬다. 도나 노르마는 열광적으로 지지했다. 「그 그링가는 모르는 게 없다니까!」 그리고 여러 이름과 주소를 들먹이기 시작했다. 산투 아마루 다 푸리피카상에 사는 닥터 시세루 아라우주만큼 술과 도박에 빠져 있던 사람이 있을까? 그의 불쌍한 아내 도나 페케나에겐 사는 게 지옥이었다. 그러다 그녀가 임신을 했는데, 아기를 낳기도 전에 닥터 시세루는 모범적인 시민이 되어 있었다. 그리고 한 매춘부에게 미쳐 있던 마우에우 리마 씨는 어땠는가? 사실 그에게는 아이까지도 필요 없었다. 결혼하더니 딴사람이 되어서 이제 그보다 훌륭한 남편은 어디에도 없었다.

도나 지자는 그 문제에 해답을 내놓았다. 그 아이, 도나 플로르가 자기 가정의 안정을 해칠 큰 위협으로 보았던 그 아이는 요술 지팡이로 건드리면, 그녀에게 삶의 보증서, 사랑의 보증서가 되어 줄 것이고, 덤으로 바지뉴를 교화하는 것까지 가능할지 모른다. 〈아쉽군. 바지뉴가 개과천선한다면 그는 모든 장점을, 그 신비로운 분위기, 그 방종한 매력을 잃게 될 거야.〉 도나 지자는 속으로 생각했다.

도나 플로르는 그 계획을 이해하자 눈이 동그랗게 커졌다. 얼굴은 행복으로 빛났다. 그리고 고마워서 그 친구의 품으로 뛰어들었다. 그들은 여유롭게 조목조목 계획을 세워 나갔다. 생각만큼 쉽지는 않았다. 그 반대였다. 도나 노르마의 정신적인 지원이 없었다면 도나 플로르는 홍등가로, 신문에 실린 경찰 보고에서 그토록 무섭게 이야기하는 〈싸구려 창녀들〉의 거리로 발을 들여놓고, 지오니지아인가 뭔가 하는 여자를 찾아가 갓 태어난 아이를 달라고, 그 아이를 데려가겠다고, 증인과 서명을 통해 법적으로 영원히 양육할 수 있게 공증을 받겠다고 요구할 용기가 나지 않았을 것이다. 도나 노르마는 그만큼 세심한 언니가 없을 만큼, 만사를 제쳐 두고 그녀와 동행해서 용기를 주었다. 여기서 흥미로운 설명을 덧붙여야겠다. 그녀는 오래전부터, 여자들이 몸을 판 대가를 받고 살아가는 곳을 보고 싶었고, 그 추잡한 존재를 직접 확인하고 싶었다. 그러나 그 금지된 나들이에 그럴듯한 구실을 찾을 수 없었다.

「그렇지만 어떻게 불쌍한 플로르 혼자서 그 위험한 미궁을 헤매도록 내버려 둘 수 있어요?」 남편 제 삼파이우가 그 제안에 질겁해서 단념시키려고 하자 그녀는 그렇게 되물었다.

「나는 경솔한 어린애가 아니에요. 어른이고 점잖은 여자라고요. 나한테 집적거릴 사람은 아무도 없을 거예요.」 그리고 아내의 열성을 말릴 수 없어 포기한 제 삼파이우한테 그녀가 세운 계획을 이야기했다. 「일요일 오전에 가기로 했어요. 주앙 아우베스의 손자, 내 대자를 만나러 가는 척할 거예요. 그런 다음 주앙에게 그 아무개의 집에 데려다 달라고 부탁할 거예요. 당신도 알다시피 주앙은 카포에이라[32] 고수니까……」

그리고 계획대로 되었다. 일요일에 그들은 상프란시스쿠 교회의 미사에 나갔고(도나 플로르는 모든 일이 잘되길 기도하면서, 약속대로 꽃으로 장식한 초를 가져갔다), 이어서 테헤이루 광장을 지나 의과 대학으로 가는 길목에서 구두닦이를 하는 흑인 주앙 아우베스를 만나러 갔다. 곱슬머리의 흑인 아이들, 피부색이 밝거나 어둡고, 밀 색깔의 금발을 한 물라토 아이들이 그를 둘러싸고 있었다. 아이들은 모두 그를 할아버지라고 불렀다. 그들은 모두 그의 손자였고, 테헤이루 지 제주스와 바이샤 두스 사파테이루스 사이에 미궁처럼 난 길들을 여러 아이와 어울려 돌아다녔다. 흑인 주앙 아우베스는 아내의 아이건 다른 여자의 아이건 자식을 낳은 적이 없었지만, 수많은 손자를 위해 대모를 찾아 주고, 음식, 헌 옷, 기도서까지 구해 주었다. 겉보기에 사납고 무례하게 생긴 그는 근처의 한 지하 방에서 몇몇 손자를 데리고 아프리카 신들을 섬기며 살았다. 그 지하 방은 녹색 계곡 쪽으로 트여 있었다. 자기 소굴에서 흑인 주앙 아우베스는 바이아에 펼쳐지는 색과 빛의 파노라마를 훤히 꿰고 있었다.

「맙소사, 이게 누구신가! 나의 코마드레, 도나 노르마 아니신가. 내 눈이 이런 호사를 다 누리네! 그래, 제 삼파이우 씨는 안녕하신가? 조만간 아이들 신발을 구하러 가게에 들른다고 전해 주쇼……」

부랑아들이 두 여자를 에워쌌다. 도나 노르마는 미리 사

---

32 *capoeira*. 16세기 앙골라 흑인들이 아프리카에서 들여온 무술로, 손과 발, 박치기를 사용하는데, 때로는 면도칼이나 단검을 사용하기도 한다. 동작이 발레처럼 우아하다.

탕 주머니를 준비해 왔다. 주앙 아우베스가 휘파람을 불자 아이 몇몇이 달려왔다. 그중에는 너더댓 살쯤 된 인디언과 흑인 혼혈아도 한 명 있었다. 그 흑인은 꼬마의 머리를 쓰다듬었다. 「대모님한테 축복을 빌어 달라고 해라……」

도나 노르마가 그를 축복해 주고 동전 한 닢을 쥐여 주는 동안, 그 흑인 영감이 그녀에게 무슨 바람이 불어서 여기까지 오게 되었는지 물었다.

「콤파드레,[33] 실은 부탁할 일이 있어서 왔어요. 아주 까다로운 일이에요.」

「까다로운 건 내 성미에 안 맞아. 알다시피 내 성격이 괄괄해 놔서…….」

「그게 신뢰가 매우 필요한 일이라는 뜻이에요. 비밀을 지켜 주셔야 해요.」

「그렇다면 안심해도 되지. 난 입이 무거워서 말썽을 만들지는 않거든. 얘기나 해보구려…….」

「혹시 지오니지아라고 이 근처에 사는 여자 아세요? 확실하진 않지만 이 근방에 산다는 말을 들었거든요.」

「그래, 그 여자한테 볼일이 있소?」

「실은 제가 아니라 이 친구예요. 제 친구가 그 여자한테 할 말이 있어서요.」

주앙 아우베스는 도나 플로르를 머리끝에서 발끝까지 훑어보았다.

「이분이 지오니지아 지 오쇼시한테 할 말이 있으시다?」

「그 여자가 맞는 것 같아요. 듣기론 아주 예쁘다고 하던데요.」

33 *compadre*. 문자 그대로는 대부를 대자의 부모와 관련해 부르는 말. 넓게는 친한 친구, 벗을 뜻한다.

주앙 아우베스는 곱슬머리를 긁적였다. 「예쁘다고? 실례가 안 된다면 다시 한번 말해 보구려. 백인 여자한테야 그렇게 말해도 되지만 지오니지아 같은 물라타는 세상에 몇 안 돼서 말이야. 다섯도 안 될 거야, 그나마 그것도 많이 부풀린 숫자고.」

「얼마 전에 아기를 낳은 여자라는데…….」

「그렇다면 제대로 찾아왔네. 그 여자가 막 몸을 풀었는데, 아직 일을 나가지 않고 있어.」

처음으로 도나 플로르가 입을 열었다. 「그 여자는 무슨 일을 하나요?」

다시 한번 주앙 아우베스가 그녀를 훑어보았다. 그 눈빛에는 그런 것도 모르느냐는 경멸이 담겨 있었다. 「아니, 직업이 창녀인데 일이 뭐겠소, 아가씨?」

도나 노르마가 다시 대화를 이끌어 갔다. 「그럼 그 여자를 아시는군요. 어디 사는지도 아세요?」

「물론 알다마다, 코마드레. 이 근처 마시에우에 산다오.」

「그럼 거기로 안내 좀 해주실 수 있으세요? 제 친구가 그녀와 얘기하고 싶어 해요. 해결할 문제가 있어서…….」

주앙 아우베스는 또 한 번 도나 플로르를 위아래로 살피면서 전부 의심스럽고 수상쩍다는 듯 머리를 긁적거렸다. 「그럼 이 아가씨한테 직접 찾아가라고 하지 그러시오? 위치는 내가 말해 줄 테니.」

「저런, 콤파드레, 신사답게 행동하셔야죠. 이 거리를 여자 둘이서만 가게 내버려 둘 셈인가요? 어떤 무뢰한이 다가와서 집적거리면 어떻게 해요?」

주앙 아우베스에게 신사다움을 호소해서 실패한 사람은 없었다. 「좋소, 같이 가주지. 하지만 내가 장담하는데, 우스

쌍스러운 짓거리 할 사람은 아무도 없어요. 이 동네 사람들은 모두 점잖거든…….」

그는 일어서서 구두닦이 의자를 손자들에게 봐달라고 맡겼다. 키가 크고 건장한 흑인인 그는 나이가 쉰이 넘어 머리가 하얗게 세어 가고 있었다. 그는 빨간색과 흰색 구슬, 샹고[34]의 구슬 목걸이를 목에 두르고 있었고, 럼주 때문에 건강이 약해졌다는 사실은 충혈된 눈으로 겨우 알 수 있었다. 그가 일어나면서 물었다. 「그런데 도나 노르마, 이 아가씨 — 그가 〈아가씨〉라고 할 때의 발음에는 비웃음이 섞여 있었다 — 가 지오와 의논하겠다는 게 어떤 일이오?」

「절대로 그 여자한테 해가 될 일은 아니에요, 콤파드레.」

「혹시라도 그녀한테 해가 될 일이라면, 코마드레, 아무리 당신을 존경해도 난 같이 가지 않겠다 이 말이오. 도움이 안 되는 일도 사절이오. 지오의 신은 여간 힘이 세지 않거든.」 그는 손가락 끝으로 땅을 건드리며 그 신에게 인사했다. 「오케 아로 오쇼시! 어떤 주문이나 마법도 그녀를 이기지 못해요. 그 주문은 부메랑이 돼서 그걸 건 사람한테 돌아갈 거요.」

「콤파드레, 마쿰바엔 언제 데려가 주실 거예요? 칸돔블레에는 정말 가고 싶어요.」 이것은 도나 노르마에겐 또 하나의 오랜 호기심이었다.

따라서 그들은 주술사들과 부두교의 중심지를 지나서 홍등가로 들어갔다. 일요일 오전 — 토요일 밤의 환락은 새벽까지 계속되다 끝난다 — 이었으므로, 거리는 사실상 텅 비어 있었다. 어쩌다 문 앞에 앉아 있거나 창문에 기댄 여자들이 보였지만, 남자를 잡기 위해서라기보다는 낮의 햇빛을 보

---

34 Xangô. 칸돔블레에서 번개와 불의 신 — 옮긴이주.

려고 나온 것이었다. 침묵과 고요, 거의 안식일의 평온함이라고 할 수 있었다. 도나 노르마는 속은 기분이었다. 가는 날이 장날이라더니. 졸린 오전의 풍경은 그녀의 조용한 이웃 풍경과 크게 다르지 않았다. 지오니지아의 집은 마시에우 모퉁이 오른쪽이었다. 그 구역을 들어가자마자 바로였다.

금방이라도 무너질 것 같은 계단을 올라갔다. 어두운 구석에서 커다란 쥐 한 마리가 달려 나왔다. 층층에서 숨죽인 말소리들이 새어 나왔다. 누군가 낮은 목소리로 모지냐를 애처롭게 부르고 있었다. 3층 난간에 도착했을 때, 흙으로 빚은 향로에서 라벤더 태우는 냄새가 그들을 맞으면서 아기가 태어났음을 알리고 있었다. 그들은 홀로 들어갔고, 홀 끝에 그 여자의 방이 있었다.

주앙 아우베스가 손가락 마디로 노크했다.

「누구세요?」 느릿느릿한 말투의 온화한 목소리가 물었다.

「친구들이 왔어, 지오……. 나, 주앙 아우베스야. 너와 얘기하고 싶다는 숙녀 두 분을 모셔 왔다. 한 분은 내가 아는 코마드레, 노르마야. 내가 가장 아끼는 아주 좋은 분이셔…….」

「들어오세요. 집 안이 엉망이라서 죄송해요. 아직 방을 치울 시간이 없었어요.」

두 여자는 그 흑인을 따라 비좁은 방으로 들어갔다. 방에는 더블베드와 기울어진 옷장, 철로 된 세면대와 에나멜 대야, 물 주전자, 침대 발치의 요강이 있었는데, 모두가 아주 깨끗했다. 벽에는 금이 간 거울과 축복의 리본을 늘어뜨린 본핑의 주님을 인쇄한 그림이 있었다. 창문은 방 뒤쪽으로 열려 있었고, 창을 통해 햇빛과 슬픈 모지냐 소리가 흘러들어 왔다.

베개에 기대어 이불을 반쯤 덮고서, 부어오른 젖가슴이 드러나는 레이스 네크라인의 잠옷을 입은 물라타 지오니지아 지 오쇼시는 예상치 못한 방문객들에게 진심 어린 미소를 지어 보였다. 그녀의 품에는, 따뜻한 젖가슴을 마주하고 잠자는 아기가 있었다. 튼튼한 아기, 피부가 아주 검었다. 의자에 놓인 라벤더 향로에서 피어오르는 연기는 빨랫줄에 걸린 갓난아이 옷에 향기를 묻히고 있었다. 그 의자와 함께, 등받이 없는 의자로 쓰이는, 박엽지로 덮은 등유 상자 두 개가 있었다. 뒤쪽 벽 구석, 오쇼시 신의 제단은 활과 화살, 에루케레,[35] 용을 죽이는 성 조지의 그림, 예만자의 부적인 듯한 녹색 돌멩이, 터키옥 구슬을 엮은 줄로 장식되어 있었다

「주앙 아저씨……」 그 물라타가 느린 말투로 말했다. 「그 의자의 옷가지들을 옷장 안에 넣어 주세요. 아기 목욕시킨 후에 갈아입히려고 했거든요. 그 의자를 이쪽 분한테 내주시고……」 이렇게 말하며 도나 노르마를 가리켰다. 이어서 도나 플로르를 돌아보고 웃으며 설명했다. 「그리고 그쪽, 젊으신 분은 죄송하지만 저 상자에 앉으셔야겠어요.」

그 여자는 침대에서 뒤로 기대어 차분하게 미소 지으면서, 의자를 끌어 오고 상자를 치우는 구두닦이 노인의 동작과 방 정리를 지휘하면서도, 그들이 불쑥 찾아온 이유에 관해서는 궁금해하지도 않았다. 따라서 그렇게 침착하게 명령하는 그녀를 본다면 누구라도, 화가 카리베가 왜 그녀를 카니발 그룹의 왕관 쓴 여왕처럼 치장해서 그렸는지 그 이유를 이해했을 것이다.

도나 노르마는 그 흑인보다 앞서 셔츠와 기저귀를 모아서 옷장 안에 집어넣었고, 그러면서 그 물라타의 드레스와 블라

---

35 *erukerê*. 수소의 꼬리로 만든 짧은 채찍 같은 것으로 오쇼시 신이 가지고 다닌다.

우스, 슬리퍼, 샌들을 슬쩍 살펴보았다.

「주앙 아저씨도 상자를 당겨서 앉으세요.」

「나야 서 있어도 괜찮아, 지오. 정말 괜찮다.」

「얘기하려면 편안히 앉아서 하는 게 가장 좋지요, 주앙 아저씨. 아저씨는 어디를 가든 서 있거나 서두르시는 법이 없잖아요.」

그러나 그 흑인은 창가에 기대서 오전의 거리를 내다보겠다고 우겼다. 바깥은 점점 더 빛으로 환해지고 있었다. 노랫가락이 방 안으로 흘러들면서 지오니지아의 침대 위에서 애처롭게 수그러들었다.

> 당신 사랑의 사슬로
> 족쇄를 찬 노예가 되었네,
> 나의 주인이시여!

도나 노르마와 도나 플로르는 자리에 앉았다. 잠깐의 침묵이 이어졌지만 곧 지오니지아의 부드러운 목소리가 허공을 채웠다. 그녀는 낮의 햇살이 너무도 아름답게 쏟아지는 옆쪽을 보면서, 아직도 바깥에 나갈 수 없는 신세라며 푸념을 늘어놓았다. 「이렇게 틀어박혀 있는 게 너무 싫어요. 비로 말끔히 씻긴 하루가 새로 돋은 잎사귀처럼 밝고 화사한데……」

도나 노르마도 똑같은 생각이었다. 그래서 두 여자는 태양과 비, 이타포앙이나 카불라의 달빛 이야기를 재잘거렸다. 누가 알았으랴, 그들이 헤시피를 돌아다녔다는 사실을. 헤시피에는 페르남부쿠 출신의 기술자와 결혼한 도나 노르마의 동생이 살고 있었고, 지오니지아도 몇 달간 그곳에 살았었다.

「일곱 달은 넘게 살았죠. 난 어느 밀항자를 따라갔었는데, 아마 누군가 나한테 바보가 되라고 주문을 걸었던가 봐요. 그 남자가 거기서 나를 버렸어요.」

목적도 의미도 없는 대화 ─ 그저 말을 위한 말 ─ 속에서 떠나는 머나먼 곳으로의 여행. 테헤이루 교회의 정오 종소리를 듣고 있던 도나 플로르가 그 우호적인 수다에 끼어들지 않았다면, 그 두 사람이 말로 가지 못할 곳이 어디 있었을까.

「노르미냐, 시간이 너무 많이 지난 것 같아요.」

「내 걱정은 하지 마세요. 말벗이 생겨서 좋은걸요.」 지오니지아가 말했다.

「나중에 한가할 때 다시 오지요.」 도나 노르마가 약속했다. 「오늘은 용건이 있어서 온 거니까……」

「알겠어요. 말씀하세요…….」

「이쪽은 내 친구 도나 플로르예요. 아이가 없고 아이를 가질 수도 없지요. 몸에 문제가 있어요…….」

「네, 이해해요. 난소에 문제가 있군요, 그렇죠?」

「그런 셈이죠.」

「그래도 고칠 수 있어요. 제가 아는 마리우지스라는 여자도 수술을 받았어요.」

「플로르의 경우는 방법이 없어요. 의사가 검사해 봤거든요.」

「의사요?」 그녀는 재미있고 한심하다는 듯 웃었다. 「의사가 하는 거라곤 듣기 좋은 말 해주는 거랑 알아볼 수 없는 글을 쓰는 것뿐이죠. 파이지뉴한테 찾아가 보세요. 금방 고쳐 줄 거예요. 어떻게 생각해요, 주앙 아저씨?」

주앙 아우베스가 끄덕였다. 「파이지뉴? 그가 배를 몇 번만 쓸어 주면 1년에 한 명씩 낳을 수 있지.」

도나 노르마는 그 주술사의 명성을 못 들은 척 그 이야기를 피하면서, 이 새로운 국면을 무시하기로 했다. 그녀는 잠든 아기를 힐끗 쳐다보았다. 저 아기가 진짜 바지뉴의 아들인지부터 밝히는 것이 낫지 않을까? 아기는 너무 검어서 바지뉴의 아들로 믿기는 힘들었다. 그러나 도나 플로르는 소심한 사람이 굳은 결심을 했을 때 그러듯, 목소리를 높이며 대화를 재촉했다. 「제가 온 건 심각한 문제를 얘기하기 위해서예요. 댁한테 제안할 게 있는데 합의해 줄 건지 알아보려고요.」

「말씀하세요. 성심껏 대답해 드리죠.」

「저 아기⋯⋯.」 도나 플로르가 말했다. 그러나 어떻게 말해야 할지 난감했다.

도나 노르마가 다시 말을 받았다. 「며칠 전에 출산한 거 맞지요?」

지오니지아는 아기를 바라보고는 행복한 미소로 대답했다.

「사실 내 친구는 당신과 얘기하러 온 거예요. 저 친구는 죽음의 문턱에서 이렇게 맹세했지요. 본핑의 주님께서 자기를 살려 준다면 첫째 아들은 사제로 만들겠다고요.」 도나 노르마는 신중하게 말을 이었다. 전날 밤에 미리 생각해 둔 말은 아무래도 만족스럽지 않았다. 「다행히 신이 기도를 들어주어서 그녀는 기적적으로 회복됐고요.」

그 물라타는 호기심 가득한 표정으로 귀를 기울이며 자기 아이와 그 젊은 여자의 건강, 그리고 본핑의 주님 사이의 관계를 알아내려 하고 있었다. 도나 노르마는 이야기의 속도를 올려 가장 불편한 문제를 꺼냈다. 「하지만 아들이 없는데 어떻게 그 맹세를 지키겠어요? 아이를 입양해서 친자식처럼 키우고, 신학교에 보내 사제가 되도록 공부시키는 길밖에요. 마침 댁의 아이 이야기를 듣고 저 아이를 선택한 거예요.」

지오니지아가 다정하게 웃었다. 자기 아이에 대한 찬사가 아닌가? 도나 노르마는 그 웃음을 동의의 표시로 받아들이고 말을 이었다. 「이 친구는 저 아이를 입양하고 싶어 해요. 진짜 입양 말이에요. 공증인 앞에서 서명하고 법적으로 완전히 데려가는 입양. 아이를 데려다가 친자식처럼 키우려 해요.」

　지오니지아는 한마디도 없이 눈을 감고 조용히 몸을 뉘었다. 그녀는 도나 노르마의 말을 알아들은 걸까, 아니면 멀리서 들리는 노래를 듣고 있는 걸까?

　　차라리
　　당신 품 안에서 죽으리다.
　　이렇게 사느니
　　차라리 죽으리다.

「차라리 죽으리다.」그녀는 입속으로 중얼거렸다. 다시 눈을 떴을 때 그 눈에선 호의가 사라져 있었고 그 흐릿한 표정, 입 주변의 선에는 다른 감정이 나타났다.

「그런데 왜죠?」그녀는 목소리를 높이지 않고 물었다. 「왜 내 아이를 택했죠? 왜요?」

〈그건 참을 수 없는, 감당할 수 없는 고통일 테지.〉도나 노르마는 생각했다. 어느 어미가 제 자식을 떼어 놓고 싶겠는가? 아무리 대책 없고 찢어지게 가난하다 해도, 그것은 억장이 무너지는 일이었다.

「누군가 댁의 아들 이야기를 하더군요. 튼튼하고 예쁘다고……. 그리고 댁이 아이를 키울 여력이 없다고…….」

　이것이 그 아이를 위한 일만 아니었다면, 모든 것을 함축하고 있는 바지뉴의 아들 문제만 아니었다면, 도나 노르마는 궁색한 변명을 쥐어짜 가며 이렇게 중개인으로 끼어들지 않았을 것이다. 그런데 이 아이가 정말 바지뉴의 아이일까? 지오니지아의 자궁에 때가 많았던 게 틀림없다. 그 아이는 그녀보다도 더 검었다. 바지뉴의 금발은 어디로 갔을까? 도나 노르마는 다시 말을 꺼내기 위해 용기를 냈다. 「아이의 미래를 위해서는 그게 더 나을 거예요. 그렇게 하면 아이의 미래는 보장될 테니까요.」

「테헤이루엔 아이들이 넘쳐요. 거리마다 아이들로 가득하고 주앙 아우베스 씨가 손자로 받아들인 아이도 수없이 많죠. 저도 그중 한 아이의 대모고요. 모두가 배를 곯고 꼬질꼬질하고, 구걸하고 도둑질까지 하죠. 내 친구는 백만장자는 아니지만 먹고살 만해서 가엾은 어린것에게 다른 인생을, 더 안락한 인생을 줄 정도는 돼요. 아이는 배를 주리지 않을 테고, 감옥에 가는 일도 없을 거예요. 아이는 공부해서 사제가 되고 미사를……」

마치 도나 노르마의 말을 듣고 이해했다는 듯, 아이가 깨더니 칭얼거렸다. 지오니지아는 가운을 풀고 젖가슴을 꺼내더니, 아이를 편안히 안고 젖을 물렸다. 그녀는 방문객의 말을 한 마디씩 재어 보는지, 말없이 귀를 기울였다. 도나 노르마는 안정과 애정으로 둘러싸인, 부족한 것 없는 아이의 미래를 그려 보였다. 사실 어머니 처지에서 그것은 희생이겠지만, 친절한 사람이 기꺼이 돕겠다는데 아이를 굶주림과 가난의 운명에 맡기는 것은 이기적인 일일 것이다……. 도나 플로르는 더없이 친절한 사람이었으며, 그보다 나은 영혼을 찾을 수는 없었다.

지오니지아는 통통한 아이의 입에 젖가슴을 제대로 물렸다. 그녀는 이 두 여인이 처다볼 가치도 없다는 듯 흑인 주앙 아우베스가 서 있는 창가로 고개를 돌리며 말했다. 「보셨어요, 주앙 아저씨? 저들이 가난한 사람을 어떻게 대하는지? 저쪽에 있는 여자는 ─ 그녀는 입술로 도나 플로르를 가리켰다 ─ 아이를 가질 순 없고 자기가 한 맹세는 지키고 싶어서 코를 킁킁거리며 막 몸을 푼 여자를 찾으러 다니다가, 아주 건강하고 몹시도 가난한 지오니지아 지 오쇼시가 아기를 낳았다는 소식을 들은 거예요. 그래서 친구한테 말했죠, 가서 아이를 데려오자고. 창녀한테까지 머리를 조아릴 각오를 하고서……」

도나 노르마가 끼어들려고 했다. 「아니, 그게 아니라…… 진정하시고……」

그 물라타의 느릿느릿한 말투는 불과 얼음이 가득한 쓰라림을 담고 야멸치게 이어졌다. 「하지만 저 여자는 직접 말할 배짱도 없었어요. 그래서 아저씨의 코마드레 숙녀분한테 대신 말해 달라고, 대변해 달라고 부탁한 거죠. 〈가서 지오의 아기, 아주 크고 예쁘다는 그 우량아를 데려오자. 얼마나 훌륭한 사제가 될까. 그 엄마는 죽도록 가난한 한낱 창녀니까, 먹고사는 게 급하고 아이는 나중이겠지. 아마도 아이를 데려가겠다면 좋아할 거야. 그런데 만약 그 엄마가 포기하지 않으려 한다면 그건 돈을 안 줬기 때문이겠지. 그녀는 창녀니까, 그녀가 잘하는 거라곤 방탕한 짓뿐이니까.〉 저 여자 말이 그런 거예요. 주앙 아저씨, 저 여자 말을 잘 들어 보세요. 저 여자는 가난뱅이한테는 감정도 없다고 생각하는 거예요. 창녀는, 이렇게 궁색하게 사는 사람은 자기 자식을 키울 권리도 없다고 생각하는 거예요……」

도나 노르마는 아직도 끼어들려고 했다. 「그게 아니라니까요……」

젖을 다 먹은 아기가 흡족하게 트림을 했다. 지오니지아는 아기를 안고 일어났다. 분노해서 일어선 그 미녀는 위엄을 뿜어내는 여왕이었다. 그녀는 계속 말을 하면서도 아이를 매만지고, 에나멜 대야에서 씻기고, 기저귀를 갈아 주고 분칠을 하고, 라벤더 향이 밴 옷을 입혀 주었다.

「하지만 사람을 잘못 찾아왔네요. 나는 내 아들을 키우고 착실한 사람으로 만드는 것 이상으로 능력이 있는 여자거든요. 누구의 자선도 필요 없어요. 내 아들이 사제가 되지 않을 수는 있겠지요. 하다못해 도둑이 될 수도 있겠지요. 어떻게 될지는 몰라요. 하지만 이 아이를 키울 사람은 나예요. 내 방식대로 키울 거예요. 이 아이는 동네에서 당당하게 다닐 거고, 누구도 함부로 이 아이를 얕보지 못할 거예요. 그리고 난 자기 아이를 가져 보려고 애쓸 생각이 없는 돈 많은 여자한테는 절대로 아이를 주지 않을 거예요.」

그녀는 아이를 보고 웃고는 다정하게 이야기했다. 「게다가 너를 돌봐 줄 아버지도 있는데.」

이 대목에서 도나 플로르가 거의 비명을 지르며 벌떡 일어섰다. 절망감이 힘을 준 것이다. 「그 아버지가 내 남편이 아니라면 그렇겠죠. 난 당신 아이를 원하는 게 아니라 내 남편의 아들을 원하는 거예요! 당신은 내 남편의 아이를 가질 권리가 없어요. 당신이 원해서 그를 꼬드긴 거잖아요. 아이를 가질 권리가 있는 사람은 나예요.」

지오니지아는 따귀를 한 대 맞은 사람처럼 비틀거렸다. 「그러니까 그이가 당신과 결혼했다고요? 정말 결혼했다고요?」

무거웠던 마음을 폭발시켜 해소하고 나자, 도나 플로르는 다시 소심해져 풀 죽은 목소리로 차근차근 설명했다. 「3년 전에요. 무례를 용서해 줘요. 하지만 내가 그 아이를 친자식처럼 키우겠다고 생각한 이유는 단 하나, 내가 아이를 가질 수 없기 때문이에요. 하지만 댁의 말이 옳은 것도 잘 알아요. 아이를 키울 사람은 아이 엄마인 댁이죠. 어쨌든 내가 아이를 데려가 뭘 바라겠어요? 내가 온 건 남편을 너무 사랑하기 때문이고, 남편이 아이와 함께 떠나 버릴까 두렵기 때문이에요. 그래서 이렇게 찾아온 거예요. 나머지는 모두 꾸민 얘기예요. 하지만 댁을 보고 나니, 아이가 있든 없든 그이가 절대로 당신을 떠나지 않을 거라는 걸 깨달았어요.」

「난 숙녀가 아니에요. 창녀일 뿐이죠. 하지만 내 아이를 걸고 맹세하지만, 난 정말 그이가 결혼한 줄 몰랐어요. 만약 알았다면 그의 아기를 갖지 않았을 거예요. 그와 살려고 하지도 않았을 거고, 그와 함께 부부처럼 같이 살 집을 꾸미지도 않았을 거고……」

이때쯤 그녀는 아기 옷을 다 입힌 후였다. 도나 노르마는 수건을 집어 들었고, 분위기는 훨씬 누그러져 있었다. 도나 플로르가 중얼거렸다. 「맹세코 바지뉴는 내 남편이에요. 그건 누구나 아는 사실이에요.」

「바지뉴는 한 번도 그런 말을 한 적이 없어요. 왜 말하지 않았을까? 왜 감쪽같이 날 속였지?」 언제 화를 냈느냐는 듯 그녀는 생각에 잠겼다. 그리고 도나 플로르에게 아주 정중히, 거의 존경하듯 말했다. 「누구나 아는 사실이다, 댁이 그렇게 말하셨지요. 그럴 수 있겠지요. 하지만 왜 아무도 나한테 말해 주지 않았죠? 난 그의 주변 사람들을 다 아는데, 그 어머니도 알고……」

「바지뉴의 어머니요? 어머니는 돌아가셨는데.」

「하지만 난 그이 어머니를 만났는걸요, 할머니도요. 형 호키는 목수 일을 하고……」

「그럼 우리 바지뉴가 아니에요!」도나 플로르는 웃음을 터뜨렸고 기쁨을 못 이겨 웃고 또 웃었다. 「오, 이런 세상에. 이런 바보 같으니. 하지만 정말 다행이지 뭐예요. 노르미냐, 다른 바지뉴예요! 아유, 눈물이 날 것 같아.」

지오니지아 지 오쇼시 역시 아이를 침대에 눕히고는 춤을 추며 방 안을 돌아다녔다. 신도로서 신성한 원을 그리는 춤을 추면서 흑인 주앙 아우베스를 끌고 그녀의 성소로 가더니, 오쇼시 신에게 감사했다. 「오케, 아버지시여, 아로 오케!³⁶」

「우리 바지뉴가 아니에요. 우리 바지뉴는 결혼하지 않았어요. 그의 여자는 하나, 지오니지아, 그의 물라타 지오뿐이에요.」

갑자기 그녀가 도나 플로르를 바라보면서 춤을 멈추었다(도나 노르마는 아기를 안아 들고 어르고 있었다). 「그러니까 저 숙녀분이 이름 친구의 아내라는 말이에요?」

「이름 친구?」

「우리 바지뉴와 그분은 서로를 그렇게 부른대요. 둘 다 바지뉴라고 알려져 있어서요. 우리 바지뉴는 바우데마르를 줄인 애칭인데, 그 다른 분의 이름은 뭔지 모르겠네요. 그 사람은 소문난……」그녀는 말끝을 흐렸다.

그 말을 받은 사람은 도나 플로르였다. 「……소문난 도박광이죠. 맞아요. 바우도미루의 애칭 바지뉴, 그게 내 남편 바지뉴예요…….」

「그런데 내가 그의 아기를 낳았다고 소문이 난 거군요. 사람들이 어쩜 그렇게 천박할까?」

문이 벌컥 열리면서 몸집이 큰 젊은 흑인이 문간에 나타났

---

36 *arô ôke*. 요루바어로 오쇼시 신을 찬양하는 말.

다. 하얀 이를 활짝 드러내며 웃고 있었고 눈은 밝은 일요일 같았다.「안녕하세요, 여러분.」

물라타 지오니지아 지 오쇼시는 계속 춤을 추면서 그에게 다가갔고, 그의 옆에서 아까의 모든 경악과 분노를 털어 버렸다. 그녀는 팔을 뻗어 도나 노르마한테서 아기를 건네받아서는 그 남자, 아버지의 품에 안겨 주었다.

「이 사람이 우리 바지뉴예요. 트럭 운전사이고 내 아이의 아버지죠.」 그리고 도나 노르마와 도나 플로르를 가리키면서 말했다.「저분은 주앙 아저씨의 코마드레예요. 그리고 저쪽 분은 누구게요?」

「내가 어떻게 알아?」

「다른 바지뉴의 부인이래요. 그……..」

「나의 이름 친구?」

「맞아요! 우리 아이가 그분 아이인 줄 알고, 자기 남편의 아이인 줄 알고 오신 거예요. 우리 아이를 사제로 키우고 싶다면서…….」 그녀는 유쾌한 웃음을 터뜨리고는 차분하게 말을 끝냈다.「이름이 뭐죠? 플로르? 좋아요, 나랑 코마드레 해요. 우리 아기 세례식 때 오세요. 댁은 아기를 구하러 왔지만 줄 수는 없어요. 나한테 아기는 하나뿐이라서. 하지만 대자를 줄 수는 있지요…….」

「나의 코마드레 도나 플로르.」 트럭 기사가 말했다.

지오니지아는 아기를 안아 들고 도나 플로르에게 건넸다. 새들이 하늘에 지그재그를 그리며 대주교 궁전 처마로 쉬러 날아갔다.

17

과부가 된 첫 시기, 상중의 슬픈 나날에, 도나 플로르가 검은 상복을 입고 말을 잊은 채, 잠도 아니고 악몽도 아닌 일종의 백일몽에 빠져서 지내는 동안, 주변 사람들은 7년간의 결혼 생활에 대한 기억을 되새기며 계속 수군거렸다. 열 명, 1백 명, 1천 명에 이르는 지인들은 군건한 단결력으로 추잡한 소문들을 이야기했다. 그들은 도나 호지우다의 자취를 따라와 그녀 주변에서 험담으로 아첨했고, 함께 소리 높여 바지뉴를 비난했다. 거기서 도나 호지우다는 독창자였고 도나 지노라는 대역 가수였으니 이들의 독설은 서로 가려내기가 불가능했다.

슬픔과 그리움에 싸인 도나 플로르는 회상의 세계를 떠돌며, 웃음의 순간과 쓰라림의 시간을 되새기고, 바지뉴의 모습을 마음에 담아 두려 애썼다. 아직도 집 안 곳곳에 흩어져 있는 그의 그림자는 두 사람이 잠자고 희롱하던 방에 가장 짙게 남아 있었다.

모든 게 끝났는데 그 모든 사람, 수많은 방문객은 무얼 원하는 걸까? 이웃들, 아는 사람들, 학생들, 친구들, 그 시련의 시간을 함께하기 위해 나자레트에서 온 어머니, 심지어 처음 보는 저 여자, 도나 노르마의 친척이라는 도나 에나이지까지 원하는 게 대체 무엇일까? 그 덕망 높은 부인은 자신의 거주지인 샤미샤미에서 먼 길을 와 — 비록 그녀에겐 남편도 아이도, 해야 할 집안일도 없었지만 — 조의를 표하기 위해 온 척하면서 정중하게, 바지뉴의 단점을 이야기하고 있었다. 그들이 바라는 게 뭘까? 겨우 아문 상처를 쑤시고, 꺼진 고통의 불을 다시 지피면서 대체 무얼 하자는 걸까? 도나 에나이지가 자신 있게, 지금은 결혼해서 뚱뚱해진 여인 노에미아(그녀의 남편은 신문에 글을 쓴다)가 아직도 자기 서류들 사이에 바지뉴 사진을 간직하고 있다는 사실을, 마치 지지하듯 폭로한 이유는 또 뭘까?

도나 플로르는 좋은 기억, 나쁜 기억을 모두 보듬고 지냈다. 그 모든 것은 그녀가 슬픔을 견디는 데, 그 절망스럽고 외롭고 쓸쓸하고 암울한 날들을 견디는 데 도움이 되었다. 그녀는 조롱하는 웃음과 냉소적인 오만함을 지녔던 그 옛 수강생의 기억과 모습을 떠올릴 때에도, 심지어 그때의 굴욕을 떠올리며 그 가시로 스스로를 다시 찌를 때에도, 마치 그 기억과 모습들이, 그와 함께 살면서 맛본 가시와 굴욕들이, 지금 끝도 없고 희망도 없는 그녀의 고통을 달래 줄 진통제라도 되는 듯, 씁쓸한 위안 같은 것을 느꼈다. 그래, 결국에 승리를 거둔 사람, 경쟁에서 이긴 사람, 그를 지켜 낸 사람이 누구였던가? 어느 날 인내의 한계까지 간 도나 플로르가 최후통첩으로, 나냐 그 여자냐, 하나를 선택해라, 둘 다는 안 된다고 했을 때 바지뉴가 결정한 사람이 누구였던가? 그는 마음만 먹으면 그 못된 여자(그 추잡한 여자는 바지뉴와 결합할 거라고 사방팔방으로 소문을 내고 다녔다)와 달아날 수 있었지만, 그는 그 자리에서 당장에 결론을 지었다. 그래서 어땠는가? 그가 내린 결론이 뭐였던가?

노에미아는 요리를 배우러 온 수강생이었다. 그녀에겐 약혼자가 있었는데, 그 남자는 아내 될 사람이 바이아 요리의 이론과 실제를 잘 알기를 바랐다. 그 약혼자는 영화와 문학 지식 나부랭이로 꽉 찬 세련된 속물이었고, 우쭐대며 지식을 자랑하고 작가들이나 비평가들을 인용하는, 서점 문간에서 태양처럼 빛을 내는 젊은 천재였다. 바이아 요리에 환상을 가졌던 그는 노에미아가 바타파와 카루루를 능숙하게 만들게 되기를 바랐다. 「나는 부르주아인 당신이 프롤레타리아처럼 되는 걸 보고 싶어.」 그녀는 그것도 재미있을 것 같아서 풍미와 예술 요리 학교에 등록했다.

    그라사의 부유하고 우아한 보수적 가문의 딸이었던 그녀는 그런 세련된 지식인의 애인이 되는 게 멋지다고 여겼고, 불한당 같은 태도와 꿈꾸는 듯한 눈을 가진 바지뉴와 바람피우는 것은 더욱 멋지다고 생각했다. 사람들 ─ 그 명망 있는 가문 사람들과 재능 있는 약혼자 ─ 이 사태를 깨달았을 때, 노에미아는 아마리우지스의 유곽에서 바지뉴와 뒹굴며 몰염치하게, 그야말로 몰염치하게 애정 수업을 받고 있었다. 얼마나 큰 소동이 벌어졌는지, 일급 스캔들이 될 뻔했다! 다행히 탁월한 가정 교육을 받은 그 약혼자는 순간적인 분노를 다스렸다. 그는 임기응변과 외교 수완으로 상황을 처리했다. 그는 어리석은 편견 때문에 그 돈 많은 여자를, 그 금궤들을 잃고 싶지 않았다. 그러나 그의 너그러운 태도와 이해심도 충분하지 않았는지, 문제의 그 행실 나쁜 여자는 〈어떤 결과도 없는 모험〉을 포기하지 않으려 했고, 다시 침대의 열정으로 돌아갈 궁리만 하고 있었다. 〈약혼자도 가족도 지옥에나 가라지.〉 노에미아가 원했던 것은 바지뉴와 함께 달아나는 것, 그와 도주하는 것이었다. 바지뉴는 그것을 원하지 않는 쪽이었다. 이 줄다리기가 시작되고 사건이 만인의 입에 오르내리게 되자, 도나 플로르는 보기 드물게 발끈 화를 내면서 나냐 그 여자냐, 당장 선택하라고 다그쳤고, 그는 그 여자를 약혼자에게 돌려보냈다. 더욱 속물적이고 주제넘은 탐미주의자가 된 그 약혼자는 남다른 재능과 박식함에 이제 여자의 바람기까지 눈감아 주는 아량을 갖추게 되었으니, 그야말로 최고의 신랑감이었다. 그런 사람은 다시 찾기도 힘들 것이다.

「시간이 가면 다 포대 자루가 되는 거야.」 도나 플로르가 깊은 고통에서 헤어나 그를 마주하고서, 당장 마음을 정해야 한다고 다그쳤을 때 바지뉴가 한 말이었다. 그는 노에미아와 달아날 생각은 꿈에도 한 적이 없었다. 모든 것은 그 여자의 허풍이자 자랑에 지나지 않았다. 그 여자는 방탕한 것도 모자라 거짓말쟁이였다.

그 수다쟁이들이 뭘 더 원하는 걸까? 도나 호지우다, 도나 지노라, 그리고 샤미샤미의 편안한 생활을 버리고 온 도나 에나이지, 다른 모든 사람, 열 명, 1백 명, 1천 명 모두가 비탄과 비방의 악의적 합창에 가담하면서 무얼 더 원하는 걸까? 왜 그 사건을 도나 플로르의 불행한 결혼의 증거로, 바지뉴가 가장 못된 남편이었다는 증거로 들먹이는 걸까? 반대로 그것은 그의 사랑을 증명하는, 그가 누구보다 그녀를 좋아했다는 가장 완벽한 증거였다. 노에미아는 돈과 지위, 그라사의 저택, 은행의 예금 계좌 ― 바지뉴는 그녀와 사귀는 동안 사치스럽게 지냈다 ― 그리고 운전기사가 딸린 자가용을 갖고 있었고, 발레 수업과 기초 프랑스어 수업을 받았고, 리우에서 향수, 드레스, 슬리퍼 등 원하는 건 뭐든지 가질 수 있지 않은가? 그런데 그가 선택한 사람, 결정의 순간에 그가 선택했던 사람이 누구였는가? 수표책은 아무것도 아니었고, 맘대로 오라 가라 할 수 있는 자가용도, 리우에서 사 온 드레스도, 파리제 향수도, 세련된 언어, 몽 셰리*mon chéri*, 몽 프티 코코*mon petit coco*, 메르드*merde*, 켈 메르드*quelle merde* 하며 바이아에 거주하는 프랑스인들이 쓰는 것 같은 세련된 말투, 로세 드 파를레*lòcé de parler*도 아무것도 아니었다.

바지뉴는 자기와 즐겼던 처녀에 대한 미련도 없었고, 〈당신이 내 명예를 빼앗아 갔어요〉 하는 애원이나, 〈두고 봐요. 우리 아버지가 당신을 끽소리도 못 내게 만들 테니. 당신은 감옥에 가게 될 거예요〉 하는 협박 따위는 떠올리지도 않았다. 그 무엇도 결단의 시간에 그를 흔들지 못했다. 「어떻게 그런 말도 안 되는 생각을 해? 내가 그런 계집 때문에 당신을 떠난다고?」 그는 자기가 그 여자의 약혼자에게 질투의 뿔을 심어 줬다고 자랑하며 도나 플로르를 침대로 데려갔다. 아, 얼마나 아름다운 평화와 용서의 밤이었던가! 「시간이 가면 다 포대 자루가 되는 거야. 내가 진정 사랑하는 사람은 플로르, 당신뿐이야. 내 사랑하는 플로르.」

그러나 사람들의 험담 속에서 바지뉴는 세상에 존재했던 한심한 남편들 중에서도 최악이었고, 도나 플로르는 세상에서 가장 불행한 아내였다. 그녀에겐 울 권리, 상실을 슬퍼할 권리가 없었다. 도리어 그런 혹독한 시련에서 자신을 해방해 준 신에게 감사를 드려야 옳았다. 그러나 의심할 것 없이 도나 플로르는 다정함의 화신이었고, 오직 도나 호지우다 같은 사람만이 그녀가 기뻐하기를, 바지뉴의 갑작스러운 죽음을 축하하기를 바랄 수 있었다. 아무리 한심했다고 해도 그는 그녀의 남편이었다. 그렇지만 수다쟁이들에게는 도나 플로르의 집요한 슬픔, 그 무거운 애도, 과부의 관례적인 태도 이상의 깊은 비애, 그 공허함, 무표정한 얼굴, 내면 또는 지평선 너머를 보면서 무한 또는 무를 찾는 눈길, 그 모든 것이 납득할 수 없는 것이었다.

오직 한 가지에서만 모두가 동의했다. 도나 호지우다에서 도나 노르마까지, 도나 지노라에서 도나 지자까지, 진정한 친구건 그냥 수다쟁이건 동의하는 것은 하나였다. 도나 플로르가 되도록 빨리 그 불행한 나날을 잊어버리는 것, 마치 인생에서 바지뉴가 존재하지 않았던 것처럼 지워 버려야 한다는 것이었다. 그들이 판단하기에 애도 기간은 너무 길어지고 있었고, 바로 그 때문에 그들은 도나 플로르 주변을 맴돌면서 그녀가 신의 은총을 받은 것임을 — 사실로 — 증명하려고 했다.

심지어 리타 이모, 항상 바지뉴를 두둔할 구실을 찾던 그녀까지도 놀라움을 감추지 못했다. 「플로르가 이렇게 힘들어할 줄은 생각도 못했어.」

도나 노르마 역시 놀라워했다. 「결코 잊지 않겠다는 것 같아요. 시간이 갈수록 점점 더 괴로워해요……」

심리학 지식으로 무장한 도나 지자는 비관주의적인 견해들에 동의하지 않았다. 「자연스러운 거예요. 시간이 좀 걸리겠지만 결국엔 잊고서 삶을 다시 받아들일 거예요……」

「바로 그거야. 틀림없네.」 도나 지노라도 같은 생각이었다. 「조만간 신이 자신을 돌보신다는 걸 깨달을 거야.」

그러나 그녀를 돕는 최선의 방법에 대해선 의견이 엇갈렸다. 도나 노르마는 도나 지자의 강력한 지지를 업고서, 앞으로는 바지뉴의 이름을 거론하지 말자고 제안했다. 나머지 사람들은 도나 호지우다 — 그리고 도나 지노라는 이 전투 부대의 하사관이었다 — 의 철권통치 아래, 술책과 학대, 슬픈 기억들을 계속 지껄이면서 그녀가 이제는 근심 없이 평화롭고 순탄하게, 안전하고 행복한 삶을 기대할 수 있게 되었음을 확인시키려고 들었다. 어떤 방식으로든, 사려 깊은 침묵이든 시끄러운 비방이든, 망각의 길을 찾아내는 것은 그녀의 의무였다. 그녀는 아직 너무 젊었다. 인생 전체가 그녀 앞에 놓여 있었다……

「만약 재혼할 생각이 있다면 과부로 오래 지내진 않을 거야.」 도나 지노라가 예언했다. 그녀는 다른 사람의 삶에 참견할 때만큼은 육감, 선견지명, 예지력을 갖고 있었다. 게다가 그녀는 자기 집(가톨릭교의 직함을 가진 스페인인에게서 물려받은)에서 길게 늘어진 가운을 입고 무아지경에 빠져서, 카드로 점을 보고 수정 구슬을 들여다보며 미래를 예언하곤 했다.

도나 플로르는 생각했다. 왜 나한테 와서 바지뉴의 선행 하나라도 되새겨 주는 사람이 아무도 없을까? 어쨌거나, 파렴치한 짓을 아무리 많이 저질렀어도, 때때로 그는 친절하고 자상했으며 정의와 사랑을 보여 주었다. 그런데 왜, 왜 모두 부도덕의 잣대로만 바지뉴를 재고, 악담의 저울에만 올려놓는 걸까? 아니, 늘 그런 식이었다. 그가 살아 있을 때에는 고자질쟁이들이 줄줄이 찾아와 불쾌한 소식을 전해 주면서 그녀를 괴롭혔다. 불쌍한 도나 플로르, 마땅한 대접과 배려를 아끼지 않는 친절하고 곧바른 남편을 가질 자격이 있는 그녀를.

그러나 기분 좋은 소문, 그녀로 하여금 여유롭게 자기 일을 하도록 만드는 소문, 바지뉴의 선행에 관한 소문이 다급하게, 서둘러서 그녀에게 전해진 적은 한 번도 없었다.

「있잖아, 플로르, 하지만 내가 얘기했다고는 하지 마……. 바지뉴가 오늘 숫자를 맞혔는데, 자기 대신 결혼기념일 선물을 사달라고 돈을 몽땅 나한테 건네줬어. 결혼기념일이 아직 많이 남았지만 그 돈을 다 써버릴까 봐 두려웠던 거지. 너한테 선물을 사주고 싶은 마음이 그만큼 간절했던 거야……」

그런 일이 한 번 있었다. 모든 수다쟁이가 그 사실을 알고 있었고, 도나 노르마만 그걸 비밀로 하겠다고 약속했었다.

그러나 그녀는 입을 다물고 있을 수 없었고 약속을 깨뜨리는 것이 두려워서, 20일이 지나기를 기다린 후에야 도나 플로르에게 말해 주었다. 나머지 사람들은 굳게 입에 자물쇠를 채웠다. 누가 애써 좋은 소식을 전하려 든단 말인가? 그런 일에는 결코 서두르거나 조급해하지 않는다. 그것 때문에 길을 달려가는 사람은 없다. 나쁜 소식일 경우에만 그렇다. 나쁜 소식을 전할 때는 전령이 부족한 법이 없다. 기꺼이 커다란 희생을 치를 사람, 자기 일을 포기하고, 휴식을 마다하고, 얼마든지 자신을 희생하겠다는 사람들이 넘치기 마련이다. 나쁜 소식을 전하는 것, 얼마나 즐거운 일인가!

바지뉴가 최악의 수치스러운 행동을 하고 자신의 비열함을 드러냈던 그날 오후 플로르가 떠나지 않았던 것은 순전히 우연이었다. 그녀는 이미 짐까지 꾸려 놓은 상태였고, 히우베르멜류에 있는 이모네 집에는 항상 그녀를 위해 준비된 방이 있었다. 그녀가 집을 나가 영영 그와 헤어지지 않게 된 건 아주 간발의 차이였다. 그렇지만 그날 거리에는 그녀의 비명과 울음소리에 이끌려 나온 이웃 사람들이 가득했다. 시가누가 도착했을 때 모두가 그 택시 기사를 보았고, 그가 잠긴 목소리로 하는 말을 들었으며, 모두가 바지뉴의 반응을 보았다. 모두가 목격자였다.

그들 중 한 명이라도 시가누의 말을 옮기면서 그 현장 상황을 도나 플로르에게 설명해 준 사람이 있었던가? 어림없는 소리! 한 명도 그러지 않았다, 마치 아무것도 못 보고 못 들었다는 것처럼. 반대로 그 모든 수다쟁이는 그녀가 그 비열한과 영원히 헤어지겠다는 결심을 하게 된 이유들을 인정했고, 그녀의 결심을 지지했다. 몇몇은 그녀가 가방 싸는 것을 돕기까지 했다.

18

그날 오후 바지뉴가 들어왔을 때, 도나 플로르는 그가 때 아니게 나타난 이유를 곧바로 의심했다. 그의 행동을 살펴볼수록 확신은 뚜렷해졌다. 수강생들 앞에서 그가 그렇게 예절을 차린 적이 없었다. 거실 구석에 숨다시피 하고서, 수강생들이 부엌에서 생일 케이크 실습을 마무리하도록 조용히 있었다. 새로 들어온 소녀들은 교사의 그 유명한 남편에 대한 호기심을 숨기려고도 하지 않고 킥킥댔다. 바지뉴는 나름대로 유명했던 것이다. 〈오〉, 〈아아〉 하는 찬탄으로 수업이 끝난 후, 수강생들은 케이크 조각과 크렘 드 카카오를 대접받았다. 크렘 드 카카오는 이 집의 특별 음료이자 도나 플로르의 자랑이었는데, 그녀는 타고난 솜씨로 에그노그와 과일 리큐어를 섞어 내는 기술이 있었다. 그녀는 약간의 허영심과 자부심으로 그를 소개했다. 「내 남편 바지뉴예요.」

한마디 농담도, 이중적 의미를 가진 말도, 심지어 윙크도 없었다. 바지뉴는 거의 슬픈 듯 심각한 표정이었다. 도나 플로르는 그 표정의 의미를 알고 있었고, 그런 표정이 두려웠다. 아, 대화를 길게 끌면서 수강생들을 오후 내내, 저녁까지 붙잡아 둘 수 있다면, 하다못해 그 망나니가 추잡한 짓을 할 위험이 있다 해도, 수강생들만 옆에 있어 준다면 용기가 생기련만. 아, 그 대화를 피할 수만 있다면, 가장 사악한 의도의 무게에 짓눌려서 그녀의 눈을 바라보지도 못하는 바지뉴와의 대면을 피할 수만 있다면. 그러나 수강생들, 생활이 공사다망한 유부녀들과 처녀들은 음료만 꿀꺽 들이켜고는 떠나 버렸다.

그 전날 밤, 도나 리지아가 상파울루에서 온 중요한 손님들을 위한 성대한 환영회에 다과를 만들어 주어서 고맙다며 보낸 돈 — 후한 보수 — 이 들어왔다. 플로르는 결혼한 후 학교 일만 하면서 사적인 일은 거절해 왔다. 그러나 그녀가 특별히 아끼는 사람들에 대해선 예외였다. 「도나 리지아 일이라면 해드려야죠.」 그녀는 그 큰 행사 일을 선뜻 맡기로 했다.

이런 가욋돈은 거의 늘 바지뉴가 없을 때 들어왔고, 도나 플로르는 예기치 못한 지출이나 특별한 행사, 질병 같은 급한 일에 대비해 그런 돈을 따로 챙겨 두고 있었다. 모두 합치면 몇 콘투나 되는 지폐를 집 안 곳곳의 비밀 장소에 숨겨 두었다. 주방 용품을 사려고, 결혼기념일을 위해, 재봉틀 할부금을 내려고, 한 번에 1백 또는 2백 미우헤이스씩 나가는 바지뉴의 대출금을 막으려고 저축해 둔 돈이었다.

공교롭게도 바지뉴가 들어와 거실에서 쉬고 있을 때, 닥터 지테우만 올리바가 수고를 마다하지 않고(그는 직업이 여덟 가지라 무척 바빴는데, 모두 근사하고 보수도 높은 일이었다) 직접 집을 찾아왔다.

「이 돈을 들고 다닌 지 사흘째야. 오늘까지 갖다주지 않으면 리지아가 나를 때리겠다고 협박했어.」

「어머, 박사님, 괜히 그러시는 거예요! 무슨 말씀을……」

「말해 보시게, 바지뉴 선생.」 그 신사가 놀리며 말했다. 「마누라가 날이 갈수록 젊고 예뻐지는 비결이 뭔가?」 그는 도나 플로르를 어릴 때부터 알고 있었고, 바지뉴도 오랫동안 알고 지냈다. 때때로 바지뉴는 그에게서 돈을 뜯어내려고 했지만 결과는 보잘것없었다. 닥터 지테우만은 그만큼 만만하지 않았다.

「편하게 사는 거죠. 제 아내가 얼마나 편하게 사는데요. 말썽의 말 자도 모르는 나 같은 남편과 결혼했으니 말입니다. 편안하게 걱정 없이 행복하게 사는 것 외에는 비결이랄 게 없죠.」 그리고 유쾌하게 웃었다. 도나 플로르는 그 능청스러움에 같이 웃을 수밖에 없었다.

그날은 바지뉴가 돈을 요구하지 않았다. 그 전날 밤에 따서 아직 돈이 남은 게 틀림없었다. 그러나 다음 날 오후 예상치 못한 시간에 그가, 눈을 내리깔고, 시무룩한 얼굴로, 거의 울 것처럼 나타났을 때, 그녀는 당장에 그 이유를 직감했다. 돈을 구하러 온 것이다. 수강생들이 즐겁게 음료를 마시고 케이크를 맛보면서 그 말없는 젊은 남자에게 몰래 눈길을 던지는 동안, 도나 플로르는 쿵쾅거리는 가슴을 억누르며 속으로 굳게 맹세했다. 돈을 내주지 않겠다고, 전부도, 조금도, 아니 한 푼도 주지 않겠다고. 그것은 새 라디오를 살 돈이었다. 라디오 듣기는 도나 플로르의 취미이자 최고의 기분 전환거리였다. 그녀는 삼바와 가요, 탱고, 볼레로, 코미디를 좋아했으며, 무엇보다 연속극이라면 사족을 못 썼다. 그녀와 도나 노르마, 도나 지노라 등 여러 이웃은 함께 연속극에 귀를 기울이고, 가난한 기술자를 사랑하는 백작 부인이 어떤 결말을 맞을지 흥분하며 몰두했다. 예외가 있다면 도나 지자였는데, 그 교양 있는 여자는 그런 시시한 이야기를 경멸했다.

결혼 전부터 쓰던 라디오는 낡아서 제 기능을 못 했다. 툭하면 고장 나서 가장 극적인 순간에 꺼지고, 가장 감동적인 장면에서 침묵하면서 수리비만 축냈다. 수리하고 또 수리하고, 돈을 들여도 소용없었다. 이번만큼은 도나 플로르의 결심이 확고했다. 무슨 일이 있어도 모은 돈을 내주지 않을 것이다. 어쨌거나 그런 나쁜 습관은 고쳐야 했다.

수강생들은 왁자지껄 웃으며 약간은 실망스러운 마음으

로 떠났다. 구석에서 시무룩하게 생각에 잠긴 저 손님이 선생의 그 유명한 남편, 위험하고 거부할 수 없기로 소문난 남자, 노에미아 파군지스 다 시우바와 스캔들을 일으켰다는 그 남자란 말인가? 솔직히 그는 특별한 게 없었다. 소문의 주인공과는 너무나 거리가 멀어 보였다. 도나 플로르는 바지뉴와 단둘이 대면하고 있는 자신을 발견했다. 입이 썼고 가슴이 죄어 왔다. 그는 하릴없이 일어나 탁자 건너편으로 가서 음료를 들이켰다. 「이건 맛은 좋은데 너무 톡 쏘는군! 완전 사람 취하게 만들고 숙취도 심해. 이보다 더 머리 아픈 게 있다면 제니팝[37] 리큐어뿐이야…….」

그는 아무런 속셈이 없는 사람처럼 행동하려 애쓰고 있었다. 그는 자기 것을 마셔 보라며 상냥하게 권했다. 「한번 맛봐 봐…….」

그러나 도나 플로르는 거절했고 블라우스 목에서 가슴께로 내려오는 그의 애무도 거부했다. 「위선 그만 떨어요. 애무로 내 마음을 무너뜨리려고, 싫다는 말을 못 하게 하려고, 마음 약한 나를 갖고 놀려고 하다니.」 그녀는 마음을 다잡으며 그동안의 원망과 라디오에 대한 갈망을 떠올리고, 화를 내면서 일어섰다. 「뭣 때문에 왔는지 왜 솔직하게 말을 못 해요? 내가 모를 줄 알아요?」

바지뉴는 심각하고 슬픈 얼굴을 하고 있었다. 어디서도 돈 한 푼 구할 수 없었던 그는 선택의 여지가 없어 이곳으로 온 것이지, 웃음이 가득히 넘쳐흐르는 행복한 마음으로 온 것은 아니었다. 아, 집에 오지 않아도 되었다면 얼마나 좋았을까.

그 또한 도나 플로르가 그 돈으로 무엇을 하려는지 알고

---

37 *genipap*. 주로 남아메리카에서 자라는 열대성 열매로, 제니파 아메리카나라고도 불린다 — 옮긴이주.

있었다. 에드가르드 비트롤라 씨는 아직 오지 않았다. 바지뉴는 문을 열자마자 그 낡은 기계가 거실에 그대로 있는 것을 보았던 것이다. 하지만 그 기계공이 어느 순간에, 세계의 여덟 번째 불가사의, 자단과 크롬으로 된 그 아름다운 짜임새, 공학의 결정체, 전파와 주파수, 메가사이클과 전압, 아무리 먼 방송국, 일본, 오스트레일리아, 아디스아바바, 홍콩의 방송, 게다가 금지되었기 때문에 더 듣고 싶은 모스크바의 위험한 프로그램까지 잡아낼 만큼 강력한 라디오를 들고서 나타날지 몰랐다. 도나 플로르는 베림바우[38] 연주자 비트롤라의 둘도 없는 동료인 카마페우를 통해 에드가르드 씨에게 급한 전갈을 보낸 상태였다.

바지뉴는 처음엔 전차를 타고, 이어서 거리를 걸어서, 대박의 예감과 함께 수치심을 느끼며, 두 동강 난 것처럼, 마치 분열된 사람처럼 집으로 향했다. 한편으로는 그 라디오 판매상보다 먼저 집에 도착하기 위해 서두르고 있었다. 그렇게 강한 예감은 난생처음이었다. 다른 한편으로는 에드가르드 씨가 그보다 먼저 도착했기를, 그래서 그 고물 라디오도, 도나 리지아가 준 돈도 이제 없어졌기를 바랐다. 아내가 눈썹에 땀방울이 맺히도록 일해서 번 돈이었다. 밤을 새우고 다음 날까지 쉬지도 않고 스토브 앞에 붙어 있으면서 번 돈. 전차에서, 거리를 걸으면서, 집으로 들어가면서, 문을 열면서도 마음은 두 갈래였다. 에드가르드 씨가 아직 오지 않았다면, 그의 확실한 예감이 옳다는 증거가 아니고 뭐겠는가? 그러

---

38 *berimbau*. 기원을 알 수 없는 말(베림방트*berimbāt*, 비림방*birimbāo*이라고도 씀)로 브라질에서 두 가지 악기를 일컫는 데 쓰인다. 호리병박 공명기에 줄을 통과시켜 가슴이나 배에 대고 작은 스틱으로 뜯는 활 같은 악기나 유대 하프 형태의 악기이다.

나 새 라디오가 와 있다면, 그날 밤은 집에서 도나 플로르와 함께 음악을 듣고 농담하고 웃으면서 보내면 될 것이다. 바지뉴는 두 갈래로 찢겨서, 두 동강 난 채로 들어왔다.

에드가르드 씨는 왜 일찍 오지 않았을까? 이제는 선택의 여지가 없었다.

「내가 애무하는 게 당신 환심을 사려고 그런다는 거야?」

「그것뿐이지 다른 이유는 없죠.」

〈이기주의, 경멸스러운 이기주의로 나가자.〉 도나 플로르는 마음을 굳혔다.

「왜 그렇게 생각해?」

땅거미 지던 그 시각, 슬픔이 지평선 위에서 회색과 붉은색으로 넘칠 때, 만물과 모든 생명이 하루의 종말과 함께 조금씩 죽어 가던 그 시각에 둘 사이의 벽이 올라갔다.

「좋아, 당신이 그런 식으로 나온다면 나도 시간 낭비는 하지 않겠어. 돈 좀 빌려줘. 단돈 2백 미우헤이스라도 좋아.」

「한 푼도 안 돼요. 당신한테는 단 한 푼도 못 줘요. 어쩜 그렇게 뻔뻔스럽게 돈 빌려 달라는 소리가 나와요? 빌려 가서 동전 한 닢이라도 갚은 적 있어요? 그 돈은 내 손에서 곧장 에드가르드 씨 손으로 들어갈 거예요.」

「맹세해, 내일 갚을게. 오늘 정말 필요해서 그래. 내 목숨이 달린 문제라고. 내일 내가 당신한테 라디오랑 당신이 원하는 거 다 사주겠다고 맹세할게. 최소 1백 미우헤이스라도 좋아…….」

「한 푼도 안 돼요.」

「그렇게 뻣뻣하게 굴지 말고, 여보, 이번 한 번만…….」

「한 푼도 안 돼요.」 그녀는 그 말밖에는 모른다는 듯 되풀이했다.

「부탁이야…….」

「한 푼도 안 돼요.」

「지금 당신이 무슨 짓을 하는지 알아? 사람 우습게 만들지 마. 좋은 말로 해서 안 된다면 할 수 없어. 치사하지만…….」

이 말과 함께 그는 돈 숨겨 둔 곳을 찾아 두리번거렸다. 바로 그때였다, 도나 플로르가 이성을 잃고, 절망적으로 고물 라디오를 향해 달려간 것은. 진공관 옆에 돈을 숨겨 두었던 것이다. 바지뉴가 따라왔지만 그녀는 벌써 돈을 움켜쥐고 비명을 지르며 저항했다. 「이 돈을 도박으로 날릴 순 없어요. 차라리 나를 죽여요.」

비명 소리가 저녁 하늘에 울려 퍼졌다. 귀가 밝은 이웃들이 거리로 나왔다. 「바지뉴가 플로르의 돈을 뺏으려 하나 봐, 저런…….」

「더러운 자식. 완전 개망나니로군.」

바지뉴는 정신없이 도나 플로르를 뒤쫓았다. 그의 텅 빈 마음엔 혐오감뿐이었다. 자신에 대한 혐오감. 그는 그녀의 손목을 붙잡으며 소리쳤다. 「그거 내놔.」

그녀가 첫 번째 주먹을 날렸다. 그에게서 빠져나와 다시 붙잡히지 않으려고, 주먹을 꽉 쥐고 그의 가슴을 쳤고, 이어서 손바닥으로 그의 얼굴을 때린 것이다. 「이년이 환장을 했나!」 바지뉴는 도나 플로르가 비명을 지르자 언성을 높였다. 「이거 놔요, 이 악당. 그래, 어디 쳐봐요. 죽어도 이 돈은 못 줘요.」 이어서 그가 떠밀자 그녀는 비명을 지르며 의자 위로 넘어졌다. 「살인마! 강도!」 그가 따귀를 때렸다. 하나, 둘, 셋, 넷. 그 소리에 거리에선 반발과 동정의 합창이 일어났다. 도나 노르마가 문을 열고 인사도 없이 들어왔다. 「바지뉴, 당장 그만둬요. 아니면 경찰을 부르겠어요.」

바지뉴는 고개를 돌리지도 않았다. 돈을 움켜쥔 채 헝클어진 머리에 멍한 표정으로, 도나 플로르가 신음하며 낮게 우는 쪽을 겁먹은 표정으로 바라보고 있었다. 도나 노르마가 그녀를 방어하려고 달려갔다. 바지뉴는 지폐 뭉치를 움켜쥐고서 문으로 달려 나갔다. 그가 지나가자 이웃들은 악마라도 본 것처럼 움찔하며 물러섰다.

그 순간 시가누의 택시가 문 앞에 멈췄다. 그를 알아본 바지뉴가 웃음을 지었다. 기막힌 우연의 일치가 그의 예감이 틀리지 않았음을 다시금 증명해 주었기 때문이다. 낮에 일을 구상하며 길을 걸을 때부터 그런 확신이 있었다. 어떤 실수나 불운의 위험도 없을 것 같은 완전하고 절대적인 확신. 그날 저녁과 밤은 그 도시에 있는 모든 도박장의 물주들을, 타바리스의 룰렛 휠부터 시작해 하나씩 파산시키고, 파라나구아 벤투라의 매음굴에서 마무리를 하게 될 거라는 확신. 그 확신이 커져서 그를 지배해 행동을 재촉했고, 비록 헛수고였지만 돈을 구하기 위해 온갖 방법을 동원하게끔 만들었으며, 결국에는 의지와는 반대로 도나 플로르의 돈을 손에 넣게 만들었던 것이다.

그러나 그녀를 때리면서 그 확신이 날아가고 예감이 증발해 버리자, 갑자기 공허해진 그는 그 돈을 어찌해야 좋을지 알 수 없었다. 그 모든 노력이 물거품인 것 같았다. 그런데 기적처럼 시가누의 택시가 나타난 것이다. 바지뉴에게 그날 밤 벌어질 세기의 마라톤을 어서 시작하라는 것 같았다. 그는 다시 마음이 차분해졌다. 그것은 강력한 예감에 대한 반박할 수 없는 증거였다. 바지뉴는 손이 뜨거워짐을 느꼈다. 출발을 늦출 수 없었다. 이제 그에게 존재하는 건 룰렛 테이블, 빙빙 도는 룰렛 휠, 크루피에, 숫자 17, 판돈 걸기, 항상 그의 왼쪽에 붙어 선 미란당의 용의주도한 감독, 칩뿐이었다. 그에게 존재하는 것은 도박뿐이었다. 그가 택시에 타려고 문을 연 순간, 시가누가 택시에서 뛰어나와 이웃 여자들 사이에 섰다. 눈은 붉게 충혈되었고 목소리는 잠겨 있었다.

「바지뉴, 우리 어머니가 돌아가셨어. 사랑하는 어머니가. 거리에서 부고를 듣고 방금 집에 다녀오는 길이야. 임종을 지키지 못했어. 돌아가실 때 나를 찾으셨다는데…….」

처음에 바지뉴는 친구의 말이 귀에 들어오지 않았지만, 무슨 말인지 깨닫고는 친구의 팔을 꽉 붙잡았다. 그는 무슨 생각을 하고 있었던가? 얼마나 허황된 착각을 하고 있었던가?

「누가 돌아가셨다고? 도나 아그넬라? 너, 정신 나간 거 아냐?」

「세 시간도 안 됐어. 우리 어머니가, 바지뉴…….」

미혼이었을 때, 그리고 결혼한 후에는 도나 플로르와 함께, 일요일이면 그는 브로타스 전차 노선 끝에 있는 도나 아그넬라의 집에 콩 스튜를 먹으러 이따금 찾아갔었다. 뚱뚱하고 다정한 그녀는 그를 아들처럼 대해 주었다. 도나 아그넬라는 그 젊은 도박꾼을 얼마나 아껴 주었는지 그의 방탕한 생활 방식도 용서했다. 그는 죽은 아니바우 카르데아우, 뛰어난 카드 도박꾼이자 그녀의 사랑, 시가누의 아버지를 어쩌면 그 금발까지 꼭 빼닮지 않았던가?

「아주 판박이라니까. 완벽한 한 쌍의 난봉꾼이지.」

바지뉴는 또 한 번 놀랐고 무력감을 느꼈다. 정말 더럽고 역겨운 날이었다. 처음에는 플로르가 가증스러운 고집을 부리더니, 이제 시가누가 밤이 다 되어 도나 아그넬라의 부고를 가져오다니.

「어떻게 된 일이야? 편찮으셨나?」

「어머니는 평생 앓으신 적이 없었어. 오늘 점심 먹고 집을 나올 때만 해도 목욕통에서 빨래하고 계셨어. 늘 그렇듯 행복해서 노래를 부르고 계셨지. 오늘이 자동차 할부금 마지막 잔액을 치르는 날이었는데, 돈이 준비되어 있었거든. 아침 일찍 어머니와 같이 돈을 세었어. 어머니는 이번 달에 모으신 10토스탕[39]짜리 지폐와 2미우헤이스를 내주셨지. 이제 저 차가 진짜 우리 것이 된다고 무척 좋아하셨는데.」 그는 눈물을 삼키려 애쓰면서 말을 멈추었다. 「그런데 갑자기 가슴이 아프다고 하셨대. 겨우 내 이름만 부르시고는 돌아가셨다는 거야. 난 할부금을 치르러 가느라 임종을 못 지켰는데, 그게 너무 가슴이 아파. 근처에서 술집을 하는 이지드루가 광장으로 달려와서 부고를 전해 줬어. 곧바로 달려갔지. 아, 세상에, 어머니는 온몸이 싸늘하게 식어서 눈이 위로 돌아가 있었네. 내가 이렇게 찾아온 건 수중에 한 푼도 없어서야. 있는 돈을 다 털어서 차 값을 냈거든. 어머니 돈, 내 돈 전부 다. 불쌍한 우리 어머니.」

그의 목소리는 거의 속삭임으로 변했다. 사람들이 그의 말을 들었을까? 바지뉴가 예감을 믿으며 강제로 빼앗은 그 더러운 돈을 시가누에게 넘겨줄 때, 최악의 수다쟁이들도 지는 해와 함께 입을 다물면서 땅거미 속으로 움츠러들었다.

「이게 내가 가진 전부야……」

「같이 가줄래? 할 일이 너무 많아서 그래.」

「그걸 왜 물어? 당연한 걸 가지고.」

바지뉴가 떠나자 이웃 여자들은 도나 플로르가 가방을 싸고, 도나 노르마가 말리고 있는 그 집 거실로 들어갔다. 어느

---

[39] *tostão*. 브라질의 첫 공식 화폐인 미우헤이스가 사용되기 이전에 브라질 북동부 지역에서 쓰이던 옛 화폐로 1백분의 1미우헤이스 정도에 해당한다.

모로 보나 도나 플로르로선 그럴 이유가 있었다. 아주 정당했다. 모두 한목소리로 떠들었다. 「그렇게 아내를 괴롭혔는데 이렇게는 못 살지……」

「이참에 아예 헤어져야 해.」

「플로르를 때리다니! 정말 끔찍해!」

나중에 도나 플로르는 사람들이 시가누의 얘기, 그 모친의 부고를 못 들었을 거라곤 생각하지 않았다. 만약 장의사의 비바우두 씨가 아니었다면, 그녀는 도나 아그넬라가 심장 마비로 죽었는지, 바지뉴가 그 돈을 어디에 썼는지 까맣게 몰랐을 것이다. 비바우두 씨도 우연히 들은 것이었다. 그는 이웃에 산다는 이점을 이용해, 카탈루냐식의 무슨 대구 요리 레시피를 들고 찾아왔었다. 그는 타보아다 집안, 여덟 내지 아홉 가지 코스 이하로 내는 법이 결코 없이 돈을 물 쓰듯 쓰는 그 집안의 푸짐한 점심 식사에서 그 요리를 맛나게 먹었던 것이다. 도나 플로르의 눈이 충혈된 것을 보면서 그가 그 슬픈 소식을 전했다. 불쌍한 도나 아그넬라. 그도 방금 부고를 들었다. 그는 바지뉴, 시가누와 얘기를 나누고 원가에 관을 내주기로 했던 것이다. 도나 아그넬라라면 그럴 만한 가치가 있었다. 그녀는 노예처럼 고생하며 살면서도 늘 마음이 넉넉한, 정말 좋은 사람이었다. 비바우두 씨도 한 번 바지뉴와 같이 가서 그녀의 페이조아다를 먹은 적이 있었다.

도나 지노라를 비롯한 다른 여자들은 어둑한 땅거미 속에서 오갔던 몸짓과 말, 돈의 관계를 그제야 이해했다고 했다. 적어도 그들의 말로는 그랬다. 그 말을 누가 믿으랴.

비바우두 씨는 다음에 와서 그 스페인 요리를 맛보겠다고 약속하고는 떠났다. 아부에 웃돈까지 써가며 타보아다 집안의 요리사한테서 빼낸 레시피였던 것이다. 도나 안토니에타는 요리의 비법을 나눠 주길 꺼리는 사람이었다.

도나 플로르가 도나 아그넬라를 알게 된 것은 연애의 막바지 무렵, 결혼하기 전 이타포앙의 그 이상한 집에서 바지뉴와 오후를 보내곤 하던 때였다. 그 바람둥이 집주인은 낮에는 담배 사업 하랴, 밤과 새벽에는 계집질하랴 바빴다. 그런데 바이아를 거쳐 가는 리우의 진짜 요부는 하루 오후 나절만 시간을 낼 수 있었다. 그날엔 그 은신처를 사용할 수 없다는 통보가 바지뉴에게 전해졌다.

그들은 택시 안에서 어디로 갈지 고민했다. 도나 플로르는 몸을 부대끼며 간신히 들어가야 하는 오후의 영화관은 거절했다. 그렇다고 아내 될 사람을 매음굴에 데려갈 수도 없는 노릇이었다. 히우베르멜류의 리타 이모 댁에 가? 도나 호지우다가 나타나면 어떻게 하지? 시가누는 도나 아그넬라를 만나러 가자고 제안했다. 어머니가 오래전부터 바지뉴의 연인을 만나고 싶다는 바람을 나타냈던 것이다. 그들은 그날 오후 그 뚱뚱한 여자와 떠들면서 커피를 마셨고, 바지뉴는 모두의 앞에서 그녀에게 키스해 도나 플로르를 당황하게 했다. 도나 아그넬라는 그 처녀에게 반해서 충고와 동정심으로 인생 강의를 해주었다. 「네가 이 건달 녀석과 결혼하게 됐구나. 신이 도우셔서 인내심을 주시길. 그게 필요하게 될 거다. 도박은 세상에서 가장 나쁜 짓이지. 나는 이 녀석과 아주 똑같은 사람하고 10년 넘게 살았다. 그 양반도 금발이었고, 하얀 피부에 파란 눈이었지. 하지만 도박에 미쳐서 남아나는 게 없었어. 친정어머니가 남겨 주신 훈장까지 가져갔으니까. 그걸 팔아서 판돈으로 썼어. 그는 전부를 잃으면 화가 나서 날 때리기까지 했지……」

「때려요?」 도나 플로르는 믿기지 않는다는 듯 되물었다.

「아주 많이 취했을 때는 나를 때렸어. 아주 많이 취했을 때만…….」

「그걸 참으셨어요? 저라면 안 참겠어요. 어떤 남자라도 못 참아요.」 도나 플로르는 생각만 해도 불쾌해서 몸을 떨었다. 「절대로 참지 않을 거예요.」

도나 아그넬라가 경험자의 이해심으로 미소를 지었다. 도나 플로르는 아직 너무 어렸고 이제 막 삶을 시작한 여자였다.

「내가 그 양반을 사랑했고, 그게 내 운명인데 무슨 수가 있겠니? 돌봐 줄 사람 하나 없이 그 괴로운 생활 속에 그를 내버려 두어야 했을까? 그 양반은 시가누처럼 택시 기사였어. 예약을 받을 때에만 다른 사람을 위해서 일했지. 차 값을 낼 돈이든 도박할 돈이든 충분히 벌지 못했어. 내가 애써 모은 돈도 억지로 뺏어 가서 도박으로 날렸지. 그러다 사고로 죽었어. 키워야 할 아기만 남기고…….」 그리고 그녀는 애정과 연민의 눈으로 도나 플로르를 바라보았다. 「이건 네가 딸 같아서 하는 말이다. 만약 그 양반이 다시 나타난다 해도 나는 그 모든 걸 똑같이 되풀이할 생각이야. 그는 죽었지만 난 다른 남자와 어떤 관계도 가져 본 적이 없어. 말해 두지만 기회가 없었던 것도 아니야. 결혼할 수도 있었어. 하지만 그 양반을 사랑했는데 무얼 어쩌겠니? 그이가 내 운명이라면 말이야.」

「그이는 내 운명이었어. 그이를 사랑했지…….」 도나 플로르가 무얼 어쩌겠는가? 「말해 줘요, 노르미냐. 내가 어떻게 해야 해요?」 그녀는 가방을 비우고 도나 아그넬라의 경야에 가려고 검은 옷으로 갈아입었다. 「그가 내 운명이라면, 내가 그를 사랑한다면 내가 어찌겠어요?」

도나 노르마가 함께 나섰다. 도나 노르마는 경야를 무척 좋아했다. 눈물과 흐느낌, 보라색 꽃, 불 밝힌 초, 의례적인 위로의 포옹과 기도, 이야기, 추억, 일화, 웃음, 뜨거운 커피, 쿠키, 새벽녘의 술 한 잔. 그에 비할 것은 어디에도 없었다.
「1분 안에 옷 갈아입고 올게.」
「노르미냐, 말해 줘요. 내가 뭘 해야 하죠, 그이가 나의 운명이라면? 돌봐 줄 사람 하나 없이 외롭게 버려 두라고요? 내가 뭘 어쩌겠어요, 그이를 이렇게 좋아하는데? 그리고 그 없이 어떻게 살아야 할지도 모르는데?」

19

　그 없이 어떻게 살아갈까? 아니, 살 수나 있을까? 하루의 빛이 잿빛으로, 삶과 죽음이 덧씌워진 납빛의 땅거미로 희미해질 때, 그녀는 그런 생활에 어떻게 익숙해질까? 바지뉴를 둘러싼 수많은 영상과 모습, 그 많은 웃음과 눈물, 혼란, 열기, 칩의 달그락거림, 크루피에의 목소리. 삶은 기억의 토대 위에서만 스스로를 확인할 수 있었고, 아침의 빛과 밤하늘의 별들로만 충만할 수 있었다.
　적막하고 외로운 철제 침대에서 잠을 못 이루고, 도나 플로르는 과거로 여행을 떠나 행복의 항구에 들렀고 폭풍우에 요동치는 바다를 지났다. 흩어진 기억들, 말들, 짧은 선율들을 일깨워 달력을 재구성했다. 그녀가 원하는 건 이 땅거미의 족쇄를 깨뜨리고, 낮의 일상, 밤의 휴식 너머로 가서 다시 사는 것이었다. 이렇게 무의미하게 존재를 연장하는 건, 숨

막히는 진흙 수렁에서 지내는 건, 바지뉴 없이 이렇게 사는 건 싫었다. 어떻게 하면 이 죽음의 원을 깨뜨리고 이 무의미한 시간의 좁은 문을 지날 수 있을까? 그가 없이 어떻게 살아갈지 그녀는 알지 못했다.

때로 바지뉴는 도나 호지우다, 도나 지노라, 여러 수다쟁이 이웃의 말처럼 비열했다. 그러나 사람들이 이유 없이 그를 헐뜯으며 부당하게 대한 적도 많았다. 심지어 그녀, 도나 플로르도 몇 번 그랬던 적이 있었다.

예를 들면 언젠가, 그가 황급히 집을 나설 때, 도나 플로르는 그제야 그가 나간다는 사실을 알고 최악의 상황이 왔다고, 그가 영원히 떠난다고 생각했었다. 그가 리우데자네이루에 가서, 그 황홀한 조명과 북적이는 거리, 카지노, 수백 명의 여자를 팽개치고 다시 돌아오지는 않을 거라고 믿었다. 바지뉴는 수도 없이 말하지 않았던가. 「언젠가 꼭 리우에 가고 말 거야. 인생은 그렇게 살아야지. 가면 돌아오지 않을 거야.」

그 여행은 또 한 번의 미친 짓이었다. 돈이 필요했던 미란당은 농업 학교 학생들끼리 방학 기간 중 〈리우데자네이루 연구 센터 답사〉라는 명목으로 방문단을 꾸릴 궁리를 했다. 그는 학과 동료 다섯 명과 함께 사업가들을 찾아가 기념품 소책자 한 권으로 직원들에게 사기를 쳐서 모두에게서 기부금을 얻어 냈다. 그리고 은행원, 제조업자, 사업가, 점주, 온갖 다양한 분야의 상인, 여당과 야당의 정치가 등에게서도 돈을 뜯어냈다. 꽤 여러 날이 흘러 상당한 현금을 모으고 나니 한 가지 문제가 있었다. 정치가들에 대한 예의로, 진심으로 존경을 표하다 보니 방문단 이름이 세 번이나 바뀌었던 것이다. 세 가지 멋진 이름 중에서 이제 어느 걸 선택할 것인가? 미란당은 지극히 간단한 해결책을 내놓았다. 받은 돈을 나누어 가지고 여행 따위는 잊어버리고, 연구 센터를 방문했다고 발표만 하자는 것이었다. 그러나 다섯 명의 동료는 하나같이 반대했다. 그들은 여행을 하고 싶었고 리우에 가보고 싶어 했다(만약 기회가 생긴다면 그곳 농업 학교를 방문해, 적어도 부속 건물이라도 스쳐 지나갈 생각까지 하면서).

주 농업 장관의 요청으로 공짜 통행권까지 받고 나자, 이들은 관대하신 장관을 기념해 네 번째로 방문단 이름을 바꾸었다. 출발 당일, 출항이 얼마 남지 않은 시간에 결원이 생겼다. 여섯 명의 사기꾼 가운데 한 명이 말라리아에 걸려서 의사가 여행을 못 하게 했는데, 시간이 촉박해 다른 학생을 대신 부르거나 사용하지 않은 표를 뭐라도 받고 팔아넘길 시간이 없었던 것이다.

부두까지 미란당을 배웅했던 바지뉴는 그들의 말을 흘려듣고 있었다. 그때 미란당이 불쑥 물었다. 「표가 아까운데 네가 같이 가지 않을래?」

「난 학생이 아니잖아!」

「그게 무슨 상관이야! 그럼 가는 거다. 배에 오르기만 하면 돼. 두 시간 내로 출발이야.」

그 정도면 부랴부랴 집에 가서 속옷과 셔츠, 파란색 캐시미어 정장을 준비할 시간은 충분했고, 그사이 미란당, 어떤 희생도 마다하지 않을 이 친구는 도나 플로르의 눈물을 감당했다.

〈다시 돌아오지 않을 거야.〉 그녀는 그렇게 확신했다. 그녀는 학생들의 수학여행이라는 허무맹랑한 이야기를 곧이곧대로 믿을 만큼 바보가 아니었다. 왜, 어떻게 학생도 아닌 바지뉴가 대학생 방문단에 낄 수 있단 말인가? 바지뉴에게는 공부라고 해봐야 예감의 책, 꿈과 악몽을 세세하게 해석한 도박사들의 필독서를 읽는 것밖에 없었다. 보나 마나 어떤 여자의 꽁무니를 쫓아 그 타락의 심연, 리우데자네이루로 가는 것이 틀림없었다. 미란당이 자기 어머니의 무덤과 자기 아이들의 건강을 걸고 맹세할수록 도나 플로르의 의혹은 커져만 갔다. 그 황당한 이야기는 숨 쉬어 가며 말할 가치도 없는 것이었다. 왜 미란당은, 그녀의 콤파드레는 그렇게 그녀를 괴롭히는 역할을 맡아서, 그렇게 허무맹랑한 거짓말로 그녀의 가장 깊은 감정을 조롱하는 걸까? 그녀에 대한 존경심이나 배려도 전혀 없으면서 왜 자기 아이의 대모가 되어 달라고 부탁했던 걸까? 바지뉴가 정 떠나고 싶었다면, 어느 여자와 리우로 달아나고 싶었다면, 적어도 사나이답게 처신해서 직접 자기 입으로 사실을 말해야지, 우정을 이용해 콤파드레한테 그따위 동화나 들려 보내서 아내를 지독한 바보로 만들지 말았어야 했다. 「하지만 코마드레, 사실이에요. 전부 다 사실이라니까요. 한 달 안에 돌아온다고 맹세해요.」 그 모든 허풍이 다 뭐란 말인가? 〈바지뉴는 다시 돌아오지 않을 거야.〉 그녀는 확신했다.

그러나 정말로 그는 그 일행이 계획했던 날짜에 돌아왔다. 도나 플로르는 실제 방문단이 있었다는 사실을 인정하게 되었는데, 자신의 수강생인 도나 시냐 테하의 맏아들이 그 방문단에 끼어 있었고, 그가 편지에서 바지뉴를 〈멋진 친구〉라고 언급했기 때문이다. 그는 돌아왔을 뿐 아니라 드레스를 만들 값비싸고 멋지고 아름다운 수입 실크까지 가져다주었다. 도나 플로르에게 그것은 바지뉴가 룰렛 휠에서 운이 좋았다는 것, 그리고 유람 중에도, 리우에 늘어선 진기함과 도박, 흥청거림 속에서도 그녀를 잊지 않았음을 뜻했다. 「내가 빠지면 방문단이 해체될까 봐 도망칠 수도 없고 남자들한테

묶여 지내야 했는데, 내가 어떻게 당신을 잊겠어?」 그는 조끼까지 입고 카리오카가 다 돼서 돌아와 허풍을 쳤다. 그는 수많은 유명인, 자기가 만났던 사람들의 이름을 나열했다. 가수 시우비우 카우다스,[40] 유명한 여배우 베아트리스 코스타 등등.

그는 가수 카이미의 소개로, 그 가수가 일하던 우르카 카지노에서 시우비우를 만났다. 바지뉴는 그의 소박하고 겸손한 품성을 침이 마르도록 칭찬했다. 「그 사람이 그 가수라고는 상상도 못할 거야. 그냥 보통 사람과 똑같아. 그가 여기 오면 당신도 만나게 될 거야. 3월에 여기 온다던데, 내가 당신의 바이아 산해진미로 점심을 대접하겠다고 약속했거든. 자기도 요리라면 아는 게 많다고 하더군.」 꿈도 못 꿀 그런 일이 생긴다면 그 점심을 준비하는 도나 플로르는 얼마나 기쁠까. 그녀는 그의 열성 팬이었고 라디오에 나오는 그의 노래에 귀를 기울였다. 브라질 사람다운 그 목소리!

실크를 몸에 두르고 어깨를 드러냈다 덮었다 하면서, 바지뉴가 돌아온 것이 너무 좋아서 웃었다 한숨을 쉬었다 하면서, 도나 플로르는 남편과 함께 침대에 올라갔다. 쓰라렸던 원망의 감정은 사랑의 표현을 더욱 달콤하게 해주었다. 그녀는 그에게 부당하게 대했고 공격적이었으며 불친절했고, 그를 의심했었다. 〈방문단 중 가장 잘생긴 학생〉을…….

도나 플로르가 끝까지 알지 못했던 것은 바지뉴를 조지의 품에서 끌어내 바이아행 여객선에 태우기까지 미란당이 무진 애를 썼다는 사실이었다. 조지는 포르투갈 여자 조제피나의 예명이었는데, 베아트리스 코스타의 포르투갈 공연에서

---

40 Sílvio Caldas(1908~1998). 브라질 음악의 네 거장 중 한 명으로 꼽히는 세레나데 가수 — 옮긴이주.

코러스 걸이었던 이 여자는 젊은 바이아 남자에게 홀딱 반했다(그 역도 마찬가지였다). 두 사람이 만난 것은 학생 방문단이 초대권을 들고 리퍼블릭 극장에 가서 쇼를 보고, 쇼가 끝난 뒤 무대 뒤에서 베아트리스와 그 조연들에게 축하 인사를 하러 갔을 때였다. 바지뉴는 아직 어부 아내 의상을 입고 있는 조지가 맘에 들었다. 그녀는 이 가짜 학생을 머리끝에서 발끝까지 훑어보았다. 둘은 서로 미소를 교환했고 30분 후에는 근처 선술집에서 튀긴 대구포를 함께 먹고 있었다. 그 선술집에서는 물론이고 이후 그가 떠날 때까지 내내 계산은 조지가 치러 주었다. 바지뉴는 시간을 쪼개 가며 그 포르투갈 코러스 걸과 카지노 사이를 오락가락하느라, 바이아로 떠날 날짜와 시간은 까맣게 잊어버렸다. 미란당은 하는 수 없이 단호하게 나가 그의 양심에 호소했다.「난 이미 내 코마드레가 우는 모습을 봤어. 그걸 두 번 보고 싶지는 않아. 나 혼자 돌아가면 그녀가 뭐라고 하겠어?」

도나 플로르는 이런 사실이나 그 프랑스제 실크의 내막을 영영 알지 못했다. 그 실크는 리우에서 산 것이 아니라 배에서 포커 게임으로 딴 것이었다. 배가 사우바도르에 들어오기 전날 밤, 방문단 성원 모두 수중에 한 푼도 없을 때, 리우에서 산 선물과 기념품을 걸고 카드놀이를 했다. 바지뉴는 한 학생한테서 실크를, 다른 학생한테서는 에나멜가죽 구두와 아주 고급품인 파란 넥타이를 땄다. 이런 물건에 그가 내걸었던 것은 조지의 끝내주는 사진, 금테를 두른 유리 액자의 큰 컬러 사진이었는데, 거기서 그 포르투갈 여자는 배우처럼 서서, 농부의 딸처럼 꾸미고 비키니 차림으로 한쪽 다리를 높이 들어 올리고 있었다. 그녀는 거기에다 생각 없이 글까지 적어 주었다. 〈존경하는 바이아 사나이에게, 사랑하는 조지.〉 그 사진은 오랜 흥정 끝에 결국 한 젊은 변호사, 대도시에서의 방탕한 편력 이야기와 증거들로 친구들의 부러움을 사고 싶었던 또 다른 여행 동료에게 돌아갔다. 그렇게 해서 조지는 바지뉴의 상륙을 도와주고 도나 플로르를 기쁘게 해 주었고, 도나 플로르는 남편의 품에서 설레며, 기다란 실크로 자기 몸을 드러냈다 감추었다 하다가, 마침내는 침대 발치에서 뒹굴게 되었던 것이다.

  그 없이 어떻게 살아갈까? 그의 빈자리에 숨이 막히는데, 물살에 휩쓸려 안개와 싸우면서, 참을 수 없는 욕정의 한계를 어떻게 넘을 수 있을까? 무슨 수로 태양의 빛을, 낮의 따사로움을, 아침의 산들바람을, 저녁의 하늬바람을, 하늘의 별들을, 사람들의 면모를 다시 발견할 수 있을까? 아니, 그가 없이는 어떻게 살지 알 수조차 없었다. 그녀는 슬픔과 웃음, 감정의 안개 속에, 항상 놀라움으로 가득한 그의 세계에 머물면서 그를 붙잡고 있었다.

  이웃들이 나쁜 순간들, 생각하기도 싫은 말다툼들, 그가 그녀의 돈을 빼앗기 위해 썼던 비열한 술책들, 그가 들어오지 않았던 밤들, 취해서, 틀림없이 다른 여자와 지내면서, 도박에 미쳐서 외박했던 밤들을 회상하는 건 있을 수 있는 일이었다. 그러나 그들은 왜 시우비우 카우다스가 바이아에 왔을 때, 도나 플로르가 쉬거나 슬퍼할 시간조차 없었던 그 뿌듯한 날들을 회상하는 데에는 그 추잡한 입을 놀리지 않는 걸까? 눈썹을 찌푸릴 작은 사건 하나 없이 완벽했던 한 주. 도나 플로르는 그때의 순간순간이 소중했다. 그 풍요로움, 그 기쁨, 진수성찬. 그 일주일 동안 그녀는 들뜬 동네 사람들 사이에서, 말하자면 여왕이나 다름없었다. 카베사에서 라르구 도이스 지 줄류까지, 아레아우 지 시마에서 아레아우 지

바이슈까지, 소드레에서 산타테레자까지, 프레기사에서 미란치 두스 아플리투스까지 모든 사람이 들썩였다. 그녀의 집은 중요한 사람들로 북적거렸다. 정말 중요한 사람들이 그녀의 집 문을 두드리고, 들어가도 되느냐고 물었다. 시우비우가 팰리스 호텔에 묵으면서도 바지뉴의 집을 정말 편안하게 생각하고, 마치 그 집에 사는 것처럼, 그리고 도나 플로르가 자기 누이동생인 것처럼 손님을 맞이하고 수다를 떨었기 때문이다. 개인적으로 친분이 있는 은행가 셀레스치누, 닥터 루이스 엔히키, 동 클레멘치를 제외하고도, 바이아의 내로라 하는 사람들이 그 유명한 점심 식사에 참석하려고, 또는 다른 날에는 그 가수와 인사하고 악수라도 나누기 위해서 그 집을 찾아왔다. 도나 호지우다가 황홀경에 빠질, 흥분해서 넋이 나갈 만큼 중요한 사람들이 찾아왔지만, 불행히도 그녀는 나자레트 다스 파리냐스에서, 엑토르의 편지에 따르면 마침내 첫아이를 임신한 며느리의 삶을 지옥으로 만들면서 지내고 있었다.

도나 플로르에게는 그날 점심 식사에 관한 생생한 기억만이 아니라 오려서 간직해 둔 신문 기사까지 있었다. 바지뉴의 친구인 두 기자, 한 명은 농담과 장광설을 좋아하는 지오바니 기마랑이스였고, 또 한 명은 사창가에서 유명한 바람둥이 흑인 바티스타였는데, 미식가인 이 두 사람이 신문에 그 사건을 보도했던 것이다. 지오바니는 〈굴지의 가수를 위한 이 비할 데 없이 훌륭한 연회는 근면한 공무원인 바우도미루 기마랑이스와 그의 기품 있는 부인 도나 플로리페지스 파이바 기마랑이스가 준비한 것으로, 그 부인의 요리 솜씨는 남다른 친절과 성품에 어울리는 수준이었다〉라고 썼다. 흑인 주앙 바티스타의 경우는 요리의 가짓수를 강조했다. 〈……훌륭하면서 푸짐한 성찬이었다. 열두 가지의 서로 다른 디저트는 말할 것도 없고, 여기서 접대된 바이아의 빼어난 진미들은 모두가 우리 지역 요리의 우수성과 플로르 기마랑이스 부인의 신이 내린 재능을 증명해 주는 것이었다. 부인은 본지 독자이자 우리 시에서 가장 헌신적이고 능력 있는 공무원 중 한 사람인 바우도미루 기마랑이스의 아내이다.〉 보다시피 이 두 미식가가 얼마나 맛있게 먹고 만족했는지, 식사와 도나 플로르의 요리 솜씨를 찬양한 것은 물론이요, 바지뉴를 헌신적이며 능력 있고 열심히 일하는 공무원으로, 조금은 받아들이기 힘든 과장을 섞어 탈바꿈시키기까지 했다.

왜 이웃의 수다쟁이들은 그 일요일 오찬의 일은 기억하지 않는 걸까? 집 안은 움직이기 힘들 정도로 사람들이 넘쳐 났고, 탁자에는 음식이 가득했다. 아마추어 음악가이자 대법원에서 일하는 닥터 코케이주는 도나 플로르의 예술을 찬양하며 연설을 했다. 시인 엘리우 시몽이스는 〈위대한 전통의 수호자, 덴데 오일과 후추 사용에 능숙한, 매력적인 안주인〉을 위한 소네트를 약속했다. 그리고 그 모든 소문 하나하나는 귀엣말을 통해 모든 사람에게 알려져 있었다. 시우비우가 기타를 집어 들고 브라질의 감동적인 목소리를 내질렀을 때에도 사람들이 왔다. 사람들은 그의 노래를 들으려고 문간에 모여들었다. 그리고 오후 5시에도 많은 손님이 자리를 뜨지 않았고, 수많은 불청객이 와서 맥주나 럼주를 마시면서 한 곡만 더 해달라고 졸랐으며 시우비우는 누구의 청도 거절하지 않았다.

그러나 도나 플로르에게 가장 좋았던 것은, 앞에 말한 찬사나 신문 기사보다, 연설이나 시보다 훨씬, 나아가 시우비우 카우다스의 노래보다 더 좋았던 것은 하늘과 바다를 평화와 조화로움으로 가득 채우던 바지뉴의 행동이었다. 그는 그날 점심 식사의 모든 비용을 댔을 뿐 아니라(그 많은 돈을 순식간에 어디서 구했을까? 바지뉴의 달변만이 그 기적을 행할 수 있었으리라), 그날은 술을 자제하고 취하지도 않았으며, 모든 방문객에게 신경을 쓰면서 완벽한 집주인 노릇을 했던 것이다. 그리고 그 가수가 청하지도 않았는데 기타를 들고 도나 플로르를 〈나의 누이 플로르〉라고 부르면서 점심 대접에 대한 답가를 불렀을 때, 바지뉴는 아내 곁에 다가와 앉아 손을 잡아 주었다. 도나 플로르는 눈물이 솟구쳤다. 그녀가 감당할 수 없는 감동이었다.

그 없이 어떻게 살아갈까? 그가 없는 생활, 마르지 않는 재미와 놀라움의 샘이 없는 이런 생활에 어떻게 익숙해질 수 있을까? 그 전에 그녀는 석간신문에서 그 가수가 팰리스와 타바리스에서 열릴 짧은 공연을 위해 도착했다는 기사를 읽었다. 바이아 시의 초청을 받은 그는 캄푸그란지에서, 콘서트를 통해 시민들에게 그의 노래를 들려주고 같이 노래할 수 있는 기회를 제공하기로 되어 있었다. 바지뉴가 정말 그를 만나러 갈까? 혹시 그 가수한테서 아무 연락이 없으면 어쩌지?

몇 달 전 그가 리우에서 돌아왔을 때, 그는 시우비우 카우다스 얘기를 멈추지 않으면서 거의 그 이름만 언급했다. 심지어 그는 도나 플로르가 준비한 점심을 대접하겠다는 약속까지 했다. 말도 안 되는 소리지. 그처럼 유명한 사람이, 신문 머리기사에 나는 대단한 사람이, 잡지 표지에 실리고, 바이아에 단 일주일을 머무는 사람이. 게다가 그는 부자들의 초대나 관심을 받아들일 시간도 없을 텐데, 설사 그가 원한다고 해도, 가난뱅이의 집에서 식사할 시간을 어떻게 낸단 말인가? 신문에서는 〈이 위대한 예술가의 바이아 방문을 기념하기 위해 상류층에서 계획한 일련의 향연이 준비되고 있다〉라고 발표했다. 그렇지만 만약 그런 중요한 사람을 자기 집 손님으로 맞이하고 진정한 바이아식 요리로 융숭하게 대접할 수 있다면, 기꺼이, 아주 기꺼이 그 접대를 준비하고, 그동안 애써 벌어 저축한 돈을, 철제 침대 기둥 속에 감춰 둔 돈은 물론, 한 달 생활비를 다 쓰고, 필요하다면 빚까지 질 각오가 되어 있었다. 리우에서 그와 바지뉴가 진심 어린 관계를 쌓았다는 건 조금도 의심하지 않았다. 도박 테이블이 있는 곳이면 어디든 나타나는 가수가 아니던가? 그러나 이 유명인의 방문과 그녀의 집 사이에는 커다란 거리가 있었다. 그렇다 해도 바지뉴에게 그 거리는 존재하지 않았거나 아무런 장애물도 되지 않았다. 그에게는 모든 일이 쉬웠고, 인생에 불가능은 없었다. 언젠가 도나 플로르는 한심해서 도나 노르마에게 이렇게 말했다. 「바지뉴가 얼마나 산만한지! 생각하는 것 좀 보세요. 시우비우 카우다스에게 점심 접대라니, 그런 황당한 소리가 어디 있어요?」

그러나 도나 노르마는 그 생각에 혹했다. 「진짜로 올지 어떻게 알아! 그렇게 된다면 우리 가게 문을 닫아서라도 와야지……」

도나 플로르는 훨씬 작은 것이어도 만족했을 것이다. 「그 가수의 야외 콘서트에만 가도 좋겠어요. 그래요, 같이 갈 사람만 있다면. 사람이 없으면 그것도 안 되겠지만.」

「같이 갈 사람은 걱정하지 마. 내가 방법을 찾아볼게. 제 삼 파이우가 같이 가기 싫다면 혼자 집에 남아 있으라지. 나는 아르투르랑 가야지……」

라디오 뉴스에서는 그 가수의 도착을 알리면서, 그날 밤 자정에 팰리스 호텔 카지노 옆방에서 노래를 하고, 밤 2시에는 문예인들과 유곽 여자들을 위해 타바리스에서 노래를 할 예정이라고 전했다. 도나 플로르는 그 가수의 일정을 짚어 보면서 침실로 갔다. 한 가지만큼은 분명했다. 그날은 바지뉴를 기다릴 필요가 없다는 것이었다. 시우비우 카우다스가 와 있다는 것은 그녀에게 남편이 없는 거나 마찬가지였다. 동틀 녘, 그들은 카바레를 나와서, 바이아의 기우는 밤 그림자를 따라 미궁 같은 펠로리뉴와 세치포르타스로 향한 길과 함파 두 메르카두를 지나 바다와 고깃배를 구경할 것이다.

그녀는 잠을 자며 꿈을 꿨다. 어지러운 꿈에서는 미란당, 시우비우 카우다스, 바지뉴와 오빠 엑토르, 올케, 도나 호지우다가 뒤섞여 있었다. 그들 모두 나자레트 다스 파리냐스에 있었고, 도나 플로르는 어머니의 비웃에 쇠사슬로 묶여 있는 임신한 올케를 풀어 주려 애쓰고 있었다. 신문과 라디오의 뉴스와 오빠가 보낸 편지가 흉흉한 꿈속에서 뒤섞였다. 도나 호지우다는 화를 내면서 시우비우 카우다스가 나자레트에 온 이유를 물었다. 그는 다만 도나 플로르에게 바치는 바지뉴의 세레나데를 거들어 주기 위해서 왔다고 대답했다. 「세레나데라면 아주 지긋지긋해.」 도나 호지우다가 이를 갈았다. 그러나 그는 기타를 들었고, 꽃잎 같고 벨벳 같은 그 목소리는 꿈같은 파라구아수 옆 헤콩카부의 사람들을 깨웠다. 도나 플로르는 자장가를 듣는 듯 자면서 미소를 지었다.

거리에서 들리는 목소리가 점점 커져 도나 플로르를 깨웠지만, 기적처럼 꿈은 계속되고 노랫소리는 가까워졌다. 꿈인가, 현실인가? 잠을 깬 사람들이 황급히 귀를 기울였다. 도나 플로르는 재빨리 가운을 걸치고 창가로 갔다.

그들이었다. 바지뉴, 미란당, 에드가르드 코코, 거만한 카를리뉴스 마스카레냐스, 아라카주의 여러 카바레에서 노래하는 희멀건 제네르 아우구스투. 그리고 그들 사이에서 가슴에 기타를 얹은 시우비우가 크고 또렷한 소리로, 도나 플로르에게 바치는 노래를 부르고 있었다.

　　기타의 고동치는 현 위로
　　감동적인 선율 소리······.

　거리 위로 우렁차게 퍼지던 세레나데가 있었다. 신문에까지 났던 일요일 오찬이 있었다. 시우비우는 몸소 두 번째 식사를 준비하기 위해 찾아왔고, 모든 재료를 가져왔으며, 앞치마를 두르고 부엌에 들어갔다. 그는 조리법도 잘 알고 있었다. 다른 때에는 시간도 잡지 않고 찾아왔다. 그는 왔다가 갔고, 모두 함께 카포에이라 시합도 구경했다. 그러나 그 일주일 사이 벌어진 일들 중에서 화요일, 시우비우가 헤시피로 떠나기 전날 밤에 있었던 공개 축하 행사에 견줄 만한 것은 없었다. 보름달이 뜬 밤, 광장에 사람들이 운집한 가운데, 캄푸그란지의 사열대에서 그는 시민들을 위한 노래를 불렀다.
　도나 플로르는 바지뉴에게 거기 갈 거냐고 묻지도 않았다. 그는 친구를 눈에서 놓칠 사람이 아니었다. 그녀는 자기도 도나 노르마와 삼파이우와 함께 가겠다고 쾌활하게 일러 주었다. 그 구두 가게 주인까지도 세레나데를 들으러 갈 생각에, 늘 끼고 살던 피곤함을 접어 두고 있었다.
　저녁 식사 후, 시가누의 택시가 집 문 앞에 바지뉴, 시우비우, 미란당을 내려 주었을 때 도나 플로르가 얼마나 놀랐을지 상상해 보라. 그들은 그녀를 데리러 온 거였다. 「부인은 어떡하고요?」 그녀가 미란당에게 물었다. 미란당의 아내는 아이들과 함께 먼저 출발했다. 시간에 맞추어 광장에 와 있을 것이었다. 도나 플로르가 외출 준비를 하는 사이, 남자들은 저희끼리 다이키리 칵테일을 만들었다.

관청 간부들이 앉은 좌석 사이에 그녀와 바지뉴를 위한 자리가 준비되어 있었다. 주지사는 독감에 걸려 누워 있었기 때문에 나올 수 없었지만, 관저 근처에 확성기를 설치해 주지사와 그의 아내가 들을 수 있게 준비했다. 플로르와 바지뉴 자리에서 멀지 않은 곳에 그 도시의 최고 권력자와 그의 아내가 있었고, 경찰 총경과 그의 누이들, 교육감, 헌병대장, 소방대장, 닥터 조르지 카우몽, 그리고 많은 저명인사가 있었다. 도나 플로르는 그 거물들 사이에서 바지뉴에게 웃음을 지었다. 「엄마가 이 장면을 못 보시다니 정말 유감이에요. 엄마는 안 믿으실 거예요. 우리가 저런 중요한 사람들과 나란히 앉아 있다는 걸.」

바지뉴는 비웃듯 웃으면서 이렇게 대답했다. 「장모님은 심술만 가득해. 인생에서 가장 중요한 건 사랑과 우정이란 걸 모르신단 말이야. 나머지는 전부 시간 낭비고 겉치레야. 애면글면할 가치가 없어.」

갑자기 기타가 코드를 울리자, 광장의 들뜬 소리들이 잦아들었다. 시우비우 카우다스의 목소리, 보름달, 별들과 산들바람, 공원의 나무들, 청중의 고요. 도나 플로르는 눈을 감았고 남편의 어깨에 머리를 기댔다.

그 없이 어떻게 살아갈까? 어떻게 그 사막을 건너고 어둠을 지나며, 그 늪을 빠져나간단 말인가? 그가 없이는 모든 것이 시간 낭비, 겉치레일 뿐, 애면글면할 가치가 없었다.

20

 도나 플로르가 철제 침대에 누운 동안, 한 가지 생각이 그녀를 괴롭히며 존재의 심연으로 흩어 놓았다. 다시는 그를 곁에 두지 못한다. 그녀의 바지뉴를, 그 모든 설렘을. 두 번 다시는. 그 확실성이 그녀를 꿰뚫으며 맥을 풀어 버렸다. 독 묻은 칼날이 가슴을 베고 심장을 멈추어 버리듯, 살고 싶다는 욕망, 버티고 싶다는 젊음의 갈망을 꺼뜨려 버렸다. 그 철제 침대에서 도나 플로르는 자살했다. 오직 정욕만이 그녀를 지탱했고 추억만이 지속되었다. 기다려도 소용없는데 왜 기다리고 있었을까? 그 정욕은 불꽃처럼 그녀의 생명을 태우면서, 왜 그녀를 계속 살려 두었을까? 아무 소용 없는데. 절대로 그가, 그 뻔뻔스러운 연인이 다시 돌아와, 그녀의 페티코트나 슬립, 레이스 팬티를 벗겨 그녀의 알몸을 드러내고, 그녀가 감히 입에 올릴 생각도 못하는 추잡한 말들을 지껄이고, 그렇게 미치게, 그렇게 음란하게, 그러나 그렇게 달콤하게 해줄 일은 없는데. 아! 그가 다시 그녀의 목을, 허벅지를, 배를 만져 그녀를 흥분시키고, 다시 잠으로, 거침없이 그녀를 휩쓰는 폭풍 속으로 밀어 넣는 일은 결코 없을 것이다. 애정의 산들바람, 한숨의 하늬바람, 졸도하고 죽어서 다시 살아나게 되는 일은. 오, 다시는 없을 것이다. 오직 정욕만이, 기억만이 그녀를 살리고 있었다.
 〈축축하고 음울한 집, 묘지 주변을 방황하는 길 잃은 영혼처럼.〉 곰팡이 냄새는 벽에서, 천장에서, 바닥에서 피어나고 거미와 거미줄에는 싸늘한 무관심. 〈바지뉴에 대한 기억으로 그녀 자신을 묻어 버린 무덤.〉 도나 플로르는 깊이 슬퍼하면서 안으로, 바깥으로 썩어 가고 있었다. 그녀의 친구 도나 노르마가 그녀를 찾아와서 말했다. 「이렇게 살면 안 돼, 플로르. 이러지 마. 거의 한 달이 지났는데, 넌 마치 연옥에 있는 영혼처럼 집에 처박혀 지내다니. 반짝반짝하던 집에 온통 흰 곰팡이가 꼈잖아. 세상에, 네가 틀어박혀 꼼짝 않으니 집이 무슨 무덤 같아. 너부터 정신 차려야 해. 이제 이렇게 지내지 마. 슬퍼할 때가 아니란 말이야.」

수강생도 끊겼다. 웃음과 명랑한 소리가 가득했던 자리는 텅 비었다. 선생이 억지로 애써 웃는 것 같은데, 수강생들의 따뜻한 우정, 공부를 여가처럼 즐기던 유쾌한 감정, 풍미와 예술 요리 학교의 성공을 끌어낸 주요 요인이던 것들이 어떻게 유지될 수 있단 말인가? 옛 수강생이던 도나 마가 파테르 노스트루, 그 백만장자 여자는 라데이라 두 아우부 1층의 문턱에서 「알자스 학생The Alsatian Student」을 패러디해 작품을 낭송하는 학생을 장난스럽게 흉내 냈다.

즐겁고 자유로운 학창 시절이여, 영원하라.
그리고 명랑한 젊은 교사여, 영원하라…….

그 후로 학생 수는 불어났고, 저마다 무료 홍보단이 되어서 친구들에게 입소문을 퍼뜨렸다. 「선생이 정말 대단해. 그 요리를 따라갈 사람은 없을 거야. 게다가 얼마나 잘 가르치고 매력적인지 몰라. 수업은 또 얼마나 재밌는데. 웃고 떠들고 농담하다 보면 두 시간이 금방 지나가. 시간 보내기에 그만큼 좋은 게 없어.」 한번은 두 반에 다 받아들일 수 없을 만큼 신청자가 너무 많아 거절해야 했던 적도 있었다. 그러나 지금은 세 명의 소녀만 남았고 학교가 곧 문 닫을 거라는 소문이 돌고 있었다. 그 〈명랑한 젊은 교사〉는 어떻게 되었는가? 〈웃고 떠들고 농담〉하는 두 시간은? 수업 도중에 소녀들이 웃을 때면, 도나 플로르는 그곳을 떠나 다른 곳에 있는 것처럼, 갑자기 멍하니 허공을 보고 얼굴을 찡그렸다. 다른 사람의 죽음이 항상, 날마다 존재하는 것 같은 기분을 누가 좋아하겠는가? 그런 공동묘지가 따로 없었다.

그녀의 코마드레인 지오니지아 지 오쇼시가 그녀를 방문했고, 다음엔 그녀의 대자인 아기를 데리고 왔으며, 그다음엔 예절을 갖추어 검은색 일색의 옷을 입고, 그러나 웃음을 짓고 찾아와 거의 한 달 사이에 세 번의 방문을 채웠다. 그녀는 도나 플로르의 얼굴에 가득한 수심을 보고 걱정했다. 그렇게 우울하게 지내면 건강을 해칠 것 같았다.

「코마드레, 그 사람을 영원히 묻어 버려요. 그러지 않으면 그 사람은 여기 있는 모든 걸 썩게 만들 거예요, 당신을 포함해서.」

「어떻게 해야 할지 모르겠어요. 그이 생각밖에는 아무것도 못 하겠어요.」

「그럼 그 사람의 모든 기억을 한데 모아요. 그 많은 기억을 전부 모아서 당신 가슴 밑바닥에 묻어요. 모든 기억을 다. 좋은 기억, 나쁜 기억 다 모아서 그 짐을 묻어 버리고 누워서 편안하게 자는 거예요.」

옆구리에 책을 한가득 끼고, 주근깨와 건강미가 드러나는 화사한 여름 드레스를 입은 조언자, 도나 지자는 그녀를 꾸짖었다. 「어떻게 된 거야? 이런 식으로 얼마나 오래 지낼 생각이야?」

「그럼 어떡해요? 나도 이러고 싶어서 이러는 건 아니에요…….」

「네 의지력은 어디로 갔어? 스스로 이렇게 말해. 내일 나는 새 삶을 시작한다. 과거의 문을 닫고 다시 삶을 시작한다고.」

이웃들은 그레고리오 성가를 부르듯 합창했다. 「이제 원수 같은 남편이 없으니 행복하게 살 거야. 신께 감사해야 해.」

동 클레멘치 니그라는 청록색으로 물든 넓은 바다가 보이는 수도원 안뜰에서 그녀의 깊은 슬픔과 수척함, 실의를 이해한다는 듯 애처로운 얼굴을 매만졌다. 도나 플로르는 월례 미사를 부탁하려고 온 참이었다.

「자매님.」 상아처럼 흰 피부의 사제가 중얼거렸다. 「이 절망이 무슨 의미가 있겠습니까? 바지뉴는 정말 쾌활하고 웃기 좋아하는 사람이었지요. 나는 그를 볼 때마다 가장 큰 죄악은 슬픔이며, 삶을 거스르는 것임을 깨달았습니다. 당신이 이런 걸 보면 그가 뭐라고 할까요? 좋아하진 않을 겁니다. 슬픈 건 질색하는 사람이니까요. 바지뉴에 대한 기억에 충실하고 싶다면 삶을 유쾌하게 대하세요…….」

이웃의 수다쟁이들은 계속 떠들었다. 「이제야 그녀가 행복해지게 됐어. 그 개자식이 지옥에 갔으니까.」

방 뒤쪽에서는 발레 공연에서처럼 형체들이 움직였다. 도나 호지우다, 도나 지노라, 교회지기의 향을 풍기며 독실한 체하는 위선자들, 그리고 도나 노르마와 도나 지자, 동 클레멘치, 그리고 자기 아기에게 미소 짓는 지오니지아 지 오요시. 「코마드레, 그 짐을 가슴속 깊이 묻어 버려요. 그리고 누워서 편안하게 잠자요.」

그러나 그녀의 몸은 저항하면서 그를 부르고 있었다. 그녀는 친구들의 말에 귀를 기울이고 수긍하며 받아들였고, 날마다, 시간마다 조금씩 죽어 가는 이런 생활에 종지부를 찍어야 한다는 의견에 동의했다. 그러나 육체는 그 의견을 거부하면서 간절히 그를 불렀다. 기억은 그에게 돌아가기만 했고 그를, 멋진 콧수염과 빈정거리는 웃음, 뻔뻔스럽고 추잡하면서도 아주 달콤한 말들, 가슴 털, 칼에 베인 상처를 지닌 바지뉴를 데려다주었다. 그녀는 그와 함께 떠나고 싶었고, 그를 안고, 그의 악행 — 그런 일은 너무도 많았다 — 에 화를 내고, 부끄러운 줄 모르고 신음하고, 그의 키스에 졸도하고 싶었다. 그러나 다시 일어나 살아야 했다. 집을 개방하고 굳게 다문 입술로 방과 마음을 환기하고, 모든 과거를, 바지뉴를, 그의 모든 것을 싸서 깊은 곳에 묻어야 했다. 누가 알겠는가, 그렇게 하면 정욕이 수그러들지? 늘 들었던 말이지만, 과부란 그런 정욕에, 그런 사악한 생각에 면역이 되어 있어야 했고 모든 열정을 소진해 버려야 했다. 과부의 소망은 남편의 관 속에서 무덤으로 가는 것, 남편과 함께 묻히는 것이다. 뻔뻔스러운 여자, 남편을 사랑하지 않는 여자만이 여전히 그런 짓을 생각한다. 역겨워라! 그녀를 소진시키는 열기를, 가슴을 부풀게 하고, 불만스러운 자궁을 괴롭히는 절망을 바지뉴는 왜 함께 가져가지 않았을까? 죽은 남편을 다시 한번, 완벽하게 묻어야 할 시간이 왔다. 그가 그녀에게 함부로 했던 모든 일, 그의 비열함, 오만함, 유쾌함, 익살, 그 넘치는 충동과 함께. 그리고 그가 유순한 플로르에게 씨 뿌린 모든 것, 그가 일으킨 불꽃들, 타오르는 정욕, 미칠 듯한 그리움, 아, 철면피한 과부의 용서할 수 없는 충동들과 함께.

   그렇지만 그러기 전에, 딱 한 번만. 그녀는 마지막으로 그를 찾았고 찾아내어 그의 팔에 매달렸다. 어느 날 그녀는 결혼하기 전처럼, 가난에 쪼들리는 두 처녀였던 그녀와 호잘리아가 부잣집에서 열리는 파티에 가서, 거기서 가장 멋진 옷을 입은 사람이 되어 화려하게 꾸민 다른 사람들의 부러움을 샀던 때처럼, 부자처럼 옷을 입고 나갔었다.

아, 어느 밤보다 아름답고 끔찍했던 그 밤. 신기하고 놀라웠고, 두려우면서 우쭐했고, 창피하고 의기양양했던 밤. 무도실과 도박실의 격정에 취해, 신경이 말을 듣지 않고 가슴이 뛰었던, 굉장했던 밤.

마지막으로 한 번만 그와 나란히 걸어 봤으면. 별이 없던 그 밤의 무모한 여정을 한 걸음씩 다시 밟아 봤으면. 집에서 나온 두 사람과 도나 지자, 저녁 식사, 탱고, 쇼, 예감에 싸여 주사위를 굴리던 물라타들, 노래하던 흑인 여자들, 룰렛 휠, 바카라 테이블, 무례함, 다정함, 시가누의 택시를 타고 돌아오고, 그 옛날처럼 도나 지자가 있는 자리에서 바지뉴가 조급하게 키스를 해대고, 도나 지자는 미소를 짓고. 방에 들어서자마자 미친 듯이 그녀의 가장 좋은 드레스를 찢어 버렸던 밤. 「오늘 당신은 정말 달라 보여. 내 사랑, 정말 대단한 여자야. 당신 때문에 미치겠어. 어서, 빨리. 교접이란 게 진짜로 어떤 건지 가르쳐 주겠어. 오늘이 그날이니 각오해. 난 당신이 원하는 걸 해줬으니까, 이제 당신이 나한테 해줘야 해……..」

철제 침대에 엎드려서, 도나 플로르는 몸서리를 쳤다. 그날 밤 쓰라림은 꿀이 되었고, 또 한 번의 고통은 지고의 쾌락이 되었다. 그녀가 자신의 힘센 종마에 깔려서 그렇게 뜨거운 암말이 된 적은 처음이었다. 열망하는 암컷, 자신의 도락에 굴복한 노예, 정욕의 모든 길, 최종 목적지에 이르기 위해 꽃과 꿀이 가득한 들판이며 축축하고 그늘진 숲, 금지된 길을 좇는 계집이 된 적은. 가장 좁고 가장 굳게 닫힌 문으로 들어가는 밤, 정숙의 마지막 보루를 함락한 밤, 영광 할렐루야! 쓰라림이 꿀이 되고, 고통은 낯설고 절묘하고 성스러운 쾌락이 될 때, 밤은 주기 위한 것, 받기 위한 것이었다.

그날은 도나 플로르의 생일, 크리스마스를 얼마 앞둔 12월의 어느 날이었다.

21
흑인 아리고프와 꽃미남 제키투 미라보에 관한 여담

 바지뉴는 늦게, 열한 시가 넘어 일어났다. 그는 곤드레만드레 취해서 새벽에 집에 들어왔다. 수염을 깎을 때에야 그는 집이 이상하리만치 조용하다는 것을, 오전 수강생들이 없다는 것을 깨달았다. 오늘은 왜 수업이 없을까? 수강생 중에 금빛 피부를 가진, 가냘프고 호리호리한 젊은 물라타가 그에게 눈길을 주고, 길게 끄는 말투로 그와 대화를 했었다. 바지뉴는 시간이 날 때 기분 내키면, 그 처녀와 산책을 나가서 자연 그대로의 아름다운 해변을 보여 주고 파도 냄새로 기분 전환을 시켜 줄 계획이었다. 연약한 갈대, 내숭 떨며 수줍어하는 철딱서니 없는 이에다. 그의 목록에 올라 있는 그녀는 자기 차례를 기다리고 있었다. 당시 바지뉴는 주제넘은 카툰다 자매 중에서도 가장 뻔뻔스러운 지우다 카툰다의 성적 의미가 담긴 요구에 응하고 있었지만, 그 심취의 끝이 머지않았음을 느끼고 있었다. 그 콧대 높은 여자는 점점 노골적이 되어서 그를 쥐락펴락, 오라 가라 하기를 원했고, 심지어 도나 플로르에 대한 질투까지 드러냈다.

 그날이 성인의 축일이거나 휴일이 아니라면, 왜 수업이 없는 걸까? 욕실에서 나왔을 때 그가 마주친 건 축제 분위기였다. 도나 노르마가 부엌에서 거들고 있었고, 리타 이모는 가구를 닦고 있었으며, 탈리스 포르투는 흔들의자에 앉아 신문을 읽으며 포도주를 마시고 있었다. 오찬의 향내가 풍겼지만 그렇게 축하할 일이 뭐 있을까?

푸짐한 점심, 집 안 가득한 친구들, 일요일의 잔치, 그것은 바지뉴가 좋아하는 일 중 하나였다. 그의 재정 상태가 이렇게 나쁘지 않았다면, 쇠꼬리 스튜며 사라파테우,[41] 마니소바,[42] 바타파 등으로 파티를 더욱 자주 열었을 것이다. 대박을 터뜨렸을 때 그는 항상, 페이조아다와 카사바 즙을 곁들인 말린 쇠고기, 브라운소스를 친 뿔닭 요리를 계획했다. 9월이면 성 코스마스와 다미아누스의 고전적인 카루루와 성 요한의 제니팝과 옥수수 푸딩은 말할 것도 없었다. 그러나 이번 점심 식사는 사전 예고나 초대도 없는 갑작스러운 일이었다. 도대체 이런 축하의 분위기는 뭘까? 도나 노르마가 뾰루퉁한 말투로 대답했다. 「그걸 물어보다니 간도 크군요, 바지뉴. 오늘이 아내 생일인 걸 깜박했나요?」

「플로르의 생일요? 오늘이 며칠이지? 12월 19일?」

이웃 여자는 계속해서 매섭게 그를 나무랐다. 「자신이 부끄럽지도 않아요? 좋아, 말해 봐요. 생일 선물로 뭘 사 왔죠?」

「아무것도, 도나 노르마.」 그는 아무것도 사지 않았으므로 그 무심함에 꾸중과 호된 질책을 받아도 쌌다. 하지만 그가 생일을 기억하고 가게에서 선물을 고를 사람인가? 아뿔싸, 그는 선물을 안겨 줌으로써 그동안의 실수들을 만회할 절호의 기회를 놓쳐 버린 것이다. 도나 플로르는 어느 해 생일 때

---

41 *sarapatel*. 돼지 간이나 심장을 레몬 넣은 물에 삶아 누린내를 없앤 다음 물을 따라 버리고 새 물을 부어 양파, 마늘, 후추, 박하, 월계수 잎을 넣어 끓인 후 졸인 돼지 피를 섞어 만든 요리 — 옮긴이주.

42 *maniçoba*. 어린 카사바 잎을 빻은 것, 말린 쇠고기, 돼지머리, 베이컨을 같이 넣고 월계수, 후추, 박하 등으로 양념해 익힌 요리.

처럼 행복에 겨워 어쩔 줄 몰랐을 텐데. 그때는 생일이 한참 남았는데도 도나 노르마에게 큰돈을 건네며 〈멋진 선물, 그리고 향수 한 병, 그녀가 무척 좋아하는 로열 브라이어로 잊지 말고〉 사달라고 했었는데.

그렇게 무심했다니 부끄러운 일이었다. 요 며칠 새 유달리 운이 좋아서, 나홀인가 닷새 연속 큰돈을 따고 있었는데, 룰렛뿐 아니라 바카라, 주사위, 숫자에서도. 그는 주초부터 이틀 연속 몇천씩이나 땄다.

그의 채무를 떠안게 된 제삼자가 변제를 거부하는 시점에 그는 큰 액수를 갚음으로써 자신의 신용과 명성을 지켰다. 사실 그 사기꾼은 친구도 아니고, 그저 말이나 트고 지내는 동료로, 어느 술집 겸 카바레에서 만난 사람이었다. 그 허풍선이, 대단한 모주꾼이 인심 좋게, 유별난 열성을 가지고 바지뉴 이름으로 1개월짜리 약속 어음에 서명했던 것도 타바리스에서였다.

한 달이 조금 지났을 때, 바지뉴는 그 어음을 제출했던 은행으로부터 호출을 받았다. 회수 건 때문에 지점장 사무실로 오라는 것이다. 그는 곧바로 그 호출에 응했다. 자신이 의지해야 할 은행 지점장이나 부지점장과는 우호적인 관계를 유지한다는 영악한 방침을 지키고 있었기 때문이다.

「바지뉴 씨.」 그를 맞은 사람은 좋은 동료이자, 집행인인 조르지 타르키니우였다. 「여기 선생의 닭 한 마리가 집을 찾아 돌아왔습니다.」

「제 닭이라니요? 난 누구한테도 빚진 게 없는데요. 어디 좀 봅시다…….」

「여기요. 이제 갚으셔야지요.」 그가 어음을 보여 주었다.

바지뉴는 자신의 서명과 동반 서명을 알아보았다.

「하지만 타르키니우 씨, 그 어음에 보증인이 있는데 왜 제가 갚아야 한다는 겁니까? ……선생은 하이문두 헤이스를 찾아가 돈을 받으면 될 텐데요. 그 사람은 대단한 부자예요. 농장에 사탕수수 플랜테이션에 법률 사무소까지 있고 해마다 유럽 여행을 가지요. 독촉장을 받아야 할 사람은 그라고요…….」

 「그분이 보증인이라 당연히 그분한테 먼저 독촉장을 보냈지요. 그런데 절대로 갚지 못하겠다는 겁니다. 거절하시더군요…….」

 바지뉴는 그런 뻔뻔함에 충격을 받고 경악했다. 「갚지 못하겠다고 했다고요? 아니, 타르키니우 씨, 그분은 사람이 가질 수 있는 건 전부 가진 분이에요. 어쩜 그렇게 뻔뻔스러울 수가 있죠? 그 사람은 카바레에서 자기가 가진 돈이 얼마며 땅은 또 얼마인지, 소와 사탕수수는 얼마나 되는지 뻐기고, 자기가 하는 것, 하지 않는 것을 자랑하고, 파리에 가서 한 번에 세 여자를 거느렸다고 으스대는 백만장자라고요. 그가 카바레에 나타나면 사람들은 그를 믿고 엉터리 이야기를 들어주면서, 마치 그가 점잖은 사람인 양 그의 서명을 받아 주죠. 그런데 어떻게 됐습니까? 어음 만기가 됐는데, 돈이 안 들어왔다고 나를 불러들여 내 신용에 금이 가게 하다니…….」

 「하지만 바지뉴 씨, 어쨌거나 결국 돈을 빌린 사람은 선생 아닙니까…….」

 「아니, 말도 안 돼요, 타르키니우 씨. 그 사람이 어음을 보증할 준비도 되어 있지 않았다면, 왜 보증인으로 나섰을까요? 결국 책임을 지겠다고 생각한 거예요, 그렇지 않습니까? 내가 갚지 않을 경우 자기가 그 채무를 지겠다고 각오한 거라고요, 아닙니까? 그는 그러겠다고 한 거고, 나는 그 말을 쉽게 믿은 겁니다. 그런데 이제 와서……. 세상에 그런 법은 없습니다. 바로 그런 사람들이 은행 욕이나 하고 다니는 겁니다. 그 사기꾼이 어음에 서명한 건 갚을 각오가 되어 있었기 때문이라고요, 타르키니우 씨. 그 하이문두 헤이스는 감옥에 보내야 해요. 거기가 그자가 있을 곳이죠. 못된 사기꾼 같으니…….」

타르키니우 씨는 그의 얼토당토않은 분노는 자신의 기를 꺾어 보려는 의도라고, 어떻게든 어음 만기일을 연장해 보려는 속셈이라고 생각했다. 그러니 바지뉴가 주머니에서 돌돌 말린 지폐 뭉치를 꺼냈을 때 얼마나 놀랐을지 상상해 보라.

「그렇지 않습니까, 타르키니우 씨? 그 악당이 날 농락한 겁니다. 이게 바로 그런 쓰레기와 거래한 결과로군요. 나는 늘 신중하게 보증인을 선택하지요. 그런데 하이문두 헤이스가 그럴 줄 누가 알았겠습니까? 다 살면서 배우는 거로군요.」

심지어 그 뭉칫돈이 빠져나가도 표가 나지 않았다. 행운이 수그러들 기색이 없이 절정을 달리면서, 돈은 무더기로 굴러 들어와 사소한 동전과 지폐 단위로 나갔고, 일주일 동안 저녁 식사와 고급술을 곁들인 잊지 못할 향연이 계속되고 있었다.

넘치는 행운은 그 전날 밤 최고조에 올랐다. 제 삼파이우 씨의 꿈을 꾸었던 바지뉴는 굳이 예감에 관한 책을 들여다볼 필요도 없었다. 무엇 때문에? 의심의 여지 없는 그 곰 같은 남자, 그것은 현실로 나타났다. 그 곰은 모든 조합으로 나타났다. 수익은 나중에 타바리스에서 프랑스 산토끼와 바카라를 하면서 몇 배가 되었다. 물주에게는 우울한 밤이었다. 바지뉴가 무리수를 두지 않고 꾸준히 버티면서 내내 따간 데다, 그날 아침 일찍 악마와 무슨 협정을 맺었는지, 흑인 아리고프가 불과 10분도 안 되는 시간에 룰렛에서 96콘투를 땄기 때문이다.

그 흑인은 그날 밤 막바지에, 크루피에가 막 마지막 게임을 선언할 때 나타났다. 그 전에 그는 3인의 대공 하우스에서, 론다 게임으로 마지막 한 푼까지 다 털리고 풀이 죽어서 나왔었다. 그리고 아바이샤지뉴로, 다시 지저분한 카르도주 페라바로 갔다가 그 운수 나쁜 여행의 마지막 기항지인 타바리스에 나타난 것이었다.

타바리스는 뒤죽박죽인 장소로, 팰리스 호텔 영업권 소유자들이 반은 카지노, 반은 카바레로 운영하는 곳이었다. 그들이 팰리스 호텔에 불러들인 괜찮은 예술가들은 거기서 쇼를 벌였고, 현역에서 은퇴할 때가 된 나이 많은 여자부터 이제 막 성년이 된 젊은 처녀들까지, 모두가 백지 위임장을 가진 티투 씨의 보호를 받으며 이류 버라이어티 쇼를 벌였다. 티투는 처음엔 미안한 느낌이었다. 한물간 늙은 여배우만큼 슬프고 비극적인 것은 없었다. 그는 자기 사무실에서 나머지 여자들을 시험해 보았다. 만약 무대에서 잘 해내지 못한다면, 너무 심한 경쟁을 하지 않는다는 조건을 걸어, 매춘부로 일하게 하면 되었다. 그날 밤, 타바리스에는 팰리스 호텔의 단골들, 대개 지위와 돈을 가진 사람들은 물론, 겉으로는 바인 척하며 카지노 영업을 하는 아바이샤지뉴부터, 심지어 파라나구아 벤투라의 불법 비밀 도박장까지, 다양한 선술집에 들렀다 온 온갖 하찮은 인간이 모여 있었다. 모두가 그날 밤을 거기서 마감하기 위해, 마지막 한 번을 위해, 최후의 희망을 갖고 온 사람들이었다.

아리고프는 바카라에서 구경꾼들에게 에워싸여, 감탄과 부러움을 한 몸에 받고 있는 바지뉴를 발견했다. 그의 왼쪽에는 미란당이 서서 이따금 칩 하나를 슬쩍하고 있었고, 그의 오른쪽에는 카툰다 자매를 비롯해 몇몇 여자가 있었다. 「빨리 칩 하나만 내줘, 어서. 이제 마감한다고 그러잖아.」 아리고프는 애처롭게 귓속말로 속삭였다. 바지뉴는 카드를 꼭 쥔 채로, 주머니에서 칩 하나를 꺼내더니 보지도 않고 건네주었다. 5천 미우헤이스, 큰 액수는 아니었지만 그 흑인에겐 충분했다. 그는 룰렛 휠로 달려가 26에 걸었고 볼은 그 숫자에 멈추었다. 액수는 두 배가 되었다. 10분 후 게임이 끝났을 때 아리고프는 96콘투 이상 땄고, 바지뉴는 자기 돈이나 마찬가지인 미란당의 주머니에 든 1콘투와 3백 미우헤이스를 빼고도 12콘투를 땄다.

흑인 아리고프로서는 잊지 못할 밤이었다. 그는 흰색의 최고급 영국산 리넨으로 슈트 여섯 벌을 주문하면서 영국인처럼 우아하고 대공처럼 위엄 있게 원단 값과 맞춤 비용을 미리 치렀다. 그는 양복장이 아리스치지스 피탕가에게 오랫동안 60미우헤이스를 빚지고 있었는데, 그 양복장이는 룰렛을 좋아하면서도 도박에는 겁을 냈다. 워낙 인색한 그는 하룻밤에 두세 판 이상은 하는 법이 없었고, 보통 한 판으로 끝낸 후에는 테이블을 돌아다니며 다른 사람의 판에 끼어들어 운수와 확률에 대해 지껄이고 예감을 얘기하면서 짜릿함을 즐겼다.

그 양복장이는 오랫동안 밀린 외상값을 갚으라고 진혼곡을 부르고 있었는데, 그 까다롭고 부랑자 같은 고객의 놀라운 위업을 눈앞에서 보고 나자, 다른 도박꾼들과 창녀들이 모두 보는 앞에서 외상 장부를 들춰 현장에서 돈을 받아 내려고 노골적으로 모욕을 주었다. 그 흑인은 눈썹 하나 꿈쩍하지 않았다.

「60미우헤이스인가, 양복 값이? 그런데 피탕가, 요즘 흰색 양복 한 벌에 얼마요?」

「보통 리넨 말이오?」

「광택 없는 영국산 리넨 말이오. 가장 좋은 것으로.」

「한 3백 미우헤이스 될 거요…….」

아리고프는 주머니에 손을 넣더니 5백 미우헤이스 지폐 뭉치를 꺼냈다. 「자, 2콘투는 될 거요. 여섯 벌을 맞춰 주시오. 그 60미우헤이스를 제하고, 잔돈은 외상값 받으려고 도박장까지 찾아온 수고비로 가지시오.」

그는 양복장이의 얼굴에 돈을 던져 주고는 등을 돌렸고, 양복장이는 여자들의 야유 속에서 매우 당황하며 바닥에 떨어진 돈을 주웠다.

아리고프는 옷이나 태도를 보면 신사였고 실제로도 진짜 신사 같았지만, 평생 도박밖에는 한 것이 없었다. 찢어지게 가난하고, 석탄처럼 검고, 카포에이라 고단자인 그는 팰리스 호텔 출입이 금지되어 있었는데, 언젠가 중요한 집안의 젊은 자제와 뒤엉켜 난동을 부렸기 때문이다. 인종 차별적인 편견을 가진 그 청년은 몸을 가눌 수 없을 만큼 위스키에 취해 웃고 주변 사람들과 이야기를 하다가, 티끌 하나 없이 새하얀 옷을 입은 아리고프를 보고 이렇게 말했던 것이다. 「저건 곡마단에서 도망쳐 나온 원숭이 아냐?」 방은 아수라장이 되었고 그 입이 싼 사내의 뺨에는 아직도 활짝 핀 꽃 같은 칼자국이 남아 있다.

두 친구의 성공은 심부의 든든한 후원 아래 축하 만찬으로 이어졌다. 만찬 자리에는 두 주인공을 비롯해 미란당, 호바투, 아나크레옹, 페 지 제게, 은의 혀라고 불리는 건축가 레프, 기자 쿠르벨루, 주앙 바티스타, 변호사 치부르시우 바헤이루스, 그리고 방탕한 숙녀들과 유명한 여배우들이 같이 있었다. 말하자면 뚱보 카를라의 유곽에 모이는 탁월한 엘리트 집단이자 예술 애호가들로서, 카툰다 자매의 욕망을 만족시키는 사람들이었다. 『우 임파르시아우』지 기자인 주앙 바티스타에 따르면, 카툰다 자매는 〈다양한 재능을 가진 여배우들〉로서, 남자를 우려먹는 자신타의 딸들이지만 아버지는 각기 다른, 세 개의 시한폭탄이었다. 맏언니는 피부색이 가장 검고, 막내는 거의 백인이었으며, 둘째는 매혹적인 물라타였다. 이들 모두는 한배에서 나왔고 노래를 제법 한다는 공통점이 있었는데, 음역은 넓지 않았다. 하지만 방중술은 뛰어나서, 앞서 말한 주앙 바티스타에 따르면 실제로 다양했다. 주앙 바티스타는 잘나가는 이 자매들에게 신문사 월급과 타바리스에서 딴 몇 푼을 탕진했다. 그는 세 자매를 차례대로 한 명씩 사귀어 보았지만 아직 누가 가장 기술이 좋고 다재다능한지 가려낼 수 없었다. 그중 둘째인 지우다는 바지뉴를 무척 좋아했다.

    은의 혀 레프와 변호사는 호놀룰루 자매를 데려와 그 만찬을 더욱 빛내고 싶었지만 허사였다. 호놀룰루 자매는 같은 어머니의 딸들도 아니었고, 호놀룰루 출신도 아니었다. 두 여자는 북아메리카 흑인으로 피부는 거무죽죽했지만 외모는 완벽했다. 가냘파서 사슴 같은 조, 근육질의 표범 모가 그들이었다. 매끄러운 목소리에 몸매도 흠잡을 데 없었지만 이들은 이상한 습관을 가지고 있었다. 파티나 오찬, 세레나데, 이타포앙의 수영, 아바에테 환초호의 달빛 등 어떤 초대도 전혀 받아들이지 않았다. 심지어 여자들이 스스로 발밑에 엎드릴 만큼 키 크고 잘생기고 품위 있고 돈 많은 총각인 은행원 페르난두 고이스까지 거절당하긴 마찬가지였다. 그는 이

자매를 만나 보고 프랑스산 샴페인을 주문할 목적 하나로 팰리스 호텔에 들렀지만 아직껏 이들과는 시간을 갖지 못했다. 조와 모는 영가와 재즈를 부르고 젖가슴과 궁둥이를 드러낸 채 춤을 추는데, 무대에 오를 시간이 될 때까지 눈에 띄지 않는 구석 테이블에 반쯤 숨어서, 둘이서만 붙어 앉아 손을 맞잡은 채, 하나의 잔에 담긴 음료를 같이 홀짝거렸다. 그들은 자기들 차례가 끝나면 자기네 방으로 올라갔다. 누구와도 말을 섞으려 들지 않았다.

만찬은 훌륭했으며, 포도주와 샴페인, 예술적 기량의 절정을 보여 준 카툰다 자매까지, 대체로 만족스러웠으나, 다만 그 〈더러운 동성애자〉 미국 여자들의 거절에 아직도 분을 삭이지 못하고, 뚱보 카를라가 지저귀는 위로와 시에도 아랑곳하지 않고 술만 마시는 젊은 변호사 바헤이루스는 예외였다. 계산할 시간이 되었을 때, 바지뉴가 같이 돈을 내겠다는 걸 아리고프가 자기 혼자 다 내겠다고 우기는 바람에, 하마터면 둘이 싸울 뻔했다. 그 흑인은 아직도 악마에게서 헤어나지 못했는지, 금전적 협력의 제안을 자신의 명예에 대한 극심한 모독으로 여겼다.

그렇게 화려하고 풍족했던 이번 주, 바지뉴가 두툼한 돈방석에 앉아, 정말 간만에 생활비를 내서 중요한 사건을 만들겠다는 감탄스러운 의도를 실천해 볼까 하던 이번 주에 도나 플로르의 생일이 끼어 있었던 것이다. 도나 노르마는 계속 나무라듯 묻고 있었다. 「아내한테 무얼 선물할 거냐니까요?」

바지뉴는 되물으면서 미소를 지어 보였다. 「플로르한테 무얼 선물할 거냐고요? 뭐, 그녀가 원하는 건 뭐든지요....... 원하는 건 아무거나 다.......」

도나 노르마가 주인공을 찾았다. 「얘야, 아무거나 고르란다.」 도나 플로르가 앞치마에 손을 닦으며 부엌에서 나왔다. 「정말이에요, 바지뉴? 내가 원하는 건 뭐든지 해준다고요? 지금 농담하는 거 아니죠?」

「말만 하라니까…….」

「그 말 취소하지 않을 거죠? 정말 말해도 돼요?」

「약속한 건 꼭 지키는 내 성미 알잖아, 여보…….」

「좋아요. 내가 원하는 선물은 당신이랑 같이 팰리스 호텔에 가서 저녁 먹는 거예요.」

그녀는 이 말을 하면서 거의 떨고 있었다. 그는 아내가 자신의 세계, 도박 동료들의 세계로 들어오는 걸 절대로 허락하지 않았기 때문이다. 그녀가 알고 지내는 바지뉴의 친구는 그녀의 콤파드레이자 때때로 집에 들르는 미란당뿐이었다. 몇몇을 본 적이 있었다. 한두 번쯤. 나머지는 듣기 거북한 별명으로만 들었을 뿐이었다. 바지뉴가 아주 좋게 평가하는 아나크레옹조차 7년 동안 대여섯 번 정도밖에 집에 오지 않았고, 아리고프의 경우는 어느 일요일에 점심을 얻어먹으러 왔을 때 딱 한 번 보았다. 도나 플로르의 세계는 그 거리였고, 자신의 수강생과 전 수강생인 이웃 여자들, 멀어 봐야 히우베르멜류, 라데이라 두 아우부의 이웃들, 점잖은 브로타 집안 정도였다. 그녀는 남편의 불규칙한 생활과 아무 관련이 없었다. 바지뉴는 도나 플로르가 미덥지 않은 도박의 영역에, 룰렛과 주사위의 구역에 들어가는 걸 결코 허락하지 않았다. 아내의 자리는 집이었다. 대체 그녀는 그런 데에 가서 무얼 하려는 걸까?

「집안에 평판 나쁜 사람은 한 명이면 족해. 당신은 그런 데 어울리지 않아.」

그녀로서는 팰리스 호텔이 품위 있는 곳으로 유명하고, 최고 명사들이 모이는 곳이라고 주장해 봐야 소용없는 일이었다. 아름다운 방에서 식사를 하고, 국내 최고 오케스트라의 리듬에 맞춰 춤을 추고, 리우와 상파울루에서 온 라디오 스타와 영화배우들을 보는 건 정말 멋진 일이었다. 거기엔 그라사와 바하의 귀부인들이 최신 패션을 선보이러 찾아왔고, 그들 중 가장 세련된 일부는 룰렛 휠 앞에서 게임을 시도했다. 도박실은 댄스홀을 연장한 것 같았다. 그 사이에는 기다란 아치 홀이 있었지만 존재하지 않는 황폐한 변방 같았다.

「왜 그렇게 완강하게 거절해요? 왜요, 바지뉴?」 도나 플로르의 말투는 애원에서 요구로, 간청에서 모욕으로 바뀌었다. 「내가 당신 애인들을 만날까 봐 데려가기 싫은 거로군요.」

「당신한테 그런 곳을 보여 주기가 싫다니까.」

도나 노르마도 한 번 이상, 뭔가 유명한 볼거리가 있을 때면 삼파이우 씨와 함께 팰리스 호텔에 가지 않았던가? 도자기 공장을 하는 아르헨티나인 부부도 남편 베르나보가 도박이라면 극구 반대하는데도, 토요일만큼은 반드시 가곤 했다. 그들은 먹고 춤추고 예술가들에게 박수를 치려고 갔다. 그러나 바지뉴는 한 번도 설득에 넘어간 적이 없었고, 더 이상 말이 안 먹힐 때면 모호한 약속으로 회피하곤 했다. 「언젠가 기회가 있겠지.」

이제 그가 항상 거절했던 그 기회가 마침내 온 것이다. 도나 플로르는 그가 놀라면서도, 약속했던 바를 부정할 겨를도 없이, 의지를 굽히고 수락했을 때는 귀를 의심했다. 「정 그렇게 하고 싶다면 하는 수 없지. 언젠가는 해야 할 일이니까.」

일단 그가 결심하고 나자, 리타 이모와 이모부, 도나 노르마 ― 그녀의 남편 제 삼파이우도 ― 그리고 도나 지자까지 같이 가는 것으로 일이 커졌다. 리타 이모는 매우 고마워하면서도 거절했다. 가고 싶지 않아서가 아니었다. 팰리스 호텔에 어울릴 만한 이브닝드레스와 치장거리를 어디서 구한단 말인가? 도나 노르마는 가고 싶어 죽을 지경이었다. 팰리스 호텔에서의 저녁은 그녀가 아는 최고의 호사였으나, 삼파이우 씨는 완강했다. 도나 플로르는 훌륭한 이웃이자 그가 가장 존중하는 사람이었고, 심지어 그는 바지뉴를 좋아하기까지 했다. 그는 초대해 줘서 고맙지만 응할 수 없으니 용서해 달라고 했다. 삼파이우 씨는 가게에서 온종일 지내려면 아침 6시에 일어나야 했으므로, 주중에는 밤 9시면 잠자리에 들었다. 만약 토요일 저녁이나 일요일 오후였다면 기쁘게 초대에 응했을 것이다. 도나 플로르의 제안처럼 도나 노르마가 남편 없이 팰리스 호텔에 갈 수도 있었지만, 그건 고려해 볼 필요도 없는 어리석은 짓이었다. 도박과 음주가 함께 있는 그런 곳의 손님들은 아주 점잖은 사람에서 아주 못된 사람까지 섞여 있게 마련이고, 그들 중에는 점잖은 사람들을 전혀 존중하지 않는 망나니도 얼마든지 있었다.

    삼파이우 씨는 몇 번, 어느 프랑스 동성애자 가수(삼파이우 씨는 그 남자보다 더 여자 같은 사람을 본 적이 없었지만, 여자들은 그에게 황홀해하고 있었다)의 노래를 간절히 듣고 싶어 했던 도나 노르마에게 이끌려 가본 적이 있었다. 화장실 용무가 급했던 삼파이우 씨가 자리를 비운 불과 몇 분 사이에, 건방진 건달들이 나타나 도나 노르마와 대화를 나누려고 하면서, 댄스 플로어에서 춤을 추자고 청하고 있었다. 그녀가 제법 유명한 사람이라도 되는 듯 드레스와 눈빛을 칭찬하면서. 삼파이우 씨가 그 건달한테 본때를 보여 주려다 참았던 유일한 이유는 그 오입쟁이의 가족, 그의 어머니 도나 벨리냐와 두 누이를 알고 있었기 때문인데, 기품 있는 그 숙녀들은 그 망나니, 악명 높은 도박꾼이자 예술가, 방탕한 여자들 사이에서 〈꽃미남 미라보〉로 알려진 제키투 미라보와 함께 그의 주요 고객이었던 것이다.

따라서 이들 부부의 동행은 호놀룰루 자매의 노래를 들을 기회와 함께, 그 유명한 도박 세계를 심리적, 정신 분석학적으로 관찰하고 적절한 형이상학적 정의를 내릴 기회를 갖게 되었다며 기쁘게 응한 도나 지자로 축소되었다.

도나 플로르는 남은 시간 동안 도나 노르마와 도나 지자의 도움을 받아 드레스와 외투, 장갑과 모자, 신발과 핸드백을 고르느라 부산을 떨었다. 팰리스 호텔에서 보낼 그날 밤, 그녀는 가장 아름답고 가장 우아하게, 리우에서 산 드레스를 입고 온 그라사의 귀부인들이나 최신 파리 유행을 따른 은행가의 정부, 카카오 농장주의 정부, 어느 누구와도 비교할 수 없을 만큼 돋보여야 했다. 그날 밤 그녀는 마침내 금단의 문턱을 넘어가고 있었다.

22

도나 플로르가 바지뉴의 팔에 수줍게 기대어 팰리스 호텔 연회실 입구를 지날 때, 묘한 우연의 일치인지 오케스트라는 오래전의 그 곡, 그러나 결코 시대에 뒤지지 않은 탱고를 연주하고 있었다. 예만자 의식을 위해 히우베르멜류에서 축제가 벌어지던 주에, 그들이 멧돼지 소령의 집에서 처음 만나 주앙지뉴 나바호의 피아노에 맞춰서 춤추던 그 곡이었다. 더욱 가슴이 설렌 도나 플로르는 남편을 보고 미소 지었다. 「기억나요?」

　방 안의 조명은 어울리지 않는 높이로 매달린 전구마다 색종이 갓이 씌워져 흐릿했다. 도나 플로르는 모든 것이 너무나 아름답게만 느껴졌다. 실내의 어둑어둑함이 테이블 위의 종이꽃, 매달린 전등갓과 어우러져 얼마나 예쁘던지. 바지뉴는 별다른 감흥 없이 주변을 둘러보았다. 너무도 익숙하고 친숙한 곳이었지만 도나 플로르에겐 한마디도 언급하지 않았던 곳이었다.

「기억나다니, 뭐가?」

「지금 연주하는 음악 말이에요. 우리가 처음 만난 날 춤췄던 바로 그 곡이에요. 소령의 파티에서요. 기억나요?」

　바지뉴가 웃었다. 「똑같은 곡이군.」 그는 무대 옆, 연회실과 도박실이 만나는 통로 바로 건너편에 예약해 둔 자리로 가면서 고개를 끄덕였다. 그 자리에서 도나 플로르와 도나 지자는 무희들의 동작과 스텝, 연주자들의 흥분을 낱낱이 지켜볼 수 있었다. 바지뉴는 아직 자리에 앉지 않고 두 쌍만이 춤추고 있는 무대를 바라보았다. 그 각각의 탱고 춤꾼들은 누구도 경쟁하려 들지 않을 만큼 빼어난 실력자들이었다. 여자들은 카툰다 자매 중 두 명이었다.

　맏언니이자 가장 검은 여자의 파트너는 낭만적으로 생긴 키 큰 남자였는데, 어느 남아메리카 영화의 주연 배우처럼 최신 유행의 옷을 입고, 기둥서방 같은 분위기를 풍겼다. 바지뉴는 나중에 그를 소개받고서, 그가 상파울루에서 방문차 바이아에 온 바호스 마르팅스이며, 존경받는 출판업자이고, 그런 만큼 당연히 대단한 부자라는 사실을 알게 되었다. 그는 굉장한 탱고 실력을 보였는데, 전문 춤꾼의 분위기와 재능으로, 흔히 말하듯 글자를 밟는 것처럼 가장 어려운 스텝을 밟고 있었다.

막내이자 가장 피부가 흰 여자를 안고 있는 자는 제키투 미라보, 그러니까 제 삼파이우를 분노하게 만들었던, 창녀들의 기쁨 〈꽃미남 미라보〉였다. 눈을 치켜뜨고 입술을 깨물고서, 솟구친 머리카락에 때때로 손을 가져가면서, 그 바이아인은 바로크 버전으로 쇼를 하듯 아주 쉽게 탱고를 추며 화려한 몸짓과 완벽함으로 파울리스타[43]를 조롱하고 있었다.

그 장면을 본 바지뉴는 여전히 웃음을 띤 채 손을 뻗어 도나 플로르를 의자에서 일으켰다. 「여보, 탱고 동작이란 어떻게 하는 건지 우리가 보여 줄까? 저들에게 탱고가 뭔지 한 수 가르쳐 주는 게 어때?」

「기억날지 모르겠어요. 춤을 춰본 지도 너무 오래됐고 관절도 다 굳었는걸요.」

그녀가 마지막으로 춤을 춘 것은 여섯 달도 더 전, 무슨 기적이었는지 바지뉴가 도나 에미나의 집에서 열리는 생일 축하 깜짝 파티에 그녀를 데리고 갔을 때였다. 바지뉴는 왈츠 실력이 대단했고, 도나 플로르도 춤을 잘 추고 즐기는 편이었다. 그녀의 마음속 깊이 자리 잡은 원망 중 하나는 같이 춤추러 간 적이 거의 없다는 것이었는데, 바지뉴가 그녀를 데리고 친구 집의 파티에 가는 일은 거의 없었기 때문이다. 그리고 남편이 없을 때 그녀에겐 잡담이나 수다, 다과회 정도가 고작이었고, 다른 남자와 춤을 춘다는 위험한 생각은, 그나마 배우자가 있는 자리에서 허락을 구하고 춘다 해도 생각도 못할 일이었다. 물론 바지뉴는 내키는 대로 팰리스 호텔이나 타바리스, 플로조 등 여러 카바레와 댄스홀에 가서 온갖 부

---

43 *paulista*. 상파울루 주민.

류의 방탕한 여자들이나 매춘부들과 춤을 추었다.

그 이웃의 집에 갔을 때 그는 삼바와 폭스트롯, 란체라,[44] 행진곡 등에 맞추어 다양한 춤을 선보이곤 했었다. 닥터 이베스와 도나 에미나 — 모두가 잘난 체하는 사람들 — 는 그들을 따라 하려고 애쓰다가 결국엔 포기했다. 그들은 스텝을 알고는 있었지만 도나 플로르와 바지뉴와 경쟁하기에는 역부족이었다.

그러나 생일 파티에서 춤추는 것과, 정통 동작과 관능적인 탱고가 펼쳐지는 팰리스 호텔의 댄스 플로어에 나가는 건 전혀 다른 문제였다. 특히 저 탱고는! 이 모든 것은 7년 전, 그가 멧돼지 소령의 집에서 똑같은 곡의 춤을 그녀에게 청하면서 시작되었다. 그렇게 오랜 세월이 지났는데 그 춤을 기억할 수 있을까? 더구나 난생처음 팰리스 호텔에 초대받은 이 마법의 밤에? 이번이 두 번째가 없는 첫 번째, 즉 마지막이 될지도, 이런 밤이 다시 오지 않을지도 모르는 일이었다.

그녀는 이제 비로소, 기억과 정욕의 외로움 속에서, 그 꿈같은 밤의 모든 순간순간이, 사소한 것 하나까지도, 연회실에 들어가던 때부터 철제 침대에서 부끄러운 줄 모르고 그녀를 덮친 그와 함께 존재의 뿌리를 탐색하던 마지막 순간까지, 그녀의 생일 선물이던 팰리스 호텔 나들이의 모든 것이 소중함을 깨달았다.

바지뉴의 두 번의 몸짓, 똑같이 다정하고 도도했던 몸짓은 도나 플로르에게 황홀했던 그 밤의 시작과 끝을 알렸다. 첫째 것은, 그가 탱고를 청하면서 그녀의 손을 잡고 댄스 플로어로 이끌었을 때였다. 둘째 것은, 폭풍우가 휩쓴 듯 요동치

---

44 *ranchera*. 아르헨티나에서 유래된 것으로 보이는 노래.

는 침대에서 그가 그녀의 어깨를 뒤집었을 때였다. 그러나 훗날 그녀가 회상하게 된 것은 둘째 것, 그 생일날 밤 바지뉴와 함께 탐색했던 길에서 적절한 순간이 왔을 때의 그 엄청난 몸짓이었다. 그녀는 천천히, 한 걸음 한 걸음, 구석구석을 하나하나 맛보았다. 그녀는 기쁨의 문, 두려움의 문, 외설스러움의 문에 모두 도달하게 되었다.

댄스 플로어에서 바지뉴의 품에 안기자, 그녀는 음악의 선율 속에서 몸의 무게가 느껴지지 않았다. 그녀는 자기 안에서 히우베르멜류에서 휴가를 보내던 소녀, 조용하고 애인이 없던, 세르지피 출신의 화가가 그린 그림 속의 수줍은 소녀, 리타 이모네 정원에서 꽃을 꺾던 소녀, 그리고 바지뉴의 손이 그녀의 가슴과 허벅지에 불을 붙이고 입술을 영원히 말려 버렸을 때 갑자기 밤중에 선홍색으로 피어났던 소녀를 찾았다.

팰리스 호텔의 연회실에서 두 사람은 달콤하고도 도발적인 탱고를, 순진한 젊은 연인과 호색적인 연인 모두에게 어울리는 탱고를 추고 있었다. 그들은 마치 소령 집에서의 황홀했던 순간으로, 첫 눈 맞춤의 충격으로, 최초의 웃음으로, 수줍음으로 돌아간 것 같으면서도, 동시에 오랜 시련과 사랑으로 7년을 지낸 원숙한 연인이 되었다. 정숙한 처녀 도나 플로르, 순진한 소녀. 제어할 수 없는 여자, 남편 바지뉴의 품에 안긴 뜨거운 여성, 도나 플로르. 그런 탱고, 그토록 돋보이게 다정하고, 은밀하게 감각적인 탱고는 여태 없었다. 도박실에 있던 사람들까지 그 춤을 보러 나왔다.

상파울루에서 왔다는 출판업자, 상파울루와 리우, 부에노스아이레스의 카바레를 두루 섭렵했던 그 남자와 자기만족에 취해 있던 제키투 미라보는 패배를 인정하고서, 둘만의 정열적인 밤을 보내는 도나 플로르와 바지뉴를 남겨 두고 댄스 플로어를 나왔다.

「바지뉴랑 같이 있는 저 여자가 누구죠?」 단골손님들이 물었다. 더러 아는 사람들이 있어서 소식은 순식간에 퍼졌다. 「그의 아내래요. 여기에 온 건 처음이죠……」 카툰다 자매들 중 가장 매력적인 둘째가 질투 어린 경멸의 몸짓을 해 보였다.

탱고가 끝난 뒤 자리로 돌아와서, 미리 음료와 식사를 주문해 둔 바지뉴가 도나 지자의 질문에 답하면서 그곳의 사정과 사람들에 관해 알려 줄 때에도, 도나 플로르와 관련된 사람들의 호기심은 계속되었다. 마치 힐끗거리는 눈길의 후광과 은밀한 속삭임이 그녀를 감싼 듯했고, 그녀가 그 연회실에는 어울리지 않고, 최상류층 사회, 그라사의 남작 부인들이나 바하의 콧대 높은 숙녀들, 그리고 부르면 금방 나타나는 최고급 창녀에 딱 어울린다는 듯한 분위기였다.

도나 플로르는 그 홀 안에서 내내 희미한 현기증 같은 것을 느꼈다. 약간은 어지러운 기분, 그 곁눈질들과 모호한 몸짓들이 일으키는, 반은 즐겁고 반은 두려운 느낌. 저 미소들은 호의일까, 경멸일까? 그녀는 바지뉴가 도나 자자한테 하는 말이 좀처럼 믿기지 않았다. 「저 남자는 일흔이 넘었는데, 5콘투짜리 칩으로 매일 바카라만 하죠. 하룻밤에 2백씩 잃는 경우도 많아요. 한번은 그의 자식들이 찾아와서 — 촌뜨기 두 명에 남편과 같이 온 딸 하나요 — 강제로 그를 끌고 나가려다가 아수라장을 만들었어요. 최악은 그 딸이었는데, 그 뱀 같은 여자가 계속해서 오빠들과 얼빠진 남편을 부추기지 뭡니까. 지금 그들은 그 노인이 노망이 들었다며 돈을 관리할 처지가 못 된다는 걸 증명하려고 소송을 낸 상태죠……」

도나 지자는 그 노인을 더 잘 보려고 목을 뺐다. 노인은 가느다란 백발에 거의 뼈와 가죽만 남아 있었으나, 흔들림 없이 지팡이에 기대서 있었으며, 긴장된 얼굴의 그 눈은, 도박의 매력만이 그를 지탱해 준다는 듯 탐욕의 마지막 광채를 내뿜고 있었다.

「어쨌거나 일해서 그 돈을 번 사람은 저 노인이지 누구겠습니까?」 바지뉴는 그 노인의 가족에게 화를 내며 물었다. 「자식들이야 그 돈을 쓰기밖에 더 했어요? 버르장머리 없는 밥벌레들 같으니. 이제 와서 아비가 노망났다고 떠들면서 불쌍한 노인을 정신 병원이나 요양원에 가두려고 하다니. 나 같으면 그런 연놈들을 모두 감옥에 처넣을 겁니다. 먼저 그 딸년부터. 아주 혼쭐을 내고 채찍질을 해줄 거예요……」

도나 지자는 생각이 달랐다. 이 돈 문제는 심각한 의미를 함축하고 있다. 그녀는 그 노인이 자기 재산을 마음대로 도박에 탕진할 수는 없다고 주장했다. 가족에게도 법적 권리가 있다는 것이다.

그녀의 경제학 강의는 상파울루에서 온 출판업자가 끼어들면서 중단되었고, 그는 바지뉴와 도나 플로르와 인사를 나누었다.

「바지뉴, 이 친구가 당신을 만나고 싶대요. 당신에 관해 많은 이야기를 들었고 아까 춤추는 것도 봤지요. 상파울루에서 온 거물이에요……」 제키투 미라보가 소개했다. 그는 그 낯선 사람한테 이야기했다. 「아시겠지만 바지뉴는……」 그러나 그는 도나 플로르를 의식해 말을 자제했다. 「뭐, 아주 좋은 친구입니다.」

바지뉴는 엄숙한 분위기마저 풍기는 목소리로 숙녀들을 소개했다. 「제 아내와 아내의 친구 도나 지자입니다. 미국인인데 아주 박식하지요……」

도나 플로르는 갑자기 시골 소녀가 된 듯 손가락 끝을 내밀었다. 출판업자가 고개를 숙여 그녀의 손에 키스했다.

「당신의 종, 조제 지 바호스 마르팅스입니다. 축하합니다, 마담. 그보다 훌륭한 탱고는 거의 본 적이 없습니다. 정말 대단하더군요!」

이어서 그는 도나 지자의 손에 키스했고, 오케스트라가 인기 있는 삼바를 연주하자 춤을 청했다. 「삼바를 추십니까? 아, 미국인이시니까 기다렸다가 블루스를 추실래요?」

바지뉴는 이 깍듯한 파울리스타에게 은근히 면박을 주었다. 「무슨 말씀이십니까. 이 그링가는 유행의 첨단을 걷는데…….」

「바지뉴, 무슨 음모를 꾸미는 거예요?」 도나 플로르가 다정하게 핀잔을 주었다.

도나 지자는 아랑곳하지 않았다. 당황한 기색도 없이, 마치 그 협잡꾼의 말을 확인시키려는 듯 그 사업가의 품 안에서 앙상한 엉덩이를 흔들었다. 이때 바지뉴의 얼굴이 어두워졌고 도나 플로르는 곧바로 그 이유를 깨달았다. 제키투 미라보의 테이블에 있던 세 명의 물라타 중 한 명, 그림처럼 예쁜 여자가 눈치를 보면서 역시 이쪽으로 왔던 것이다. 그녀는 도나 플로르에게 도전이라도 하듯 머리끝에서 발끝까지 훑어보면서 미라보에게 구슬리듯 제안했다. 「자기야, 어때? 우리의 삼바 곡이네. 추고 싶어. 가자.」

그녀는 도나 플로르에게 경멸의 눈길을 던져 바지뉴를 화나게 하고는, 제키투에게는 천사처럼 매혹적인 미소를 지었다. 「어서, 자기야.」

도나 플로르는 바지뉴의 눈을 피했다. 둘 사이에 어색한 침묵이 흘렀다. 그녀는 댄스 플로어 쪽으로 돌아앉아 눈을 감았고, 그는 도박실 쪽을 바라보았다. 〈그녀는 왜 오자고 고집한 걸까?〉 바지뉴는 속으로 생각했다. 그가 항상 존재를 부정해 왔던 저런 여자들, 다른 여자들 때문이다. 그리고 오늘, 그녀의 생일에, 그 불쌍한 아내는 행복해하는 대신 입술을 깨물며 울음을 삼키고 있었다. 발칙한 지우다는 복수를, 오늘 일에 대한 복수를 할 것이다. 바지뉴는 의자를 잡아당기며 도나 플로르의 손을 잡고는 그녀가 진심이라고 느끼도록 다정하게 속삭였다. 「여보, 심각하게 받아들이지 마. 당신이 오고 싶어 했잖아. 여기는 당신한테 어울리는 곳이 아냐, 불쌍하고 어리석은 사람아. 저런 여자들 약 올리려고 왔어? 그런다고 그들이 눈 하나 깜짝할 것 같아? 당신은 나와 즐기려고 여기 온 거야. 그냥 여기 우리 둘만 있다고, 다른 사람은 없다고 생각해. 저 쓰레기 같은 여자는 잊어버려. 난 저 여자와는 아무 관계도 없어.」

도나 플로르는 편하게 생각하기로 했다. 그녀는 그의 말을 믿고 싶어서 눈물을 글썽이며 목멘 소리로 물었다. 「정말 저 여자와는 아무 관계도 아니죠?」

「나를 쫓아다니는 여자 중 하나야. 보면 모르겠어? 신경 쓰지 마, 여보. 오늘 밤은 우리의 시간이야. 집에 갈 때까지만 기다리라고. 오늘은 도박하지 않고 당신 옆에 있을게.」

그 물라타는 빙글 돌면서 꽃미남 미라보에게 다가갔고, 사실상 이성을 잃은 미라보는 그녀의 입술을 깨물면서 천장으로 눈길을 돌렸다. 도나 플로르가 말했다. 「우리도 춤춰요.」

그들은 삼바를, 이어서 투스텝을 추었다. 그녀는 도박실을 보고 싶었다. 바지뉴는 기꺼이 기분을 맞춰 줄 생각에 그녀를 데려갔다. 도나 지자도 모든 것을 알고 싶어서, 촐싹거리며 생기발랄하게 따라갔다. 세상에! 그녀는 카드 점수조차 몰랐으며, 평생 주사위 한 번 굴려 본 적이 없었다.

도나 플로르는 말없이, 미경험자에게 금지된 비밀 성전에 들어온 사람처럼, 후회하듯 걸어갔다. 마침내 그녀는 바지뉴가 백만장자이자 거지이며, 왕이자 노예가 되는 신비한 영역에 발을 들여놓았다. 그녀는 이 밤의 세계에, 이 어둠의 바다 가장자리에 막 들어왔음을 알았다. 그곳에서 꿈과 고통의 시기가 시작되고 있었다. 팰리스 호텔의 방들은 이 세계, 이 구역, 이 부류, 이 계급의 부유하고 찬란한 수도였다. 더 먼 곳, 그 도시의 밤의 샛길에는, 카바레, 도박 테이블, 매음굴, 온갖 불법 장소, 황홀과 고통, 카드와 여자들, 술과 마약(코카인, 모르핀, 헤로인, 아편, 마리화나, 이름만 떠올려도 도나 플로르로서는 소름 끼치는)의 지대, 파리 잡는 끈끈이처럼 추잡하고 득시글거리는 지대가 있었다. 그 샛길들을 따라 바지뉴는 지극히 편안하게 움직였다. 도나 플로르는 룰렛 휠 앞에서 그 세계의 가장자리를 조심스레 만져 보았다.

　팰리스 호텔, 광고에 따르면 〈일류〉의 명성을 누리는 곳, 그리고 빛과 그림자 — 테이블마다 놓인 전등갓 — 와 크리스털의 반짝임, 일류 오케스트라와 최신 유행을 아는 숙녀들, 운동을 즐기는 인기 있는 처녀들, 카카오 농장주, 목장주, 사탕수수 대농장주, 그 도시 부자들의 첩과 정부들, 젊은 예술가들과 사기꾼들이 모이는 팰리스 호텔. 그 호텔 너머까지, 가난한 구역과 번쩍거리지 않는 밤의 교차로까지, 바지뉴의 수수께끼가, 그의 진짜 존재가 뻗어 있었다.

　급속한 변화의 와중에도 도나 플로르는 이 미친 지리학을, 자신이 흘린 눈물의 바다를, 맥없는 기다림의 골짜기와 산맥을, 고통스러운 사랑을 재어 보았다. 반대로 도나 지자는 도박꾼들의 표정과 몸짓에 매료되어 있었다. 한 남자는 혼잣말을 하는 것이, 분명 자신에게 화를 내고 있었다. 그 교사는 할 수만 있다면 결코 자리를 뜨지 않았을 것이다. 그러나 웨이터는 친구 바지뉴를 보호할 속셈으로, 식사가 나왔으며 쇼가 곧 시작될 거라고 일러 주었다.

그들은 연회실로 돌아왔고, 막 도착한 미란당을 만났다. 이건 무슨 기적인가, 그의 코마드레가 팰리스에 오다니? 혹시 돈을 따려고 온 걸까? 그녀의 생일. 맙소사, 어떻게 그녀의 생일을 잊어버릴 수 있었을까? 다음 날 아침에 그는 그녀의 대자를 아내와 함께, 선물을 들려서 보내기로 했다. 「당신 아내와 아기만으로도 충분해요.」 도나 플로르가 그렇게 대답했으니, 미란당은 뭔가를 사서 줘야 한다는 의무감은 느끼지 않을 것이다. 왜냐하면 이때 그녀는 이미 생일 선물을 받은 거나 마찬가지였기 때문이다. 그녀는 더 이상은 원하지 않았다. 그녀는 바지뉴와 그곳에 있었다. 그걸로 충분했다.

식사는 그다지 특별한 게 없었다. 밥은 간이 덜 됐고, 고기는 거의 아무 맛이 없었지만, 바지뉴는 아주 우아하게 식사하면서 자신의 닭고기 중 가장 좋은 부위를 그녀의 입에 넣어 주었다! 도나 플로르는 이제 두렵거나 당황스럽지 않았다.

조명이 완전히 꺼지더니, 이윽고 다시 켜지면서 사회자 줄리우 모레누가 쇼의 시작을 알렸다. 먼저 카툰다 자매들(그들의 목소리는 형편없었지만, 젖가슴과 궁둥이는 굉장한 볼거리였다)이 나왔다.

　　가서 밤새도록 춤을 출 거야,
　　란체라를…….
　　란체라를…….

〈좀 전의 그 뻔뻔한 여자가 셋 중에서 가장 예쁘고 매력적이구나.〉 도나 플로르는 그 명백한 진실을 놓칠 수도, 부정할 수도 없었다. 그러나 바지뉴는 그 물라타들에게는 눈길도 주지 않고 디저트에 더 관심을 보였다. 이제 그들을 경멸스럽게 바라보는 것은 도나 플로르였다. 남편과 손을 잡고 앉아 이야기하고 웃는 동안, 그 우아한 자매들은 젖가슴은 파랗게, 궁둥이는 빨갛게 비추는 조명 아래서 평소보다 더 열심히 노래했다.

뒤를 이어 나온 호놀룰루 자매들은 슬프고 애처롭게, 사슬에 묶인 흑인들의 비애, 노예들의 기도, 구타당한 인간들의 고통과 굴욕을 노래했다. 심지어 섹스마저, 너무도 아름다운 육체마저 슬프다고 도나 플로르는 생각했다. 조와 모의 절망스러운 슬픔에 비하면 틀린 음정으로 명랑하게 노래했던 카툰다 자매들은 딸랑이는 종, 새의 지저귐, 햇살, 건강미를 뿜어 대는 육체 같았다. 카툰다 자매들은 흑인들의 쾌활하고 친근한 신들인 오리샤,[45] 원래 아프리카에서 왔지만 바이아에서 더욱 생기 있게 살아 있는 신들의 지령에 따라 춤을 추었다. 미국 흑인들은 자기 주인들의 근엄하고 거리감 있는 백인 신들, 채찍으로 노예들에게 강요되었던 신들에게 자기들의 불만을 돌렸다. 앞의 노래는 태평스러운 웃음이었고 뒤의 것은 우울한 흐느낌이었다.

「저 여자들 있지, 연인이야.」 바지뉴가 일러 주었다.

도나 플로르는 그런 여자들이 있다는 얘기를 들은 적은 있었지만 그 말을 믿지는 않았다. 심지어 그건 바지뉴가 지어낸 엉터리, 농담, 더러운 얘기라고 생각했다.

「동성애자인 남자들도 있지 않아요? 그러니 여자만 좋아

---

45 *orixá*. 흑인 신 또는 정령을 일컫는 일반 용어.

하는 여자들도 있겠죠.」

「안됐지 뭡니까.」 미란당이 덧붙였다. 「저렇게 끝내 주는 두 여자가 남자의 어떤 부분도 원하지 않는다니.」

도나 지자가 바지뉴를 거들었다. 「문명이 발달한 나라에서는 그런 경우가 꽤 많아요.」

도나 플로르는 여전히 좋게 말하려고 애썼다. 「틀림없이 괜찮은 여자들일 거예요.」 그녀는 그들의 순수하고 슬픈 노래만을, 그 엄청난 결함과 병적인 취향, 비운과 뒤섞이지 않은 노래만을 듣고 싶었다. 그것은 그동안 흘린 피, 얼얼한 채찍의 음악이었다.

「여보, 나 저쪽에 갔다가 금방 돌아올게.」

바지뉴는 노예들의 비참한 노래에 귀를 기울이는 도나 플로르를 남겨 두고 황급히 도박실로 향했다.

조명이 밝아지자 엄청난 환호가 쏟아졌다. 도나 플로르는 모가 조의 손을 잡고서 불운한 사랑을 향해 걸어 나가는 것을 보았다. 상파울루에서 온 출판업자는 댄스 플로어로 다시 나갔다. 제키투 미라보는 도박꾼들과 어울리려고 나갔다.

미란당은 바지뉴와 미라보를 따라가고 싶었을 것이다. 그러나 콤파드레는 숙녀분들을 돌보는 임무를 그에게 맡기고 떠났다. 그는 자리를 뜰 수 없었다. 게다가 바보 같은 질문을 해대는 그 교사라니. 도대체 도박이 발기 부전과 관계가 있는지 없는지를 그가 무슨 수로 안단 말인가? 「저기, 선생님, 저는 실제로 도박 테이블에서 태어났습니다. 그리고 제가 확인시켜 드릴 수 있는 건 제가 남자라는 것뿐이에요, 철두철미한 남자요. 도박이 정력을 앗아 간다는 말은 들어 본 적이 없습니다.」

도나 플로르는 저쪽 방에서 바지뉴가 룰렛 테이블을 돌아다니며 돈을 걸고, 남녀들에게 둘러싸여 있는 모습을 볼 수 있었다. 언제부터인지 좀 전의 그 물라타가 그 옆에 와 있었고, 잔뜩 긴장한 바지뉴가 엄숙하고 중요한 순간에 구슬이 어디서 멈추는지를 지켜보는 동안, 잠시 그의 어깨에 손을 올리고 있었다. 도나 플로르는 화가 머리끝까지 치밀어 자리에서 벌떡 일어날 뻔했다. 수치심과 모욕감으로, 그날 밤 그녀는 필요하다면 아주 형편없고 뻔뻔한 부랑자처럼 행동할 수도 있을 것 같았다. 그러나 크루피에가 운명의 숫자를 부른 뒤, 그 뻔뻔스러운 지우다 카툰다의 몸짓을 깨달은 바지뉴가 어깨를 빼고 그녀에게 뭔가 심한 말을 했는지, 그 창녀가 한 대 맞은 듯 사라지자 그녀의 얼굴에 미소가 돌아왔다.

바지뉴는 도나 플로르를 보고는 손에 칩을 수북이 들고 다가왔다. 테이블에서는 도나 지자의 경제적, 사회적, 성적 질문에 완전히 말려든 미란당이 유리잔에 남은 달콤한 베르무트로 자신의 무식함을 달래고 있었다. 이 무슨 끔찍한 일인가!

바지뉴는 몸을 굽혀 도나 플로르의 귀에 입을 갖다 댔다. 「부탁이야, 여보. 두세 판만 더 하고 올게. 금방 끝낼 거야. 시가누한테 차를 가져오라고 말해 두었으니까. 단단히 각오하고 있어. 오늘 밤 침대에서 심한 운동을 하게 될 테니까……」 그리고 입을 더욱 가까이 대고는 그녀의 귀를 깨물고 핥으면서 산들바람과 불꽃을 일으켰다.

도나 플로르는 한 차례 몸서리를 치고는 한숨을 쉬었다. 오, 정신 나간 바지뉴. 혹시라도 누가 보았다면 뭐라고 할 것인가! 폭군, 불한당!

「빨리 오세요……」

그는 칩을 들고서 크루피에 맞은편 테이블에 앉았다. 살짝

숙인 몸, 그 금발, 그 무례한 콧수염, 그 조롱하는 미소. 얼마나 멋진 남자인가!

도나 플로르는 그만을, 그녀의 바지뉴만을 보고 있었다. 이어서 그날 밤의 모든 일을, 그와 함께했던 모든 순간을, 괴로웠던 순간과 행복했던 순간 모두를 처음부터 끝까지, 하나도 빠뜨리지 않고 하나씩 조립했다.

그 룰렛 테이블에서 바지뉴가 신호를 보냈다. 마지막이라는 뜻이었다. 시가누의 택시는 몇 분 전에 도착해 있었다. 「그래요, 여보. 담즙이 꿀로 바뀌고, 주고받는 무한한 바다가 펼쳐지는 그 밤을 기념하기 위해 당신과 함께 그곳에 갈 일은 다시는 없겠지요.」 도나 플로르는 도박 테이블 앞에서 17에 건 바지뉴를 딱 한 번 이해해 주었다. 그런 다음 마음의 짐을 모두 모아 가슴속에 묻어 버렸다. 그녀는 철제 침대에 얼굴을 묻고 눈을 감고는 평화로운 잠 속으로 빠져 들었다.

23

바지뉴가 죽고 한 달 후, 미사에 참석했던 도나 플로르는 카베사의 꽃 시장으로 향했다. 죽음이 그녀의 집을 노크했던 잊지 못할 카니발의 일요일 이후 두 번째 외출이었다. 첫 번째는 일주일 후의 미사에 갔던 때였다.

그녀가 교회를 나올 때 모두가 호기심 어린 눈으로 지켜보았다. 멘데스는 자기 술집 창문에서 인사를 건넸고, 식당을 운영하는 포르투갈인 모레이라 씨는 주방에서 바쁜 아내한테 소리를 질렀다. 「마리아, 빨리 이쪽으로 와봐. 그 과부가 지나간다.」 거리에서는 멋쟁이 아르헨티나인 베르나보 씨를 비롯해 서너 명의 남자가 그녀에게 모자를 벗어 보였다.

정육점 모퉁이에서는 흑인 비토리나가 콩 스튜와 프리터 쟁반 뒤에서 일어섰다. 「반가워요, 부인. 아토토,[46] 아토토!」 과학 약국 문간에서는 약사인 닥터 테오도루 마두레이라가 그녀의 슬픔과 상실감을 정확히 안다는 듯, 깊게 허리 숙여 인사했다. 이파미논다스 소자 핀투 교수는 언제나처럼 공상에 잠겨 있다가 당황해서, 땀 찬 겨드랑이에 책과 공책을 잔뜩 낀 채 손을 내밀었다. 「부인…… 인생이란…… 피할 수 없는 거죠…….」

오전의 아페리티프를 들고 있던 살롱 안의 술꾼들, 가게 단골들, 소문난 자기 집 오찬의 양념을 고르고 있던 목장주 모이제스 아우베스 등이 그녀를 보려고 나와서 눈인사를 했다. 탈리스 이모부의 친구 아우프레두, 근처에 간판을 내건 공방을 가지고 있는 그 광고업자도 나무를 깎다가 팽개쳐 둔 채 그녀 앞에 나타났다. 「날씨 좋구나, 플로르. 내가 도울 일이 뭐 없겠니?」

장사꾼들이 물건을 들고 다가왔다. 그녀는 장미와 카네이션, 월하향, 제비꽃, 달리아, 체꽃을 샀다.

키가 크고 호리호리한 한 흑인, 날카롭게 조각한 듯한 얼굴에 수수께끼 같은 표정을 한, 비교적 젊은 나이의 흑인이 택시 승차대에서 기계공과 운전기사들로부터 도나 플로르가 누구이며 그녀가 왜 꽃을 사는지 사연을 가만히 듣고 있다가, 그녀에게 다가와 그 꽃들을 잠시만 빌려도 되겠느냐고 물었다. 도나 플로르는 약간 놀랐지만 그의 요구대로 꽃다

---

46 *atôtô*. 칸돔블레에서 오몰루 신에게 하는 인사.

발을 내밀었고, 그는 경건하게 노란 카네이션 세 송이와 빨간 체꽃 네 송이를 골랐다. 이 남자는 누구이고 그 몇 송이 꽃으로 무얼 하려는 걸까?

그는 외투 주머니에서 아프리카 짚으로 꼰 실인 모칸[47]을 꺼내더니 카네이션과 체꽃으로 작은 부케를 만들어 매듭을 지었다.

「바지뉴의 무덤에 놓을 때 그 실을 푸세요. 그의 수호성인을 달래기 위한 겁니다.」 그러고는 요루바어로 목소리를 낮추어 덧붙였다. 「아쿠 아보!」[48]

이 흑인은 바발랑[49] 지지, 오사인[50] 성소의 관리자, 이파의 마법사였다. 도나 플로르가 그의 이름과 능력, 예언가로서의 명성, 아모레이라 칸돔블레 사당에서 코리코에 울루코툼[51]이란 그의 지위를 알게 된 것은 한참 후의 일이었다.

도나 플로르는 남편이 죽은 지 겨우 한 달밖에 되지 않았으므로, 머리끝에서 발끝까지 온통 검은 상복을 입고 슬픔에 잠겨 있었다. 그러나 너무 검어서 거의 파랗게 보이는 머리의 얇은 베일은 얼굴을 가리지 않았고, 그 얼굴은 이제 자포자기의 괴로운 표정으로 유린당하고 있지 않았다. 여전히 슬퍼 보였지만, 절망스럽거나 무표정하지는 않았다.

그 아침, 찬란한 빛 속에서 모든 것이 너무도 아름답고, 살아 있는 것이 특권으로 여겨지는 그날 아침의 투명한 공기에

---

47 *mokan*. 죽은 사람의 영혼을 달래거나 진정시키기 위한 주술에 사용되는 실.
48 *aku abó*. 요루바어로 죽은 영혼을 달래는 말. 아쿠*aku*는 장례식 또는 첫 번째 제삿날.
49 *babalão*. 칸돔블레 센터의 사제.
50 *Ossain*. 풀과 숲의 신, 약과 치유의 정령 — 옮긴이주.
51 *Korikoê ulokótum*. 칸돔블레 센터의 명예직.

싸여서, 도나 플로르는 땅에서 눈을 들어 거리 풍경과 낮의 색깔을 둘러보았다.

모자를 벗거나 절을 하는 머리들 사이로, 위안과 동정의 몸짓과 말을 받으면서, 떠들고 웃는 사람들로 왁자지껄한 도시를 지나, 도나 플로르는 바지뉴의 무덤에 놓기 위해 산 꽃다발을 들고 걸어갔다. 그녀는 묘지로 향하고 있었지만 다시 삶을 받아들이고 있었고, 아직은 회복기였지만 회생하고 있었다.

그러나 확실히 말해 두는데, 예전의 그 도나 플로르는 아니었다. 그녀는 어떤 감정과 어떤 느낌 — 욕정, 사랑, 침대에서의 일과 마음 — 을 묻어 버렸다. 왜냐하면 그녀는 과부였고 점잖은 사람이었으므로. 그러나 그녀는 살아 있었다. 그리고 햇빛과 부드러운 산들바람을 느낄 수 있었으며, 웃을 수 있었고, 기쁨과 여유를 찾을 수 있었다.

제3장

반상복 기간,
칩거 중인 과부의 사생활 이야기

그리고 남편을 잃은 젊은 여자의 불면 — 죽은 남편의 무게가
그녀의 어깨를 짓누를 때 신사와
두 번째 결혼을 하게 된 이야기.

(수정 구슬 앞에 있는 도나 지노라와 함께.)

풍미와 예술 요리 학교
거북찜과 그 밖의 특이한 요리

며칠 전 누군가가 — 아마 도나 나이르 카르발류였던 것 같아요. 그분은 최고 요리만 내고 싶어 하거든요 — 특별한 손님에겐 무얼 내면 좋은지 물어 오더군요. 입맛이 고상하고 아주 까다로운, 한마디로 진미, 진기한 요리만을 원하고 평범한 요리는 아예 사양하는 예술가 손님한테 낼 만한 요리 말이죠.

저는 거북찜을 추천하고 싶어요. 다음은 소스와 양념의 스승인 도나 카르멩 지아스가 제게 주신 레시피인데, 이 레시피는 지금까지 비밀에 부쳐지는 거랍니다. 제 공책에서 베끼시면 됩니다. 그리고 제 기억이 맞는다면, 거북 요리는 칸돔블레에서 신들에게 바치는 것이래요. 오쇼시 신을 섬기는 제 코마드레인 지오니지아 얘기로는 샹고 신이 좋아하는 요리랍니다.

거북 요리와 함께 추천하고 싶은 것은 사냥한 야생 동물 요리, 특히 고수풀과 로즈메리로 양념한 부드러운 고기 요리인 도마뱀 프리카세가 있어요. 가능하다면 페커리 통구이를 내면 더욱 좋고요. 숲과 자유의 풍미가 밴 멧돼지 고기 요리죠.

하지만 손님이 더욱 고급스럽고 특이한 야생 동물을 원한다면, 최고 경지의 요리를 기대하고 신들의 진미를 원한다면,

젊고 예쁜 과부를 고난과 고독의 눈물에 담가 정숙과 비애의 소스를 치고, 상실의 신음 소리 속에서, 그녀에게 죄책감과 죄악의 풍미를 주는 금지된 욕망의 불길로 요리한 과부 요리를 내는 건 어떨까요?

아, 제가 그런 과부를 알지요. 밤마다 뭉근한 불 위에서 익고 있는, 금방이라도 대접할 준비가 된 칠리와 꿀의 과부를요.

거북찜
(도나 카르멩 지아스가 전해 준 레시피를,
도나 플로르가 학생들에게 베끼고 맛보게 한 것.)

거북을 잡습니다. 손질하는 사람이 다치지 않도록 가로로 톱질하는 (야만적인) 방법으로 죽입니다. 뒷다리를 매달아 머리를 토막 내고, 그 자세로 한 시간을 두어서 피가 빠져나오게 하세요. 그런 다음 배가 위를 향하도록 뒤집어서 발을 잘라 내되 다리까지 잘라 내지 않도록 하시고 두꺼운 가죽을 벗겨 냅니다. 그다음 살코기와 내장(간과 심장), 알(혹시 있다면)을 떼어 내고 나머지 내장은 버리는데, 각별히 신경을 써서 각각의 작업을 따로 해야 해요. 살코기와 내장을 모두 씻고 아래와 같이 양념을 넣어 약한 불에 올리고, 황금색이 돌면서 특별한 향기가 날 때까지 익히세요. 양념은 소금, 레몬 즙, 마늘, 토마토, 후추, 오일, 올리브 오일 듬뿍. 이 요리는 소금을 넣지 않고 삶은 흰 감자나 간을 하지 않은 마니오크 으깬 것에 고수풀을 장식해 함께 내세요.

1

 과부가 된 지 여섯 달이 지나서, 도나 플로르는 반상복 기간에 접어들었다. 그때까지는 집 밖에서든 안에서든 목까지 올라오는 검은 드레스를 입고 지냈다. 검은색 일색에서 벗어난 것이 하나 있다면 회색 스타킹뿐이었다.

 그래서 수강생들(붙임성 좋은 신입 수강생 여러 명)은 그녀가 검은 꽃무늬가 들어간 흰 블라우스에 모조 진주 목걸이를 하고 옅은 립스틱을 바른 것을 보자, 그들의 〈명랑한 교사〉에게 박수를 보냈다. 아직 녹색이나 분홍, 파랑, 빨강, 갈색, 또는 유행하는 새롭고 감각적인 색, 로열 블루, 청록색, 수국 색, 바다색 같은 옷을 입으려면 여섯 달은 더 기다려야 했다.

 〈명랑한 교사〉, 그랬다. 부잣집 수강생인 도나 마가 파테르노스트루가 말한 대로라면 그랬다. 왜냐하면 도나 플로르는 바지뉴가 죽은 지 한 달이 되었을 때 올린 저녁 미사에서 쌓이고 쌓인 추억들을 자기 안에 묻을 때, 장례 베일을 벗으면서 내면의 슬픔도 함께 벗어 버렸기 때문이다. 그녀는 관습과 이웃들을 생각해서 계속 검정 일색으로만 입었지만, 그럼에도 상냥한 미소와 따뜻한 마음을 되찾고, 주변에서 벌어지는 일에 관심을 가졌으며, 다시금 주부의 부지런함을 보여 주었다. 그렇다고는 해도, 때로 그녀를 우수에 젖게 하면서 전혀 새로운 아름다움, 뭔가 애수 어린 매력을 부여하는 우울의 그림자가 있기는 했다. 그래도 그녀는 삶과 부대끼면서, 그 첫 달 동안 소홀했던 생활로 돌아와 학교에 헌신적인 관심을 쏟고 있었다.

그녀는 죽은 그 남자를 까맣게 잊어버렸다는 듯 그의 이름을 입에 올리지 않았다. 드디어 위기와 집착에서 벗어나, 도나 지노라와 그 무리의 말처럼, 그 불한당의 죽음이 자유의 보증서라는 견해에 동의한 것 같았다. 어쨌든 겉으로는 그 과부와 그녀를 둘러싼 소문은 일치하는 듯 보였다.

첫 달의 마지막 미사가 있던 날, 묘지에 꽃을 놓고 그 점쟁이가 시킨 대로 오사인의 모칸을 푼 후, 그녀는 집에 돌아와 거실 창문을 열고 마침내 햇빛을 들여놓으면서 그늘과 망령들을 쫓아 버렸다. 그녀는 빗자루와 깃털 먼지떨이, 걸레, 솔을 들고 청소를 시작했다.

도나 호지우다는 그녀를 도우려고 했지만, 이 대청소의 대상에는 그녀도 포함되었기에 결국 나자레트 다스 파리냐스로 돌아가야 했다. 마침 그곳의 아들과 며느리는 앞으로 좋은 날만 있을 거라는 기대에 막 부풀어 오르던 때였다. 어쨌거나 얼마 전 과부가 되어 슬픔에 잠긴 도나 플로르만큼, 곁에 있어 주고 애정으로 도와줄 어머니가 필요한 사람이 어디 있단 말인가? 도나 플로르는 홀몸에 무방비 상태이므로, 얼마든지 불행한 상황에 놓일 위험이 있었다. 당연히 경험 많고 세상 무서울 것 없는 도나 호지우다가 남편을 여읜 딸 옆에서 수많은 문제에 해결책을 제시하면서 집안 살림을 도와주는 것이 도리였다. 그 부부에게, 그리고 나자레트 시에 어머니와 시어머니가, 아니 어머니보다는 시어머니가 사라지는 기적이 일어날지 누가 알겠는가? 며느리이자 노예인 셀레스치는 슬픔의 성모에게 엄청난 약속의 맹세를 했다.

그러나 셀레스치의 기도는 이루어지지 않았다. 도나 플로르의 수호성인이 더 힘이 셌던 것이다. 그녀 자신은 알지 못했지만, 칸돔블레 사원과 회합소에서는 그녀의 코마드레 지오니지아의 신인 케투[1]의 왕, 오쇼시 덕분이었다. 따라서 도나 호지우다로부터 해방된 것은 그 과부 쪽이었고, 그녀가 더 일찍 떠날 수 있는데도 미적거린 건 도무지 돼먹지 않고 심술궂고 이웃을 괴롭히는 성품 때문이었다. 그녀는 이웃들이 딸을 억압하기를, 공존 관계를 포기하기를 바랐다.

그녀는 이 주도에서 지내기가 불편했다. 집이 작아 남는 방이 없었으므로, 도나 플로르가 요리 이론을 가르치는 거실 소파에서 잠을 잤으며, 소지품을 놓아둘 옷장 하나도 없었지만, 아들의 집은 크고 공간도 많았다. 그곳에서 그녀는 단지 엑토르의 어머니로서가 아니라, 뛰어난 철도 회사 직원이자 파리냐스 사교 클럽의 부회장, 그 도시 최고의 백개먼 및 체커 플레이어(지우 씨의 좌절당했던 재능이 그 아들에게서 꽃을 피웠다), 그림 신동의 어머니라는 지위까지 누리고 있었다. 아들은 살아 있는 어떤 생물도 꼭 닮게 그렸으며, 책력의 크레용 그림을 그대로 모사했다. 그녀는 나자레트의 최고 사회에서 나름대로 빛나는 인물이었고, 거기서 주도와의 관계며 마리뉴 파우캉 집안, 닥터 지테우망 올리바, 도나 리지아, 기자 나시피, 도나 마가, 마타투에 시골 저택을 가지고 있는 사업가 니우송 코스타, 특히 자신의 콤파드레이자 〈예외적인 인물〉, 그 주의 자랑인 닥터 루이스 엔히키와의 관계를 자

---

1 *Ketu*. 칸돔블레에서 가장 크고 영향력 있는 민족. 19세기 초 바이아의 요루바족 출신 노예들 사이에서 형성되었다 — 옮긴이주.

랑하곤 했다.

그러나 주도에서는, 그나마 라르구 도이스 지 줄류와 산타테레자 사이의 거리 몇 곳을 포함한 중하층 거주지밖에 안 되는 세계에서도, 그녀에게 관심을 갖거나 그녀의 중요성을 알아주는 사람이 없었다. 오히려 사람들은 그녀를 싫어했다. 딸과 가장 친한 친구들, 도나 노르마, 도나 지자, 도마 에미나, 도나 아멜리아 후아스, 도나 자시는 과부가 우울해하는 이유가 죽은 사람에 대한 그녀의 악감정과 욕설, 끊임없는 원한 때문이라며 천연덕스럽게 그녀를 탓했다. 그녀가 태도를 바꿔 이러쿵저러쿵 떠들면서 고인의 기억을 욕되게 하는 걸 그만두지 않으려면 떠나야 했다. 결론은 그거였다.

그래서 도나 호지우다는 그 말할 수 없는 반감에 대한 반작용으로, 그 집의 불편함과 이웃들의 비난을 감수해 가며 일부러 더 오래 머물렀다. (도나 자시는 도나 플로르에게 자기 대녀인 검은 피부의 소피아를 하녀로 붙여 주기까지 했다.) 그럼에도 그 미사가 끝난 후 그녀가 급히 떠난 것은, 그녀의 콤파드레로부터 바우프리두 모라이스 신부가 나자레트 대성당 개선 운동 위원회의 중요한 직책인 총무 자리에 자신을 선택했다는 소식을 들었기 때문인데, 그 위원회에는 지방 법원 판사의 아내(위원장), 장관의 아내(제1부위원장), 의회 의원의 아내(제2부위원장) 등 빛나는 이름이 올라 있었다. 오랫동안 도나 호지우다는 아무리 낮은 직책이라도 상관없이, 관리 위원직을 얻기를 바라 마지않았다. 그런데 갑자기 총무직이라니! 바우프리두 신부에게 성령이 내리신 게 분명했다. 위원회 일이라면 그렇게 까다롭고 깐깐한 신부였는데.

사실 그 사제는 이 일에 대해 확신이 서지 않아 망설이고 있었다. 그러나 상당한 기금을 기탁한 영향력 있는 친구가 교회 숙녀들이 갈망하는 그 자리에 도나 호지우다를 앉히게 해달라는 것을 조건으로 내걸었다. 그건 노골적인 공갈이었지만 돈이 궁했던 사제는 수락할 수밖에 없었다. 닥터 루이스 엔히키의 도움 없이 어떻게 그 관료적 기구를 운영할 수 있단 말인가?

그 일이 있기 며칠 전, 때때로 닥터 루이스 엔히키와 함께 세계 동정과 인간의 한계에 대해 토론하곤 했던 도나 지자가 그와 이런 얘기를 나누었다. 「도나 호지우다가 떠나지 않는다면, 불쌍한 도나 플로르는 남편을 잊기 위한 마음의 평화마저 누리지 못할 거예요. 과거를 잊어야 하는데 도리어 콤플렉스를 키우고 있어요. 박사님, 이건 정신 분석으로만 이해할 수 있는 병적 집착의 흥미로운 경우죠. 더욱이 프로이트가 인용했던 한 예는……」

그녀와 함께 온 도나 노르마가 얼른 끼어들었다. 「박사님, 자선을 베푸시는 셈치고 부디 그 골칫거리 아주머니를 떼어 주세요. 나자레트로 보내 주세요. 이제 여기선 누구도 그 여자를 견딜 수 없답니다……」

「불쌍한 엑토르, 불쌍한 셀레스치, 가여운 아이들.」 대부인 박사는 혀를 찼다. 그러나 과부가 되어 프로이트파가 된 도나 플로르와, 도나 호지우다의 굴레 속에서 몇 년을 살아온 젊은 부부 사이에서 망설일 일은 없었다. 그는 자신의 대자와 그의 착한 아내, 헤콩카부로 자주 여행할 때마다 자신에게 식사를 대접하고 늘 잘해 주던 그들을 희생시켰다.

그는 누구나 자기가 져야 할 십자가가 있다고 생각했다. 도나 플로르는 7년 동안 쉬지 않고 자신의 십자가를 져왔다. 그 남편은 정말 무거운 짐이었다. 이제 과부 생활을 시작하는 마당에, 도나 호지우다를 던져 줌으로써 그 고난, 십자가와 가시관, 쓰라린 상처에 쑥까지 더하는 것은 옳지 않은 일이었다.

도나 호지우다만 없다면 수군거리는 이웃들이 그 건달의 이름을 거론하는 일은 어쩌다 한 번뿐일 것이다. 도나 노르마와 도나 지자의 당부도 있었지만, 한없는 고독의 사막을 건너온 도나 플로르가 정상적인 생활을 시작했기 때문이다. 예전 같은 삶은 아니지만, 남편의 존재가 없어 복잡한 일이나 경악할 일, 말다툼, 돈 걱정, 절망이 없는 조용한 삶이었다. 이제 모든 것은 지나갔고, 도나 플로르는 침대에 들었을 때부터 아침까지 자는 것에도 익숙해져 갔다. 그녀는 도나 노르마와 친구들과 어울려 보도의 의자에서 자질구레한 일이나 라디오 프로그램, 영화 이야기로 수다를 떠는 일과가 끝나면 비교적 일찍 잠자리에 들었다. 그녀는 도나 노르마와 삼파이우 씨, 도나 아멜리아와 후아스 씨, 도나 에미나와 서부 영화 팬인 닥터 이베스와 함께 영화관에 갔다. 일요일에는 히우베르멜류의 이모와 이모부 집에서 점심을 먹었다. 포르투 이모부의 그림에 대한 열정은 여전했다. 리타 이모는 나이를 먹은 티가 나기 시작했지만 여전히 정원을 가꾸고 고양이들의 외모를 멋지게 관리했다.

도나 플로르는 도나 아멜리아의 집에 모여 커내스터나 트레스세치스[2]를 하는 열광적인 모임에는 끼고 싶지 않았다. 오후의 게임에는 샤미샤미에서 온 도나 에나이지도 왔다. 커내스터 팬들, 트레스세치스 열광자들은 도나 플로르를 끌어들이려고 별별 짓을 다 했지만, 죽은 남편이 그 집안에 할당

---

2 *três-setes*. 카드 게임.

된 도박의 양을 다 써버리고 그녀 몫으로는 아무것도 남기지 않았는지, 전혀 소용이 없었다. 그녀보다 더 도박을 싫어하는 사람은 도자기 공장을 하는 부에노스아이레스 출신의 베르나보 씨뿐이었다. 도나 낭시는 커내스터 게임을 굉장히 좋아했지만 남편은 타협을 모르는 전제 군주였다. 기껏해야 일종의 파격으로 혼자서 할 뿐 그 이상은 아니었다.

그래서 도나 플로르의 생활은 요리 학교 — 가장 많을 때보다 두 학급이 더 늘었다 — 와 그녀의 위치에 어울리는 조심스러운 사회 활동 사이를 조용히 오갔다. 그것들은 보기와 달리 소소한 활동이 아니었다. 한가하게 슬픈 생각을 할 겨를도 없이 시간을 온전히 채워 주었다. 거절할 수 없는 특별한 점심 식사, 만찬, 연회, 접대 준비는 말할 것도 없었다. 그녀는 새벽부터 부엌에서 일했다. 자신의 요리에 관해서는 매우 엄격했기 때문에 힘들 뿐만 아니라 신경도 많이 쓰였다.

그녀를 도우러 온 열여섯 살 소녀는 도나 마리아 두 카르무라는 과부의 딸이었다. 그 과부는 오지의 카카오 대농장 상속녀였는데, 카니발 이후로 시마 지구에 살면서 도나 노르마의 무리와 어울리고 있었다. 마리우다라는 이름의 그 소녀는 소스와 양념 쪽에 상당한 재능을 보였고, 도나 플로르를 무척 좋아해서 한가한 시간이면 음식과 케이크 만드는 걸 배우면서 늘 그녀를 따라다녔다. 도나 플로르는 그 소녀가 콧노래를 부르며 집 안을 오가는 모습을 보고 미소를 지었다. 헝클어진 머리, 생각에 잠겨 있건 우울해하건 열대의 젊음이 피어나는 그 얼굴은 무척 예뻤다. 바지뉴가 살아 있었다면 아무리 주의를 줘도 소용없었을 것이다. 그는 나이에 대한 편견이 전혀 없었다.

한눈에 확실히 드러나듯이, 과부 생활이라도 할 일이 없을 때가 없었다. 가끔 시간이 부족한 경우도 있었다. 너무도 많은 의무, 일의 세계, 하루는 완전히 꽉 찼다. 밤에 옷을 벗고 잠자리에 들 때는 정말 피곤하다고 느낄 때도 있었다. 그녀는 베개에 머리를 뉘자마자 곧바로 잠에 빠져 들었다.

그런데 생활이 그렇게 바쁜데도, 그녀를 휘어잡고 움직이게 만드는 그 모든 일이 부질없고 무의미하다는 듯, 계속되는 그 공허감은 어떻게 설명할 수 있을까? 그녀는 정숙하고 검소했으므로, 품위 있게 살 만큼 넉넉했고 몰래 저금해 둔 돈 — 오랜 습관의 결과이다 — 까지 있었다. 사는 게 평화롭고 행복하기까지 한데, 무의미하고 공허한 그 느낌은 왜 드는 걸까?

2

그 동네에는 젊은이건 늙은이건 참견쟁이가 남아돌았다. 그런 천직에는 나이 제한이 없기 때문이다. 도나 지노라는 소문을 만들어 내는 데에는 타의 추종을 불허했다. 얼마나 그런 일을 잘했는지 그녀한테 예지력이 있다고 믿는 사람들도 있었다.

지금까지 우리는 이미 이 이야기에서 불평 많고 남 탓하고 참견하는 그녀의 모습을 보았다. 그러나 그녀를 제대로 집중해서 연구하지 않고 지나감으로써, 그녀를 평범한 수다쟁이인 것처럼 사실상 익명으로 남겨 두었다. 아마도 지금까지 독자들의 관심을 끌었던 것은 마침내 행복하게 헤콩카부로 사라져 간 도나 호지우다라는 예사롭지 않은 존재였을 것이다. 그러나 실수를 바로잡고 부당성을 수정할 시간은 늘 있는 법이다.

많은 사람은 도나 지노라가 10여 년 전쯤에 세상을 뜬 부유한 스페인 사업가 페드로 오르테가의 미망인이라고 해서 존경하고 있었다. 사실인즉 그녀는 결혼한 적이 없었으며, 처녀였던 적도 아주 잠깐뿐이었다. 그녀는 겨우 열세 살 때 집을 나와 활기차게, 유행을 좇으며 화려한 존재로, 짜릿한 이야기처럼 살기 시작했다. 그러나 나이는 이미 마흔다섯을 넘기고, 안락한 생활에 길들여진 탓에 가난에 지독한 공포증이 있어서 미래는 불길해 보일 때, 그 스페인인을 만나게 된 — 신이여, 감사합니다 — 후부터 도나 지노라만큼 도덕성 옹호에 앞장선 사람도 없었다.

한 번도 진짜 예뻤던 적이 없는 그녀는, 남자를 사로잡던 음란한 매력이 있었지만, 그 매력은 나이가 들고 주름살이 깊어질수록 옅어지고 있었다. 그러나 도나 지노라 자신이 당시 친구들에게 고백했던 것처럼, 그녀는 그 스페인 사내로 말미암아 1천 대 1의 행운, 잭팟을 터뜨렸다. 그 스페인인은 그녀에게 라르구 도이스 지 줄류 근방의 작은 집과 함께, 체면과 안정을 남겨 주었다.

늙고 가난해져서, 가장 천박한 창녀로 몰락할까 봐 두려워하던 도나 지노라가, 그 상인의 보호를 받게 된 이후 그토록 신속하게, 그동안의 삶과는 정반대의 길로 접어들 줄을 누가 알았으랴. 그녀는 존경스러운 가정주부, 도덕성의 옹호자가 되었다. 그 경향은 페드로 오르테가의 사후 더욱 굳어졌다. 그 남자가 추도사와 장례 화환 속에서 이승의 삶을 마감할 때, 화류계에 몸담았던 그녀의 나이는 쉰이 넘었고 — 정확히는 쉰셋 — 미덕과 가정생활이 좋아서 택한 첩의 생활도

이미 8년째 접어들고 있었다.

보수 계층의 탁월한 보루였던 그 남자는 그녀의 충성과 그동안 몰랐던 기쁨의 세계를 알게 해준 것이 고마워서(그는 정말 바보였다! 인생의 황금기를 빵집 카운터에서 허비하며 심술궂은 조강지처의 무미건조하고 무식한 몸뚱이에 바쳤다) 유언장에서 그녀에게 그 집(천벌 받을 그 사랑의 보금자리)과 함께, 주식과 국채, 많지는 않지만 그녀가 오로지 중상과 음모에 빠져 안락한 노년을 보내기에 충분한 수입까지 남겨 주었다.

이제 여러분이 보는 도나 지노라는 예순을 넘어서 귀에 거슬리는 목소리와 껄끄러운 큰 웃음으로, 계속해서 부산을 떨고 있다. 겉으로는 가장 동정적이고 이해심 많은 노부인이지만 내막은, 이 동네 소문 전담반의 변치 않는 표적이던 미란당이 반은 시적으로 묘사했듯이 〈독약이 든 병, 깃털로 장식한 방울뱀〉이었다. 이 말은 시우비우 카우다스의 방문과 관련해 도나 플로르의 집에서 오찬이 있었을 때, 바로 그 쭈그렁 할멈, 과부이면서 도덕성 옹호자인 그녀가 지나가는 것을 보고 미란당이 기자인 지오바니 기마랑이스에게 털어놓은 것이었다. 그 철학자이자 도덕주의자는 이렇게 덧붙였다. 「젊었을 때 함부로 몸을 굴린 사람일수록 나이가 들면 더 독실한 체한다네. 그녀는 창녀와 처녀의 혼합체가 되었어…….」

「저 노파 말이야? 저 노파가 누군가?」

「요즘 사람은 아니지만 한때는 이름과 명성을 날렸다네. 그녀에 관해 많은 이야기를 해준 사람이 아나크레옹이야. 그 노인이 옛날 저 주전자에 취하곤 했었대. 그 여자 이름은 자네도 들어 봤을 거야. 황금 궁둥이의 지노라.」

지오바니는 충격과 경악으로 말을 잃고 있다가 가까스로

대꾸했다.「저 퇴물이? 그 유명한 황금 궁둥이? 맙소사!」

세상 만물의 무상함을 보여 주는 증거, 그 두 사람은 그 이야기 제조꾼의 비참한 외모와 고상한 척하는 분위기에 충격을 받고 그 증거를 지켜보았다. 땅딸막하고 뚱뚱한 몸매, 짧은 다리, 축 늘어진 살들, 큰 머리, 사실상의 대머리. 그녀는 정실 과부처럼 상복을 입고 그 스페인인의 사진이 담긴 목걸이를 달고서, 마치 그 남자의 진짜 아내인 양, 정조를 지키고 살았으며 남자는 오직 그밖에 몰랐다는 것처럼 말하고 다녔다. 아나크레옹 같은 인류의 불명예는 그녀의 삶에 아예 존재하지 않았다는 것처럼.

두 얼굴의 그녀는 절대로 솔직한 법이 없었으며, 결코 정면으로 공격하는 법이 없었다. 반대로 자신의 적들을 상냥하게 홀려서, 이건 칭찬하고 저건 용서하면서 모든 것을 이해하고 받아 주는 척했다. 그렇게 해서 얻은 친절하고 좋은 사람이란 명성은, 소문이 깔린 그녀의 길을 꽃으로 덮어 주었다.「얼마나 좋은 사람인지 몰라……」어쩌다가 험담의 현장이 발각되었을 때에는 자신이 피해자인 것처럼 행세했다. 은혜를 베풀었더니 배은망덕으로 돌아왔다는 식이었다.

평화로운 영혼 제 삼파이우 씨, 상상 속의 질병과 일간 신문, 옛날 잡지(그는 옛날 잡지와 책력을 읽는 걸 좋아했다) 속으로 일찍 은퇴한 그는 도나 지노라의 째지는 목소리를 듣게 되면, 공포에 질려서 두 손으로 귀를 덮고, 패배했어도 아직 단념하지는 않은, 더 이상 참지 못하는 사람의 목소리로 도나 노르마에게 이렇게 말하곤 했다.「저 여자는 탕녀야. 이 동네를 통틀어 최고의 탕녀…….」

「그 말씀은 너무 지나치네요. 마음 씀씀이가 얼마나 친절한데요.」

도나 지노라가 얼마나 교활한지를 보여 주는 증거가 있다. 그녀는 도나 지오니지아의 아들 이야기로 여느 때보다 위신이 추락했을 때에도, 그것을 극복하고 교묘하게 도나 노르마의 환심을 샀다. 그러나 삼파이우 씨는 넘어가지 않았다.

「최고의 창녀라니까. 제발 그 여자가 여기엔, 이 방에는 코빼기도 들이밀지 않도록 해봐요. 나 잔다고, 휴식 중이라고 말해요. 아니, 죽었다고 해요…….」

그러나 도나 노르마가 어디, 도나 지노라가 원하는 곳에 코빼기도 들이밀지 못하게 말릴 사람인가? 도나 지노라는 유명하고 돈깨나 있는 사람들의 집에는 제집처럼 드나들었다. 그녀는 가난한 사람들한테 친절하긴 했지만 거리를 두었고, 평판을 위해서 그들을 보호하면서도, 단정한 장소(당연히 실내)에는 그들이 눈치채지 못하게 하면서 절대로 들이지 않았다. 그녀가 홀에서 방을 향해 다가왔다. 「실례해요, 삼파이우 씨.」 삼파이우 씨는 그 표백한 큰 머리가 죽도록 싫었다. 〈코끼리의 머리, 바이아에서 가장 큰 머리〉, 말 같은 그 이빨, 그 목소리, 게다가 가식적인 배려. 「항상 어디가 아프군요, 삼파이우 씨? 난 누구한테나 이렇게 말해 준다오.〈삼파이우 씨는 아주 건강해 보여도 몸이 아주 약하답니다. 조금만 아파도 침대에 누워 떨고, 침대 옆 탁자에는 알약이 가득하죠.〉 그리고 같은 말을 반복해 주지요.〈삼파이우 씨가 자기 몸을 돌보지 않으면 조만간 죽을 거예요.〉」

삼파이우 씨는 그 말에 몹시 언짢아져 그녀에게 방에서 나가라고 하고 싶었다.

「난 아주 건강합니다, 도나 지노라…….」

「그럼 왜 항상 침대에서 지내요, 삼파이우 씨? 우리랑 같이 어울리면서 즐겁게 해주시지 않고? 공부도 그렇게 많이 하신

분이. 다들 그러는데 댁이 졸업을 못 한 이유는 다만……. 아니, 사람들이 뭐라고 떠드는지는 댁도 알겠지요? 누군가 그 말을 듣는다면 자칫……. 뭐, 난 전혀 신경 쓰지 않아요. 사람들 말은 한 귀로 듣고 한 귀로 흘려 버려야지……」

삼파이우 씨는 그녀가 노리는 게 무엇인지 알고 있었다. 그가 만족을 누렸던 만큼 부모 속을 썩였던 창피한 시절 얘기였다. 아버지는 결국 용돈을 끊어 버리고 대학에서 퇴학시켰고, 가게 점원 일자리를 주었다.

「떠들라지요, 도나 지노라. 그런다고 뭐가 달라집니까?」

「그렇다면 사람들의 쑥덕공론에는 신경 쓰지 말아야 한다는 데에는 생각이 같군요? 정말이지 신경 써서는 안 되지.」 그러고는 황소 눈 같은 큰 눈을 뜨고 삼파이우 씨를 가만히, 그가 현대의 예언자라도 된다는 듯 가만히 바라보았다.

「저야, 어떻든……」 삼파이우 씨는 가슴을 부풀렸다. 「뭐 궁금한 게 있으세요, 도나 지노라? 제가 찾는 건 평화와 고요예요. 저는 약간의 평화를 위해서라면 옳지 않다고 생각되는 것에도 애써 고개를 끄덕이죠. 비록 제가 견디기 힘든 방식이라고 해도요. 그런데 사람들은 여기 내 집에 와서 절 괴롭히네요. 이만 실례하겠습니다……」

그러고는 신문이나 잡지를 집어 들고 손님에게 등을 돌렸다. 「제 삼파이우는 이제 짐승만큼도 예의가 없어요. 도나 지노라는 이렇게 친절하신데 말이죠.」 도나 노르마가 사과했다.

매정하게 굴어도 소용이 없었다. 도나 지노라는 자기가 쫓겨났다고는 생각지 않았고 계속 음흉하게 굴었다. 「비바우두 씨한테 무슨 일이 생겼는지 들었어요?」

얼마나 악마 같은 여자인가! 기어코 그의 관심을 끌어내지 않는가? 삼파이우 씨는 항복하고 신문을 내려놓았다. 「비바우두요? 아뇨, 아무 소리 못 들었습니다. 무슨 일 있나요?」

「그럼 내가 말해 드리지. 비바우두 씨는 점잖은 데다 잘생기기까지 했어요. 그링고처럼 피부도 하얗고 환하고.」

늘 똑같았다. 먼저 칭찬한 다음, 술이 과했다느니, 한눈을 판다느니, 어느 여자, 항상 창녀이게 마련인 여자 이름을 들먹이며 험담과 비방, 욕설을 쏟아 냈다.

그녀 말로는 장의사의 비바우두 씨가 묘비와 관에 대한 예의도 모르는 사람처럼, 토요일 오후에 한 무리를 모아 은색 띠를 두른 빨간 커튼 뒤에서 판돈을 크게 걸고 포커 게임을 하고 코냑과 진을 엄청 마셨다는 것이다.

「그거야말로 경우 없는 행동 아닌가요? 그런 난장을 치려면 다른 곳도 있었을 텐데.」 잠깐 쉬고, 「삼파이우 씨 생각은 어때요? 도박은 모든 악덕 중에서도 가장 나쁜 게 아닌가요?」

삼파이우 씨는 생각하지도 않았고 생각하고 싶지도 않았다. 그가 원하는 건 작은 평화뿐이었지만 도나 지노라는 정말 쉬지 않는 혀를 가지고 있었다. 「비바우두 씨는 의문의 여지 없이 정직한 납세자요, 훌륭한 남편, 존경스러운 아버지이지만, 조만간 이 모든 것을 위험에 빠뜨리고, 도박사로서 통제력을 잃고 아내와 아이들까지 도박에 걸게 생겼어요. 그가 식구들을 걸지 않을 때면, 낡은 옛 방식대로 식구들을 외롭고 쓸쓸하게 내팽개치곤 하지요. 그런 예로 도나 플로르만큼 좋은 경우가 또 있을까요? 그 몹쓸 남편이 살아 있을 때, 도박의 노예였을 때, 그녀는 지옥 같은 고통에 시달렸지요. 학대받고, 아무런 배려도 못 받고 공포 속에서 살았어요. 그런데 이제 얼마나 달라졌는지 보세요. 마침내 자유로워져서, 소스라치게 놀랄 일도 없이, 가슴 칠 일도 없이 인생을 즐길 수 있게 되었잖아요.

 도나 플로르 얘기가 나왔으니 말인데, 삼파이우 씨, 그리고 자네, 친애하는 노르미냐, 그녀의 미래에 관해 어떻게 생각하는가? 저렇게 젊고 예쁜데 계속 과부로, 그런 건달 남편의 과부로 사는 건 억울한 일이 아닌가? 그 남편은 진짜 건달이었지. 노르미냐, 자네는 도나 플로르와 친하니까 충고해 주는 게 어떤가?」한편 그녀, 도나 지노라도 행성과 수정 구슬, 점치는 카드와 관련해 그 사례를 연구할 생각이라고 했다.

 그렇다고 그녀가 이런 것에 돈을 요구한 적은 없었다. 우정과 우애로 점을 봐주기 때문이었다. 그러나 직업 점술가 중에서도 그녀만큼 용한 사람은 거의 없었다. 확실히 그녀는 추잡스러운 짓을 밝히는 일에 일종의 직감, 육감, 레이더가 있었다. 예언자에 가까운 재능이었다. 남부럽지 않은 돈과 자부심을 가지고 라데이라 다 프레기사 근처 바닷가의 으리으리한 저택 담장 안에서 사는 레이치 일가의 끔찍한 스캔들을 예언했던 사람이 그녀가 아니었던가? 손때 묻은 카드를 읽고 수정 구슬을 들여다본 걸까, 아니면 그 가학적 본능에서 단서를 얻었던 걸까?

 천사 같은 아스트루드, 때 묻지 않은 분위기의 성심 학교 학생이 언니와 살기 위해 리우에서 도착했을 때, 그렇게 판단할 아무 근거도 없었는데 도나 지노라는 곧바로 그 드라마를 예견했다. 「아무래도 불상사가 생기겠어.」

 그 말이 나온 것은 그 소녀가 형부인 닥터 프랑콜리누 레이치의 자동차에 탄 것을 도나 지노라가 보았을 때였다. 친구들 사이에서 〈사티로스 프랑쿠〉로 통하는 닥터 프랑콜리누는 국내 및 외국 기업의 최고 변호사로, 위스키 감별사이자 오지의 대목장 주인, 잘나가는 여러 회사의 이사였으며,

지위와 자존심을 가진 신사였다. 커다란 미제 스포츠카를 타고 화려한 스카프를 매고 기다란 시가 파이프를 물고 다니던 그 변호사는 소드레, 아레아우, 후아 다 포르카, 카베사, 라르구 도이스 지 줄류의 사람들에겐 아예 눈길도 주지 않았다. 그러나 도나 지노라는 그 변호사를 주목했고 항상 예의 주시했다. 그녀는 그 영주의 저택 같은 집에서 벌어지는 사소한 사건 모두를 알고 있었으며, 그 집의 요리사, 하녀, 간호사, 정원사, 운전기사와 친하게 사귀고, 미래를 보는 눈으로, 형부와 처제 사이의 큰 사건을 불러올 사소한 실마리를 발견하고 있었다.

「아무래도 불상사가 생길 거야, 두고 보라고. 화약은 불 근처에 놓으면 안 돼.」

그녀는 그 성심 학교 학생의 티 없는 태도에도 꿈쩍하지 않았다. 「눈을 들지 않는 여자는 기회를 기다리는 암캐일 뿐이야.」

그녀의 말이 얼마나 터무니없고 부당했으면, 이웃 청년 카를루스 바스투스는, 소문을 믿지도 않았지만 그 귀여운 아스트루드에게 반해 있었는지, 발끈해서 이렇게 말대꾸했다. 「너절한 험담으로 저 순수한 소녀를 더럽히지 마세요.」

그 스캔들이 겉으로 나타난 것은 2년 후였다. 천진난만한 분위기의 아스트루드는 임신 5개월 만에 성난 언니에 의해 그 집에서 쫓겨났고, 사티로스 프랑쿠는 온 도시 사람들에게 맛난 음식들을 대접했다. 도나 지노라는 낭만적인 카를루스 바스투스(아직도 짝사랑에서 헤어나지 못한)에게 앙갚음을 해주었다. 「봤지, 이 멍청아? 내 눈은 아무도 못 속여. 애가 들어서는 건 너절한 험담 때문이 아니라고. 그건 아주 다른 것 때문이지…….」

보고 예견할 수 있는 눈을 가진 그녀는 반드시 그 원천을 찾아내는 사냥개였으므로, 날이 선 그 감각을 피해 갈 수 있는 건 없었다. 게다가 이웃들은 그녀를 찾아가 자신의 문제를 이야기했고, 모든 걸 다 보여 주는 수정 구슬과 카드를 가진 그녀의 조언을 청했다. 그녀에게 과거, 현재, 미래는 읽기 쉽게 펼쳐진 책이었다.

그녀가 진짜 초능력을 가지고 있었건 점성술이나 동양의 비술을 전혀 모르는 사기꾼이었건 간에, 사실 그대로를 말하자면, 도나 플로르가 막 반상복으로 갈아입고서 다른 생각이나 결혼 따위와는 거리가 먼 조신한 존재로, 놀라운 사건이나 문제도 없이 다시 정상 생활을 시작할 때, 그 과부가 재혼할 거라고 처음 선언했던 사람이 도나 지노라였다는 것이다.

그녀는 재혼을 예고했으며 연애 얘기가 나돌기 오래전부터, 어떠한 감정이나 관심의 징후가 있기 훨씬 오래전부터, 신랑감의 얼굴을 보았다. 그리고 문제의 신랑감 쪽에서 도나 플로르에게 약간의 연정을 품었다고 해도, 당시엔 아무도 그 사실을 몰랐으며, 어쩌면 그 신랑감 자신도 인정하지 않았을 것이다. 그럼에도 믿거나 말거나, 도나 지노라는 그를 자세하게 묘사했다. 피부색이 가무잡잡한 신사, 키가 크고 건장하며 품위 있고, 나이는 40대 후반, 진중하고 깍듯한 태도에, 오른손에는 포도주 빛깔의 장미 봉오리가 달린 줄기를 들고 있다는 것이었다. 그것이 수정 구슬에서 본 그의 모습이었다. 카드 점에선 스페이드, 클럽, 하트의 퀸과 킹, 잭, 에이스 등 그의 인상과 곧은 심성을 보여 주는 표만 나왔고 다이아몬드 에이스는 그의 세속적 소유물들, 경제적 능력, 대학 졸업장을 강조했다.

3

 그런데 피부색이 어둡긴 해도 그 왕자님은 결코 튼튼하고 키 큰 40대 중반이 아니었다. 어찌 보면 기품 있고 잘생긴 편이었지만 그래도 나름대로 바람둥이 기질을 좇는 젊은 친구였다. 아무리 좋게 보려고 해도, 도나 지노라가 수정 구슬에서 보고 라르구 도이스 지 줄류 주민들에게 설명하면서 공격적인 소문 전담반을 거의 반란 수준으로 흥분하게 만든 신랑감의 모습에 그를 끼워 맞추기는 힘들었다.
 섬세하고 파리한 얼굴, 낭만적 시인 혹은 기둥서방 같은 창백한 피부, 매끈하게 반짝이는 검은 머리, 짙은 향수, 애수인 듯 유혹인 듯 꿈의 세계를 불러내는 미소, 몸에 밴 우아함과 옷차림새, 애원하는 것 같은 커다란 눈. 이 왕자님을 과장되게 묘사하자면 〈반들반들하고〉, 〈핏기 없고〉, 〈사색을 즐기며〉, 〈몸매가 아름답고〉, 〈설화 석고 같은 눈썹과 칠흑 같은 눈을 가지고〉 있었다. 서른이 넘었다지만 그는 겨우 20대처럼 보였으며, 얼굴에 드리운 애수는, 입바른 말과 은밀한 눈길처럼, 그가 사용하는 도구 상자의 일부였다. 그는 이상하고 특이한 천직에 어울리는 탁월한 능력과 성공적인 전문성을 가지고 있었다. 이제 말을 그만 돌리고 공표하면 그의 전공은 과부 후리기, 그 주제에 관한 한 이론과 실제에서 완벽한 과정을 이수한 자였다.
 암흑세계와 경찰(그런데 그 경계는 어디일까? 만약 경계선이 있다면 이 두 세계는 확연하게 다른가, 아니면 사실상 똑같은가?) 집단에서 그는 일반적으로 왕자님으로 통했는데, 훌륭한 예절과 붙임성, 가문의 자부심 덕택에 그렇게 불릴 만도 했다. 그러나 그와 친한 사창가 여자들, 일부 창녀들 사이에서는 그 창백함과 마른 체구 때문에 갈보리 주님이란 신비주의적인 별명으로 통했다. 그의 본명은 에두아르두였고, 그 도시에서 가장 재능 있고 싹싹한 건달로 꼽혔는데, 정말이지 교묘한 사기꾼이었다. 여기서 굳이 그의 성은 밝히지 않겠다. 어떤 식으로든 그건 도나 플로르와 그녀의 두 남편 이야기와는 아무 상관이 없기 때문이다.

왕자님은 그 별명으로 자기 성을 감추었다. 경찰은 이 오입쟁이 청년을 다룰 때 성을 밝히지 않았으며, 그의 유치장 구금(보통은 단기간이었다)을 보도할 때에는 신문 기사에서도 절대로 성을 밝히지 않고 모호하게 〈아무개〉라는 말로 대체해 버렸다. 〈범죄자들 사이에서 왕자님으로 통하는 평판 나쁜 에두아르두 아무개가 바르발류에 사는 과부 줄리에타 필로우에게 사기 친 혐의로 어제 세 광장에서 체포되었다. 그는 피해자인 과부에게 결혼을 약속한 후 그녀의 집을 처분했고, 그를 믿고 사랑했던 여자의 보석과 2콘투를 가지고 달아난 혐의를 받고 있다.〉

이들 모두의 이런 행동은 그 날건달의 가문, 페이라 지 산타나에서 신망이 높은 그분들을 배려한 것이었다. 당국이나 언론, 정보망이 이런 태도로 나오는데, 유독 우리만 이 사려 깊은 태도에서 괜히 열외로 선정적인 태도를 고집해, 타인의 존경을 받아 마땅한 그 명망가의 이름과 명예를 공개적으로 더럽히고 소문과 추문으로 욕되게 할 이유는 없지 않은가? 도나 지노라와 그 소문 군단에서 그 과부들의 기둥서방이 어느 가문 출신인지 알게 될 때의 공포를 상상해 보라. 〈그 손자 대에도 선조의 실추된 명예를 회복하지 못하고, 3대째에 가서도 수치 속에서 살게 될 것이다.〉 이파미논다스 소자 핀투라면 그렇게 강조할 것이다. 그럼에도 독실한 체하는 수다쟁이 여자들은 왕자님의 예절과 허약한 듯한 분위기에 넘어갔다. 심지어 한번은 도나 지노라도, 자신의 예언과 그 사기꾼의 신체적 특징을 일치시키기 위해 예언 내용을 수정하려고 하지 않았던가? 미란당이 아내와 세 아이를 데리고 도나 플로르의 집에 들렀다가 그의 정체를 완벽하게 요약해 주었을 때, 나머지 사람들은 하나같이 슬픔 속으로 곤두박질쳤다. 「저치에게 인간적인 면모가 있다면 두 발로 걸어 다닌다는 것뿐이지요.」

이 왕자님에 관한 전체 이야기는 이웃에 회자되면서, 그 우아한 파렴치함이 버무려져 처음부터 끝까지 뒤죽박죽 섞여 있었다. 게다가 이것은 그의 몸에 밴 풍모이자 그가 좋아하는 분위기였고, 그는 그런 분위기 속에서 움직이고 존재했다.

친구들과 참견쟁이들은 도나 지노라가 수정 구슬에서 보았던 미래의 신랑에 대한 설명에 잔뜩 들떠 있었으므로, 왕자님이 사랑에 빠진 걸음걸이로 한숨을 쉬며 나타나자마자 그 소식은 곧바로 입에서 입으로 전해졌다.

도나 노르마, 도나 지자, 도나 아멜리아 후아스, 도나 에미나는 미지의 신랑감을 즐거운 잡담거리로 받아들였다. 늙은 수다쟁이들은 물 만난 물고기처럼, 문제의 사나이가 누구인지 밝히기 위해 지칠 줄 모르고 애썼다. 진실을 위해서 인정할 수밖에 없지만, 이 부질없는 노력에 가담한 것은 수다쟁이들만이 아니었다. 도나 지자마저 이웃의 남자들을 심리학의 눈으로 관찰하면서 40대 후반의 풍채 좋은 남자를 찾고 있었다. 도나 노르마의 경우는 훌륭한 경야와 그 후의 장례식을 제외하면, 연애와 결혼처럼 즐거운 일이 없었다. 그녀가 중매를 서서 짝을 지어 주고, 난관과 장애, 오해, 당사자 가족의 완강한 반대를 극복해 가며 판사와 신부 앞에 데려가서 결혼시킨 남녀는 셀 수 없이 많았다. 단 한 번 실패했던 중매가 우유부단하기론 세상에 둘도 없는 바우델로이르 혜구와 매력적인 이웃이던 마리아의 경우였는데, 당사자인 마리아가 전혀 열의가 없었다. 그러나 그때에도 그녀는 혹시나 마리아가 직접 나서서 바우델로이르에게 시집갈지 모른다는 희망을 버리지 않았다.

수다쟁이들과 친구들은 숨겨진 신랑감의 외모나 품성에 관한 내용을 모두 숙지하고서 그를 열심히 찾고 있었는데, 도나 지노라가 점괘를 감추는 점쟁이가 아니었기 때문이다. 그녀는 미래의 신랑을 묘사하면서 어떤 것도 숨기지 않았다. 유창하고 장황하게, 신랑감의 두드러진 특징과 성격에 관해 방대한 내용을 설명했다. 어쩌면 바로 그것 때문에, 그 신사의 초상이 너무 완벽하고 충실했기 때문에, 그를 찾아내기가 더욱 힘들었는지도 모른다. 그렇게 많은 세부 항목을 대체 누구한테 다 끼워 맞춘단 말인가?

수다쟁이들은 그 동네를 넘어 범위를 확장하면서까지 모든 시민을 한 사람씩 머릿속으로 검토했지만 그 모든 요소를 종합한 사람은 단 한 명도 없었다. 더러는 대학을 졸업하고 재정 상태가 꽤 좋았지만 나이 조건에 걸렸다. 나이가 맞는다 싶으면 다른 것은 고사하고라도, 피부가 검지 않거나 졸업 반지가 없었다. 그럼에도 수다쟁이들은 저마다 한 명씩, 또는 만약에 대비해서 한 명 이상을 내세웠으므로 수많은 후보자가 제시되었다.

도나 플로르는 이 모든 우스꽝스러운 소동을 조용히 웃어넘겼다. 도나 지노라, 더 나은 일로 시간을 채울 방법이 없는 그 여자만이 연애와 결혼 같은, 그 말도 안 되는 일을 구상할 수 있었으니까. 그리고 특히 도나 플로르의 경우엔 무엇보다, 남편이 죽은 지 아직 1년이 안 되었다는 것, 과부로서 고인을 위해 슬퍼하고 추억을 되새길 최소한의 시간도 지나지 않았다는 이유가 있었기 때문이다.

더욱이 만에 하나, 상중의 8개월을 보낸 그녀가 뭔가 굳은 결심을 했다고 해도, 그것이 재혼은 아니었다. 필요한 것은 다 있고 요리 학교를 통해 생활비 — 음식과 옷 — 를 버는데, 애정 어린 위안과 즐거운 말벗이 되어 주는 좋은 친구가 많은데 굳이 재혼할 필요가 있을까? 그녀는 남자의 필요성을 전혀 느끼지 않았다. 그런 것은 영영 끝났다. 그런데 왜 결혼하겠는가?

도나 노르마와 도나 지자까지 우정으로 아부하면서, 유력한 후보 명단을 제시하고 진심으로 선동과 맹공격을 벌일 때면, 그녀는 약간 쓸쓸한 웃음을 띠고 돌이킬 수 없는 결심에 대한 다짐으로 맞섰다.

도나 지자가 낙점한 사람은 타고난 독신남이자 남자 사립 학교 교사, 재야 사학자인 교양 있는 교수 이파미논다스 소자 핀투였다. 그는 늘 흰색 정장과 조끼 차림에 짧은 각반을 허름하게 차고서 땀에 젖어 허둥댔으며, 나이는 60대 정도에, 약간 멍하니 생각에 잠기는 일이 많았다. 도나 플로르는 그를 좋아하고 존경했지만, 만에 하나, 과부로 남겠다는 굳은 결심을 거둬들인다고 해도, 자신의 소박한 취향에 비해 너무 까다롭고 수사학적인(예절과 신중함을 제쳐 두고 말하자면, 문법학자의 꼴사나움은 말할 것도 없었다) 그 교수 같은 사람한테 시집가기 위해서는 확실히 아니었다. 도나 플로르는 어처구니없는 웃음을 터뜨렸다. 아무리 처량한 과부라 해도 그 정도로까지 궁한 건 아니었다.

친구들도 웃음을 터뜨렸다. 도나 노르마는 알아야 할 사람은 거의 모두 알고 있었지만 여러 명의 후보 중에서 마음을 정하지 못하고 있었다. 도나 에미나는 같은 시리아 동포로 골동품상을 하는 홀아비인 마메지를 꼽았는데, 그 남자는 벌레 먹은 성상이나 다리 하나 빠진 의자, 짝이 맞지 않는 유리잔, 심지어 낡은 요강을 사느라 내륙에서 많은 시간을 보냈기에 이 근처에는 별로 나타나지 않았다. 마메지? 배꼽은 거지보다 못생기고, 이파미논다스 교수보다 더 심하다는 것이 도나 플로르의 생각이었다.

심지어 샤미샤미에서 온 도나 에나이지까지 신랑감을 제시했다. 그녀의 시아주버니라는데 상프란시스쿠 강 유역의 세상 끝 오지에 사는 공증인이며, 피부색이 검고, 나이는 마흔다섯, 대머리에 약간 뾰족한 얼굴이지만, 사람은 명랑 쾌활하며 돈도 좀 있는 좋은 신랑감으로, 이름은 알루이지우였다. 도나 에나이지의 말대로라면, 도나 지노라가 말한 수정구슬 속의 모습과 가장 닮은 남자였다. 그는 실제로 대학 학위를 갖고 있었는데, 정치판에서 신세를 망치기 전에는 특정 고객들을 위해 변호사로도 활약했었다.

다만 한 가지 약점이 있었다. 그는 종교적으로는 미혼이었지만 민법상으로는 유부남이었다. 그와 아내는 성격이 맞지 않아서 10년 넘게 별거 중이었다. 젊었을 때는 프리메이슨 단원으로 교권에 반대했으므로 교회에서 결혼식을 올리지 않았다. 그러나 지금은 신부가 원한다면 기꺼이 받아들일 생각이었다. 도나 플로르가 종교적 결혼식을 마다할 이유가 어디 있겠는가? 더욱이 종교 결혼식은 신의 축복으로 치러지는 유일하게 정당한 결혼식이지만, 민법상의 결혼식은 공증인 앞에서 계약서에 서명하는, 거의 거래나 마찬가지라고 생각하는 사람도 많은데? 도나 에나이지는 벌써 시아주버니에게 도나 플로르의 아름다움과 매력을 가득 적은 편지를 써놓고 있었다. 「내 머리가 이상해진다면 모르죠. 결혼하고 싶은 생각도 없는데, 신의 축복이 있든 없든 누군가의 정부가 될 생각은 더더욱 없어요.」 그리고 무엇보다도 말라리아가 들끓는 상프란시스쿠 강 유역 시골구석에 내려가 살고 싶지는 않았다. 도나 플로르는 짐짓 화난 척했다. 스스로 친구라면서, 샤미샤미 출신의 도나 에나이지가 그런 모욕적인 일을 제안하다니! 그러나 모든 것은 웃어넘길 큰 소동이었지 그 이상은 아니었다.

후보들은 저마다 도나 지노라의 그 모델과 비슷한 점이 있었다. 그러나 왕자님은 아무래도 가장 거리가 멀었다. 그는 돈도 대학 졸업장도 없었고, 나이나 정력, 키도 달랐다. 그가 거리에 나타나 풍미와 예술 요리 학교 창문 맞은편, 아르헨티나인의 집 앞 보도를 음흉하게 어슬렁거릴 때면, 도나 플로르는 그의 그런 낭만적인 행동을 아마 어느 젊은 수강생한테 반했거나, 어느 추잡한 유부녀와 눈이 맞았기 때문이라고 생각했다.

소녀 중 한 명이 애인과 같이 오고, 그래서 애타는 청년이 수업 끝날 때까지 모퉁이에서 기다렸다가 사랑하는 여자를 바래다주는 일은 흔했다. 결혼한 여자들은 요리 학교를 핑계로 자신의 부정을 은폐하고 남편의 의심을 피했고, 환락을 위해 수업 시간을 편의대로 이용했다. 그들은 한 수업에 나왔다가 다음 수업에 빠지거나, 또는 다음 수업이 시작될 때 나타나서는 도나 플로르가 말하는 요리 재료들을 공책에 받아 적고, 집에 가서 열심히 공부했다는 증거로 내밀곤 했다. 그런 식으로 그들은 30분은 학교에서, 그리고 1시간 30분은 매음굴에서 보냈다.

그렇기 때문에, 그가 가로등 기둥에 기대어 줄담배를 피우며 기다리는 것을 보면서도, 도나 플로르는 수강생 중의 한 소녀, 그의 얼굴이 10대 같아 보였으므로, 틀림없이 가장 어린 축에 속하는 소녀에 대한 풋사랑이라고 생각했다.

여러 날이 지났지만 수강생 중 누구도 그를 알아보지 못한 반면, 그는 시도 때도 없이 항상, 밤에도 그 자리에서 그녀의 집 창문을 바라보고 있었으므로, 그 어처구니없는 시간대를 근거로, 도나 플로르는 그 집요한 구애자와 오븐과 스토브 수강생 사이에는 아무런 연관이 없다는 결론을 내렸다. 그의 걸음이 수강생 중 한 명을 향한 것이 아니라면, 그 눈길과 한숨의 표적은 누구였을까?

마리우다, 틀림없이 그 소녀였다. 번민하는 그 존재에 대한 다른 설명이 있을 리 없었다. 그 소녀가 자기 집보다 교사의 집에서 지내는 시간이 더 많았으므로, 그 아무개는 마리우다를 도나 플로르의 동생이나 조카쯤으로 상상한 모양이었다. 두 사람은 똑같이 월계화 같은, 파리하고 섬세한 매혹적인 피부색을 갖고 있었는데, 토박이의 피에 흑인과 백인의 피가 섞여서 나온 완벽한 혼혈의 결과였다.

마리우다가 그 남자의 속을 태우는 걸까, 아니면 무시하는 걸까? 그녀는 사랑에 빠질 나이였다. 2년만 있으면 사범 학교를 마치고 연애하고 결혼할 준비를 할 것이다. 더욱이 마리우다는 그 놈팡이가 보이는 관심을 눈치채고는 있었지만 다른 소녀, 아마도 닥터 이베스의 예쁜 딸인 콧대 높은 마리아나 젊은 교사인 바우비나를 향한 것으로 여기고 있었다. 그러나 그들 중 누구도 그 가로등 앞에 살지 않았으며, 그 자리에서 보이는 곳은 그들 집의 창문이 아니라, 마리우다가 앉아서 라디오를 들으며 〈소녀 선집〉의 소설을 읽는 도나 플로르의 집 거실 창문이었다. 따라서 그 바보의 불침번과 애절한 자세는 마리우다를 향한 것이 분명했다.

그들은 창문의 틈새로 그 손님을 엿보았다.「잘생겼다.」마리우다가 한숨을 쉬었다. 그녀의 변덕스러운 마음은 벌써, 사범 학교의 반 친구이자 같은 또래의 얄미운 애송이 메세나스와의 사랑 놀이를 희생할 준비가 되어 있었다. 도나 플로르가 맞장구를 쳤다.「정말 잘생긴 젊은이네.」아직은 어린 청년, 기껏해야 스물셋이나 스물넷쯤 될까? 미래의 교사에게 꼭 맞는 나이였다. 그 청년에 대해서, 직업은 뭔지, 얼마나 버는지, 또는 은행이나 사무실에서 괜찮은 일을 하고 있는지 알아볼 필요가 있을 것이다. 어쩌면 부자인지도 몰랐는데, 겉보기엔 진짜 그런 것 같았다. 정해진 시간에 오는 것 같지는 않았지만 대부분의 시간을 그 거리에서 보내면서, 도나 플로르의 집 앞 가로등을 지키고 있었기 때문이다.

마리우다는 그에게 미소를 보냈지만 허사였다. 그녀는 광장 쪽으로 나가 보기도 했고, 성 테레사 교회 중정 계단 ― 나의 사랑은 한 번도 존재하지 않았으며 앞으로도 존재하지 않을 거라고 선언하기에 너무나 이상적인 장소, 손에 잡힐 듯 파란 하늘, 아래로 펼쳐진 청록색 바다, 몇백 년 묵은 사원의 벽, 게다가 이 모든 확실한 요소에 덧붙여 도둑맞은 키스일지언정 이해심 많게 축복해 주는 동 클레멘치까지, 너무도 목가적인 곳이다 ― 에 가서 앉아 보기도 했다.

그러나 왕자님은 그녀를 따라 시끄러운 광장으로 들어가거나, 바다 위 고요하고 평화로운 망루에 따라가지 않았다. 그는 가로등을 떠나지 않았다. 마치 사슬로 그 자리에 묶인 것처럼 요리 학교 블라인드에 눈을 고정하고 있었다. 따라서 그 사모의 대상이 마리우다가 아니라면, 도나 플로르 자신밖에 또 누가 있겠는가?

이것이 수다쟁이들, 친구들이 내린 결론이었고, 나이 어리고 경험 없는 마리우다까지 똑같은 생각이었다. 「저 남자는 선생님만 바라보고 있어요.」

「나를? 너, 정신 나갔구나!」

며칠 후 그녀가 도나 노르마와 칠레 거리에 장 보러 나갈 때, 그가 뒤따라왔다. 같은 전차를 타고, 계속해서 줄담배를 피우며 애절하고 사랑스럽게 미소 지으면서. 도나 노르마는 도나 플로르가 자기한테까지 비밀을 숨겼다고 오해해서 거의 열받은 상태였다. 「아주 잘됐네. 꽃미남을 건졌어. 그런데도 나한테 한마디도 안 하다니!」

「난 저 사람이 누군지도 몰라요. 며칠째 집 건너편에 서 있긴 하더라고요. 그 전엔 눈길 한 번 주지 않았어요. 그냥 우리 학생을 따라다니는 남자인가 보다 했는데, 그게 아니었어요. 그래서 〈틀림없이 마리우다로구나〉라고 생각했죠. 그리고 그런 줄로만 알았는데 마리우다도 아니었어요. 그 불쌍한 것은 그 때문에 마음의 상처까지 입었어요. 도대체 어떡해야 할지 나도 모르겠어요.」

도나 노르마는 흥분해서 거의 이성을 잃은 채 그 멋쟁이를 머리끝에서 발끝까지, 스스로는 힐끗 엿본다고 생각하면서 살펴보았다. 「정말 잘생겼네. 근데 너무 어리다……」 그러고 나서는 더 뜯어본 뒤 덧붙였다. 「보기만큼 어리지는 않은데. 솔직히 말해서 내 기준에는 너무 잘생겼어.」

「잘생겼건 못생겼건 나한테는 똑같아요.」

전차에서 내리자 그 남자도 따라 내렸다. 눈 깜짝할 사이에 도나 노르마는 그 얼간이가 진짜 그들을 뒤따르는 건지 아닌지 궁금증을 풀어 줄 복잡한 경로를 생각해 냈다. 그가 뒤따르고 있다는 것이 당장 확실해졌다. 그들에게 다가오거나 말을 건네려고 하지는 않았지만, 그 요염한 미소와 간절한 눈길로 신중한 거리를 유지한 채, 한순간도 그들을 시야에서 놓치지 않았다. 그들이 가게로 들어가면 그는 문 앞에서 기다렸다. 그들이 모퉁이를 돌면 그도 따라 돌았다. 어느 창문 앞에 멈추면, 그는 그 옆 창문에서 그들을 지켜보았다. 더 이상 무얼 의심한단 말인가?

친구들은 가로등 옆의 그 남자를 살펴보려고 한 사람씩, 또는 떼 지어서 찾아왔다. 그가 매력도 있었지만, 다정함을, 한 번의 눈길을, 한 번의 미소를, 희망을 갈구하는 듯 불쌍해 보였으므로 친구들은 모두 그의 편이 되었고, 수정 구슬에 나타났던 신랑감의 이미지에 그를 끼워 맞추기까지 했다. 피부색이 검고 빼어난 외모, 박사, 그는 어쩌면 부자가 아닐까? 나이와 그 밖의 신체적 특징은 일치하지 않았지만, 그것은 아마 도나 지노라가 근시이므로, 사실은 젊은이인데도 장년으로 보고, 빈약한 가슴이 있는 자리에서 튼튼한 몸통을 보고, 창백함과 나른함 대신에 건강한 모습을 보았을 수도 있었다. 수다쟁이들 생각에 최선의 방법은 그 점쟁이가 다시 한번 수정 구슬과 카드를 확인해 보고 그 골치 아픈 모순을 해결하는 것이었다.

에두아르두, 가로등에 닻을 내리고, 연료를 보충하고 보급품을 구할 다음 기항지인 도나 플로르의 집만을 바라보는 과부의 왕자님에 대한 연민과 연대의 물결이 커지는 가운데, 모든 이웃의 성화에 못 이겨, 도나 지노라는 다시 점을 보았다.

그러나 그렇게 해서 수정 구슬과 카드 속에 나타난 것은 똑같이 40대의, 졸업 반지를 끼고 포도주 빛깔의 장미를 든, 중요하게 생긴 남자의 정력적인 모습이었다. 신비로운 계시들이 늘 그렇듯 환영이 흐릿했기 때문에, 도나 지노라는 그 졸업 반지에 박힌 돌이 뭔지 정확히 알 수 없었다. 그것만 알아도 직업을 밝혀 볼 텐데. 그러나 그녀는, 그 길모퉁이의 애절하고 창백한 청년에 대한 안타까움이 없진 않았지만, 그와 미래의 신랑감, 아직 나타나지 않은 그 남자 사이에 아무런 공통점이 없다고 아주 확실하게 장담할 수 있었다.

도나 지노라가 투명한 수정 구슬이나 색색의 카드 위에 웅크려서, 갠지스 강에서 풍기는 힌두교의 악취와 티베트 사원의 비밀 전설에 집중하면서 애를 써봐도 소용이 없었다. 동양 비술의 숨은 힘은 에두아르두 (아무개) 왕자님을 합격시키지 않겠다는 결심을 굽히려고 하지 않았다. 그런 한편 지오니지아 지 오쇼시가 자신의 코마드레 도나 플로르를 사악한 주문과 악의 일꾼들로부터 보호하기 위해 제물들, 뿔닭 암컷과 비둘기, 수탉, 흑염소를 바친 칸돔블레 의식에서, 에슈는 오솔길을 막고서, 그 과감한 유혹자, 과부를 위로하는 척 외로운 마음을 훔치고, 내친김에 반지, 보석은 물론 과부들이 저축해 둔 돈까지 훔쳐 내는 기술이 독보적인 그 전문가가 교차로를 넘지 못하게 막아 버렸다.

4

도나 플로르는 가슴이 찢어지는 과부 생활의 첫 달 이후, 8개월 동안은 정신없는 활동과 소박한 기분 전환으로 보냈다. 그녀는 반상복으로 갈아입을 때까지는 외출 — 히우베르멜류의 이모 댁이나 아주 가까운 친구를 방문하는 것 —

도 거의 하지 않으면서, 학교 일과 특별 주문으로, 또는 이웃들과 집 안에서 시간을 보냈다. 6월에 그녀는 옥수수 푸딩 여러 단지와 옥수수 껍질 속에서 구운 옥수수 프리터 몇 쟁반, 여과한 과일주, 그녀의 유명한 제니팝 코디얼 술을 잔뜩 준비했다. 첫 석 달 이후 처음으로, 성 안토니우스와 성 요한 축일 전야, 과부들의 수호성인인 성 베드로 축일 전야에도 닫아걸었던 집 문을 개방했다. 동네 아이들이 그녀의 집 문 앞에 커다란 횃불을 밝혔고, 들어와서 옥수수 푸딩을 먹었다. 그러나 그들과 함께 도나 노르마, 도나 지자, 서너 명의 친구가, 떠들썩한 파티가 되지 않도록 조용히 먹었다. 그 모든 옥수수 푸딩과 프리터, 술은 옥수수 축제의 달인 6월을 기념해 리타 이모와 포르투 이모부, 친구들, 수강생들을 위해 마련한 선물이었다.

그로부터 여섯 달 후, 12월에 왕자님이 나타날 때까지는 사회 활동이 크게 늘어났다. 9월에 그녀는, 죽은 남편이 매우 좋아했던 성 코스마스와 다미아누스 축일인 첫 번째 일요일 전야에 반상복으로 갈아입었다. 그가 살아 있을 때 그 축제는 불꽃놀이의 기상나팔과 함께 아침 일찍 시작되어 밤늦게 진짜 큰 소동으로 막을 내렸고, 친구에게나 낯선 사람에게나 똑같이 집을 개방했다. 그 성인들의 교훈을 실천하는 뜻에서, 도나 플로르는 카루루를 만들어 특정 이웃과 친구들에게 조용히 대접함으로써 고인의 의무를 대신해 주었다. 미란당은 아내와 아이들을 데리고 왔고 지오니지아 지 오쇼시는 아기만 데리고 왔다. 이름이 같은 그녀의 남편 바지뉴는 고속도로의 먼지를 먹으면서 아라카주로, 페네두로, 마세이오로 트럭을 몰고 다니고 있었기 때문이다.

친구들은 물건 살 때나 산책 갈 때, 영화관에, 잠깐의 방문에 그녀를 데리고 다녔다. 그녀는 프로코피우의 극단이 구아라니 극장에 왔을 때 그가 나오는 쇼를 두 번 보러 가야 했다. 첫 번째는 도나 노르마와 삼파이우 씨와 함께, 두 번째는 닥터 이베스와 도나 에미나와 함께 갔고 두 번 모두 눈물이 나올 때까지 웃었다.

때로는 급한 초대를 거절하고 집에 있는 편이 더 좋았다. 너무 많은 요구 때문에 피곤했기 때문이다. 그녀가 생각하기에 이런 피곤함의 이유는 뭐라고 꼬집어 말하기 힘든 어떤 불쾌한 느낌 때문이었다. 마치 활동과 일, 웃음으로는 생활을 채우기 부족하다는 듯, 갑작스레 외로움이 찾아왔다. 그 모든 것은 그녀가 견딜 수 있는 한도를 넘은 피곤함인 것 같았다. 신체적 피로는 아니었다. 신체적 피로는 밤에 잘 자도록, 꿈꾸지 않고 깊이 자도록 도와주었기 때문에 항상 유익하고 이로운 것이었다. 그것은 내면의 피로, 내면의 불만이었다.

그렇다고 쓸쓸함이나 뭔가 계속되는 우울도 아니었다. 생활은 그 어느 때보다 명랑하고 즐거웠다. 그녀는 남의 집을 방문하고 많은 일을 하면서도 즐거운 책임인 학교 일도 소홀히 하지 않았다. 그 울적한 느낌은 맑은 날 지나가는 구름처럼 때때로 찾아왔다. 그녀에겐 정말 사랑하는 친구들과 이모, 이모부가 있었고, 어린 동생, 아니 거의 딸처럼 붙어 지내면서, 라디오에 나가 노래하는 것이 꿈이라며 소망을 털어놓는 마리우다가 있었다. 그녀에게는 방문할 곳이 있었고, 음악과 연속극, 익살스러운 프로그램이 나오는 라디오가 있었으며, 마리우다가 준 마음에 드는 소설책과 이웃과의 수다, 도나 지노라의 예언이 있었고, 친구들의 보고와 소망에 따르면 그녀가 청혼을 받아들이기를 갈망하는 수많은 남자가 있었다. 그 신랑 후보들이 이 새로운 노예 시장, 웃기는 광대극에 관해 듣게 된다면, 도나 플로르에게 한 명 골라 보라며 심심풀이 설명과 농담과 함께, 각자의 장단점을 자세히 분석해 제시하는 이 떠들썩한 전시회에 관해 알게 된다면 뭐라고 할까? 이 사실을 모르거나, 혹은 바라지도 않는 후보들, 게다가 체계적으로 거부당하는 신랑 후보들은?

「하이문두 지 올리베이라 씨? 아우프레두 씨랑 같이 일하는 광고 보조원 말이야? 아서, 자시. 사람은 좋지만 표정이 어둡고 틈만 나면 교회에서 시간을 보내잖아. 제발 다른 사람을 찾아봐!」

이 남자도 저 남자도 만족스럽지 않았다. 남성적 매력과 점잖은 시민의 자질을 갖추었다 싶으면 예외 없이 모두 유부남이었다. 미술 학교 교수이자 아레아우에 사는 어느 가족의 친척인 엔히키 오스바우드, 근처에 건축 중인 건물을 가진 진짜 멋쟁이 건축가 샤베스, 썩 잘되지는 않지만 여행사를 운영하는 카를리투스 마이아 씨, 스페인인 멘데스, 장의사의 비바우두 씨, 그리고 여자들 말로는 여느 영화배우보다 잘생겼지만 아내 도나 나이르가 남편과 같이 다닐 생각을 아예 하지 않기 때문에 뭇 처녀의 비밀스러운 한숨을 자아내는 제나루 지 카르발류까지 모두가 임자 있는 몸이었다.

도나 플로르가 재혼을 농담으로 여겼기 때문에 시간이 지나면서 그 농담은 사실상 잊히고 계획과 후보 목록은 폐기되었다.

따라서 그녀의 생활이 조용하게, 동시에 잔재미가 가득하게 이어지다가 12월에, 여름이 되면서 그 가로등 아래 뿌리를 내린 듯 왕자님이 나타났던 것이다.

그녀가 도나 노르마와 함께 장 보러 나가서 칠레 거리를 오르내린 이후, 창백한 얼굴로 한숨과 애절한 눈빛을 보내는 그 청년에게 뮤즈가 바람을 불어넣었다는 사실은 이제 일말의 의심도 없었다. 도나 플로르는 마치 그의 관심으로 인해 과부 처지인 자신이 중죄를 덮어쓴 것처럼, 마땅히 지켜야 할 정절과 조심성의 경계를 지키지 않았던 것처럼, 당황해서 몸이 화끈 달아올랐다. 혹시 과부인 주제에 방종하게 굴어서 뻔뻔스러운 남자들이 집 앞을 어슬렁거리고, 창문을 엿볼 권리가 있다고 생각하게 된 것은 아닐까? 수치이자 망신이었다. 그 뒤에 숨은 의도는 뭘까?

최악의 것이리라. 도나 플로르는 신음하면서 문과 창문을 잠갔지만, 도나 노르마는 너무 성급하게 굴지 말라고 충고했다. 그러나 그녀, 도나 노르마도 그 남자가 맘에 들지 않았다. 정말이었다. 창백한 꽃미남, 성가대 소년 같은 얼굴, 요염한 분위기엔 뭔가 수상쩍은 데가 있었다. 그러나 어느 누가 두 사람의 생각은 오해가 아니라고, 혹은 그의 의도는 정말 순수하고 깨끗하다고, 그가 아주 반듯하게 자란 사람이며 존중받을 만하다고, 그리고 도나 플로르의 구혼자가 될 자격이 있다고 말해 줄 수 있단 말인가?

그럴 자격이 있든 말든, 자기 생활에 만족하는 그 과부는 재혼할 생각이 전혀 없었다. 하물며 그녀가 남편의 무덤을 수치스럽게 만들면서 매음굴에서 상복을 벗어 버릴 경박한 탕녀라도 되는 듯, 창 밑에서 알랑거리는 남자는 더더욱 원하지 않았다.

도나 노르마는 그녀를 진정시키려고 했다. 그 청년한테 왜 그렇게 심한 반응을, 그렇게 심한 적의를 보이느냐, 적어도 그 남자는 아직까지 눈길만 주고 멀리서 지켜보기만 하면서 예의 바르게 행동하고 있지 않느냐? 어쨌거나 도나 플로르 자신도, 순수하건 아니건 남자들의 무모함, 속셈, 계획에서 자신이 예외일 거라고 상상하는 순진한 풋내기는 아니다. 그녀가 젊고 예쁘고, 게다가 홀몸인데, 남자들이 그녀를 원하고 호감을 살 생각을 하면 안 된다는 법이 어디 있느냐? 어찌 보면 그것은 그녀의 아름다움에 대한 찬사이며, 재능과 매력의 증거이다. 만약 도나 플로르가 수절하겠다고 결심했다면, 좋다. 도나 노르마는 그런 바보짓에 동의하지는 않았지만 그것에 관해서는 지금 언쟁을 벌일 생각이 없었다. 그러나 결혼에 대한 올바른 생각으로 접근하는 사람한테 그렇게 가혹하게 대하는 이유가 무엇이냐? 정중하게 거절하면 되지 않는가. 〈영광이군요. 하지만 난 바보예요. 내 불구멍은 이제 물을 내보내는 것 외에는 아무 쓸모가 없어요. 결혼 얘기는 듣고 싶지 않다고요!〉 하고.

도나 플로르는 친구의 재치 있는 말에 웃음이 터져 나왔다. 그러나 시장 순례를 마치고, 여전히 그 애원하는 남자를 달고 돌아왔을 때, 그녀는 그의 면전에서 쾅 소리를 내며 창문을 닫아 버렸다. 그는 속상하고 실망스러웠는지, 몇 분간 이쪽저쪽을 두리번거리며 망설이다가 슬그머니 사라져 버렸다.

창문 틈을 통해 현장을 지켜보던 이웃들은 하나같이 도나 플로르의 행동을 나무랐다. 심지어 목격자였던 도나 지자도 그랬다. 책에서 배운 지식으로 꽉 찬 도나 지자는 무척 영리했지만 사람들을 대할 때에는 바보 같기도 했다. 「저런.」 그녀는 도나 플로르의 무례한 행동을 보고 꾸짖듯 중얼거렸다. 그녀의 감탄사는 상처 입은 돈 후안의 영혼을 달래 주는 향유였다. 「불쌍해라. 중세적 관습의 희생자, 편견과 저개발의 피해자가 따로 없어.」

불쌍한 그 청년에겐 더없는 기회였다. 바로 거기, 그 거리에서 그는 눈물을 글썽이며 영혼의 짐을 덜어 내려는 몸짓으로, 그 그링가 앞에서 자신의 정직한 의도, 미친 사랑, 끔찍한 번민을 내려놓았다. 그는 자기소개를 했다. 그녀의 성실한 종 오토니에우 로페스는 이타부나 출신의 사업가로 직물 가게를 하고 있으며, 은행 신용이 좋아 작은 카카오 농장도 시작했다. 총각이지만 결혼하고 싶다, 어쨌거나 서른 살이 됐으니까. 주도에는 사업차 왔다기보다는 놀러 온 건데, 우연히 도나 플로르를 보게 되면서 더 이상 영혼의 안식과 평화가 뭔지 잊어버렸다. 사랑 때문에 제정신이 아니어서 그녀가 자신의 애원을 들어주지 않는다면 삶이 무의미하게 느껴질 정도가 되었다. 그녀가 과부이며 반듯한 사람이란 것은 잘 안다. 그로선 그것이면 족하다. 다른 것은 전혀 중요하지 않다. 그녀가 가난하다면 오히려 더 좋다. 두 사람이 편안하게 살 만큼 형편은 넉넉하다.

도나 지자는 그 이야기를 기쁘게 받아들였다. 왕자님은 교활했고 잔꾀가 많았다. 그는 도나 지자를 휘어잡았고 그녀는 그에게 정보를 제공했다. 엄밀히 말해서 도나 플로르는 분명 백만장자는 아니다. 그러나 거지도 아니다. 학교가 있고, 그녀가 번 돈을 탕진했던 남편이 없으니 이제 밑천은 있으며, 그녀는 — 경험이 없는 사람들이 대개 그렇듯이 — 돈을 은행에 넣어 이자를 받기보다는 집 안에 보관하는 걸 더 좋아하는데 그렇게 모아 둔 돈이 꽤 된다. 내성적인 사람들은 실수나 잘못에 대한 자신의 비판을 감당하지 못한다고, 도나 지자는 설명했다. 「언젠가 그 돈 얘기를 들은 어느 도둑이 들어와서 돈을 훔쳐 가야 정신을 차릴 거예요.」

「도나 플로르를 훔쳐 가려면 진짜 불한당이 돼야 하겠네요.」 왕자님이 대답했다. 그 과부의 그런 행동은 곧 그녀가 성격이 좋고, 물질적인 것에 관심이 별로 없고 속물이 아니라는 증거가 아니냐. 그가 신붓감으로, 동반자로 찾던 여자가 간단히, 단도직입으로 말하면 바로 그런 여자이다. 도나 지자는 그의 말에 조금씩 정신이 멍해지면서 그 도둑에게 도나 플로르의 재산 목록 전체를 일러 주었고, 심지어 몇 점 안 되는 보석, 유럽풍 터키옥 목걸이와 진짜 다이아몬드가 박힌 금귀고리, 고양이와 정원과 남편의 그림을 제쳐 둔다면 리타 이모의 유일한 재산이자 가보인 그 귀고리 얘기까지 해주었다. 리타 이모는 한 번도 그 귀고리를 하지 않았으며, 자신이 죽으면 조카에게 물려줄 생각으로 벌써 조카에게 주었다. 그래서 도나 플로르는 원할 때면 언제든 그 귀고리를 낄 수 있었다. 그렇다고 그 귀고리를 조카에게 완전히 줬다고 할 순 없는 것이, 두 노인에게는 만일에 대비한 유일한 대책이었기 때문이다. 아프거나 수술을 받아서 병원에 오래 입원한다든가, 집이 불탄다든가, 재난이 닥친다든가, 예측할 수 없는 긴급 상황에 대해선 누구도 확신할 수 없으니까 말이다.

 도나 지자는 그 건달의 변호사이자 상담자가 되었다. 그녀는 도나 플로르로 하여금 그 가짜 이타부나 사람을 집에 들여 그의 말을 들어 보게 만들기 위해선 무엇이든 할 기세였다. 설사 그의 구애와 구혼에 대한 대답이 단호하게 〈싫어요〉가 된다 할지라도. 왕자님은 그저 한 번 들여보내 주기만을 바랐다. 그는 자신이 잘났다고 굳게 믿었으며, 아부에 노련했다. 감언이설은 그의 전문이었다. 결코 실패한 적이 없었다. 한 번만 그의 말을 들어 보게 할 수 있다면, 과부는 넘어온 거나 다름없었고, 돈은 그의 것이었다. 그의 달변에 버텼던 여자는 단 한 명도 없었다.

 그날 수업이 끝난 후 저녁 일찍, 마리우다는 도나 플로르의 집 거실에 불을 밝히고 라디오를 켜고 창문을 열었다. 늘

가로등 옆에서 빈둥거리던 그 남자는 보이지 않았다. 마리우다가 도나 플로르를 부르며 텅 빈 풍경을 가리켰다.

도나 플로르가 말해 주었다. 그의 면전에서 창문을 세게 닫은 후로는 그 건달이 떠나 버렸다고. 그 이야기를 전해 주면서 도나 플로르는 힐끗 거리를 내다보았다. 내심 약간은 실망스러웠다. 그 빈둥거리던 남자는 첫 번째 장애물에 꺾일 만큼 얄팍한 관심밖에 없었던 것이다. 결혼하기 전 페드루 보르지스는 훨씬 더 집요했었다. 파라 출신의 그 학생은 편지를 돌려받고, 선물을 거절당하고, 진짜 모욕적인 일을 당했어도 주머니에 약혼반지를 넣고 다녔다. 그런 게 진짜 열정이지, 창문 한 번 세게 닫았다고 증발해 버리는 이런 건 열정도 아니었다.

저녁이 지나는 동안 도나 플로르는 그 사건이 하나도 중요하지 않다는 듯, 서너 번 창밖을 엿보면서 자기 행동의 결과를 확인했다. 그 남자는 영원히 사라졌다.

잠자리에 들었을 때 도나 플로르는 무관심의 표시로 어깨를 으쓱했다. 차라리 잘됐다. 재혼하고 싶은 마음도 없는데 이 무의미한 구애에, 그 놈팡이의 달변에 의미를 둘 이유가 없지 않은가? 그런 건 과부 처지엔 꼴사나운 일이었다.

몇 달 만에 처음으로, 그녀는 곧바로 깊은 단잠에 들지 못했다. 그녀는 눈을 뜬 채 생각하면서 누워 있었다. 진정일까, 재혼하지 않겠다는 이 결심은? 재혼이란 모험에 뛰어들지 않고 조용히 평온하게 혼자 살겠다는 결심은 그녀가 생각한 것처럼 강한 것일까? 그 문제는 결정된 것, 이미 끝난 것, 그뿐이었다. 거기엔 어떤 의심도, 내려야 할 결정도 없었으므로 더 이상 그 문제로 자신과 씨름하고 싶지도 않았다. 그녀는 자신의 결단을 밀고 갈 각오가 되어 있었으므로 친구들이 신랑 후보들을 제시했을 때나 도나 지노라가 신랑감의 모습을 묘사했을 때에도 거리낌 없이 그 문제를 가지고 친구들과 농담을 했던 것이다. 그렇다면 왜 한낱 길모퉁이 놈팡이의 존재 때문에 잠을 설치고 있단 말인가?

다음 날 일찍 도나 지자가 찾아와, 자칭 촌구석 장사꾼이라는 그 남자와 나누었던 대화를 자세하게 전하면서 새 소식을 쏟아부었다. 도나 지자는 어젯밤에 오고 싶었지만 그건 불가능했다. 밤에도 학생들에게 영어를 가르쳤는데, 일주일에 세 번, 집중 코스를 가르치고 나면 녹초가 되기 때문이었다.

잠을 설쳐서 멍한 머리에 두통까지 느끼며, 도나 플로르는 그녀의 이야기에 귀를 기울였다. 그를 집에 들이고 그의 제안을 들어 보라고? 그건 말도 안 되는 소리였다. 재혼하지 않겠다고 결심했는데 왜 구혼자 따위에 시간을 낭비한단 말인가? 도나 지자는 평소보다 강력한 주장과 호소력을 발휘해 결국 결정적인 〈싫어요〉란 말은 보류하게 만들었다. 도나 플로르는 친구를 생각해서, 생각해 보고 대답하겠다고, 무례하게 그를 쫓아 버리진 않겠다고 약속했다. 두 사람의 이야기가 막 끝나 갈 때쯤, 도나 노르마가 케이크를 구울 이스트를 구하러 왔다가 자초지종을 알게 되었다. 이타부나의 부유한 사업가라고? 사람은 원래 오해를 사기 쉬운 법이다. 도나 노르마는 그 혈색 누르께한 남자한테 전혀 호감이 없었는데, 그가 진지한 사람이고 기반을 잡은 사업가, 괜찮은 신랑감으로 밝혀진 것이다. 그러나 아무래도 그 똥색의 얼굴은······.

「플로르, 기분 상한다면 미안해. 하지만 솔직히 그 남자 좀 그렇지 않니? 꼭 아기가 똥 싼 것 같은 혈색이······.」

그날 오후 왕자님은 다시 자신의 망루에 나타나 미소를 지으며 창문에 눈을 붙박았다. 그는 도나 플로르가 두어 번

힐끗거리는 것을 포착하고 보일 듯 말 듯 요염하게 인사했다. 좋은 징조였다. 그날 학생들은 평소 차분하게 웃음 짓던 선생이 뭔가 긴장하고 있음을 눈치 챘다. 그녀는 잠을 설쳤고 두통과 불면증, 울렁증, 최악의 편두통이 있었다. 도나 다그마르, 예쁘고 흥분 잘하고 수다스러운 그 여자가 심술궂게 떠들었다. 「선생님, 과부의 편두통은 밤에 옆구리가 허전해서 그런 거래요. 간단한 해결책이 있어요. 결혼이지요.」

「결혼이라니! 그런 말 마세요!」

「반드시 결혼을 해야 하는 건 아니에요. 결혼하지 않고도 치료할 수 있어요. 어쨌든 남자가 없어서니까.」 그리고 그녀는 심술궂게 웃어 댔다.

그 말에 수강생 전체가 깔깔 웃었다. 도나 플로르는 어젯밤처럼, 현장에서 들킨 도둑이나 가면이 벗겨진 거짓말쟁이처럼 얼굴이 달아오르는 걸 느꼈다. 가능한 일일까? 스스로는 가장 정숙하고 조신한 과부처럼 행동한다고 생각하고 있는데, 한편으로는 남자에 대한 정욕, 연인에 대한 간절한 마음, 활활 불타는 환락가에 대한 동경을 나타내면서, 그녀 자신을 내준다는 것이? 그녀가 신랑 후보들과 수정 구슬에 관해 이웃들과 농담하고 웃을 때, 사람들은 그녀가 남편 또는 연인과 잠자리에 들고 싶어 안달한다고 생각했을지 모른다. 그건 너무 억울했다. 그처럼 완벽한 숙녀로 행동하면서 정숙했던 과부는 세상에 없었다.

그녀는 심란한 하루를 보내면서, 전 같으면 도나 노르마나 마리우다를 부르려고 기대곤 했던 창가에는 얼씬도 하지 않았다. 이제는 그 놈팡이가 거기 나타난 목적이 자신이었음을 알았기 때문이고, 그런 동시에 그 거리에서 갑자기 흥미진진한 일이 벌어진 것처럼, 지금만큼 그 창가에 이끌렸던 적이 없었기 때문이다. 정말 혼란스러웠다.

그래서 도나 아멜리아가 그녀를 찾아와 후아스 씨와 아주 외설스럽고 사실적인 프랑스 영화, 바로 그런 이유로 논란 속에 흥행에 성공한 영화를 같이 보러 가자고 했을 때, 오늘도 긴 밤을 잠 못 이룰까 두려웠던 그녀는 반가운 마음으로 흔쾌히 수락했다. 보통 그녀는 영화관에서 돌아올 때면 항상 잠에 취해서 전차에서도 끄덕거리며 졸곤 했다. 친절한 이웃들이 더없이 좋은 순간에 그녀를 초대해 준 것이다. 게다가 마침 그 영화는 신문에서, 그 영화를 본 이웃들 사이에서, 수많은 말과 논쟁을 일으킨 볼만한 영화였다. 도나 에미나는 그 영화를 좋아했고, 닥터 이베스는 싫어했다. 순전히 포르노그래피라고 했다! 도나 노르마는 몇몇 장면을 회상하면서 입맛을 다셨다. 「이런 장면이 나와. 호숫가에서 남자가 여자 드레스를 벗기고 여자 젖가슴을 가지고 놀고, 그런 다음에는 두 남녀가 서로 몸을 감고 별별 짓을 다 하는 거야. 그러니까 바로 우리 눈앞에서 말이야. 완전히 뒤엉키고, 알몸의 여자 젖가슴이 곤두섰는데, 관객 중에 젊은 놈팡이들은, 어유, 그 녀석들 하는 말이라니…….」 마리우다는 제정신이 아니었다. 검열 때문에 (그녀와 도나 마리아 두 카르무도) 18세 이하 관람 불가인 그 영화를 볼 수 없었기 때문이다. 파시즘의 무거운 손이 청춘을 짓누르고 있었다.

후아스 씨와 함께하면 어디를 가든 늘 그렇게 되듯이, 그들은 아주 늦게 도착했다. 뉴스가 나오고 있었고 깜깜한 극장은 대만원이었다. 겨우 자리를 찾고 보니 서로 다른 세 줄에 각기 떨어진 자리였다. 도나 플로르는 한참 뒤쪽의 끝자리였고, 옆자리에는 손을 꼭 잡고 서로 머리를 기댄 것으로 보아 사랑에 빠진 듯한 연인이 앉아 있었다. 그 프랑스 영화의 첫 장면, 반라의 여자들이 가득한 피갈 카바레에서 벌어지는 장면이 나오자마자 학생들의 야유가 시작되었다. 도나 플로르는 키스하고 한숨을 쉬고 서로 비벼 대는 옆자리의 연인을 무시하려고 애쓰면서, 한편으로는 영화의 복잡한 플롯을 이해하려고 애썼다.

갑자기 그녀는 목덜미에서 남자의 따뜻한 숨결을 느꼈다. 그리고 관객들의 그 모든 함성 위로 그녀의 귀에 대고 나지막이 중얼거리는 달콤한 말들이 들렸다. 한 편의 시 같은 구절들, 연애할 때에도 들어 보지 못했던 고백들, 그녀의 눈과 머리카락, 아름다움을 찬양하는 말이었다. 그 부드러운 목소리가, 그 찬사가 어디서 나오는 건지는 새삼 돌아볼 필요도 없었다. 그녀의 목덜미에 닿는 남자의 숨결은 간지럼 같았고, 뜨거운 헐떡임 같았다. 귓가에 들리는 그 목소리는 찬사요 애원이었고, 부드럽게 어르는 소리였다.

도나 플로르는 자기가 앉은 줄과 왕자님이 앉은 뒷줄 사이에 가능한 한 거리를 두려고 좌석에서 앞쪽으로 다가앉았다. 그러나 어떻게 하든 옆자리 연인에게 방해되기만 했고 그 놈팡이는 앞으로 몸을 숙여서 열렬한 고백을 계속 쏟아 놓았다. 도나 플로르는 그의 말을 듣고 싶지도 않았고, 주변 사람은 아랑곳하지 않는 옆자리 연인의 음탕한 장난을 지켜보고 싶지도 않았다. 그녀가 원하는 것은 영화 줄거리를 따라가는 것, 섹스와 폭력이 결합된 어려운 그 플롯을 이해하는 것뿐이었다.

관객들의 고함 소리가 점점 커졌다. 짜릿한 호숫가 장면이 시작되었던 것이다. 감각적인 주인공은 반라 상태로 젖가슴을 드러내고 있었고, 정신 발달이 뒤떨어진 것 같은 주인공 남자는 발정기 염소처럼 여자 위에 몸을 굽힌 것이, 거의 도나 플로르 옆자리의 연인처럼 뻔뻔스러웠다. 그토록 몰염치한 것은 난생처음이었다.

그리고 그녀 귀에 엉겨 붙은 목소리는 사랑을 고백하면서, 약혼하자고 제안했고, 부디 한 번만 그녀의 집을 방문하게 해달라고, 자기 재산 목록과 자질을 열거하고, 그녀의 작고 예쁜 발을 이타부나의 번화한 가게에 들여놓고 싶다는 자기의 본심을, 열정의 불꽃으로 타오르는 마음을 보여 줄 테니 방문을 허락해 달라고 애원하고 있었다.

목덜미에 닿는 따뜻한 입김, 중얼거리는 그 목소리, 시 같은 구절들, 달래는 듯한 말들…… 아, 구제 불능의 그 영화, 고함치는 관객들, 너무나 꼴불견으로 행동하는 배우들, 그만큼 꼴불견인 옆자리의 연인, 그리고 그녀 뒤의 보이지 않는 심란한 존재, 그 모든 것이 도나 플로르를 에워싸고 마비시키고 꼼짝도 못하게 만들었다. 여기서 우리는 그녀가 정숙하고 조신한 과부였음을 잊지 말자.

그는 영화관 문간에서 그녀를 보자마자 예의 애원하는 그 눈길을 보내기 시작했다. 도나 플로르는 머리를 숙이고서 후아스 씨와 도나 아멜리아와 함께 나왔다. 도나 아멜리아는 그 영화와, 비평가들의 말에 확신도 없으면서 동의하는 남편에게, 그리고 감상을 방해하며 계속되었던 학생들의 시시덕거림에 화가 나서 고래고래 소리를 질렀다. 도나 플로르는 그 영화를 어떻게 생각했을까? 그녀는 온 것을 후회했다. 야유와 웃음소리 때문에 멍하다 못해 거의 속이 울렁거렸다. 좀처럼 화면을 따라갈 수 없었고, 게다가 성도착자들처럼 행동하던 옆자리의 두 돼지 — 나중에 불이 켜졌을 때 보니 한 늙은 여자와 젊은 건달이었다 — 때문에 더욱 힘들었다.

영화 때문에 피곤하고 전날 밤새 잠 못 자고 뒤척였던 까닭에 도나 플로르는 신경을 안정시키려고 진정제 한 알을 먹었다. 그러나 그것으로도 그 남자, 그 숨결, 그 목소리, 그의 애원, 남자와 결혼 문제를 떨쳐 버릴 수 없었다. 그녀는 밤새도록 꿈을 꾸었다. 정말 이상야릇한 꿈, 황당무계한 꿈을.

5

도나 플로르는 공공 광장의 가운데 만들어진 원 중앙에 있었다. 둥글게 원을 그리고 춤을 따라 하는 놀이를 하는 것 같았는데, 그 원을 이룬 사람들은 그녀의 친구와 이웃들이 제시했던, 그녀와의 결혼을 바라는 여러 후보자였다. 그들 모두가, 땀 많고 젠체하는 이파미논다스 소자 핀투 교수부터 시리아인 골동품상 마메지까지, 성인처럼 생활하는 하이문두 올리베이라부터 도나 에나이지의 시아주버니이자 엉터리 변호사인 알루이지우까지, 모두가 어찌 보면 잘생겼고 또 어찌 보면 촌사람처럼 꼴사나운 두 얼굴을 갖고 있었다. 앞쪽에는 자칭 이타부나의 사업가, 허우대 멀쩡한 오토니에우 로페스, 다시 말해서 우리의 친애하는 아무개 왕자님, 과부들의 기둥서방이 끈덕지게, 외로운 도나 플로르와 돈더미(그의 눈에 비친 돈더미는 항상 두툼했고 보석으로 덮여 있었다)를 향해, 어느 금융 기관이나 은행 이자라는 위험 대신에 신중하게 집 안에 보관하기로 한 돈더미를 향해 다가가려 하고 있었다.

이 모든 일은 거대한 수정 구슬 안에서 일어나고 있었다. 바깥에서는 틀니와 안경을 걸친 도나 지노라가 이 장면을 지켜보면서 쇼를 감독하고 있었다. 천천히 원이 돌아가고 후보들은 저마다 리듬을 타면서 도나 플로르 주변에서 노래하고 춤을 추었다.

　　아, 플로르지냐, 아, 플로르지냐,
　　원 안으로 들어와요.
　　당신 혼자 남겨질 거예요…….

　원 중앙에 자리를 잡은 도나 플로르는 한 사람씩 후보자들을 보러 나오면서 화답했다

　　난 혼자 남겨지지 않아요.
　　혼자 남지는 않을 거예요.
　　왜냐하면 벌써 내 파트너가 된
　　교수님이 있으니까요…….

　그녀가 배를 세게 부딪치면서 이파미논다스 소자 핀투 교수를 파트너로 선택하자, 교수는 염소처럼 아주 꼴사납게 엉덩이를 흔들며 앞으로 나오더니, 원 가운데에서 그녀와 춤을 추고 음정 틀린 노래를 불렀다.

　　나는 토로로로 갔다네.
　　물을 마시러 갔지만 물은 없었고
　　그 대신 내가 찾은 건 예쁘고 검은 여자,
　　토로로에 남겨 둔 그녀였다네.

　그는 자신의 재산을 지참금으로 그녀에게 내놓았다. 문법

책, 연필로 쓴 공책들과 『우스 루지아다스*Os Lusíadas*』,[3] 『7월 2일』, 『브룩의 전투』였다. 이것 외에도 며칠분의 급료와 거의 쓸모없는 뿔 나팔, 그리고 병 안에 든 배(「우리는 저 배를 타고 항해를 떠날 거요, 도나 플로르.」) 한 척이 있었다. 그러나 그는 자신의 얼음 빛깔 각반에 발이 걸려 비틀거리면서 그 우아한 춤과 비 가림 모자는 엉망이 되었다. 도나 플로르는 균형을 잡으려고 허우적거리는 그를 지켜보며 깔깔 웃다가 오줌을 지리고 있었다. 그는 너무 우스꽝스러웠다. 그를 후보로 내세울 사람은 단 한 사람, 사물의 합목적성을 따지지 않는 그링가, 도나 지자뿐이었다.

도나 플로르는 그녀답지 않았다. 자제하지 못하고 웃어 댔으며 원 주변에서 그녀와 신부의 베일, 오렌지 꽃을 훔치려고 애쓰면서 비틀거리는 그 늙은 바보를 불쌍히 여기지도 않았다. 아름다운 갈색 피부의 그녀는 정숙함을 어디다 두었는지, 또 한 번 배를 세게 부딪치고는 그녀의 음부를 염원하는 교수의 꿈을 단번에 깨버렸다.

도나 플로르는 처녀로 돌아가 있었지만 정숙함과 조심성은 사라지고 없었다. 흰색의 레이스, 명주 그물, 호박단으로 된 드레스를 입고 순수의 베일과 화환을 쓰고, 웨딩드레스의 긴 자락으로 원 전체를 덮은 그녀는 처녀의 향기 안으로, 스스로를 드러내는 사람의 발자국 안으로 후보자들을 끌어 모으고 있었다. 도나 플로르는 결혼에 대한 아무 희망도 없이 죽음의 고통에 빠진 처녀처럼 조급하고 초조하게, 그들 각자에게 청혼했다. 그녀는 이 후보에서 저 후보로 옮기면서 놀

---

3 루이스 바스 드 카몽이스Luís Vaz de Camões의 대서사시. 15~16세기 신대륙 발견의 항해 등 포르투갈인들의 진취적인 업적을 다룬 포르투갈의 국민 서사시이다 — 옮긴이주.

이의 원, 도전이자 도발인 그 원 안에서 춤을 추자고 청했다. 그들 중 누가 그녀의 오렌지 꽃과 처녀성을 강탈하고 그녀의 화환을 산산이 잡아 뜯을까? 당연히 민법 결혼, 종교 결혼을 모두 치르고서 말이다. 처녀라면 자신의 순결을 무가치하게 그냥 내주지 않는 법.

그녀는 사이렌의 노래로 그들을 유혹하고, 창녀의 춤을 추듯 궁둥이를 맷돌처럼 돌리고, 허리와 가슴으로는 음탕한 여자를 암시하는 동작을 하면서 그들의 넋을 빼놓았고, 타락의 한계를 모른다는 듯 한 사람 한 사람과 배를 부딪치며 모두를 원 안으로 끌어들였다. 냉소적이고 방종하고, 얼마나 헤프게 구는지 보는 사람 속이 뒤집어질 정도였다.

그녀가 마메지의 배에 대고 배꼽과 궁둥이를 비비면서 그를 파트너 겸 수행원으로 끌어내자, 그는 그런 진중한 사람이 그러리라곤 누구도 예상하지 못한 방식으로 엉덩이를 흔들며 춤을 추었다. 한 손엔 가지 달린 낡은 촛대를 들고, 또 한 손엔 마카오 도자기 요강을 들고서. 푸른색으로 그린 영국 풍경에 미세한 금이 간 요강은 순은 촛대처럼 더할 나위 없는 혼수품이었다. 그는 그녀가 팔려는 순결에 그 두 가지를 제시하면서 약간의 거스름돈을 요구했다. 몇 미우헤이스만, 한 450미우헤이스 정도만. 그러나 골동품을 든 손으로 어떻게 그 꽃을 딸 수 있을까? 도나 플로르는 그의 주변에서 춤추며 점점 가까이 다가갔고 그의 배에 몸을 비벼 그의 몸에 쌓인 먼지를 떨어 내면서, 희롱하듯 큰 소리로 웃어 댔다.

하이문두 지 올리베이라 씨는 정말 몸이 날랜 훌륭한 춤꾼이었다. 그의 혼수품은 선지자들의 행렬, 성서, 예스럽거나 현대적인 성상들, 여기에 더해 성스러운 동물인 당나귀와 물고기가 있었다. 그리고 특별 보너스로, 그가 자기 사장이자 카베사의 광고 제작자인 아우프레두 씨에게 선물한 서너 명만 빠지고 전부 있는 1만 1천 명의 처녀[4]까지 제시했다. 나머지 처녀들은 모두 흠 하나 없이 완벽했는데, 하이문두 씨는 아주 후한 제안, 마리우 크라부, 건축가 레프, 공학 기사 아다우투 지마로부터 당장 현금과 처녀를 맞교환하자는 제안을 받았지만 모두 거절했었다. 그들 모두가 괜찮은 처녀를 구하고 있었던 것이다. 하이문두 씨는 그렇게 많은 처녀를 갖고 있으면서, 도대체 왜 또 다른 처녀를 구하려고 할까? 탐욕 때문일까, 이상한 관심 때문일까? 그리고 그의 매음굴이 그렇게 컸던가, 그 많은 단골까지 들어가게? 「나의 유곽은 하늘이라오, 도나 플로르. 내가 원하는 건 벌집 같은 당신 입술에 키스를 찍어 누르는 것뿐, 구약 성서의 죄인인 나는 계시록을 향해서 곧장 나의 길을 가고 있다오.」 도나 플로르는 황급히 달아나는 것으로 대답을 대신했다.

알루이지우가 다가왔다. 착실한 흑토 지대 사람, 촌구석에서 존경받는 주민, 자신의 춤과 말에 아주 잘 어울리게, 아주 우아하게 청혼하는 이 신사는 사실상 화환과 꽃을 잡았으며, 도나 플로르의 야생화를 거의 꺾을 뻔했다. 그러나 누구의 바보 — 정반대였다 — 도 아닌 도나 플로르는 그렇게 교활하고 용의주도한 엉터리 공증인의 한담을 곧이곧대로 받아들이지 않았다.

「우리 같이 교회에 가시죠, 마담. 교회의 결혼 예고와 감독 주교의 축복까지 모든 것이 준비되어 있습니다. 게다가 저는 고백 성사로 제 죄도 모두 용서받았습니다.」

「아, 선생님, 저에게 아부하려고 하지 마세요. 당신이 바라

---

[4] 성 우르술라의 전설에 등장하는 1만 1천 명의 순교 처녀 — 옮긴이주.

는 게 처녀의 순결이라면 사제는 물론 판사하고도 같이 오셔야죠.」

「사제로는 충분하지 않다는 말인가요? 신과 종교의 축복만으론 안 됩니까? 신이 우리 가까이 있는데 인간의 법이 무슨 가치가 있단 말입니까?」

「축복 따위는 집어치우시죠, 선생님. 당신의 사제와 고백성사도요. 안됐지만 결혼 증명서가 없다면 처녀의 순결도 없답니다. 과부의 데이지에서 꽃잎 하나도 떼어 갈 수 없어요.」

「어여쁘신 과부여, 나의 과부여.」 어느새 원 가운데에 들어와 있던 잘생긴 젊은이, 창백하고 호리호리하고, 나른하게 애원하는 눈빛의 그가 중얼거리자 그 따뜻한 숨결이 그녀를 감쌌고 그의 사랑 노래가 그녀를 멍하게 만들었다.

발을 빼요, 당신의 작은 발을 빼요.
그리고 내 발 옆에 놓아요.
그러면 당신이 후회할 거라고
누구도 그런 말은 못 할 거요.

그는 어느 직업 춤꾼보다도 더 멋지게 춤췄다. 유명한 춤꾼이 있었는데, 누구였더라? 그의 유혹적인 목소리가 도나 플로르를 감쌌다.

아름다운 과부여, 허송세월 마세요.
하룻밤은 아무것도 아니니
지금 잠자지 않는다 해도
내일 아침에 자면 된다오.

내일 아침이면 처녀이거나 과부이리라. 도나 플로르에게서 갑자기 신부의 베일, 결혼을 앞둔 순결한 처녀의 흰색 옷이 사라지고, 처녀의 오렌지 꽃도 없어졌다. 이제 그녀는 깊은 시름에 잠긴 과부처럼 옷을 입고 있었다. 회색 스타킹을 신고, 나머지 모든 것은 슬픔의 색이었다. 얼굴을 덮은 베일도, 머리에 쓴 레이스 숄도 슬픔과 재의 색이었다. 다만 꽃 한 송이, 장미는 붉다 못해 거의 검은색처럼 보였다.

그녀는 흰색 드레스, 신부의 드레스가 너무도 아쉬웠다. 그 옷을 입어야 했을 때 그 옷을 입지 않았고, 결혼 증명서에 서명할 때 그녀에겐 아무런 처녀성도 남아 있지 않았다. 이타포앙 바다의 산들바람에 꽃잎이 뜯겨 나간 꽃이었다.

친구와 이웃들이 제시한 후보자들과 도나 지노라의 환상을 소재로 재미있는 농담이나 하면서, 스스로를 흠 하나 없는 처녀라고, 손도 대지 않은, 남자의 소인이 찍히지 않은 처녀라고 말할 수는 있었다. 그 모든 일은 그냥 웃어넘기면 그뿐이었다.

그러나 길모퉁이의 그 무모한 청년, 왕자님, 하급 귀족, 너무도 젊고 벌써 부자일지도 모르는 남자, 자신을 보면서 신음하며 한숨짓는 수많은 처녀를 본체만체하고, 과부에다 재물도 별로 없는 도나 플로르를 보고 신음하며 한숨짓는 그 남자라면 얘기가 달랐다. 이타부나의 잘나가는 사업가, 어떤 여자한테든 어울리고, 과부한테는 더욱 좋은 배필인 그 청년에게만큼은 실컷 농담하고 조롱하는 것이 불가능했다. 그의 불타는 숨결은 그녀의 살을 뚫었고, 그의 온기가 무관심의 얼음을 녹였으며, 그렇게 오랜 기간 내내 죽어 있었던 한 사람을 다시 살아나게 만들었다. 그의 숨결은 그녀를 시들게 했고, 말라 버린 욕망을 새롭게 꽃피웠으며, 도나 플로르의 평화를 파괴했다.

 그녀는 그를 비웃거나 그의 존재를 무시할 수가 없었다. 그는 다른 사람들처럼 농담의 대상, 친구들이 꾸며 낸 사람, 수다쟁이들의 음모가 아니라, 진짜로 가로등 밑에 서서 그 눈으로 그녀의 거실을 훑어보는 사람이었다. 한 발짝만 더 다가오면 과부의 집 안에, 그녀의 품 안에 있게 될 사람이었다. 그녀가 거리로 나가면 뒤를 쫓아오는 사람, 영화관에서 숨결과 말로 그녀를 불태우는 사람, 흔들리지 않는 의지로 그녀 안 욕망의 불꽃을 부채질하는 사람이었다.

 도나 플로르는 이제 알 수 있었다. 그 많은 분주함과 일, 기분 전환에도 왜 자신이 쓸모없다는 생각이 들고 허전하고 우울한 느낌이 드는지를. 그 신랑 후보생이 춤을 추었다.「아침에 자면 되잖아요.」그녀에게는 아주 익숙한 춤, 따라 해봐요 놀이의 기발한 춤이 아니라 음악 홀과 카바레의 춤이었다. 그런데 가만있자, 이 춤이 뭐였더라? 도나 플로르가 어디서 그 춤을 배웠더라?

 그 음악과 춤, 시간과 장소는 중요하지 않았다. 도나 플로르는 충동적으로 얼굴에서 베일을 벗어 버리고 그 남자에게 손을 내밀고는, 수정 구슬을 부숴 버렸다.「아름다운 갈색 청년이여, 거기 혼자 있지 마요. 어서, 창백한 젊은이여, 우리 당장 결혼해요. 지금 당장, 나의 귀족, 나의 매력적인 왕자님.」

 다음 순간 그녀는 갑자기 기억이 났다. 그 음악은 처녀 시절 소령의 집에서, 그리고 7년 후 팰리스 호텔에서 춘 춤이었고, 어느새 파트너는 그 핏기 없는 청년, 애원하는 남자, 구혼자가 아니었다. 그는 수정 구슬과 도나 지노라와 함께 완전히 사라졌다. 그녀와 같이 있는 그 사람은 죽은 남편이었고, 그녀는 마땅히 지켜야 할 그의 기억을 더럽히고 있었다. 그녀 앞에 남편이 서 있었고, 성난 그가 손을 올려 그녀를 찰싹 때렸다. 도나 플로르가 철제 침대 위로 넘어지자 그는 그녀의 상복을 벗기고 화환과 신부의 베일을 뜯어 버렸다. 그는 실오라기 하나 걸치지 않은 알몸을 원했다. 그걸 할 때 누가 옷을 입는다고 그래? 아, 폭군 같은 사람! 그런 사람은 다시 없었다.

자포자기한 도나 플로르가 깨어났다. 방 안은 캄캄했고 그녀는 공황 상태였다. 동네 지붕과 뒤뜰에서 고양이 우는 소리. 아, 얼마나 이상한 꿈인가. 이를 어찌할까, 잃어버린 영혼의 평화여.

6

밤새도록 생각하고 또 생각했다. 그 무게와 크기, 외로움과 웃음, 비등점에 오른 욕망, 동틀 녘의 눈물들. 이른 새벽, 여명이 의심의 버팀벽을 깨뜨리는 동안, 도나 플로르는 거울 앞에 앉아 옷을 갈아입고 머리를 빗었다. 그녀는 향수를 찾아 뿌리고, 리타 이모의 귀고리를 꺼내 달고, 블라우스와 치마를 이것저것 입어 보고, 옷으로 부잣집 처녀들과 경쟁하던 라데이라 두 아우부의 시절처럼 또 한 번 허영을 부려 보았다. 그렇게 이른 아침에, 옷을 갖춰 입는 교태를 부려 보았다. 그 창백한 젊은이가 점심 전에 나타났던 적이 한 번이 아니었기 때문이다. 게다가 그날은 일요일, 그리고 동 클레멘치의 설교가 있는 날이었다.

그러나 점심 전에 그녀의 집에 나타나 점심 식사 때까지

머문 사람은 미란당이었다. 좀처럼 있지 않던 그의 방문이었다. 그는 아내와 도나 플로르의 대자를 포함한 아이들을 데리고 자두와 암바렐라,[5] 그리고 그의 어머니가 코바늘로 뜬 요크까지 들고 왔다. 「그런데 그게 다 뭐예요? 왜 그렇게 많은 선물을 가져왔어요?」 「아니, 코마드레, 정신이 어디 놀러 갔나 봅니다. 오늘이 12월 19일, 본인 생일인데 설마 몰랐다고 하지는 않겠지요?」 「오, 친구들, 이렇게 신경 써주시다니. 저는 까맣게 잊고 있었어요, 기념일을 챙길 마음도 이젠 사라졌어요.」 미란당의 아내는 수상쩍다는 듯이 바라보았다. 「그러니까 몰랐다는 말씀이세요? 그렇다면 아침 일찍부터 그렇게 차려입은 건 뭐지요?」

미란당은 슬픈 표정으로 옛일을 떠올렸다. 「생각나요, 코마드레? 팰리스에서의 밤이 벌써 1년 전 얘기군요. 그 축하의 밤을 절대로 못 잊을 거예요.」

1년, 정확히 1년이 지났다. 오늘 도나 플로르는 가장 좋은 옷을 입고 리본으로 머리 손질도 하고, 귀에는 다이아몬드 귀고리를 하고 가슴에서는 설레는 향기를 풍기고 있었지만, 이 모든 것이 생일이라서 그런 건 아니었다. 생일이라는 걸 잊고 잊었기 때문이다. 그러나 이모와 이모부는 잊지 않고 있었다. 도나 노르마, 도나 지자, 도나 아멜리아, 도나 에미나, 도나 자시, 도나 마리아 두 카르무도 마찬가지였다. 한 사람씩 선물을 들고, 비누 상자와 향수병, 샌들, 드레스 만들 옷감을 들고 찾아왔다.

「아주 근사하다, 플로르. 천사가 따로 없어!」 도나 아멜리아가 감탄했다.

---

[5] *ambarella*. 열대 지역에서 광범위하게 자라는 과일. 지역마다 다르게 불리는데 골든 애플이라고도 한다 — 옮긴이주.

「작년에도 정말 멋졌는데.」 도나 노르마 역시 팰리스 호텔 방문을 회상하고 있었다. 「그때는 선물을 받았고 받은…….」

「올해도 마찬가지예요. 좋은 선물을 받았잖아요…….」 도나 마리아 두 카르무가 음흉한 소리로 더듬거렸다.

「무슨 선물요?」 미란당의 아내가 물었다.

웃음을 터뜨리면서 도나 에미나와 도나 아멜리아가 그녀의 귀에 소곤거렸다.

「설마…….」

「꽤 괜찮은 남자야.」 도나 지자가 거만하게 말했다. 「솔직히 너무 괜찮아.」

미란당은 농장주 보이제스 아우베스를 중심으로, 일례우스에서 온 부자들이 일요일마다 모여서 위스키를 마시는 카베사 바에 갔다 왔다. 도나 플로르는 친구들이 거실에서 웃고 수다를 떠는 사이 부엌에서, 옷을 더럽히지 않으려고 앞치마를 두르고 마리우다의 도움을 받아 점심 준비에 마지막 손길을 더하고 있었다.

오후가 되자 왕자님이 전날 밤에 그 후한 손으로 뿌려 두었던 씨의 열매를 수확하기 위해 나타났다. 영화관에서의 그의 행동과 말은 도나 지자가 중재한 결과였던 것이다. 눈부신 옷차림에 창백한 피부의 그는 여느 때보다 더, 갈보리 언덕을 오르던 주님처럼 보였다. 어젯밤 그는 최근의 애인인 루에게 장담했다. 요즘 그는 루와 화간하고 재미나게 어울리느라 먼젓번에 사귄 과부 도나 암브로지나 아후다의 돈을 거덜 내고 있었다. 「자기야, 나 오늘 그 요새를 습격할 생각이야. 거실로 들어가서 눈 깜짝할 사이에 그 과부랑 침대에 누울 테니 두고 보라고.」

루는 갈보리 주님의 결핵 환자 같은 가슴에 머리를 뉘었다.「그 여자도 다른 과부들처럼 못생겼어, 아니면 예뻐?」

왕자님의 엄격한 규율과 윤리학을 이해하지도 못하고 질투하다니, 그 여자는 그처럼 유능하고 자기 원칙에 충실한 전문가와 한패가 되기엔 모자랐다.「바보, 전에도 얘기했잖아. 예쁘건 못생겼건 나한테는 다 똑같아. 이건 사업이고 돈 되는 장사에 지나지 않는데, 그걸 왜 몰라? 난 과부 궁둥이 따위엔 전혀 관심이 없네요, 바보 아가씨. 내 관심은 그 여자의 돈과 어쩌면 있을 보석뿐이라고.」

도나 에미나가 맨 먼저 그를 보았다. 그녀는 달려가서 웃음을 터뜨리며 소식을 전했다.「왔다, 왔어.」

소란을 피우고 흥분하고, 여자들이 오락가락 달리고 뒤쫓는 소리에, 새우 수플레와 맛있는 닭구이로 푸짐한 점심 식사를 한 뒤 달콤하게 낮잠을 자던 미란당이 깨어났다. 잠을 깬 그는 여자들이 조금이라도 잘 보려고 서로 밀치고 있는 창가로 다가갔다. 그의 눈에 들어온 것은 길 한쪽, 베르나보 씨 댁 앞 가로등에 나른한 자세로 기대서 있는 남자, 성냥개비로 손톱을 다듬으며 정중하게 미소 짓는 에두아르두 아무개, 왕자님이란 별명의 날건달이었다.

「갈보리 주님이 여긴 대체 웬일이지?」

「갈보리 주님이 누구예요?」도나 노르마가 습관적인 호기심으로 물었다.

「저 왕자님 말입니다. 이 도시 최대의 사기꾼, 책략가…….」

그는 〈과부들의 기둥서방〉이라는 한마디를 덧붙이려던 순간, 여자들의 죽음 같은 정적을 깨닫고는 단번에 정황을 파악했다. 그러나 그는 아무것도 눈치채지 못했다는 듯, 바이아인의 섬세함을 발휘해 미소를 거두지 않았다.「저 녀석은 누구도 당할 자가 없을 만큼 약삭빠른 사기꾼이에요. 당첨권이니 병원 기금이니 하는 이야기를 꾸며서 어리숙한 사람들을 등쳐 먹고 사는데, 그 화려한 솜씨는 신문에도 여러 번 났었죠…….」

「내 눈은 못 속여……. 그 얼굴을 척 보고 알았다니까.」 도나 노르마가 말했다.

「분명 이 동네 어느 집을 감시하고 있었을 거예요. 저 아르헨티나인네 집이든 어느 집이든…….」

「틀림없이 저 아르헨티나인네 집이야. 그 두 사람이 같이 얘기하는 걸 봤어…….」 도나 노르마는 눈 하나 깜짝 않고 거짓말을 했다. 그녀도 미란당만큼 아주 섬세한 이해심과 감정을 가진 훌륭한 바이아인이었다.

도나 플로르는 인생이란 실망으로 가득 찬 것이라는 주제를 곱씹으며, 조용히 자리를 뜨고는 눈물 한 방울을 떨어뜨렸다. 남모르게 딱 한 방울. 그 굴욕과 천박한 의도는 그 이상의 가치가 없었기 때문이다. 미란당은 태연한 척, 길을 건너 그 사기꾼에게 다가갔다. 아까 세게 닫아 버린 창문 틈으로 여자들은 미란당이 그 못된 건달한테 말을 거는 모습을 지켜보았다. 미란당의 설명이 약간 혼란스러웠지만 왕자님은 1분도 못 되어 웃음을 거두었다. 미란당은 거센 몸짓으로 언덕 아래쪽을 가리켰다. 창가의 여인들에게는 무성 영화의 빠른 한 장면 같았다.

왕자님은 패배를 받아들이는 법을 알고 있었다. 뻔뻔스럽게 맞서 감옥에 가거나 맞을 위험을 무릅쓰는 것은 멍청이나 하는 짓이다. 하필이면 미란당의 코마드레와 엮이게 되다니 지지리 운도 없지! 살가죽 온전한 채로 끝나게 된 게 그나마 고마운 일이었다. 그는 지극히 진지하게 자신의 무지를 고백했다. 「꿈에서라도 그런 관계라는 걸 알았다면 이 거리에는 발을 들여놓지 않았을 겁니다, 절대로…….」

도나 플로르의 집에 눈길 한 번 주지도 않고 발길을 돌린 그는 넓은 바다 쪽으로, 빠른 속도로 라데이라 다 프레기사를 내려갔다. 그리고 도시 아래쪽 구역에 도착하기도 전에, 멀리서, 검은 상복과 베일까지 완전히 차려입은 한 과부가 경건하게 콘세이싱 나 프라이아로 가는 것을 발견했다. 그는 새로 발견한 이 항구를 향해, 다시 그 나른한 미소와 애원하는 눈빛을 하고 걸음을 재촉했다. 그렇게 아무개 왕자님은 새로운 마음가짐으로 고된 천직에 임했다.

7

그 후로 왕자님은 동네에서 다시 볼 수 없었고, 그가 떠난 뒤로 뒷이야기와 수군거림, 키득거림, 미래 예언에 대한 주장들과 함께 도나 플로르의 재혼에 관한 온갖 수다와 장난, 농담이 이어졌다. 그러나 예전의 도나 플로르가 그 모든 것을 웃어넘기며 재미난 웃음거리로 삼았다면 지금은 그 주제에 관한 모든 얘기를 피했고, 자신의 과부 신세나 결혼 얘기가 나올라치면 불쾌감과 짜증을 숨기지 않고 모욕과 무례로 받아들였다.

결국 친구들이나 이웃들은 무언의 합의문에 서명이라도 한 것처럼 한동안 그 화제를 아예 꺼내지 않았으며, 모두가 연애와 결혼을 거절하는 그 과부의 견해에 겉으로는 동의하는 것 같았다. 어느 수다쟁이 노파가 그 문제를 말하고 싶어 혀가 근질거릴라치면, 가로등 밑의 왕자님에 대한 기억이 그 입술을 봉해 버렸다. 마치 그 사기꾼이 아직도 거기 서서 그 거리 전체를 놀리고 있는 것 같았다. 도나 노르마가 내린 엄격한 금지령은 말할 것도 없었다. 그녀는 가히 동네의 종신 대통령, 대체로 자유주의적이고 민주적이었지만 필요할 때면 가차 없는 독재자라고 할 만했다.

도나 플로르에게는 그 기묘한 생일 이후 몇 주 동안이 아마도 생애에서 가장 분주했던 시기였을 것이다. 한순간도 집에서 쉬지 못했다. 초대가 꼬리를 물고 이어지고 모두가 그녀를 친절하게 대하면서 시간을 채워 주려 애쓰고 있었다. 영화가 끝나면 또 영화, 수많은 방문, 친구들과의 장보기. 오후 수업이 끝나면 어느새 약속이 잡혀 있곤 했다. 「노르미냐, 그렇게 차려입고 어디를 가요? 왜 그렇게 조용히 말도 없이 나가세요?」

「갑자기 장례식이 생겼어. 나도 방금 알았어. 루카스 지 아우메이다라고, 삼파이우네 먼 친척이 돌아가셨대. 심장 마비로 죽었다나 봐. 삼파이우는 안 가겠대. 그이가 어떤 사람인지 너도 잘 알잖아. 그래도 너무하지. 너한테 미리 얘기하지 않은 건 네가 모르는 사람이라서 그랬어. 그래도 가고 싶다면 같이 가자. 최고의 장례식이니 정말 볼만할 거야.」

그녀는 도나 노르마와 함께 경야와 장례식에 가고, 생일이나 세례식에 다녔다. 슬플 때도 기쁠 때처럼, 도나 노르마는 한결같은 능률과 활기를 유지하면서, 자신이 참석하는 어떤 축하 행사나 장례식도 잘 치르도록 해주었다. 그녀는 키를 잡고 항해도를 그리면서, 웃고 우는 역할을 할당했다. 위로하고 도와주고 떠들어 주고 먹어 주고, 즐겁게(그리고 조심스럽게) 잔을 채우고 마시면서, 거의 항상 웃다가도 필요할 때는 흐느끼면서. 어떤 종류의 모임에서든, 심지어 죽도록 따분한 강의에서도 도나 노르마를 따를 자가 없었다. 다방면의 솔선수범이었다. 「정말 인물이야.」 도나 에나이지는 그렇게 평했다. 그녀를 존경하는 미란당에 따르면 〈기념물〉이었다. 도나 아멜리아의 말로는 〈성인〉이었고 도나 에미나를 비롯한 여러 사람의 견해로는 〈최고의 친구〉였다.

「폭풍이야.」 워낙 오지랖 넓은 아내의 활동에 기겁한 제 삼 파이우는 그렇게 투덜거렸다.

「삼파이우 씨는 이 세상 최고의 여자와 결혼하셨어요. 노르미냐는 이 거리 모든 사람의 어머니예요.」 도나 플로르가 말을 고쳐 주었다.

「난 자식이 그렇게 많은 건 질색이야, 도나 플로르. 게다가 너무 번잡스럽거든.」 비관주의자, 그것이 삼파이우 씨였다.

그녀는 도나 지자를 따라서 캄푸그란지에 있는 장로교회에도 갔었다. 그 그링가는 프로이트와 아들러를 읽을 때나 사회 경제 문제를 토론할 때, 삼바를 출 때처럼 똑같이 확신에 차서 영어로 된 성가를 불렀다. 그 일을 두고 동 클레멘치 신부는 나중에 익살스레 찌푸린 얼굴로 도나 플로르에게 꾸지람을 했다. 「사람들 말로는 도나 플로르가 개종했다던데, 플로르, 그게 사실인가요?」

개종? 무슨 소리인가! 그저 친구를 따라 두어 번 호기심에서, 시간을 때우려고 간 것뿐이었다. 과부의 시간이란 길고 허전하답니다, 신부님.

그녀는 후아스 씨 댁 사람들과 기분 전환으로 기차 여행을 떠나 그들의 고향인 알라고이냐스에서 주말을 보냈다. 도나 다그마르와는 조그맣고 매력적인 여인이 가르치는 요가 수업에 다녔는데, 드레스덴 도자기의 양치기 소녀처럼 연약하게 생긴 그 요가 강사는 서커스의 여자 곡예사처럼 몸을 잘도 비틀었다. 요가 시간이 자신의 요리 강습 시간과 겹치기 때문에 요가 수업에 등록해 어려운 동작들을 배우지는 못했지만, 심심풀이로 가져온 소책자에는 그런 동작들이 〈민첩하고 우아한 육체, 맑고 건강한 정신〉을 유지해 주며 〈정신과 육체의 완벽한 평정, 물질과 정신의 완전한 조화〉를 이루게 한다고 씌어 있었다. 평정과 조화가 없다면 인생은 〈더러운 배설물 구덩이〉밖에 되지 않는다는 것이 그 소책자에 쓰여 있는 내용이자 도나 플로르가 최근의 경험을 통해 배운 교훈이었다. 물질과 정신이 서로 충돌하면 인생은 〈단테의 지옥〉이 되었다.

도나 마리아 두 카르무와 함께 그녀는 마리우다를 데리고 나갔다. 마리우다는 일요일에 하는 〈재주꾼 선발 프로그램〉에서 젊은 남녀들이 〈라디오 방송국의 발견〉이란 타이틀과 계약을 따내려고 석 달 동안 애쓰는 대회에 참가를 신청했던 것이다. 그 어여쁜 사범 학교 학생은 풍부한 감정을 담아, 발음은 나쁘지만 과라니족 언어로 파라과이풍의 노래를 불렀고, 다행히 그리고 희망적이게도 2차전에 진출했다. 그녀는 민요 가수가 되어서 자기만의 프로그램에 나가고, 잡지에 사진이 실리는 게 꿈이었다. 그 길을 가로막는 장애물은 그런 계획이나 스튜디오, 라디오 오디션을 미덥지 않게 생각하는 도나 마리아 두 카르무였다. 아부하고 달랜 후에야 그녀는 프로그램 출연에 동의했는데, 그것도 그 방송국의 거물인 닥터 클라우지우 투이우치가 그녀와 아는 사람이기 때문이었다. 그녀에게 뿌리 깊은 편견을 넘어서도록 설득하기는 쉽지 않았다. 그녀 앞에선 도나 지자의 논리적 주장과 도나 플로르의 감상적인 탄원도 무기력했다. 그러나 막상 자기 딸이 너무도 아름답게 마이크 앞에 서서, 전파를 통해 도시 전체에 목소리를 전하는 모습을 본 그녀는 뿌듯해서 감격의 눈물을 쏟았다. 그녀는 심사 결과에 화를 내고 그 인기 프로그램의 시우비우 라메냐, 혹은 그냥 시우비뉴라고 불리는 사회자에게 육탄 공격을 가하다시피 했는데, 자기 생각에는 마리우다가 1등감이었지만 편파 판정으로 음정도 틀리고 재능도 전혀 없는 주앙 지우베르투[6]라는 청년에게 돌아가는 바람에 딸이 1등을 놓쳤다는 것이었다.

도나 플로르는 아셰 오포 아폰자에서 열리는 오쇼시 축제에, 도나 노르마와 그링가(호기심으로 폭발하고 있던)를 데리고 같이 참가하기로 했던 코마드레 지오니지아 오쇼시와의 약속을 어겼다. 심한 감기에 걸려 두려운 생각(감기가 심해져 독감이 되면 어떡하나 하는 두려움)이 들었기 때문이다. 마쿰바와 칸돔블레의 신비에는 얽혀 들지 않는 것이 상책이다. 축제가 벌어지는 거리엔 온갖 주문과 주술, 강력한 마법, 위험한 주술사, 마법사가 가득하다. 믿고 싶은 사람은 믿고, 믿기 싫은 사람은 안 믿어도 된다. 도나 플로르는 모르는 게 낫다고 생각했다. 지오니지아는 언젠가 이렇게 말했었다. 「코마드레, 당신의 수호천사는 오슌이에요. 여사제한테 주문을 외워 달라고 부탁해 두었어요.」

「그런데 오슌이 어떤 신이죠, 지오니지아?」

「오슌은 강의 여신이라고 할 수 있어요. 아주 평온한 얼굴의 여신인데, 자기 집에서 조용히 살아요. 상냥함 그 자체라고 생각하면 될 거예요. 하지만 다시 보면 자부심이 강하고 굉장히 으스대는 여신이라 외유내강이라고 할 수 있어요. 겉으로는 잔잔한 물이지만 안으로는 돌풍이죠. 코마드레, 이건

---

6 João Gilbrto(1931~). 브라질의 가수이자 기타리스트. 〈보사노바의 아버지〉라고도 불린다 — 옮긴이주.

꼭 말해 뒤야겠어요. 이 양다리를 걸친 여신은 오쇼시 그리고 샹고와 결혼했답니다. 물이 그녀의 성정이지만 불에 몸을 사르며 살아가죠.」

여기저기 정신없이 다니고 오락가락하는 것이 모두, 왕자님이 떠나면서 그녀의 평화도 함께 사라졌기 때문이었으며, 아울러 평온하고 즐거운 생활, 고민 없는 자유, 밤이면 꿈꾸지 않고 도중에 깨지도 않는, 너무도 유익했던 단잠까지 모두 사라졌기 때문이었다.

따라 해봐요 놀이 같은 엉터리 꿈을 꾼 후로 평화는 중단되었다. 도나 플로르의 심란함은 날마다 조금씩 커져 결국 만성적인 번민이 되었고, 과부 생활이 길어질수록 더욱 커져만 갔다.

영화관에 다녀와 꿈을 꿨던 그 밤 이후로 조용한 무관심, 평온한 거짓말, 공허했는지는 몰라도 차분했던 그 완벽한 느낌은 다시 돌아오지 않았다. 겉보기에 생활은 조용하고 편안한 것 — 고요한 연못처럼 — 같았지만 다시 완벽한 안정을 찾지 못했다. 가슴은 불로 타오르고 있었다.

정숙한 과부, 그러나 어쩔 수 없이 지켜야 하는 정숙함이었다. 점잖지 못한 청혼의 무례함이 싫어서가 아니었다. 그녀를 안다면 누가 감히 아부성 발언을 하겠는가? 그녀를 모르는 사람들, 대담한 길거리 건달들조차 그녀가 지나가는 것만 봐도 너무도 조신하고 진지한 그 모습에 숙연해졌다. 설사 농을 건넬 정도로 배짱이 좋아서 그녀의 특징(「엉덩이가 살랑살랑 끝내 준다.」)이나 그녀의 신체 일부(「가슴이 정말 탄탄한걸.」)를 칭찬하거나, 한 술 더 떠서 패씸하기 짝이 없는 제안(「아기나 만들러 갑시다.」)을 해도 그 말은 맥없이 느껴졌다. 원래의 그 말이 가진 뻔뻔스러움, 음탕함, 시기적절함은 사라져 버렸다. 도나 플로르는 귀머거리, 벙어리처럼 과부로서의 정숙함과 자부심을 덮어쓰고 그들 앞을 지나갔지만, 억지로 자신과 맞서서, 망측한 생각들과 엉뚱한 꿈에 맞서서, 막대기처럼 그녀의 살을 쿡쿡 찌르며 뜨겁게 일어선 정욕에 맞서서 조신함을 지켜야 했다. 그 요가 소책자에서 말하는 대로, 안정된 생활을 위해 없어서는 안 될 〈정신과 육체의 완벽한 평정〉을, 〈정신과 물질의 필수적인 균형〉을 잃어버린 것이다. 정신과 물질은 목숨을 건 전쟁 속에 갇혀 있었다. 겉으로는 모범적인 과부, 안으로는 스스로를 삼키고 태워 버리는 불.

처음에는 어쩌다 한 번이었다. 그것도 밤에만 외설스러운 이미지로 가득한 꿈들이 처녀와 과부에겐 금지된 세계로 그녀를 데려가서, 본능과 욕망을 일깨우며 존재의 뿌리까지 뒤흔들었다. 그녀는 몸부림치다가, 손을 가슴에 대고 입을 벌린 채로 깨어났다. 그녀는 다시 잠들기가 두려웠다.

낮에는 수업하랴 소설 읽으랴 라디오 들으랴 바빴고, 할 일을 찾다 보면 사악한 생각을 떨치거나 가슴의 두근거림을 그럭저럭 쉽게 억누를 수 있었다. 그러나 밤이 되어 방어물이 무너지면, 어쩔 도리가 없는 꿈 앞에서 무슨 수로 스스로를 자제하고 억누른단 말인가?

시간이 지나면서 도나 플로르는 지레 포기한 채 낮 시간에도 이상한 몽상에 빠지기 시작했고, 우울하게 생각에 잠기거나 절망적인 한숨을 쉬게 되었다. 위험은 혼자라는 데 있었다. 기억은 한 덩어리가 되어 그녀를 습격했다. 아무리 서정적이고 순결한 기억조차도 그녀를 철제 침대로, 갈망과 욕정으로 활활 타는 불로 끌고 갔다. 과부의 정숙함은 어디로 갔을까?

결국 소설의 장면들과 신문에서 읽었던 기사들, 또는 이웃들의 수다를 자신의 결혼 생활 기억과 뒤섞어 전체 장면을 상상하게 되는 지경에 이르렀다. 영화관에서 그녀의 목덜미에 와 닿던 왕자님의 뜨거운 입김은 몸 전체를 욕망의 전율로 가득 채웠다. 그것은 피 속으로 뚫고 들어와 요가 소책자에서 주장하는 〈단테의 지옥〉의 불길보다 더 심한 고통을 안겨 주었다.

급기야는 그 바보 같은 소설 읽기를 그만두어야 할 때가 왔다. 그 소설은 열대의 나른한 흔들의자에 앉은 백작 부인과 공작을 상상하며 한숨짓는 어린 마리우다에겐 마음의 양식이었다. 그러나 도나 플로르는 가장 단순한 그 내용들이 암시적이며, 그 싸구려 감상주의 속에 충만한 성적 충동이 그 김빠진 관계에 또 다른 차원을 부여한다는 것을 깨달았다. 그녀는 그 플롯과 멜로드라마, 등장인물들을 더럽히면서, 시골 처녀를 음탕한 여자로 바꿔 버렸다. 나약해서 거의 내시 같은 청년들은 잔인한 색마가 되었다. 미성년용의 〈소녀 선집〉은 잠자리에서 읽는 포르노 소설이 되어 버렸다.

똑같은 일이 그 도시의 소식들, 친구들의 수다, 신문 기사를 대할 때에도 나타났다. 저녁이 되면 사람들은 길가의 의자에 모여 앉아 최근에 일어난 치정 사건을 이야기하며 논쟁을 벌였다. 하녀가 주인한테 강간당했다더라, 열다섯 살인데 형제가 열한 명이라더라, 남자는 쉰셋이고 자식이 다섯인데 두 아들은 대학을 졸업했고 세 딸은 결혼했고 아내는 물론 손자가 셋씩이나 있다더라, 소녀의 아버지는 화가 나서 앙갚음을 하려고 무기를 들고 갔고, 사회적 유명 인사, 공공의 모범이자 도덕성을 대표하는 그 보수당 지도자는 가슴에 세 발을 맞았다더라, 치명상이었고 가해자는 운신을 못할 만큼 두

들겨 맞은 후 감옥에, 그것도 독방에 갇혔다더라. 피의 복수를 한 셈이지만 대중은 정의를 요구하며 복수자를 풀어 줄 것을 요구한다더라. 친구들이나 동네 수다쟁이들은 딸이 아기를 낳은 것을 보고 이성을 잃어 딸의 명예를 샴페인처럼 삼켜 버린 아버지 편을 들었다. 그러나 항상 부자의 편을 드는 도나 지노라만큼은 예외였다. 「그런 헤픈 여자들은 기쁜 마음으로 주인의 침대에 가는 거야. 나중에 협박하려고 말이야.」 도나 플로르가 이해할 수 있었던 것은 외설스러운 그 세부 이야기들뿐이었고, 그녀의 가슴에, 그리고 타락한 생각 속에 남아 있었던 것은 그 호색가의 품에서 기쁨의 신음을 뱉으며 만족스러워하는 소녀의 모습뿐이었다. 그 방대한 공포의 파노라마에서 나머지는, 비록 친구들의 분노에 동의하는 것처럼 말했지만 실은 그녀에겐 관심 없는 사건일 뿐이었다.

이런 식으로 내면의 평화는 점점 그 시간이 짧아져만 갔다. 그러나 수업 중에, 스토브 앞에 있을 때, 또는 친구들과 장을 보는 그녀를 보면, 그녀의 마음속에서 전쟁이 벌어지고 있다는 것을, 그녀가 밤마다 번민 속에서 떠들썩한 광란의 축제를 벌인다는 것을 누구도 상상하지 못했을 것이다. 그보다 더 존경스럽고 올곧은 과부는 없었다. 그녀의 입을 거쳐 가는 그 어떤 남자의 이름에도 관심의 흔적은 조금도 없었다. 남자의 장점이나 덕목을 무심코 이야기할 때조차 그랬다. 예전에는 자신의 신랑 후보들을 두고 이웃들의 장난에 어울려 농담도 했지만, 지금은 그 이름을 듣는 것조차 마다했고 미래의 결혼에 대해 딱 잘라 버렸다. 그만큼 신중하고 정숙한 과부는 그 동네에서, 그 도시에서, 아니 전 세계에서도 나온 적이 없었다. 도나 플로르는 모범적인 열녀였다.

겉으로는 정숙의 화신, 차분한 용모에 숫기 없는 온순함 그 자체. 안으로는 성난 불길, 그녀의 수호신인 오슌처럼 〈포효하는 눈보라〉. 아, 지오니지아여, 오슌의 불길이 어떻게 그 밤을 밝히고 그대의 코마드레의 육체를, 그 매끈한 배를 태우는지 알았더라면 그녀에게 허브 목욕을 명령하거나 남편을 찾아 주었을 것이다!

더욱 불안한 것은, 도나 플로르가 밤새 꿈을 꾸면서, 또는 외롭게 보낸다는 것이었다. 밤에 조용히 잔다는 건 그야말로 진정한 축복이었다. 보통 고요한 잠은 처음의 잠깐뿐이었다. 그다음부터 시작된 꿈은 그녀를 파렴치한 외설 행위로 끌고 가서, 매트리스에서 몸부림치게 하고 가슴을 저리게 하고 자궁을 미치게 만들었다. 매일 밤 수면과 휴식 시간은 줄어들었고 꿈과 욕망은 점점 커져 갔다. 〈정신에 대한 물질의 승리〉였다.

염치없고 음란한 짓, 꿈속에서 과부의 정숙함은 어떻게 된 것일까? 전에는 결코 이러지 않았다. 결혼했을 때, 남편과 침대에 있을 때에도 그녀는 결코 쉽게 내준 적이 없었다. 남편은 매번 그 순수의 장벽을 깨뜨려야 했고, 천성적인 정숙함을 극복해야 했다. 그런데 지금, 꿈속의 그녀는 이 남자 저 남자에게 대놓고 자신을 내주었다. 때로는 과부도 아니라 돈을 받고 몸을 파는 매춘부였다. 얼마나 수치스러운가. 때로 그녀는 한밤중에 깨어나 예전의 자신이 타락한 게 서글퍼 눈물을 쏟았다. 정숙함과 시트로 자기를 감쌌던 순수한 도나 플로르. 지금은 호색으로, 꿈속의 철면피함을 뒤집어쓴 채 만족을 모르는 냉소적인 창녀, 울부짖는 암여우, 발정 난 고양이, 음탕한 매춘부.

때로는 낮 동안의 일 때문에 너무 피곤해서 영화관에서 졸거나, 친구들과 수다 떨면서도 졸음을 못 이겨 고개를 끄덕거리기도 했다. 그러나 잠옷을 입고 침대에 눕자마자 수면욕은 완전히 사라져 버렸다. 잠은 달아나고 방황하는 생각은 체면의 경계선을, 그리고 낮 동안 그녀의 존재를 이루는 모든 경계를 넘어 버렸다. 수업과 장보기, 산책, 이웃이나 아는 사람의 병문안, 그리고 그녀를 몹시도 걱정시키는 리타 이모, 눈을 감지 못하고 무자비한 통증으로 반죽음 상태에 빠지는 순간을 오락가락하면서 밤을 보내는 그 착한 분의 천식까지 잊어버렸다.

반죽음 상태는 욕정에 시달리는 도나 플로르도 마찬가지였다. 그녀는 더 이상 자기 생각의 주인이 아니었다. 그녀는 다시 마리우다의 문제를 떠올리면서 라디오에서 노래하고 싶다는 꿈, 극복하기 힘든 장애물들을 생각했다. 그러다 보면 갑자기 시처럼 세련된 구절들을, 어두운 영화관 속 연인들의 말을 반복하는 창백한 왕자님이 그녀 앞에 나타났다. 마리우다와 그녀의 문제, 금지된 노래들, 꾀꼬리 같은 목소리는 어디로 가버렸을까?

도나 플로르는 창녀들의 세계에서 유명한 그 바람둥이의 명성을 알게 되었다. 그 우스꽝스러운 사건에 관해 전혀 몰랐던 지오니지아는 자신의 코마드레가 신문에서 그 사기꾼 이야기를 알았나 보다고 생각하고는 그 나른한 갈보리 주님의 이야기로 그녀를 위로해 주었다. 지오니지아가 몸을 팔던 시절에 그 건달은 안락하게 사는 부인들 사이에서 높은 지위를 누리고 있었다. 창백하고 잘생긴 외모에 낭만적인 목소리, 꿈꾸는 듯한 눈, 탁월한 방중술 덕택에 그는 진짜 수컷, 몇 번이고 할 수 있는 남자, 그들 세계에서는 알아 두어야 할 위치에 있는 사람이었다. 그는 야성의 열정을 일깨우는 재주가 있어서, 한번은 두 여자가 서로 싸운 끝에 한 명은 칼에 상처를 입고 병원으로 갔고, 또 한 명은 상해죄로 감옥에 갔다고 했다.

꿈속에서 도나 플로르는 술에 취해 싸움을 건 두 번째 여자가 되어, 지오니지아를 향해 칼을 들고 상스럽게 조롱하고 있었다. 「네가 여자라면 덤벼 봐, 이 더러운 창녀야. 내가 네 얼굴과 밑구멍을 찢어 주마.」 그러나 지오니지아는 다른 매춘부들이 다 그렇듯 뻔뻔스럽게 웃었다. 미친 과부. 그들은 그 잘생긴 젊은이가 과부들의 기둥서방이라고, 과부들의 돈과 보석만을 갈취해 간다고 말해 주지 않았다. 그가 원하는 건 결혼도, 침대에서의 유희도, 사랑놀이도 아니라고 말해 주지 않았다. 그걸 알면서도 도나 플로르는 왜 여전히 불타오르고, 자제하지 못하고 부끄럼 없이 그에게 알몸을 내밀고 있을까? 그런 뻔뻔함이라니, 과부의 정숙함은 어디로 갔단 말인가?

그녀는 밤새 휴식을 안겨 줄 수면제를 찾았다. 카베사 모퉁이에 있는 과학 약국을 찾아가 약사인 닥터 테오도루 마두레이라와 상의했다. 도나 아멜리아에 따르면, 그리고 모두가 고개를 끄덕이는 견해에 따르면 닥터 테오도루는 비록 한낱 약사일 뿐이지만 여러 의사보다 나았다. 그는 매우 유능한 약사였다. 사소한 병을 고치는 데에는 따를 자가 없고 그가 내린 처방은 백발백중 치유를 보장했다.

「불면증, 신경증, 잠을 못 주무신다고요? 아마 과로일 겁니다. 심각한 건 아닐 겁니다.」 약사는 상냥하게 진단해 주면서 과로의 영향을 완화하는 데에 탁월한 무슨 알약을 먹으라고 조언했다. 그것이 두뇌를 이완하고 신경을 안정시켜 잠을 유도한다고 했다. 도나 플로르는 아무런 두려움 없이 그 약을 먹을 수 있었다. 〈설사 약이 듣지 않는다 해도 해롭지는 않겠지.〉 그 약에는 널리 사용되는 값비싼 신약에 들어 있는 마취제나 자극제 성분이 들어 있지 않다고 했기 때문이다. 「그런 건 아주 위험하지요, 마담. 모르핀이나 코카인보다 더는 아닐지언정 그만큼 위험합니다.」 그 약사는 백과사전이었고 그녀가 약국을 나올 때에는 아주 정중하게, 약간 의례적이다 싶게 절을 했다. 무엇보다, 도나 플로르는 그 약이 어떤 효과가 있었는지를 잊지 않고 그에게 말해 주었다.

「아무 효과가 없네요, 닥터 테오도루.」 그녀는 밤새도록 깨지 않고 잠을 잤고, 아침에 하녀가 겁에 질려서, 왜냐하면 수업을 시작할 시간이 거의 다 되었기 때문에, 방문을 두드렸을 때에야 일어났다. 사실 길게 자기는 했다. 그러나 다른 때와 똑같이, 똑같은 망상에, 감각적인 흥분, 밤의 열정, 끝나지 않는 주연이 벌어졌다. 아니, 평소보다 더 나빴다. 중간에 깨어서 꿈을 막을 수 없었기에 그녀는 밤새도록 끝나지 않는 그 꿈에 더욱 시달렸다. 달아오른 자궁과 갈망, 벌어진 상처, 진물. 아침에 도나 플로르는 기진맥진해서 허물어지고 있었다. 약을 먹으나 안 먹으나, 잠은 그녀 안에 있는 정욕에 불을 붙였다. 정욕이 활활, 활활 타올랐다.

정욕에 불타는 도나 플로르는 끊임없는 갈등으로 괴로웠다. 낮에는 바쁘기 때문에, 바이아 거리에 가득 흐르는 성적인 호소가 들리지 않았고 보이지 않았다. 칭찬, 유혹하는 눈빛, 아부하거나 외설스러운 말, 그녀가 거리를 지날 때 색정 가득한 남자들의 한숨, 그녀의 옷을 벗기고 탐욕스레 뜯어보는 욕망에 눈멀고 귀가 멀었다. 일할 때에나 외출할 때에는 정숙한 과부, 모범적인 과부, 항상 용의주도한 과부였다. 그러나 밤이면 그녀는 거리에서 쓰레기들을 모아 왔다. 남자들의 목소리, 그들의 들러붙는 눈빛, 냉소적인 한숨, 외설스러운 속삭임, 야유하는 휘파람, 음탕한 단어들, 그녀의 침대를 같이 쓰자는 초대들을. 그녀가 그런 초대를 하지 않을 때면, 염치없이 남자들에게 몸을 제공하면서 홍등가를 쏘다니는 그 구역 최악의 창녀, 가장 싸고 쉽게 손에 넣을 수 있는 여자로 등장했다. 더러운 배설물 구덩이. 그러나 그녀를 빼앗거나 소유한 남자는 없었다. 남자가 소유하려는 그 순간에, 불타는 자궁 언저리에서, 도나 플로르는 그를 거부했고, 고통과 절망 속에서 갑자기 깨어났다. 조신하고 정숙한 과부는 그렇게 절망과 고독의 밤을 보냈다.

그녀를 게걸스레 갉아먹고 있는 그 수치심과 억울함을 눈치챈 사람은 아무도 없었다. 다들 그녀가 문제없이 재미나게, 심지어 행복하게 조용히 살고 있다고 생각했다. 예전에는 남편이 그녀에게 고통을 안겨 주는 골칫덩어리였다. 그 날건달, 도박꾼. 이제 그녀는 자신의 위치를 받아들인 과부였고, 재혼에 전혀 무관심한 채 남자들을 지독히 경멸하면서 자기 생활에 만족하고 있었다. 하도 조용해서 찬사와 놀라움을 자아낼 만큼. 그녀가 자긍심에 넘쳐서 진지하게 카베사에 나타나면, 술집에 있던 남자들은 그녀 얘기를 시작했다. 「저기 정숙한 과부 지나간다. 아직도 젊고 예쁘기만 한데, 남자는 아예 쳐다보지도 않아.」

「그녀가 정숙하다는 건 말할 필요도 없지. 하지만 그건 심지가 곧아서가 아닐 거야······.」

「그게 무슨 말이야? 그럼 이유가 뭔데?」

「천성적으로 차가워서겠지. 얼음처럼 차가워서 욕정을 전혀 못 느끼는 거야. 그런 여자들이 가끔 있어. 생긴 건 아름다워도 욕망이 뭔지 모르는 여자들. 석녀지. 그런 여자들의 정절엔 미덕이 없어. 불감증만 있는 거야. 저 여자도 그중 한 명

일걸.」

「그럴 수도 있고 아닐 수도 있겠지. 하여간에 미덕 때문이건 다른 무엇 때문이건, 이 도시에서는 그녀가 가장 정숙한 과부잖아.」

상대방 남자는 계속 회의적이고 과장되게, 최악의 아류 문학 같은 표현을 계속 주장했다. 「얼음처럼 차가워, 틀림없다니까. 대리석처럼 매끈하나 싸늘하고 얼음 같도다.」

도나 플로르는 조신하게 걸어갔다. 우아하지만 신중한 차림에 소박하고 단정한 아름다움으로, 광고 제작자 아우프레두의 쾌활한 인사, 스페인인 멘데스의 낭랑한 〈안녕하세요〉, 약사의 정중한 절, 콩 프리터 쟁반을 든 비토리나의 따뜻한 웃음에 그녀는 양옆을 돌아보지도 않고 답하면서 계속 걸어갔다. 신경은 실룩이고 밤마다 잠을 못 자 피곤하고, 내면에서는 활활 타는 불과 수치스러운 싸움을 벌이고 있는데 차분한 얼굴을 하기란 쉽지 않은 일이었다. 겉으로는 고요한 물, 안으로는 맹렬한 불.

8

「그렇게 무례하게 나올 필요가 없었다니까. 어제는 정말 무례했어.」 도나 노르마가 정색을 하고 말했다. 「에나이지가 화를 내는 것도 당연해.」

화창하고 한가한 일요일 오전, 전날 밤 떠들썩하게 제 삼 파이우의 생일 파티를 한 뒤였다. 친구들은 여전히 짜증을 내고 있는 도나 플로르를 에워싸고 있었다.

「뻔뻔스러운 행동은 못 참아요.」

「그냥 농담이었잖아……. 네가 오해한 거야.」 도나 아멜리아는 닥터 알루이지우가 무얼 잘못했는지 이해할 수 없었다.

「그런 농담은 악취미예요.」

도나 노르마가 단호하게 친구들의 생각을 대변했다. 「플로르, 이렇게 말해서 미안하지만 넌 마치 건드리면 터지니까 건드리지 말라고 하는 것 같아. 사소한 일에도 화를 내고 감정 상하고……. 전에는 결코 이러지 않았잖아. 이렇게 쌀쌀맞지 않았다고. 물론 난 그 자리에 없었지만, 그리고 그 사람이 좀 지나쳤다고 해도, 그건 장난이었을 뿐이야. 네가 그렇게 흥분할 필요는 없었어.」

도나 지자가 지극히 과학적인 이론으로 필랑 아르카두에서 온 공증인의 태도와 접근법을 해명했다. 「알루이지우 씨는 전형적인 오지 사람이야. 가부장적이고 여자를 자기 소유물처럼 다루는 습관에 젖어 있지. 무슨 동물이나 암소라도 되는 것처럼…….」

「바로 그거예요.」 도나 플로르가 반색을 했다. 「암소요. 그 사람한테는 모든 여자가 다 암소예요. 자기는 말이고요.」

「플로르, 내 말을 곡해하지 마. 그리고 넌 알루이지우 씨를 오해하고 있어. 내 말은 그 사람을 판단할 때 그 배경을 고려해야 한다는 얘기야. 농사짓고 소를 치는 사람이잖아. 그냥 일종의 봉건적인 남작이라고 생각해.」

「사람이 너무 뻔뻔해요……. 음흉하고. 내 손을 잡고 간질였다고요.」

「노르마 말이 맞아, 플로르. 넌 건드리면 터져 버려. 닥터 알루이지우는 네 손을 잡은 게 전부였어.」 도나 자시가 덧붙였다.

「손금을 보려고 말이지.」도나 마리아 두 카르무가 증언했다. 「왜 남자들은 하나같이 손금을 봐준다며 똑같은 수작을 부리는지 모르겠다니까.」

「그럼 너도 그가 놈팡이라는 거야?」

「그…… 닥터 알루이지우 말이야? 그 사람 닥터지, 맞지?」 그러면서 그녀는 이 문제를 새로운 차원으로 끌고 갔다.

그냥 알루이지우 씨인가, 닥터 알루이지우인가? 도나 마리아 두 카르무는 그럴 의도도 없었는데 호칭과 의례라는 진지한 문제를 제기하게 되었다. 상프란시스쿠 지역, 주아제이루에서 자누아리아까지, 라파에서 헤만수, 센투세 ― 그가 엉터리 변호사 노릇을 하면서, 판사에게 가장 잘 먹히는 말로 탄원하는 일을 하는 지역 ― 까지, 그 지역에서 그의 영향력과 성과를 고려한다면 그는 닥터였다. 그러나 바이아에서는 사정이 달랐는데, 그는 대학에 다닌 적도 없었고 남들이 생각하는 그런 직함도 따지 못했다. 주도와 오지에서 똑같은 거리만큼 떨어진 중립적 위치에서 이야기를 계속한다면, 그에겐 두 가지 형태의 호칭을 사용해서 엄격한 형식주의자들과 태연한 자유주의자들 양쪽 모두를 충족하는 것이 마땅할 것이다. 그러나 도나 플로르의 거실에 모인 친구들은 그 문제에 별 흥미가 없었다.

「그 사람은 닥터든 아니든 간에 마법사예요. 덤불 속의 새를 세 치 혀로 쫓아낼걸요. 게다가 여우처럼 교활하고.」그때까지 한마디도 하지 않았던 도나 에미나가 상황을 정리했다.

이들이 이야기하는 것은 전날 밤 삼파이우 씨의 생일 파티에서 있었던 아주 작은 사건이었다. 그 구두 가게 주인이 파티나 축하 행사를 탐탁하게 여기지 않았기 때문에, 도나 노르마는 자신의 취향과는 반대로, 친구들과 이웃들을 초대해 여러 코스의 저녁 식사를 대접하는 정도로 행사를 제한했다. 대식가이긴 하지만 손이 크지는 않은 삼파이우 씨는 집에서는 아무것도 하지 말고, (해마다 그랬듯이) 밖에 나가 식당에서 아들과 함께 저녁 식사를 해야 한다고 주장했다. 그렇게 하면 돈을 아끼면서도 제대로 먹을 수 있고, 따라서 떠들썩하고 어지러운 일은 피할 수 있었다. 도나 노르마 역시, 결혼한 이후 해마다 그래 왔기 때문에, 이 계산적이고 검소한 제안에 똑같은 방식으로 대응했다. 뷔페식은 많은 친구를 위해서 그들이 할 수 있는 최소한의 것이라고.

잠자리에서 제 삼파이우 씨는 엄지손가락을 입에 물고서, 자기 딴에는 불굴의 대오와도 같은 주장을 정리했다. 「어쨌든 그 생각에는 여러 가지 이유로 반대요. 이유야 전부 타당하지.」

「좋아요, 그럼 들어나 봅시다. 하지만 구두 장사가 잘 안 된다느니 하는 케케묵은 핑계는 대지 마세요. 나도 장부를 봤으니까.」

「아니, 그런 건 생각도 하지 않았소. 부디 도중에 끊지 말고 내 말 끝까지 들어요. 첫째, 나는 다들 서 있어야 하는 뷔페식이 싫소. 나는 식탁 앞에 앉아서 먹는 것이 좋아요. 그리고 지금 당신이 생각하는 그 미국식을 따르자면 모두가 식탁 주변에서 북적여야 하는데, 당신도 알다시피 나는 숫기가 없어서 결국 남들이 남긴 것만 먹게 될 거요. 내 차례가 될 무렵이면 프리터는 다 먹어 치운 다음이고, 남은 거라곤 칠면조 날개뿐이지. 가슴살은 다 사라지고 없고. 셋째, 그걸 집에서 한다면 더욱 안 좋아요. 나는 주인이니까 마지막에 음식을 먹어야 하는데, 음식은 다 떨어지고 빈 접시만 남게 되겠지. 넷째, 식당에서는 그런 경우가 없다는 거요. 자리에 앉아서 먹고 싶은 걸 주문하고, 축하의 자리이니만큼 모두가 두 가지 코스를 주문할 수 있소.」 이 두 가지 코스야말로 그의 가족과 그의 식탐에는 감동적인 특권이었다.

그 이야기를 끝까지 듣는다는 건 도나 노르마로선 고역이었다. 「제 삼파이우, 말도 안 되는 소리 그만 하고 제 말대로 하세요. 우선 다른 사람 생일 파티에 우리가 초대받지 않은 적이 한 번도 없어요……」

「난 한 번도 가지 않았소.」

「자주 가진 않았지만 가끔 가기도 했죠. 그리고 파티에 갔을 때는 뿌린 것 수확하듯이 음식을 실컷 드셨다고요. 둘째, 당신 먹을 게 별로 없다느니, 숫기가 없다느니 하는 그 엉터리 같은 핑계는 그만두세요. 베르나보 씨 댁 파티가 있을 때는, 당신은 그 사람이 외국인이라는 이유만으로 갔지만, 패티는 말할 것도 없고 새우 수플레를 거의 반이나 혼자서 다 드셨어요. 배 속에 구멍이 뚫린 사람처럼……」

「아아……」 삼파이우 씨가 한숨을 내쉬었다. 「도나 낭시는 요리를 정말 잘해……」

「저도 잘해요. 똑같이 잘한다고요. 그리고 셋째, 여기 우리 집에서는 당신이 마지막에 드시는 게 아니라 첫 번째로 직접 드시는 거예요. 주인이 마지막에 먹는 그런 고약한 매너는 없어요. 생각해 보세요, 주인인데! 넷째, 내가 준비한 파티에 음식이 부족할 일은 없어요. 다섯째, 식당 음식은……」

「그만하면 됐소.」 구두 가게 주인은 이불로 몸을 완전히 감싸며 애원했다. 「나는 고혈압이라 언쟁하면 안 되는 거 알잖소.」

도나 노르마네 저녁 식사는 진수성찬이었다. 그녀는 스무 명을 초대하면 넉넉히 마흔 명분은 준비했다. 동네의 모든 가난뱅이가 냄비 바닥을 긁고 유리병에 남은 술을 마시러 오는 것도 이상한 일이 아니었다.

그해 삼파이우 씨의 생일에는 베르나보 씨 부부, 즉 여자들 모임에 적응하려고 애쓰는 도나 낭시와 사업 얘기를 하면서 아르헨티나의 번영을 자랑하는 엑토르 씨까지, 동네 사람 모두가 왔다.

이 베르나보 씨는 열혈 애국자로, 항상 아르헨티나와 브라질을 비교하려 들었고, 당연히 언제나 자기 나라 편을 들었다. 대화나 논쟁 중에는 아르헨티나의 발전과 부, 여기처럼 1년 내내 참을 수 없는 더위가 아니라 뚜렷한 사계절의 기후, 제시간에 온 적이 없는 이런 시가 전차가 아닌 최고의 철도, 유럽 품종의 최상급 과일, 통밀 빵, 사람이 먹을 수 있는 갖가지 고기, 순종 가축 따위를 들먹였다. 남편이 그 국민적 자부심이란 주제로 입에 거품을 물고 열변을 토할 때면, 도나 낭시는 쥐구멍에라도 들어가고 싶었고, 평소와 같은 침묵을 벗어 버리고 남편을 말리려고 애썼다. 「하지만 여보, 여기도 좋은 게 많아요. 파인애플만 해도 그래요. 정말 맛있잖아요.」 그녀는 파인애플을 무척 좋아했고, 또 혹시나 남편이 언쟁이나 싸움에 말려들어 〈무시하지 마〉 등등의 말을 하는 어느 브라질 애국자와 주먹다짐을 할까 봐 두려웠다.

실제로 그런 일이 있었고, 그것도 한 번이 아니었다. 한번은 그런 지리 경제적 논쟁이 벌어졌는데, 메르카두의 샬루브 씨(시리아인의 아들로 브라질 이민 첫 세대인데, 바로 그 때문에 과격한 대외 강경론자인)가 이성을 잃고 도자기 공장을 벽돌 공장에 비유했고, 이어서 무례한 질문으로 그 발언을 보충했다. 「그 나라의 공업이 훨씬 더 낫고 생활이 훨씬 더 안락하다면, 당신은 왜 여기 와서 벽돌 공장을 열었소?」

화가 카리베(지오니지아 지 오쇼시를 여왕처럼 꾸미고 오파[7]와 에루케레를 손에 들려서 초상화를 그렸던 화가)는 공장 가마에 무슨 전통 재료를 사용할 가능성을 의논하러 그 아르헨티나인의 집에 다니곤 했는데, 그 역시 탱고와 삼바와 관련된 논쟁에 휘말렸다가 결국 화를 폭발시키고 말았다. 「집어치워요! 물라타는 한 명도 없고 흰둥이들만 있는 나라는 사람이 살 만한 나라가 아니오. 그만둡시다!」

그러나 삼파이우 씨의 생일에 위대한 아르헨티나의 열혈 애국자는 따뜻한 우정 자체였다. 그가 자기 나라를 찬양할 때에도 그건 브라질의 업적을 깎아내리기 위한 것이 아니었다. 반대로 그는 목소리를 높여 가며 바이아 사람들과 그 기질, 예절, 친절함을 찬양하는 진심 어린 찬가를 바쳤다. 그리하여 구두 가게 주인의 생일 파티는 성공적인 사교의 장이 되었는데, 다만 도나 플로르와 알루이지우 씨 사이에 일어난 한 사건(친한 친구들의 모임 밖으로는 전혀 퍼져 나가지 않았다)이 흠이라면 흠이었다.

도나 플로르는 이런 행사에 가야 하는 건지 아닌지 확신이 서지 않았다. 많은 손님을 위한 뷔페라면, 상중인 그녀의 처지와는 어울릴 수 없는 성격의 파티가 아닌가? 남편이 죽은 지 아직 1년이 되지 않았기 때문이다. 사실은 겨우 며칠 모자랄 뿐이었지만, 과부라면 과부의 원칙을 지켜야 했다. 과부의 이데올로기란 당파적이고 교조적이기 때문이다. 조금만 엇나가도 수다와 비난, 방해를 일삼는 이리 떼에게 발목을 잡힐 수 있다.

도나 노르마는 그녀의 망설임을 비웃었다. 「언제부터 과부

---

7 *ofá*. 오쇼시 신이 가지고 다니는 활과 화살.

한테 저녁 식사가, 간단한 생일 식사가 금지되었다니? 그건 무도회도 아니고 깜짝 파티도 아니야. 물론 아르투르와 그 친구들, 남녀 학생들이 레코드를 틀어 놓고 발을 끌며 삼바를 추기는 하겠지만 그건 순수한 기분 전환이고 순진한 여흥일 뿐이지, 과부에게 요구되는 예의범절을 방해하는 것도 아니고 무덤 속에 있는 죽은 사람한테 충격을 줄 일도 아니야.」

더욱이 도나 플로르는 사실상 하루 종일 삼파이우 씨의 생일 파티 준비를 했다. 자기 집 부엌에서 마리우다의 도움을 받아 가며 닭고기 요리와 코코넛 밀크 프리카세 — 커다란 주전자 하나 — 와 생선 튀김, 그리고 거기에 곁들일 그야말로 맛있는 특별 소스를 만들었고, 그동안 도나 노르마는 다른 요리들을 만드느라 분주했다. 마침내 결단을 내린 도나 플로르는 잠깐 얼굴을 내밀었다. 이런 식으로 스스로 더욱 악화될 줄 알았다면 가지 않았을 것이다.

그녀가 도착했을 때 집은 만원이었고 벌써 음식이 나오고 있었다. 샤미샤미 출신의 도나 에나이지는 코코넛 캔디 한 쟁반과 삼파이우 씨에게 줄 넥타이, 그리고 남편의 유감스런 마음을 전했다. 그 남편은 토요일 밤이면 열 일 제쳐 두고 포커 게임을 하러 가기 때문이었다. 그녀는 그 대신 알루이지우 씨 — 많은 이에게는 닥터 알루이지우 — 를, 상프란시스쿠 지역의 유명한 변호사(말이 그렇다는 것이다)이자 공증인, 도나 플로르에게 청혼할 후보로 내세웠던 그 시아주버니를 데려왔다. 그는 신제품인 더운 소재로 된 검은색 정장을 입고 패션 안경을 쓴 잔뜩 멋을 낸 차림이었고, 우뚝한 매부리코에 반쯤 벗어진 대머리를 번쩍이며 향수와 탤컴파우더 냄새를 풍기고 있었다. 도나 에나이지는 오지에서 온 이 중요한 시아주버니를 평소보다 적극적으로 소개했다. 「알루이지우, 도나 플로르 기마랑이스를 소개해 줄게요. 바이아에서 가장 예쁜 과부죠.」

「에나이지, 농담 그만 해요.」

닥터 알루이지우가 손에 키스하려고 허리를 굽히자 향수의 물결이 공기 중으로 퍼지면서 도나 플로르를 감쌌다. 「마담, 정말 설레는 순간입니다. 제수씨가 편지 속에서 굉장한 칭찬을 늘어놓으며 당신을 언급했었죠. 이렇게 직접 뵙고 보니 제수씨 말씀이 전부 사실이군요. 당신을 제대로 묘사하려면 시인이라도 되어야 할 것 같습니다.」

그는 이렇게 말하면서 탐욕스러운 눈길로 느릿느릿 도나 플로르를 더듬으면서 그녀의 드레스와 속치마, 브래지어, 팬티를 벗겨 냈다. 도나 플로르는 그렇게 발가벗겨진 느낌은 처음이었다. 컴퍼스를 가지고 그녀를 재듯, 그 눈은 그녀의 엉덩이 곡선, 가슴의 단단한 정도를 측정하고 있었다. 탐색의 눈빛이 흡족하게 바뀌었고 쾌활한 사교적 미소는 만족스러운 웃음이 되었다.

이 모든 것이 그녀의 손을 놓지 않고 이루어졌으며, 그는 그녀의 손을 꼭 쥔 채 그녀를 벗기고 감상했다.

그랬다. 그는 한 번에, 동시에, 육체와 정신을 측정하고 자기 앞에 확실하고 손쉬운 먹이가 있다는 결론을 내리고 있었다. 오지의 돈 후안은 풍부한 경험을 토대로, 도나 플로르를 위선자, 교활한 여자로 분류했다. 그는 그런 온순한 분위기의 여자들을 잘 알고 있었다. 그런 여자들은 거의 모두 위선자였고 가짜였다. 침대에만 가면 그들은 아주 화끈하게, 굴레를 완전히 벗어던졌다.

오지의 그 소도시 여자들은 아무런 권리도 없이, 군주이자 주인인 남편의 의지에 순종하는 노예로서 집에 갇혀 지냈다.

알루이지우 씨는 그의 음탕한 초대에 응한 여자들이 내리깐 눈과 가장된 정숙함 뒤에 감추었던 뜨거운 반응을 드러내 보일 때면 놀랄 때가 한두 번이 아니었다.

아, 잔잔히 흐르는 그 물은 얼마나 깊은가. 겉으로는 상중의 예의와 초연함을 지키고 있지만, 그 밑에 몰아치는 바람, 도나 플로르, 젊고 건강한 여인이 맞서 싸울 엄두도 못 낼 그 폭풍은 얼마나 격렬하겠는가? 알루이지우 박사는 똑같이 정숙한 모습으로, 집이라는 피난처에, 정절이라는 중세적 규범의 그물에 갇힌 여자들을 알고 있었다. 그럼에도, 적당한 때가 주어지면 그들은 기막힐 만큼 민첩하게 난관과 두려움을 피해 외도를 함으로써, 우락부락한 허풍선이 남편의 이마에 질투의 뿔을 박아 넣는 재주를 발휘했다. 때로 배신당한 남편은 총알이나 단검으로 복수를 하기도 했다.

그는 한가한 시간이면 — 사실 그의 하루 대부분이 한가했는데, 그의 야간 일과는 그의 시간에서 작은 부분이었기 때문이다 — 여자들에게 몰두해 상대를 연구하거나 사귀는 데(친할수록 더 좋으니까) 바침으로써, 필랑 아르카두 지방 법원 판사인 닥터 지바우 피톰부로부터 〈탁월한 심리학자, 여성 영혼에 대한 빈틈없는 재판관, 교양 있는 고전 독자〉라는 평을 듣고 있었다. 여기서 고전이란 대부분 음탕한 그리스 신화와 에피소드, 로마 제국의 전기를 포르투갈어로 번역한 책들이었다. 여자에 관해서라면 그는 전문가의 눈을 가지고 있었으며, 이 눈으로 다양한 모험을 하면서 남편들에는 악몽, 저항할 수 없는 유혹자로서 명성을 떨치고 있었다. 그 대머리와 매부리코에도 불구하고, 그를 위해서라면 기꺼이 죄악을 저지르고 봉건적 법전과 복수의 처벌을 달게 받을 여자들이 줄을 섰다.

〈좋아, 훌륭해.〉 이 상프란시스쿠 카사노바의 예리한 눈빛은 도나 플로르의 옷과 장신구를 벗겨 낸 뒤 그녀의 가장 은밀한 비밀을 파악했고, 그녀의 모든 생각을 꿰뚫었다. 그렇게 뻔뻔스러운 눈길에는 다른 속셈이 있을 수 없었다. 알루이지우 씨는 육체와 영혼까지 발가벗겨 감상한 후 그녀가 맘에 들었고, 그녀를 해볼 만한, 아니 쉬운 상대라고 판단했다. 그가 파악하는 한, 도나 플로르는 바이아에서 가장 정숙하고 고결한 과부, 카베사의 술집 단골들이 인정했던 그런 과부, 가장 심술궂은 험담꾼들이 그녀의 손을 불 위에 가져간다고 해도 그을음 하나 묻지 않을 그런 과부가 아니었다.

손 얘기가 나왔으니 말인데, 그 자칭 변호사는 도나 플로르의 손을 두 손으로 잡고서, 느릿느릿, 애무에 가까운 느낌으로 살짝 눌렀다. 도나 플로르는 그가 자신을 발가벗기고 있다는 사실과 함께, 자신을 어떻게 평가하고 있는지, 그리고 그 악수의 성격이 유질 처분과 같다는 것을 간파했다. 대담한 시골뜨기, 제 잘난 줄 아는 저 자신만만함이라니! 만약 도나 플로르가 곧바로 대응하지 않았다면, 그 자리에서 중단시키지 않았다면 그는 참을 수 없을 만큼 오래 그 뻔뻔함을 맘껏 과시했을 것이다. 그녀는 찌푸리면서 그에게서 손을 뺐다. 오지의 유혹자는 그런 거절에도 전혀 개의치 않았다.

「숙녀분께 고백 하나 해도 될까요? 이 주도에서 제가 정부 기관을 다니며 해야 할 사업상 업무가 많고, 또 방문해야 할 친척도 많기는 하지만 사우바도르에 온 가장 큰 목적은 당신을 만나는 것이었습니다. 제수씨 편지에서…….」

그때 도나 플로르는 자신의 수강생이자 삼파이우 집안의 친구인 도나 다그마르가 도착하는 것을 보고 알루이지우 씨에게 등을 돌렸다. 「실례합니다……. 친구한테 인사를 해야겠어요.」

도나 다그마르, 구속받지 않는 그 수다쟁이가 곧바로 물었다. 「저 대머리 앵무새는 누구야? 신랑감?」

「어머, 말씀도 마세요. 저 사람이 에나이지의 시아주버니, 닥터 알루이지우래요. 듣도 보도 못한 정계 거물이라나.」

「그 사람이구나! 나도 들은 적 있어요. 상프란시스쿠 강에서 많은 물을 끌어 온다던데. 참, 우선 뭐 좀 먹어야겠네.」

식당에서 손님들의 무차별 공격을 받고 있는 식탁은 접시와 포크들로 달그락거렸고, 음식이 가득 든 채 도착했다가 텅 비어서 부엌으로 돌아가는 접시들로 분주했다. 삼파이우 씨의 생일 저녁 식사는 대성공이었다. 집 안에는 사업상 친구들, 소매상 협회 회원들, 친척들, 이웃들, 도나 노르마의 친구들이 거실과 현관까지 가득했다. 부엌 역시 도나 노르마의 손자들과 코마드레들, 가난한 이웃들로 붐볐다. 식당 한구석의 큰 식탁 옆에서는 오늘의 주빈 제 삼파이우 씨가 허겁지겁 맛있게 먹으면서, 두 번째 접시를 채우러 가기 전에 음식이 동날까 봐 조바심을 내며 식탁을 힐끗거리고 있었다. 그는 반은 숨어서, 그래서 아무도 말을 붙여 식사를 방해하는 사람이 없도록 눈에 띄지 않는 곳에 있었다. 그러나 아르헨티나인 베르나보는 덴데 오일로 노랗게 된 입술로, 거나하게 트림을 하면서 집주인에게 축하 인사를 건네러 왔다. 「마카누도,[8] 내 친구. 음식 정말 맛있네요.」

도나 플로르는 도나 노르마와 하녀들(동네 하녀들이 다 동원되었다)을 거들고 있었는데, 법석이 끝난 후 어느새 현관 구석 의자에서 흥겨운 파티를 지켜보고 있는 자신을 발견

---

8 *macanudo*. 아르헨티나 속어. 멋지다, 최고다, 아주 좋다는 뜻.

했다. 장의사의 비바우두 씨는 벌써 네 접시째 음식을 먹고 있었고 닥터 이베스는 디저트를 가지러 가고 있었다.

알루이지우 씨는 입에 이쑤시개를 끼우고 무심한 척 다가오더니, 결국 도나 플로르 옆 현관 벽에 기대고 있었다.

「로마식 연회군요.」 그가 거만하게 말했다

도나 플로르는 대답하지 말까 하다가 결국 하고 말았다. 그 시골 사람한테 그렇게까지 무례하게 굴 이유가 없었던 것이다. 「노르미냐가 저녁 식사를 대접하면 모든 게 딱 적당해요.」

알루이지우 씨는 주변을 돌아보면서 대화를 미루었다. 도나 플로르는 다른 손님들을 보고 있었다. 바로 그 순간 그 공증인이 낮게 속삭이는 목소리가 들렸다. 「저기, 아름다우신 숙녀분, 말씀해 보시죠……」

「대체 뭘요?」 그녀는 깜짝 놀라서 물었다.

「우리 같이 달구경이나 하러 아바에테 환초호에 가는 건 어떻게 생각해요? 당신이 환초호에 먼저 가서 기다리고 있으면……」

도나 플로르는 벌떡 일어서면서 목멘 소리로 말했다. 「나를 뭘로 보시는 거예요?」

알루이지우 박사는 그런 분노엔 별 의미가 없음을 잘 안다는 듯 교활하게 미소 지었다. 그렇게 느닷없는 첫 번째의 반응에는 익숙했다. 「그냥 산책하자는 거였지, 다른 의미는 없어요.」

도나 플로르는 화가 나서 얼굴이 달아오르고 숨이 막혀서 대답도 나오지 않았다. 남자에 대한 그리움과 미친 듯한 정욕이 얼굴에 뻔히 드러나 있었던 걸까? 그녀는 도망치다시피 거실로 들어갔다.

「무슨 일이에요, 플로르?」 그녀가 긴장해서 손을 떠는 것을 본 마리우다가 물었다.

「모르겠어. 전에도 울렁증이 있었어. 아무것도 아니야.」

「여기 앉으세요. 물 한 잔 갖다 드릴게요.」

「괜찮아. 저쪽에 네 엄마랑 같이 앉아 있을래.」

친구들에게 둘러싸여 농담을 하고 몇몇 손님의 먹성에 가벼운 평을 하다 보니, 도나 플로르는 충격에서, 그 빈정대는 미소에서, 그 뻔뻔한 변호사의 비아냥거리는 말에서 헤어날 수 있었다. 환초호로 달구경 가자는 그 비꼬는 초대라니, 그렇게 칠흑처럼 깜깜한 밤에. 그녀는 도나 아멜리아와 도나 에미나의 말이 재미있어서 잠시 대화에 빠져들었다. 도나 마리아 두 카르무는 지금껏 삼파이우 씨가 점심이나 저녁 식사를 하는 모습을 본 적이 없었다. 그녀는 그의 그런 모습에 당황하고 있었다. 대화가 최고조에, 가장 재미있는 순간에 이르렀을 때 나타난 사람이 다름 아닌 상프란시스쿠의 그 바람둥이였다. 싫다는 말을 대답으로 인정하지 않을 그 남자가 제수씨 도나 에나이지의 팔짱을 끼고 나타나 참견했다. 「두 사람이 낄 자리가 있을까요? 혹시 숙녀들만의 대화는 아니겠죠?」

「그럼요, 앉으세요.」

도나 플로르는 그 공증인의 존재에 관심을 두지 않았지만, 그는 몇 분 만에 도나 아멜리아의 손금을 보면서 그 엉터리 소리로 사람들을 웃기고 있었다. 그는 재간둥이였다, 파렴치한 같으니. 도나 플로르까지도 그의 농담에 한두 번 미소를 지었다. 그는 도나 아멜리아의 여행과 부를 예언했다. 그다음은 도나 에미나의 차례였다. 그는 아주 진지하게 그녀가 아이를, 그것도 곧 갖게 될 거라고 말했다.

「그만둬요. 그렇게 갑자기 아니냐를 갖게 된 것도 부족하다는 거예요? 그런 불길한 소리는 다른 사람한테나 하세요.」
「이번엔 아들일 겁니다. 전 절대로 실수 안 합니다.」

도나 에나이지의 손금을 보고 난 그는 도나 플로르에게 눈길을 돌렸다. 방금 전에 아무 일도 없었다는 듯, 다시 그녀를 모두 발가벗기는 눈길로, 혀끝으로 입술을 적시면서. 그 뻔뻔스러운 행동에 그녀는 심장이 멎는 것 같았다. 도대체 어디까지 가려는 걸까? 다행히 다른 사람들은 아무 눈치도 채지 못했다. 그가 손을 내밀어 도나 플로르의 손을 잡으며 말했다. 「이제 마담 차례예요.」

「전 조금도 관심 없어요. 모두 엉터리예요.」

그러나 다른 여자들은 큭큭 낄낄 웃으면서 재촉했다. 계속 거절하면 뭐라고 생각할까? 상황은 더 나빠질 것이다. 그녀는 재빨리 결정을 내리고 동의했다. 닥터 알루이지우는 승리의 미소를 지었다. 역시 여성 영혼의 전문가였다. 그는 결코 잘못 보는 법이 없었다.

그는 자기 손 위에 도나 플로르의 왼손을 놓고 손바닥이 위로 향하게 폈다. 그는 매니큐어를 깨끗이 바른 손톱으로 금들을 따라가면서 희미하고 미묘하게 간질이기 시작했고 도나 플로르는 긴장해서 몸이 굳어졌다.

「생명선이 아주 좋군요……. 여든 살 넘게 사실 겁니다.」 이어서 잠시 침묵하더니 그 과부의 손을 조심스레 살폈다. 「아주 중대한 일이 다가오고 있군요…….」

「어떤 일? 무슨 일인데요?」 흥분한 친구들이 한목소리로 물었다.

「비너스의 언덕……. 새로운 사랑이 보입니다. 모험과 열정…….」

「실례해요.」도나 플로르가 손을 빼려고 했다.

그러나 알루이지우 씨는 손을 꽉 잡았다. 「잠깐만요. 아직 끝나지 않았습니다. 마저 들으셔야죠. 오지에서 온 신사가…….」

도나 플로르는 벌떡 일어서면서 그 공증인의 손에서 거칠게 손을 잡아 뺐다.

「말씀이 너무 지나치시네요…….」

그녀가 소용돌이처럼 방을 나와 버리자 친구들은 멍하니 그녀를 쳐다보았고, 도나 에나이지는 심하게 화를 냈다. 「저렇게 과민한 반응을 보일 것까진 없잖아! 아니, 알루이지우가 뭐 잘못했니? 무례하게 굴었어? 그냥 웃자고 한 농담이잖아. 난 저렇게 내숭 떠는 여자들은 재수 없더라. 도대체 자기가 뭔데? 공주님이라도 되나?」

유독 그 공증인만이 놀라지 않고 도나 플로르를 변명했다. 「불쌍하죠! 재혼하지 않는 과부들한테 일어나는 일이에요. 히스테리를 일으키게 되죠……. 소도시에서는 이와 비슷한 일이 아주 많습니다. 늙은 하녀건 과부건, 아주 작은 일에도 화를 내고 울곤 합니다. 결국 졸도와 심술밖에 남지 않죠. 나이가 많은 경우는 조용히 미쳐서…….」

도나 마리아 두 카르무가 끼어들었다. 「잠깐만요, 닥터. 저 역시 과부인데, 저도 그런 기분을 느끼게 될 것 같아요…….」 그 공증인은 이해한다는 눈으로 그녀를 훑어보았다. ⟨고려해 볼 가치가 있는 물라타로군. 그럭저럭 풍만하고, 살도 단단하고, 몇 번은 충분히 더 탈 수 있겠어.⟩ 닥터 알루이지우는 시간을 허비할 사람이 아니었다. 그는 도나 플로르에게서 관심을 옮기며 말했다. 「왼쪽 손을 좀 보여 주시죠. 확실히 알아보고 싶은 게 있어서요…….」

그는 도나 마리아 두 카르무의 손을 두 손으로 잡고는 그 뻔뻔스러운 눈으로 그녀의 눈을 들여다보았다.「진실을 말할까요, 거짓을 말할까요?」

도나 플로르는 문을 나가고 있었다. 도나 노르마와 마리우다가 집까지 그녀를 따라왔고, 집에 온 그녀는 홍수처럼 눈물을 쏟았다. 얼마나 신경질적이었는지 도나 노르마는 필랑 아르카두에서 온 알루이지우의 말을 되풀이했다.「대체 무슨 일이야, 플로르? 히스테리라도 생긴 거니?」

〈하권에 계속〉

열린책들 세계문학 090 도나 플로르와 그녀의 두 남편 상

옮긴이 오숙은 1965년 제주에서 태어나 서울대학교 노어노문학과를 졸업하고, 브리태니커 편집실에서 일했다. 현재 전문 번역가로 활동하고 있으며, 옮긴 책으로는 니코스 카잔차키스의 『러시아 기행』, 『토다 라바』, 움베르토 에코의 『추의 역사』, 시배스천 폭스의 『바보의 알파벳』, 콘웨이 로이드 모건의 『스탁』, 헬레나 레킷과 페기 펠런의 『미술과 페미니즘』, 메리 셸리의 『프랑켄슈타인』 등이 있다.

지은이 조르지 아마두 **옮긴이** 오숙은 **발행인** 홍지웅·홍예빈
발행처 주식회사 열린책들 **주소** 경기도 파주시 문발로 253 파주출판도시
전화 031-955-4000 **팩스** 031-955-4004 **홈페이지** www.openbooks.co.kr
Copyright (C) 주식회사 열린책들, 2008, 2009, *Printed in Korea*.
ISBN 978-89-329-1007-9 04890 **ISBN** 978-89-329-1499-2 (세트)
발행일 2008년 4월 10일 초판 1쇄 2009년 11월 30일 세계문학판 1쇄 2020년 2월 25일 세계문학판 2쇄

이 도서의 국립중앙도서관 출판예정도서목록(CIP)은 서지정보유통지원시스템 홈페이지(http://seoji.nl.go.kr)와 국가자료공동목록시스템(http://www.nl.go.kr/kolisnet)에서 이용하실 수 있습니다.(CIP제어번호:CIP2009003382)